O MISTÉRIO DOS TRÊS PEDAÇOS

Agatha Christie

O MISTÉRIO DOS TRÊS PEDAÇOS

POR SOPHIE HANNAH

Tradução
André Gordirro

Rio de Janeiro, 2023

Copyright © Agatha Christie Limited 2018
All rights reserved.
Título original: The Mystery of Three Quarters
Copyright de tradução © 2021 por HarperCollins Brasil

The Poirot icon is a trademark, and AGATHA CHRISTIE, POIROT and the Agatha Christie Signature are registered trademarks of Agatha Christie Limited in the UK and elsewhere. All rights reserved.

www.agathachristie.com

Todos os direitos desta publicação são reservados à Casa dos Livros Editora LTDA. Nenhuma parte desta obra pode ser apropriada e estocada em sistema de banco de dados ou processo similar, em qualquer forma ou ameio, seja eletrônico, de fotocópia, gravação etc., sem a permissão do detentor do copyright.

Diretora editorial: *Raquel Cozer*

Gerente editorial: *Alice Mello*

Editor: *Ulisses Teixeira*

Copidesque: *Marina Goés*

Preparação de original: *Luany Galdeano*

Revisão: *Thaís Carvas* e *Giu Alonso*

Capa: *Holly Macdonald* © *HarperCollinsPublishers Ltd 2018*

Ilustrações de capa: *Shutterstock*

Adaptação de capa: *Osmane Garcia Filho*

Diagramação: *Abreu's System*

Dados Internacionais de Catalogação na Publicação (CIP)
(Câmara Brasileira do Livro, SP, Brasil)

Hannah, Sophie
O mistério dos três pedaços / Sophie Hannah ; tradução André Gordirro. – Duque de Caxias, RJ : HarperCollins Brasil, 2021.

Título original: The mystery of three quarters
ISBN 978-65-5511-124-8

1. Ficção inglesa I. Título.

21-57737   CDD-823

Índices para catálogo sistemático:
1. Ficção : Literatura inglesa   823
Cibele Maria Dias – Bibliotecária – CRB-8/9427

Os pontos de vista desta obra são de responsabilidade de seu autor, não refletindo necessariamente a posição da HarperCollins Brasil, da HarperCollins Publishers ou de sua equipe editorial.

HarperCollins Brasil é uma marca licenciada à Casa dos Livros Editora LTDA.
Todos os direitos reservados à Casa dos Livros Editora LTDA.
Rua da Quitanda, 86, sala 218 — Centro
Rio de Janeiro, RJ — CEP 20091-005
Tel.: (21) 3175-1030
www.harpercollins.com.br

*Para Faith Tilleray,
que foi muito além do que se espera
e me ensinou muito*

Agradecimentos

Sou muito grata às seguintes pessoas:

James Prichard, Mathew Prichard e todos na Agatha Christie Limited; David Brawn, Kate Elton e todos na HarperCollins UK; meu agente Peter Straus e sua equipe na Rogers, Coleridge & White; meus maravilhosos editores na William Morrow, em Nova York, e todos os meus editores do Poirot do mundo inteiro, que ajudaram a distribuir os livros por toda parte; Chris Gribble, que leu e se entusiasmou num momento inicial crucial; Emily Winslow, que fez sugestões editoriais meticulosas e inestimáveis, como sempre; Jamie Bernthal-Hooker, que fez um milhão de coisas úteis, desde a revisão de provas até a pesquisa e troca de ideia sobre o título; Faith Tilleray, que criou um novo site impressionante para mim e depois se tornou meu guru de marketing; minha família — Dan, Phoebe, Guy... e Brewster, em especial nesta ocasião, por motivos que ficarão claros para quem ler o livro!

Obrigado a Melanie Vout e Ian Manson, os vencedores da competição que criaram os nomes Peter Vout e Hubert Thrubwell, respectivamente. Ambos são nomes maravilhosos! Um enorme obrigado, também, a todos os leitores que amaram *Os crimes do monograma*, *Caixão fechado* e meus outros livros, e escreveram/twittaram/mandaram mensagens para mim — o entusiasmo de vocês faz tudo valer a pena.

Sumário

O PRIMEIRO PEDAÇO

1. Poirot é acusado 13
2. Provocação intolerável 20
3. A terceira pessoa 27
4. Um elemento discrepante? 35
5. Uma carta com um buraco 49
6. Rowland Forca 55
7. Um velho inimigo 62
8. Poirot passa algumas instruções 69
9. Quatro álibis 73

O SEGUNDO PEDAÇO

10. Algumas perguntas importantes 89
11. Verde-esmeralda 97
12. Muitos álibis arruinados 104
13. Os ganchos 114
14. Na Mansão Combingham 120
15. A cena do possível crime 129
16. O Homem Que Teve a Oportunidade 136
17. O truque de Poirot 147
18. A descoberta de Mrs. Dockerill 159
19. Mais quatro cartas 165

O TERCEIRO PEDAÇO

20. As cartas chegam 173
21. O Dia das Máquinas de Escrever 181
22. O quadrado amarelo solitário do bolo 183
23. Com intenção de prejudicar 188
24. Inimigos antigos 199
25. Poirot retorna à Mansão Combingham 206
26. A experiência com a máquina de escrever 219
27. A pulseira e o leque 223
28. Uma confissão nada convincente 229
29. Um ente inesperado 233
30. O Mistério dos Três Pedaços 237

O QUARTO PEDAÇO

31. Um bilhete para Mr. Porrott 253
32. Onde está Kingsbury? 259
33. As marcas na toalha 266
34. Rebecca Grace 275
35. Lealdade familiar 284
36. O verdadeiro culpado 295
37. O testamento 305
38. Rowland Sem Forca 313
39. Uma nova máquina de escrever 317

O PRIMEIRO PEDAÇO

Capítulo 1
....
Poirot é acusado

Hercule Poirot sorriu para si mesmo quando o motorista parou o automóvel com satisfatória simetria. Sendo amante da disciplina e da ordem, Poirot gostou do alinhamento perfeito do veículo com as portas de entrada da Mansão Whitehaven, onde ele morava. Era possível traçar uma linha reta do meio do automóvel até o ponto exato em que as portas se encontravam.

O almoço do qual retornava tinha sido um *très bon divertissement*: comida e companhia da melhor qualidade. Ele desceu do veículo, agradeceu calorosamente ao motorista e estava prestes a entrar quando teve uma sensação peculiar de que (era assim que Poirot dizia para si mesmo) alguma coisa atrás dele exigia sua atenção.

Ao se virar, Poirot não esperou avistar nada fora do comum. Era um dia ameno para fevereiro, mas talvez uma brisa tremulasse levemente o ar.

Ele logo percebeu que o distúrbio não havia sido causado pelo clima, embora a mulher bem vestida que se aproximava a passos rápidos, apesar do casaco e do chapéu azul-claro elegantes, se assemelhasse a uma força da natureza. "Um redemoinho violentíssimo", Poirot murmurou para si mesmo.

Ele não gostou do chapéu. Poirot tinha visto mulheres na cidade usando modelos semelhantes: pequenos, sem ornamentos, colados ao couro cabeludo como toucas de banho feitas de tecido. Um chapéu deve ter uma aba ou algum tipo de ornamento, pensou Poirot. Deveria ao menos fazer algo mais do que cobrir a cabeça. Sem dúvida ele logo se acostumaria com os modelos mais modernos — e então, uma vez que tivesse se acostumado, a moda mudaria, como sempre.

Os lábios da mulher vestida de azul formaram um beicinho, mas não emitiram som. Era como se ela ensaiasse o que diria quando finalmente chegasse ao lado de Poirot. Não havia dúvida de que era ele o alvo da mulher. Ela parecia determinada a fazer algo desagradável com Poirot assim que estivesse perto o suficiente. Poirot deu um passo para trás enquanto a mulher marchava em sua direção, um movimento que ele só conseguiu imaginar como um estouro de boiada — embora uma boiada de um só boi.

O cabelo da mulher era castanho-escuro e lustroso. Quando parou abruptamente diante dele, Poirot viu que ela não era tão jovem quanto parecia ao longe. Não, tinha mais de 50 anos; talvez até 60. Uma dama na meia-idade, especialista em esconder as rugas do rosto. Os olhos eram de um azul impressionante, nem claro nem escuro.

— O senhor é Hercule Poirot, não é? — perguntou no mais alto dos sussurros.

Poirot notou que a mulher queria transmitir raiva de modo discreto, embora não houvesse ninguém por perto.

— *Oui*, madame. Sou eu mesmo.

— Como o senhor se *atreve*? Como se *atreve* a me enviar uma carta dessas?

— Madame, perdoe-me, mas creio que não nos conhecemos.

— Não banque o inocente *comigo*! Eu sou Sylvia Lay. Como o senhor sabe muitíssimo bem.

— Agora sei, mas só porque a senhora me disse. Um momento atrás não fazia ideia. A senhora se referiu a uma carta...

— O senhor vai me forçar a repetir em um local público a difamação que fez a meu respeito? Muito bem, que assim seja. Recebi uma carta hoje de manhã. Uma carta muito nojenta e deplorável, assinada pelo *senhor*. — Ela golpeou o ar com um dedo indicador que teria cutucado Poirot no peito se ele não tivesse desviado.

— *Non*, madame... — Poirot tentou contestar, mas a tentativa de objeção foi rapidamente demolida.

— Neste arremedo de carta, o senhor me acusou de assassinato. *Assassinato!* Eu! Sylvia Lay! O senhor alegou que poderia provar minha culpa e me aconselhou a ir imediatamente à polícia e confessar meu crime. Como o senhor se *atreve*? O senhor não pode provar nada contra mim pelo simples fato de que sou inocente. Não matei ninguém. Eu sou a pessoa com menos tendências à violência que já conheci. E nunca ouvi falar de um tal de Barnabas Pandy!

— Um tal de Barnabas...

— É monstruoso que o senhor *me* acuse, logo eu! Simplesmente monstruoso. Não vou aceitar isso. Gostaria de falar com meu advogado sobre esse assunto, só que não quero que ele saiba que passei por tamanha difamação. Talvez eu vá à polícia. As críticas que sofri! O insulto! Uma mulher da minha posição social!

Sylvia Lay continuou falando nesses termos por algum tempo. Houve muita chiadeira em sua fala sussurrada e agitada. Fez Poirot pensar nas cachoeiras barulhentas e turbulentas que visitara em suas viagens: impressionantes de assistir, mas aterradoras por serem implacáveis. O fluxo de água nunca parava.

Assim que pôde se fazer ouvir, ele disse:

— Madame, por favor, aceite minha garantia de que não escrevi tal carta. Se a senhora recebeu, ela não foi enviada por mim. E também nunca ouvi falar de Barnabas Pandy. Esse é o nome do homem que a senhora é acusada de assassinar pelo remetente da carta?

— Foi o *senhor* que a escreveu e não me provoque ainda mais fingindo que não. Eustace o convenceu a fazer isso, não foi? Vocês dois sabem que não matei ninguém, que sou tão inocente quanto é possível um ser humano ser! O senhor e Eustace elaboraram um plano para me tirar do sério! É exatamente o tipo de coisa que ele faria, e sem dúvida Eustace dirá mais tarde que foi tudo uma brincadeira.

— Não conheço nenhum Eustace, madame. — Poirot continuou esforçando-se ao máximo, embora estivesse claro que nada do que dizia fazia a menor diferença para Sylvia Lay.

— Ele se acha tão esperto! Se acha o homem mais inteligente da Inglaterra com aquele sorrisinho nojento que nunca sai daquele rosto horrível! Quanto ele pagou? Eu sei que isso deve ter sido ideia de Eustace e que o senhor fez o trabalho sujo para ele. O senhor, o famoso Hercule Poirot, que é de confiança de nossa polícia leal e trabalhadora. O senhor é uma fraude! Como *pôde* fazer isso? Caluniar uma mulher do meu caráter! Eustace faria qualquer coisa para me derrotar. Qualquer coisa! O que quer que ele tenha dito a meu respeito é mentira!

Se Sylvia Lay estivesse disposta a ouvir, Poirot poderia ter dito a ela que seria improvável que ele cooperasse com qualquer homem que se considerasse o mais inteligente da Inglaterra enquanto ele, Hercule Poirot, estivesse residindo em Londres.

— Por favor, posso ver esta carta que a senhora recebeu, madame?

— O senhor acha que eu *guardei*? Fiquei enojada só de segurar aquele papel! Rasguei a carta em vários pedacinhos e joguei na lareira. Eu gostaria de jogar Eustace em uma lareira! Uma pena que seja contra a lei. Tudo o que posso dizer é que quem fez essa lei em especial nunca deve ter conhecido Eustace. Se *algum dia* o senhor voltar a me difamar assim, irei direto para a Scotland Yard, ouviu bem? Não para fazer uma confissão, porque sou inteiramente inocente, mas para acusá-lo, *monsieur* Poirot!

Antes que ele pudesse formular uma resposta adequada, Sylvia Lay se virou e foi embora a passos largos.

Poirot não a chamou de volta. Ficou ali por alguns segundos, balançando a cabeça lentamente. Enquanto subia os degraus do prédio, murmurou para si mesmo:

— Ora, se essa era a pessoa com tendência menor à violência, não desejo jamais conhecer a que tiver tendência maior.

Dentro do apartamento espaçoso e bem mobiliado, seu criado o esperava. O sorriso forçado de George se transformou em uma expressão de consternação quando viu o rosto de Poirot.

— O senhor está bem?

— *Non*. Estou perplexo, George. Diga-me, sendo alguém que tem muito conhecimento sobre os altos escalões da sociedade inglesa... você conhece uma tal de Sylvia Lay?

— Apenas pela reputação, senhor. Ela é a viúva do falecido Clarence Lay. Extremamente bem relacionada. Creio que ocupe cargos nas diretorias de várias instituições de caridade.

— E quanto a Barnabas Pandy?

George sacudiu a cabeça.

— O nome não é familiar. Tenho extenso conhecimento da sociedade londrina, senhor. Mas se Mr. Pandy vive em outro lugar...

— Eu não sei onde ele vive. Não sei sequer *se* ele vive ou se foi, talvez, assassinado. *Vraiment*, sei tanto agora sobre Barnabas Pandy quanto sabia antes! Mas não tente, George, contar isso a Sylvia Lay, que imagina que sei tudo sobre ele! Ela acredita que eu escrevi uma carta acusando-a do assassinato deste Barnabas Pandy, uma carta que nego ter escrito. Eu não escrevi a carta. Não enviei nenhum tipo de comunicação à senhora Sylvia Lay.

Poirot tirou o chapéu e o casaco com menos cuidado do que o habitual e entregou os dois a George.

— Não é agradável ser acusado de algo que não se fez. A pessoa deveria ser capaz de afastar inverdades quaisquer, mas de alguma forma elas parecem se apoderar da mente e causam uma forma espectral de culpa. Como um fantasma na cabeça ou na consciência! Alguém tem certeza de que você fez essa coisa terrível e, assim sendo, você começa a se sentir como se tivesse feito, mesmo sabendo que não. Começo a entender, George, por que as pessoas confessam crimes dos quais são inocentes.

George parecia indeciso, o que não era uma novidade. A discrição inglesa, observara Poirot, tinha uma aparência externa que sugeria dúvida. Muitos dos ingleses mais corteses que ele conhecera ao longo dos anos pareciam ter recebido ordens para desacreditar em tudo o que lhes era dito.

— O senhor gostaria de uma bebida? Um *sirop de menthe*, se me permite a sugestão?

— *Oui*. É uma excelente ideia.

— Também devo dizer que o senhor tem uma visita à espera. Devo trazer sua bebida imediatamente e pedir a ele que espere um pouco mais?

— Uma visita?

— Sim, senhor.

— Como se chama? Eustace?

— Não, senhor. É um tal de Mr. John McCrodden.

— Ah! Que alívio. Nada de Eustace. Posso acalentar a esperança de que o pesadelo de madame Lay e Mr. Eustace tenha partido e não retorne a Hercule Poirot! *Monsieur* McCrodden informou a natureza da visita?

— Não, senhor. Embora eu deva avisá-lo que ele parecia... descontente.

Poirot deixou que um pequeno suspiro escapasse dos lábios. Depois do almoço mais do que satisfatório, a tarde estava sofrendo uma reviravolta decepcionante. Ainda assim, era improvável que John McCrodden fosse tão irritante quanto Sylvia Lay.

— Vou adiar o prazer de beber *sirop de menthe* e receber *monsieur* McCrodden primeiro — disse Poirot. — O nome dele me é familiar.

— O senhor por algum acaso está pensando no advogado Rowland McCrodden?

— *Mais oui, bien sûr*. Rowland Forca, aquele querido amigo do carrasco. Embora você seja educado demais, George, para chamá-lo pelo *soubriquet* que lhe cai tão bem. Rowland Forca não deixa que sua homônima tenha um momento de descanso.

— Ele tem sido uma peça fundamental para levar vários criminosos à justiça, senhor — concordou George, com o tato de sempre.

— Talvez John McCrodden seja um parente — disse Poirot. — Permita que eu me acomode e então você pode buscá-lo.

Entretanto, George foi impedido de buscar John McCrodden pela determinação do próprio visitante de adentrar na sala a passos largos, sem qualquer ajuda ou apresentação. McCrodden passou pelo criado e se posicionou no meio do tapete, onde parou como se estivesse congelado na forma de alguém enviado para desempenhar o papel de estátua.

— Por favor, *monsieur*, sente-se — disse Poirot com um sorriso.

— Não, obrigado — disse McCrodden em tom de desapego desdenhoso.

O homem tinha mais ou menos 40 anos, pensou Poirot. Tinha o tipo de rosto bonito que raramente se via fora das obras de arte. As feições poderiam ter sido esculpidas por um mestre artesão. Poirot achou difícil conciliar o rosto com as roupas, que estavam gastas e sujas de terra. Será que o sujeito tinha o hábito de dormir em bancos de parque? Será que não tinha acesso às comodidades domésticas básicas? Poirot se perguntou se McCrodden tentava anular as vantagens que a natureza lhe concedeu — os grandes olhos verdes e os cabelos dourados — buscando a aparência mais repugnante possível.

McCrodden olhou para Poirot.

— Recebi sua carta — disse ele. — Chegou hoje de manhã.

— Infelizmente tenho que contradizê-lo, *monsieur*. Eu não lhe enviei carta alguma.

Houve um longo e incômodo silêncio. Poirot não queria chegar a conclusões precipitadas, mas temia que soubesse o rumo que a conversa estava prestes a tomar. Mas não poderia ser! *Como* poderia ser? Somente em sonhos ele havia experimentado essa sensação: a noção fatídica de estar preso a uma situação que não faz nem nunca fará sentido, independentemente do que se faça.

— O que diz esta carta que o senhor recebeu? — perguntou Poirot.

— O senhor deveria saber, uma vez que a escreveu — respondeu John McCrodden. — O senhor me acusou de assassinar um homem chamado Barnabas Pandy.

Capítulo 2
•••••••••••••
Provocação intolerável

— Devo dizer que fiquei um pouco desapontado — continuou falando McCrodden. — O famoso Hercule Poirot, se permitindo ser usado para tais frivolidades.

Poirot esperou alguns instantes antes de responder. Teria sido sua escolha de palavras o elemento tão ineficaz em persuadir Sylvia Lay a ouvi-lo? Então, para John McCrodden, ele faria um esforço para ser mais claro e persuasivo.

— *Monsieur, s'il vous plait.* Acredito que alguém lhe enviou uma carta, e que nela, o senhor foi acusado de assassinato. O assassinato de Barnabas Pandy. Esta parte da sua história eu não contesto. Mas...

— O senhor não está em posição de contestar — disse McCrodden.

— *Monsieur*, por favor, acredite em mim quando digo que *não fui o autor da carta que o senhor recebeu*. Para Hercule Poirot, não há nada frívolo sobre assassinato. Eu gostaria...

— Ah, não houve assassinato algum — interrompeu McCrodden com uma risada amarga. — Ou, se houve, a polícia já terá capturado o responsável. Este é um dos jogos infantis do meu pai. — Ele franziu a testa, como tivesse pensado em algo perturbador. — A menos que a velha gárgula seja mais sádica do que eu pensava e realmente tenha arriscado meu pescoço em um caso real e não resolvido de assassinato. Suponho que isso seja possível, tendo em vista sua implacável determinação... — McCrodden se interrompeu e murmurou: — Sim. É possível. Eu deveria ter pensado nisso.

— Seu pai é o advogado Rowland McCrodden? — perguntou Poirot.

— O senhor sabe que sim. — John McCrodden já havia se declarado desapontado, e foi assim que ele soou, como se Poirot estivesse afundando cada vez mais em sua avaliação a cada palavra.

— Conheço seu pai apenas pela reputação. Não o conheço pessoalmente, nem jamais falei com ele.

— O senhor precisa continuar fingindo, é claro — retrucou John McCrodden. — Tenho certeza de que meu pai lhe pagou uma quantia considerável para manter o nome dele fora disso.

McCrodden olhou ao redor da sala em que estava, parecendo notá-la pela primeira vez. Então assentiu como se confirmasse algo para si mesmo e falou:

— Pessoas ricas, as que menos precisam de dinheiro, pessoas como você e meu pai, não hesitarão em colocar as mãos em mais. É por isso que nunca confiei em dinheiro. E vejo que eu estava certo. O dinheiro é corrosivo para o caráter quando a pessoa está acostumada a ele, e o senhor, *monsieur* Poirot, é a prova viva disso.

Poirot não se lembrava da última vez que alguém lhe dissera uma coisa tão desagradável, tão injusta ou tão pessoalmente cruel. Retrucou baixinho:

— Passei a minha vida trabalhando pelo bem maior e pela proteção de cidadãos inocentes e, sim, dos injustamente acusados também. Um grupo que inclui o senhor, e, hoje, também a mim. Estou sendo falsamente acusado da mesma forma. Eu sou tão inocente de escrever e enviar a carta que o senhor recebeu quanto o senhor é inocente de assassinato. Também não conheço nenhum Barnabas Pandy. Não conheço Barnabas Pandy morto nem Barnabas Pandy vivo! Mas é neste ponto que... Ah! É neste ponto em que as semelhanças entre nós terminam, pois quando o senhor insiste que é inocente, eu escuto, pensando: "Este homem pode estar dizendo a verdade." Já quando eu falo...

— Poupe-me do palavreado rebuscado — interrompeu McCrodden. — Se o senhor imagina que eu seja mais propenso a confiar em retórica deslumbrante do que em dinheiro, reputação ou qualquer outra coisa que meu pai tenha em alta conta, está redondamente enganado. Agora, uma vez que Rowland Forca sem dúvida exigirá que o senhor repasse a ele minha resposta ao seu estratagema sórdido, por favor, diga-lhe isso: eu não estou jogando. Nunca ouvi falar desse tal de Barnabas Pandy, não matei ninguém e, portanto, não tenho nada a temer. Eu confio o suficiente nas leis do país para acreditar que não serei enforcado por um crime que não cometi.

— O senhor acredita que seu pai quer que isso aconteça?

— Eu não sei. É possível. Sempre achei que, se ficasse sem culpados para mandar para a forca, meu pai voltaria a atenção para os inocentes e fingiria que são réus, tanto no tribunal quanto na própria mente. Qualquer coisa para saciar a sede do sangue de seus companheiros humanos.

— Essa é uma acusação notável, *monsieur*, e não a primeira que o senhor faz desde que chegou.

A maneira brusca e casual de falar de McCrodden fez Poirot sentir calafrios. Dava um ar de objetividade às palavras do homem, como se ele estivesse meramente transmitindo fatos simples e incontroversos.

O Rowland Forca sobre quem Poirot tinha ouvido tanto no decorrer dos anos não era o homem que o filho dele estava descrevendo. O sujeito defendia com veemência a morte como castigo para os culpados — com um pouco de veemência demais para o gosto de Poirot, pois certas circunstâncias exigem critério —, mas Poirot suspeitava que McCrodden Sênior ficaria tão horrorizado quanto ele próprio diante da perspectiva de um homem ou mulher inocentes serem enviados para a forca. E se o homem em questão fosse o próprio filho...

— *Monsieur*, eu não conheci, em todos os meus anos, um pai que já tenha tentado condenar o filho à morte por um assassinato que ele não cometeu.

— Ah, conheceu sim — respondeu John McCrodden rapidamente. — Apesar de negar, eu sei que o senhor deve ter conhecido meu pai, ou pelo menos conversou com ele, e juntos vocês conspiraram para me acusar. Bem, o senhor pode dizer ao meu querido pai que não o odeio mais. Agora que vejo como ele está disposto a se rebaixar, sinto pena dele. Meu pai não é melhor que um assassino. Nem o senhor, *monsieur*

Poirot. O mesmo vale para qualquer um que seja a favor de sufocar transgressores na ponta de uma corda, como faz nosso sistema brutal.

— Essa é a sua opinião, *monsieur*?

— A vida inteira tenho sido uma fonte de constrangimento e frustração para meu pai: eu recuso a me curvar, a fazer o que ele quer, a pensar o que ele pensa, a trabalhar na profissão escolhida *por ele*. Meu pai quer que eu estude Direito. Nunca me perdoou por não querer ser ele.

— Posso perguntar qual é a sua profissão?

— Profissão? — falou McCrodden com desdém. — Eu trabalho para me sustentar. Nada chique. Nada grandioso que envolva brincar com a vida de outras pessoas. Já trabalhei em uma mina, em fazendas, fábricas. Fiz e vendi bijuterias para mulheres. Sou um bom vendedor. No momento, tenho uma barraca na feira. É com ela que mantenho um teto sobre a minha cabeça, mas nada disso é bom o suficiente para meu pai. E, sendo meu pai Rowland McCrodden, ele não vai admitir a derrota. Nunca.

— O que senhor quer dizer?

— Eu esperava que ele tivesse desistido de mim. Agora vejo que esse dia nunca chegará. Meu pai sabe que um homem acusado de assassinato precisará se defender. É bastante inteligente da parte dele, na verdade. Está tentando me provocar e fantasiando, imagino, que eu insista em me defender contra a acusação de assassinato no Old Bailey. Só que para estar diante do Supremo Tribunal eu teria que me interessar por Direito, não é?

Era evidente que Rowland McCrodden era para John McCrodden o que Eustace era para Sylvia Lay.

— O senhor pode dizer para meu pai que o plano dele falhou. Eu nunca serei a pessoa que meu pai quer que eu seja. E eu preferiria que ele não tentasse se comunicar comigo de novo, seja diretamente ou usando o senhor ou qualquer outro de seus capachos.

Poirot se levantou da poltrona.

— Por favor, espere um instante — disse ele.

Poirot saiu da sala e tomou cuidado de deixar a porta escancarada.

* * *

Quando voltou à sala, Poirot veio acompanhado pelo criado. Ele sorriu para John McCrodden e disse:

— O senhor já conheceu George, certo? Espero que o senhor tenha me ouvido explicar a George que eu gostaria que ele se juntasse a nós por um breve momento. Falei alto justamente para que o senhor pudesse ouvir tudo o que eu disse a ele.

— Sim, ouvi — disse McCrodden parecendo entediado.

— Se eu tivesse dito mais alguma coisa a George, o senhor também teria ouvido. Mas não foi o caso. Portanto, o que ele está prestes a lhe dizer, espero, vai convencê-lo de que não sou seu inimigo. Por favor, George, fale!

George pareceu espantado. Não estava acostumado a receber instruções tão vagas.

— Sobre o que, senhor?

Poirot se virou para John McCrodden.

— Viu só? Ele não sabe o que está acontecendo aqui. Não o preparei para isso. George, quando voltei do almoço hoje, eu contei a você uma coisa que havia acabado de acontecer comigo, não foi?

— Contou sim, senhor.

— Por favor, repita a história.

— Muito bem, senhor. O senhor foi abordado por uma mulher que se apresentou como Mrs. Sylvia Lay. Mrs. Lay estava enganada ao acreditar que o senhor tinha escrito uma carta para ela na qual a acusava de assassinato.

— *Merci*, George. Agora diga quem foi a suposta vítima deste assassinato.

— Um tal de Mr. Barnabas Pandy, senhor.

— E o que mais eu lhe disse?'

— Que o senhor não conhecia ninguém com esse nome. Se existe tal cavalheiro, o senhor não sabe se ele está vivo ou morto, ou se foi assassinado. Quando o senhor tentou explicar isso para Mrs. Lay, ela se recusou a ouvir.

Poirot se voltou para John McCrodden com um ar triunfante.

— *Monsieur*, talvez seu pai também deseje que Sylvia Lay se defenda no Old Bailey? Ou o senhor está finalmente disposto a admitir que julgou mal e difamou Hercule Poirot muito injustamente? Talvez ache interessante saber que madame Lay também me acusou de conspirar com um de seus inimigos para lhe causar sofrimento, um homem chamado Eustace.

— Continuo dizendo que meu pai está por trás de tudo — falou John McCrodden após um breve intervalo, soando nitidamente menos confiante do que antes. — Não há nada que ele goste mais do que o desafio de um quebra-cabeça elaborado. Tenho que descobrir por que Mrs. Lay recebeu a mesma carta que eu.

— Quando alguém tem uma preocupação motriz, como a sua com o seu pai, ou a obsessão de Sylvia Lay com o Eustace, ela altera a forma como se enxerga o mundo — disse Poirot com um suspiro. — Suponho que o senhor não tenha trazido a carta consigo?

— Não. Eu rasguei e enviei os pedacinhos para meu pai com um bilhete dizendo o que penso a respeito dele, e agora estou dizendo novamente, *monsieur* Poirot. Não vou tolerar esta situação. Até mesmo o grande Hercule Poirot não pode acusar pessoas inocentes de assassinato e esperar que escape impune.

Foi um alívio considerável quando John McCrodden finalmente se retirou da sala. Poirot ficou à janela para observar a visita saindo do prédio.

— O senhor está pronto para o *sirop de menthe* agora? — perguntou George.

— *Mon ami*, eu estou pronto para todo o *sirop de menthe* do mundo. — Ao notar que poderia ter causado confusão, Poirot esclareceu. — Um copo, por favor, George. Apenas um.

Poirot voltou agitado para a poltrona. Que esperança existia para que a justiça ou a paz prevalecesse no mundo se três pessoas que poderiam ter tido uma causa comum — três pessoas acusadas injustamente: Sylvia Lay, John McCrodden e Hercule Poirot — não eram capazes de se sentar juntas e ter uma discussão calma e racional que pudesse ajudar a esclarecer o que aconteceu? Em vez disso, houve raiva, uma recusa quase fanática de considerar pontos de vista diferentes e uma incessante distribuição de insultos. Não da parte de Hercule Poirot, no entanto, que se comportou impecavelmente diante de provocações intoleráveis.

Quando George trouxe o *sirop*, Poirot disse:

— Diga, George, há mais alguém esperando para me ver?
— Não, senhor.
— Ninguém telefonou para solicitar uma consulta?
— Não, senhor. O senhor está esperando alguém?
— *Oui*. Eu estou esperando algum estranho com raiva, ou talvez vários.
— Não sei se entendi o que quis dizer, senhor.

Naquele exato momento, o telefone começou a tocar. Poirot se permitiu um sorrisinho. Quando não havia outro prazer a ser extraído de uma situação, era melhor aproveitar a sensação de estar correto, pensou ele.

— Aí está ele, George. Ou *ela*. A terceira pessoa. Terceira de sabe-se lá quantas? Três, quatro, cinco? Pode ser qualquer quantidade.
— Quantidade do que, senhor?
— De pessoas que receberam uma carta acusando-as do assassinato de Barnabas Pandy. Todas com uma assinatura fraudada em nome de Hercule Poirot!

Capítulo 3
....
A terceira pessoa

Às quinze horas do dia seguinte, Poirot recebeu a visita de uma tal Miss Annabel Treadway na Mansão Whitehaven. Enquanto esperava que George a conduzisse, sentiu-se ansioso pelo encontro. Para alguém com um temperamento diferente, poderia ter sido entediante receber a mesma acusação inúmeras vezes de vários estranhos, todos determinados a não ouvir uma palavra que lhes fosse dita; mas não era o caso para Hercule Poirot. Nesta terceira vez, ele resolveu que conseguiria provar seu argumento. Poirot convenceria Miss Annabel Treadway de que estava dizendo a verdade. Talvez então fosse possível ir adiante e fazer algumas perguntas mais interessantes.

Na noite anterior, enquanto permanecia deitado sem dormir, Poirot dedicou muita consideração ao enigma que levava a maioria das pessoas, mesmo as inteligentes, a serem tão ilógicas e teimosas; ele estava ansioso para voltar a atenção para o próprio Barnabas Pandy. Isso considerando, é claro, que Barnabas Pandy fosse uma pessoa. Era possível que ele não existisse, nunca tivesse existido e não fosse mais do que um produto da imaginação do autor das cartas.

A porta se abriu, e George conduziu uma mulher magra de estatura média, cabelos claros, olhos escuros e roupas sóbrias. Poirot se assustou com a própria reação ao vê-la. Sentiu como se tivesse que abaixar a cabeça e dizer: "Meus pêsames, *mademoiselle*." Não tendo motivo para acreditar que a mulher sofrera uma perda, Poirot se conteve. Uma carta acusando-a de assassinato poderia provocar raiva ou medo, mas dificilmente poderia ser considerada uma tragédia; não deixaria uma pessoa triste, pensou Poirot.

Assim como John McCrodden havia enchido a sala de Poirot com um desprezo frio, Annabel Treadway trouxera consigo tristeza. "O coração pesaroso", pensou Poirot. Ele sentiu aquilo de forma tão intensa como se fosse consigo mesmo.

— Obrigado, George — disse Poirot. — Por favor, sente-se, *mademoiselle*.

Ela correu para a poltrona mais próxima e se posicionou de uma maneira que não parecia ser confortável. Poirot observou que a característica facial mais marcante de Annabel Treadway era um profundo sulco vertical que começava entre as sobrancelhas: um vinco pronunciado que dividia sua testa em duas metades perfeitas. Poirot resolveu não olhar de novo para aquele detalhe, com receio de que ela notasse.

— Obrigado por permitir que eu viesse aqui hoje — falou Annabel Treadway calmamente. — Eu esperava que o senhor recusasse.

Ela olhou para Poirot cinco ou seis vezes enquanto falava e desviou o olhar rapidamente em cada momento, como se não quisesse que ele a flagrasse no ato de observá-lo.

— De onde a senhorita veio, *mademoiselle*?

— Ah, o senhor não deve ter ouvido falar. Ninguém conhece. Fica no interior.

— Por que imaginou que eu me recusaria a recebê-la?

— A maioria das pessoas faz de tudo para impedir que um suposto assassino entre em suas casas — respondeu Annabel Treadway. — *Monsieur* Poirot, o que vim aqui lhe dizer é... Bem, o senhor pode não acreditar em mim, mas sou inocente. Eu não conseguiria matar outra vivalma. Nunca! O senhor não tem como saber... — Ela parou de falar com um suspiro entrecortado.

— Por favor, continue — disse Poirot gentilmente. — O que é que eu não tenho como saber?

— Eu nunca causei dor ou feri ninguém, e nem poderia. Eu *salvei* vidas!

— *Mademoiselle...*

Annabel Treadway tirou um lenço do bolso e enxugou os olhos.

— Por favor, peço perdão se pareci arrogante. Não pretendia exagerar minha própria bondade ou conquistas, mas é verdade que salvei uma vida. Há muitos anos.

— Uma vida? A senhorita disse "vidas".

— Eu só quis dizer que se, tivesse a oportunidade de fazer novamente, eu salvaria todas as vidas que pudesse, mesmo que tivesse que me colocar em perigo para tanto. — A voz dela tremeu.

— Isto porque é especialmente heroica ou porque acha que as outras pessoas são mais importantes do que a senhorita? — perguntou Poirot.

— Eu... não sei se entendi o que o senhor quer dizer. Todos nós devemos colocar os outros antes de nós mesmos. Não estou alegando que sou mais altruísta do que a maioria, e estou longe de ser corajosa. Sou terrivelmente covarde, para ser honesta. Vir aqui para falar com o senhor exigiu toda a minha coragem. Minha irmã Lenore... ela é a corajosa. Tenho certeza de que o senhor é corajoso, *monsieur* Poirot. O senhor não salvaria todas as vidas que fosse capaz? Cada uma delas?

Poirot franziu a testa. Foi uma pergunta estranha. A conversa até então tinha sido incomum — até mesmo para o que Poirot chamava em sua mente de "a nova era de Barnabas Pandy".

— Eu ouvi falar do seu trabalho e admiro muito o senhor — disse Annabel Treadway. — Por isso sua carta me magoou tanto. *Monsieur* Poirot, suas suspeitas estão completamente equivocadas. O senhor diz que tem provas contra mim, mas não vejo como isso é possível. Eu não cometi crime algum.

— E eu não lhe enviei carta alguma — disse Poirot. — Não acusei a senhorita, e sigo não acusando, do assassinato de Barnabas Pandy.

Annabel Treadway pestanejou para Poirot, perplexa.

— Mas... não compreendo...

— A carta que a senhorita recebeu não foi escrita pelo verdadeiro Hercule Poirot. Eu também sou inocente! Um imitador enviou estas acusações, cada uma com o meu nome assinado no pé da carta.

— Cada... cada uma? O senhor quer dizer...?

— *Oui*. A senhorita é a terceira pessoa em dois dias que me diz a mesmíssima coisa: que eu lhe escrevi e acusei de ter assassinado um tal de Barnabas Pandy. Ontem foram a madame Sylvia Lay e o *monsieur* John McCrodden. Hoje é a senhorita.

Poirot observou Annabel Treadway atentamente para ver se os nomes dos colegas acusados provocariam qualquer efeito perceptível. Não houve nenhum que pudesse notar.

— Então o senhor não... — A boca se mexeu por um tempo depois que ela parou de falar; finalmente, Annabel Treadway disse: — Então o senhor não acha que sou uma assassina?

— Isso mesmo. No momento presente, não tenho motivos para acreditar que a senhorita tenha assassinado alguém. Agora, se tivesse sido a única pessoa a vir até mim e falado sobre esta carta de acusação, eu poderia me perguntar... — Decidindo não compartilhar mais nenhum raciocínio, Poirot sorriu e falou: — Trata-se de uma piada cruel que esse trapaceiro, seja ele quem for, fez contra nós dois, *mademoiselle*. A senhorita conhece os nomes Sylvia Lay e John McCrodden?

— Nunca ouvi falar de nenhum dos dois — respondeu Annabel Treadway. — E piadas deveriam ser engraçadas, certo? Mas isso não é engraçado. É terrível. Quem faria algo assim? Eu não sou importante, mas fazer uma coisa dessas com uma pessoa da sua reputação é chocante, *monsieur* Poirot.

— Para mim, a senhorita é extremamente importante — disse Poirot. — Apenas a senhorita, das três pessoas que receberam esta carta, escutou. Apenas a senhorita acredita em Hercule Poirot quando ele diz que não escreveu nem enviou tal acusação. A senhorita não me faz achar que devo estar ficando louco, como os outros dois fizeram. Estou profundamente grato por isso, senhorita.

Um ar opressivo de tristeza ainda pairava no ambiente. Se ao menos Poirot pudesse trazer um sorriso ao rosto de Annabel Treadway... Ah, mas que maneira perigosa de pensar. Permita que uma pessoa afete suas emoções e o raciocínio sempre sofre. Lembrando-se de que Miss Treadway, apesar de parecer desolada, poderia ter assassinado um homem chamado Barnabas Pandy, Poirot continuou falando, de modo menos efusivo:

— A madame Lay e o *monsieur* McCrodden não acreditaram em Poirot. Não deram ouvidos.
— Certamente eles não acusaram o senhor de mentir, certo?
— Infelizmente, acusaram.
— Mas o senhor é Hercule Poirot!
— Uma verdade inegável — concordou Poirot. — Posso perguntar se a senhorita trouxe a carta?
— Não. Eu a destruí no mesmo instante, infelizmente. Eu... eu não suportava que ela existisse.
— *Dommage*. Eu gostaria de ter visto a carta. *Eh bien, mademoiselle*, vamos dar o próximo passo em nossa investigação. Quem poderia desejar fazer uma travessura como essa contra a senhorita, contra mim e contra a madame Lay e o *monsieur* McCrodden? Quatro pessoas que não conhecem o tal Barnabas Pandy, se é que ele existe, uma vez que, pelo que sabemos...
— Ah!— Annabel Treadway conteve um gritinho.
— O que houve? — perguntou Poirot. — Conte-me. Não tenha medo. Ela parecia aterrorizada.
— Não é verdade — sussurrou Annabel Treadway.
— O que não é verdade?
— Ele existe, sim.
— *Monsieur* Pandy? Barnabas Pandy?
— Sim. Bem, ele *existiu*, sim. Barnabas Pandy está morto, entende? Não assassinado, no entanto. Ele adormeceu e... eu pensei... Não foi minha intenção enganar o senhor, *monsieur* Poirot. Eu deveria ter deixado isso claro imediatamente... Só pensei...

Os olhos dela foram depressa de uma parte da sala para outra. A mente de Annabel Treadway era um grande caos naquele momento, percebeu Poirot.

— A senhorita não me enganou — garantiu ele. — A madame Lay e o *monsieur* McCrodden afirmaram categoricamente que não conheciam ninguém com o nome de Barnabas Pandy, e eu também não conheço. Supus que o mesmo deveria ser verdade da sua parte. Agora, por favor, conte-me tudo o que sabe sobre o *monsieur* Pandy. Ele está morto, a senhorita diz?

— Sim. Ele morreu em dezembro do ano passado. Três meses atrás.

— E a senhorita diz que Barnabas Pandy não foi assassinado. Sabe como ele morreu?

— Claro que sei. Eu estava lá. Nós morávamos na mesma casa.

— A senhorita... Vocês moraram juntos? — Por essa Poirot não esperava.

— Sim, desde que eu tinha 7 anos — respondeu ela. — Barnabas Pandy era meu avô.

— Ele era mais como um pai para mim do que um avô — disse Annabel assim que Poirot conseguiu convencê-la de que não estava zangado com ela por tê-lo induzido ao erro. — Minha mãe e meu pai morreram quando eu tinha 7 anos, e Lenore e eu fomos morar com o Vô. Sempre chamei ele assim. Lenore também tem sido como uma mãe para mim, de certa forma. Eu não sei o que faria sem ela. Mas fato é que o Vô estava muitíssimo velho. É triste quando eles nos deixam, é claro, mas os idosos morrem, não é? De maneira natural, quando chega a hora deles.

O contraste entre o tom de voz casual e o ar de tristeza que ela emanava levou Poirot a concluir que, o que quer estivesse deixando Annabel infeliz, não era a morte do avô.

De repente, a atitude dela mudou. Houve um vislumbre de algo nos olhos de Annabel Treadway quando ela falou ardorosamente:

— As pessoas se importam bem menos quando idosos morrem, o que é muitíssimo injusto! "Ele teve uma boa vida", dizem elas, como se isso tornasse a morte tolerável, ao passo que, quando uma criança morre, todo mundo encara como o pior tipo de tragédia. Eu acredito que toda morte é uma tragédia! O *senhor* não acha injusto, *monsieur* Poirot?

A palavra "tragédia" pareceu ecoar no ar. Se Poirot tivesse recebido a ordem para escolher uma palavra que descrevesse a essência da mulher diante de si, teria escolhido essa. Foi quase um alívio ouvi-la ser dita em voz alta.

Quando Poirot não respondeu imediatamente à pergunta, Annabel Treadway ficou corada e disse:

— Mas quando falo do quão pouco as pessoas ligam para idosos morrendo... bem, eu não quis dizer... Eu estava me referindo aos idosos *realmente* velhos. O Vô tinha noventa e quatro anos, então tenho certeza que é *muito* mais velho que... Espero não ter ofendido o senhor.

E assim sendo, refletiu Poirot, às vezes a emenda sai pior do que o soneto. Com certa desonestidade, disse a Annabel Treadway que não estava ofendido.

— Como a senhorita destruiu a carta? — perguntou Poirot.

Ela baixou o olhar para os joelhos.

— A senhorita prefere não me dizer?

— Ser acusada de assassinato... Não pelo senhor, mas definitivamente por alguém, deixa a pessoa um pouco nervosa para revelar qualquer coisa.

— Compreendo. Mesmo assim, eu gostaria de saber como a senhorita se desfez da carta.

Ela franziu a testa. *"Alors!"*, pensou Poirot para si mesmo quando o vinco entre as sobrancelhas se aprofundou. Ao menos um mistério resolvido. Franzir a testa era um hábito de Annabel Treadway e tinha sido por muitos anos. O sulco na testa dela era a prova.

— O senhor vai me achar boba e supersticiosa se eu lhe contar — disse Annabel Treadway enquanto levava o lenço ao nariz. Ela não estava chorando, mas talvez esperasse estar em breve. — Eu peguei uma caneta e fiz riscos grossos com tinta preta em cada palavra, para que nada do que estava escrito permanecesse visível. Eu fiz isso no seu nome também, *monsieur* Poirot. Em cada palavra! Então rasguei a carta e queimei os pedaços.

— Três métodos distintos de obliteração. — Poirot sorriu. — Estou impressionado. A madame Lay e o *monsieur* McCrodden foram menos meticulosos do que a senhorita, *mademoiselle*. Há algo mais que eu gostaria de lhe perguntar. Sinto que a senhorita está infeliz e talvez com medo?

— Não tenho nada a temer — respondeu ela rapidamente. — Como já disse, sou inocente. Ah, se ao menos fosse Lenore ou Ivy me acusando, eu saberia como convencê-las. Eu simplesmente diria: "Juro pela vida de Hoppy", e elas saberiam que eu estava dizendo a verdade. Elas já sabem, é claro, que eu não matei o Vô.

— Quem é Hoppy? — perguntou Poirot.

— Hopscotch. Meu cachorro. É a criatura mais fofa do mundo. Eu nunca juraria pela vida de Hoppy em vão. O senhor iria amá-lo, *monsieur* Poirot. É impossível não amá-lo. — Pela primeira vez desde que chegou, Annabel Treadway sorriu, e a espessa camada de tristeza no ambiente diminuiu um pouco. — Bem, preciso voltar para cuidar de Hoppy. O senhor vai achar que sou boba, mas sinto muita falta dele. E não estou com medo. De verdade. Se a pessoa que enviou a carta não quis assiná-la, então não se trata de uma acusação séria, certo? É um truque bobo, apenas isso, e estou muito feliz em ter visitado o senhor e esclarecido a questão. Agora, eu tenho que ir.

— Por favor, *mademoiselle*, não saia ainda. Eu gostaria de fazer mais algumas perguntas.

— Mas preciso cuidar de Hoppy — insistiu Annabel Treadway enquanto se levantava. — Ele precisa de... e nenhum deles consegue... Quando não estou lá, ele... Eu sinto muitíssimo. Espero que quem enviou essas cartas não lhe cause mais problemas. Obrigada por me receber. Bom dia, *monsieur* Poirot.

— Bom dia, *mademoiselle* — respondeu Poirot para uma sala que ficou vazia de repente, a não ser por ele e por uma sensação persistente de desolação.

Capítulo 4
....
Um elemento discrepante?

Hercule Poirot achou a manhã seguinte esquisita. Às dez horas, nenhum estranho havia telefonado. Ninguém havia aparecido na Mansão Whitehaven para afirmar ter sido acusado por ele do assassinato de Barnabas Pandy. Poirot esperou até quarenta minutos depois das onze (nunca se sabia quando um despertador defeituoso poderia fazer com que um acusado dormisse demais), depois partiu para o Café Pleasant's.

Extraoficialmente no comando do Pleasant's, havia uma jovem garçonete chamada Euphemia Spring. Todos a chamavam de Fee para abreviar. Poirot gostava muitíssimo dela. Fee dizia as coisas mais inesperadas. Os cabelos esvoaçantes desafiavam a gravidade e se recusavam a ficar penteados, embora não houvesse nada de esvoaçante ou volúvel a respeito da mente dela, sempre concentradíssima. Fee preparava o melhor café de Londres, depois fazia tudo que era possível para desencorajar os clientes a beberem. Chá, como ela gostava de dizer, era uma bebida muito superior e benéfica à saúde, enquanto o café aparentemente levava a noites sem dormir e a desgraças de todo tipo.

Poirot continuou a beber o excelente café de Fee, apesar de suas advertências e súplicas, e notou que, em muitos assuntos (tirando o supracitado), a garçonete tinha muita sabedoria para transmitir. Uma das áreas de especialização dela era o amigo e ajudante ocasional de Poirot, o Inspetor Edward Catchpool — e era por isso que ele estava ali.

O café estava começando a ficar mais movimentado. A umidade escorria pela parte de dentro das janelas. Fee servia a um cavalheiro do outro lado do salão quando Poirot entrou, mas a garçonete ainda assim acenou com a mão esquerda: um gesto eloquente, que disse para Poirot exatamente onde se sentar e esperar por ela.

Poirot assim o fez. Ele endireitou os talheres diante de si na mesa, como de costume, e tentou não olhar para a coleção de bules que enchia as prateleiras altas das paredes. Poirot considerava a visão insuportável: estavam todos em ângulo diferente e dispostos aparentemente ao acaso. Não havia lógica na arrumação. Ser uma pessoa tão aficionada por bules a ponto de guardar tantos, e ainda assim não ver a necessidade de apontar todos os bicos na mesma direção... Poirot há muito suspeitava que era criação de Fee aquele arranjo deliberadamente aleatório, apenas para lhe causar aflição. Certa vez, quando os bules de chá estavam alinhados de modo mais convencional, Poirot comentou que um deles fugia à regra. Desde aquele dia, cada vez que Poirot ia ao Pleasant's, nunca mais houve padrão na disposição dos bules. Fee Spring não reagia bem às críticas.

A garçonete apareceu ao lado dele e colocou com força um prato entre a faca e o garfo. Havia uma fatia de bolo nele, uma que Poirot não havia pedido.

— Vou precisar da sua ajuda — disse Fee, antes que ele pudesse perguntar sobre Catchpool —, mas o senhor terá que se alimentar primeiro.

Era seu famoso Bolo de Janela de Igreja, assim batizado porque cada fatia compreendia dois quadrados amarelos e dois rosas que supostamente pareciam-se com o vitral de uma janela de igreja. Poirot achava o nome incômodo. Janelas de igreja são coloridas, sim, mas também transparentes e feitas de vidro. Seria melhor tê-lo batizado "Bolo de Tabuleiro de Xadrez". Era essa imagem que vinha à mente de Poirot quando ele via a fatia: um tabuleiro de xadrez, embora pequeno demais e com as cores erradas.

— Eu telefonei para a Scotland Yard hoje de manhã — disse Poirot para Fee. — Eles disseram que Catchpool está no litoral com a mãe, de férias. Isso não me parece provável.

— Coma — falou a garçonete.

— *Oui, mais...*

— Mas o senhor quer saber onde Edward está. Por quê? Aconteceu alguma coisa?

Nos últimos meses, ela começou a se referir a Catchpool como "Edward", embora nunca quando ele estava presente, notou Poirot.

— Você sabe onde ele está? — perguntou Poirot.

— Talvez. — Fee sorriu. — Eu vou contar tudo que sei, assim que o senhor disser que vai me ajudar. Agora coma.

Poirot suspirou.

— E eu comer uma fatia do seu bolo vai lhe ajudar como?

Fee se sentou ao lado dele e apoiou os cotovelos na mesa.

— O bolo não é meu — sussurrou a garçonete, como se estivesse falando sobre uma coisa vergonhosa. — Parece o meu bolo, tem o gosto do meu bolo, mas não é *meu*. Esse é o problema.

— Não estou entendendo.

— Alguma vez o senhor foi servido aqui por uma garota chamada Philippa, toda ossuda, com dentes de cavalo?

— *Non*. Não parece familiar.

— Ela não durou muito tempo aqui. Peguei Philippa roubando comida e tive que trocar umas palavras com ela. Não que ela não precisasse engordar, mas eu não ia deixá-la tirar comida dos pratos de quem pagou honestamente. Falei que não havia problema que ficasse com as sobras, mas isso não foi bom o suficiente para ela. Como todo ladrão, Philippa não gostou de ser tratada como criminosa e então nunca mais voltou depois disso. Bem, agora Philippa está naquele café novo, Kemble's, perto da loja de vinhos na Oxford Street. Eles que fiquem com ela, boa sorte para eles, mas os clientes começaram a me dizer que Philippa está fazendo o *meu* bolo. No começo eu não acreditei, por que, afinal, como ela poderia saber a receita? Foi passada da minha bisavó para minha avó, depois para minha mãe, e então para mim. Eu cortaria minha própria língua antes de contá-la para alguém de fora da família, e não contei. Certamente não para *ela*. Eu nem sequer escrevi a receita. A única maneira de Philippa saber seria se ela me visse fazendo o bolo escondida... e pensando bem, sim, ela pode ter visto. Philippa só precisaria ter feito isso uma vez se tivesse prestado atenção, e não posso jurar que ela não fez. Todo esse tempo, nós duas juntas em uma cozinha minúscula...

Fee apontou um dedo acusatório, como se a cozinha do Pleasant's fosse a culpada.

— Fácil o suficiente para dar a impressão de que estava ocupada com outra coisa qualquer. E Philippa era um tipinho bem furtivo. De qualquer forma, eu tive que ir experimentar, não é? E acho que eles estão certos, os clientes que me disseram que ela está fazendo o meu bolo. Acho que estão certíssimos! — Os olhos dela brilharam de indignação.

— O que a senhorita gostaria que eu fizesse, mademoiselle?

— Eu não disse? Não é o que estou dizendo? Coma esse bolo e me diga se estou certa ou errada. Esse é de Philippa, não meu. Enfiei no bolso do casaco quando ela não estava olhando. Philippa sequer soube que estive no café dela de tanto cuidado que tomei. Eu fui disfarçada. Usei uma fantasia adequada!

Poirot não queria comer uma fatia de bolo que estivera no bolso de alguém.

— Eu não provo o seu Bolo de Janela de Igreja há muitos meses — disse ele a Fee. — Minha memória não é tão boa para julgar. Além disso, as pessoas não se lembram com precisão de sabores. É impossível.

— O senhor acha que eu não sei disso? — perguntou Fee impaciente. — Eu vou lhe dar uma fatia do meu bolo a seguir, não vou? Vou pegar agora mesmo.

Ela se levantou e falou:

— Coma um pedacinho de um e depois do outro. Depois, coma de novo um pedacinho de cada um. Diga-me se não seria possível terem vindo todos da mesma forma.

— Se eu fizer isso, a senhorita vai me dizer onde está Catchpool?

— Não.

— Não?

— Eu disse que vou lhe contar onde Edward está se o senhor me ajudar.

— E eu concordei em provar...

— A degustação não é a ajuda — falou Fee com firmeza. — Isso vai vir depois.

Hercule Poirot raramente se permitia ceder à vontade dos outros, mas resistir a Fee Spring era uma tarefa inútil. Ele esperou até que a garçonete voltasse com outra fatia de Bolo de Janela de Igreja que parecia idêntica à primeira e depois, obedientemente, provou as duas. Para ter certeza, Poirot provou três pedaços de cada um.

Fee observou-o atentamente. Enfim, ela não conseguiu mais se controlar e exigiu saber:

— Bem? É o mesmo ou não?

— Não consigo sentir diferença — respondeu Poirot. — Nenhuma mesmo. Mas *mademoiselle*, infelizmente não há um estatuto que impeça uma pessoa de fazer o mesmo bolo que outra, se ela tiver observado com os próprios olhos...

— Ah, não estou querendo usar a lei contra ela. Tudo o que quero saber é se Philippa acha que roubou de mim ou não.

— Entendo — disse Poirot. — A senhorita não está interessada no delito legal, mas no moral.

— Eu quero que o senhor vá até o café dela, peça o bolo e pergunte a Philippa sobre ele. Pergunte onde ela conseguiu a receita.

— E se Philippa disser: "É aquela usada pela Fee Spring do Pleasant's"?

— Então eu vou vê-la pessoalmente e direi o que ela não sabe: que a receita da família Spring não deve ser usada por mais ninguém. Se for um erro honesto, é assim que eu vou tratar o caso.

— E o que a senhorita fará se ela responder de maneira mais evasiva? — perguntou Poirot. — Ou se Philippa for ousada ao dizer que pegou a receita do bolo em outro lugar qualquer e a senhorita não acreditar nela?

Fee sorriu e estreitou os olhos.

— Ah, neste caso, vou fazê-la se arrepender em breve — respondeu Fee, depois acrescentou rapidamente: — Não de uma forma que o senhor gostaria que não tivesse me ajudado, fique sabendo.

— Fico feliz em ouvir isso, *mademoiselle*. Se permitir que Poirot ofereça um conselho prudente: a busca por vingança raramente é uma boa ideia.

— Tanto quanto ficar sentado à toa enquanto as pessoas se aproveitam do que é seu por direito — disse Fee, decidida. — O que eu quero do senhor é a ajuda que pedi, não o conselho que eu não pedi.

— *Je comprends* — disse Poirot.

— Ótimo.

— Por favor. Onde está Catchpool?

Fee abriu um sorrisão.

— No litoral com a mãe dele, como a Scotland Yard disse.

O rosto de Poirot assumiu um olhar severo.

— Vejo que fui enganado — falou ele.

— Longe disso! O senhor não acreditou quando eles contaram. Agora eu estou dizendo que é verdade, então o senhor sabe que é. É onde ele está. Great Yarmouth, a leste.

— Como eu disse antes... isso não parece provável.

— Ele não queria ir, mas foi necessário para conseguir que a velha o deixasse em paz. Ela encontrou outra esposa perfeita para ele.

— Ah! — Poirot conhecia a ambição da mãe de Catchpool de ver o filho casado com uma boa moça.

— E parece que a tal tinha muita coisa a seu favor. Atraente, como Edward disse que ela era, e de uma família respeitável. Doce, também, e culta. Ele achou mais difícil do que o normal dizer não.

— Para a mãe dele? Ou a *jolie femme* pediu Catchpool em casamento?

Fee riu.

— Não, isso foi apenas ideia da mãe dele. A velha ficou muito abatida quando Edward disse que não estava interessado. Ela deve ter pensado: "Se ele não for persuadido nem mesmo por esta moça..." Edward decidiu que tinha que fazer alguma coisa para melhorar o ânimo da mãe, e como ela ama Great Yarmouth, é para lá que foram.

— Mas estamos em fevereiro — disse Poirot, irritado. — Ir a um balneário inglês em fevereiro é buscar sofrimento, não é?

Catchpool devia estar passando por momentos deploráveis, pensou Poirot. Ele deveria voltar a Londres imediatamente para que pudessem discutir a questão de Barnabas Pandy.

— Com licença, *monsieur* Poirot? *Monsieur* Hercule Poirot?

Uma voz hesitante interrompeu os pensamentos de Poirot, que se virou e avistou um homem elegantemente vestido sorrindo para ele como se estivesse tomado pela maior alegria do mundo.

— Hercule Poirot, *c'est moi* — confirmou ele.

O homem estendeu a mão.

— É um imenso prazer conhecê-lo — falou o sujeito. — Sua reputação é formidável. É difícil saber o que dizer a um homem tão formidável. Eu sou Dockerill, Hugo Dockerill.

Fee olhou desconfiada para o recém-chegado.

— Eu vou deixá-lo cuidar disso, então. Não se esqueça que o senhor prometeu me ajudar — avisou a garçonete para Poirot antes de deixar a mesa.

Ele assegurou a Fee de que não se esqueceria e, em seguida, convidou o homem sorridente para se sentar. Hugo Dockerill era quase completamente careca, embora ainda não tivesse 50 anos, supôs Poirot.

— Lamento muitíssimo abordá-lo desta maneira — disse Dockerill, parecendo alegre e nada arrependido. — Seu criado me informou que eu poderia encontrá-lo aqui. Ele me incentivou a marcar uma consulta para o final da tarde de hoje, mas estou muito ansioso para esclarecer o mal-entendido. Então eu disse a ele que preferia procurá-lo o quanto antes, e quando expliquei a natureza da questão, ele pareceu achar que o senhor poderia querer *me* ver com urgência, e cá estou eu! — Hugo Dockerill gargalhou alto, como se tivesse contado uma anedota hilária.

— Mal-entendido? — disse Poirot.

Ele estava começando a se perguntar se talvez uma quarta carta... mas não, como poderia ser? Será que alguma pessoa, mesmo a mais entusiasmada e otimista, sorriria radiante em tais circunstâncias?

— Sim. Recebi sua carta há dois dias e... Bem, tenho certeza de que a culpa é toda minha e odiaria que o senhor pensasse que estou fazendo algum tipo de crítica ao senhor. Não estou criticando de maneira alguma — falou Hugo Dockerill. — Na verdade, sou um grande admirador do seu trabalho, pelo que ouvi sobre ele, mas... Bem, eu devo ter feito algo involuntariamente que lhe deu uma ideia errada. Por isso, peço desculpas. Eu às vezes fico um pouco confuso. Basta perguntar à minha esposa Jane, ela diria ao senhor. Planejei encontrá-lo imediatamente, depois que recebi sua carta, mas eu a perdi quase imediatamente...

— *Monsieur* — disse Poirot em tom severo. — A que carta o senhor está se referindo?

— Àquela sobre... Bem, sobre o velho Barnabas Pandy — respondeu Hugo Dockerill, sorrindo radiante com vitalidade renovada, agora que o nome crucial havia sido pronunciado. — Eu normalmente não ousaria insinuar que o incrível Hercule Poirot poderia estar errado sobre alguma coisa, mas neste caso... infelizmente, não fui eu. Achei que... bem, se o senhor pudesse me dizer o que o levou a acreditar que fui eu, talvez nós dois pudéssemos esclarecer toda essa confusão. Como eu disse, tenho certeza de que o mal-entendido é totalmente culpa minha.

— O senhor diz que não foi o senhor, *monsieur*. O que não foi o senhor?

— A pessoa que assassinou Barnabas Pandy — respondeu Hugo Dockerill.

Após ter se declarado inocente de assassinato, Hugo Dockerill pegou um garfo sem uso do lugar em frente a Poirot e serviu-se de um pedaço do Bolo de Janela de Igreja de Fee Spring. Ou talvez fosse a fatia da receita roubada por Philippa; Poirot não conseguia mais lembrar qual era qual.

— O senhor não se importa, não é? — disse Dockerill. — É uma pena desperdiçar comida. Não conte para a minha esposa! Ela está sempre reclamando que eu tenho os modos de uma criança pobre. Mas nós, meninos, somos um pouco mais robustos quando se trata de encher a barriga, hein?

Poirot, horrorizado pelo fato de que alguém acharia tentadora uma fatia de bolo comida pela metade, fez um barulho educadamente genérico. Ele se permitiu refletir por um instante sobre semelhança e diferença. Quando muitas pessoas fazem ou dizem exatamente a mesma coisa, o efeito é o oposto do que se poderia esperar. Agora, duas mulheres e dois homens já haviam se apresentado para comunicar a mesma mensagem: que haviam recebido uma carta assinada em nome de Hercule Poirot em que eram acusados do assassinato de Barnabas Pandy. Em vez de ponderar as semelhanças entre os quatro encontros, Poirot se via intrigado com as diferenças. Estava agora firmemente convencido de que, se alguém quisesse ver claramente como o caráter de uma pessoa divergia do caráter de outra, o método mais eficiente era colocar ambas em situações idênticas.

Sylvia Lay era egoísta e cheia de uma raiva movida por orgulho. Assim como John McCrodden, estava tomada por uma poderosa obsessão por uma pessoa em particular. Ambos acreditavam que Poirot provavelmente seguira a vontade daquela pessoa ao escrever as tais cartas, fosse o mandante Rowland "Forca" McCrodden ou o misterioso Eustace. A raiva de John McCrodden, pensou Poirot, era similar à raiva de Sylvia Lay, mas diferente: menos explosiva, mais duradoura. Ele não esqueceria, enquanto ela seria capaz de esquecer se um drama novo e mais premente ocorresse.

Dos quatro, Annabel Treadway era o caso mais difícil de entender. Ela não estava nada zangada, mas escondia alguma coisa. E estava angustiada, de alguma forma.

Hugo Dockerill foi o primeiro e único destinatário da carta a permanecer alegre diante da situação desagradável, e certamente o primeiro a demonstrar a crença de que todos os problemas do mundo poderiam ser resolvidos se as pessoas decentes ao menos se sentassem à mesa e resolvessem o que era preciso. Se Hugo Dockerill objetava ser acusado de assassinato, escondia isso bem. O sujeito ainda estava fazendo o melhor possível para dividir o rosto ao meio com um sorriso radiante e murmurar, entre bocados de Bolo de Janela de Igreja, que lamentava muito se qualquer coisa que ele fez tivesse dado a impressão de que poderia ser um assassino.

— Não fique se desculpando — disse Poirot. — O senhor falou do "velho Barnabas Pandy" há um momento. Por que se referiu a ele dessa maneira?

— Bem, ele estava a caminho de fazer cem anos quando morreu, não?

— Então o senhor conheceu o *monsieur* Pandy?

— Eu nunca o conheci, mas sabia quem era, é claro. Por causa de Timothy.

— Quem é Timothy? — perguntou Poirot. — Eu tenho que explicar, *monsieur*, que a mensagem que o senhor recebeu não foi enviada por mim. Eu não conhecia nenhum Barnabas Pandy até ser visitado por três pessoas que receberam a mesma carta. E agora uma quarta: o senhor. Todas as missivas foram assinadas em nome de "Hercule Poirot" por um falsário. Uma fraude! Nenhuma delas foi enviada por mim. Eu não acusei ninguém de assassinar o *monsieur* Pandy que, creio eu, morreu de causas naturais.

— Puxa vida! — O sorrisão de Hugo Dockerill diminuiu um pouco enquanto os olhos se encheram de confusão. — Que complicação. É alguma brincadeira boba, então?

— Quem é Timothy? — perguntou Poirot novamente.

— Timothy Lavington, o bisneto do velho Pandy. Eu sou reitor de Timothy no internato Turville. Onde o próprio Pandy estudou, assim como o pai de Timothy, ambos Velhos Turvillianos. Como eu. A única diferença é que nunca saí de lá! — Dockerill deu uma risada.

— Entendo. Então o senhor conhece a família de Timothy Lavington?

— Sim. Mas, como disse, nunca conheci o velho Pandy.

— Quando Barnabas Pandy morreu?

— Eu não saberia informar a data exata, mas foi no final do ano passado, creio. Novembro ou dezembro.

Isso batia com o que Annabel Treadway dissera.

— Na sua posição de reitor de um internato, suponho que o senhor tenha sido informado de que o bisavô de um de seus alunos morreu?

— Sim, fui. Estávamos todos um pouco tristes em relação a isso. Ainda assim, o velho viveu muito e bem. Todos nós deveríamos ter essa sorte! — O sorriso alegre estava de volta ao lugar. — E se for preciso morrer, suponho que existam maneiras piores do que afogamento.

— Afogamento?

— Sim. O pobre e velho Pandy adormeceu na banheira e afundou na água. Afogado. Um acidente horrível. Nunca houve qualquer conversa sobre a morte ter sido por outro motivo.

Annabel Treadway havia falado sobre o avô adormecendo. Poirot supôs que isso significava que ele morrera naturalmente à noite porque ela não dissera nada sobre banheira ou afogamento. Annabel Treadway teria deliberadamente ocultado essa parte da história?

— Isso era o que o senhor acreditava até receber uma carta assinada em nome de Hercule Poirot? Que o *monsieur* Pandy se afogou na banheira, acidentalmente?

— É o que todo mundo acredita — respondeu Hugo Dockerill. — Houve um inquérito que deu como veredito morte acidental. Eu me lembro de ter ouvido Jane, minha esposa, ser solidária com o jovem Timothy. Acho que o inquérito deve ter errado, não é?

— O senhor está com a carta? — perguntou Poirot.

— Não, desculpe, não estou com ela. Como eu disse, perdi a carta. Perdi duas vezes, na verdade. Da primeira vez consegui encontrá-la, e foi assim que eu peguei seu endereço, mas depois ela se perdeu de novo. Procurei a maldita antes de vir para Londres, mas foi em vão. Espero que um dos nossos meninos não coloque suas luvas sujas nessa carta. Eu odiaria que alguém pensasse que sou acusado de assassinato, especialmente quando, como se vê, o senhor não me acusou de tal coisa!

— O senhor e sua esposa têm filhos?

— Ainda não. Estamos torcendo. Estou falando como reitor quando digo "nossos meninos". Nós temos setenta e cinco monstrinhos! Minha esposa é uma santa por aturar todos eles, isso eu sempre digo, e *ela* sempre diz que eles não são problema algum, e se é uma santa, é porque ela *me* atura. — Veio em seguida uma gargalhada previsível.

— Talvez o senhor possa pedir à sua esposa para ajudá-lo a procurar a carta pela casa? — sugeriu Poirot. — Até agora, nenhuma pessoa me trouxe a carta que recebeu. Seria muito útil se eu pudesse ver pelo menos uma.

— Claro. Eu deveria ter pensado nisso. Jane vai encontrar, não tenho dúvidas. Ela é tremenda! Tem talento para encontrar coisas, embora negue. Vive dizendo para mim: "Você encontraria as mesmas coisas que eu, Hugo, se simplesmente abrisse os olhos e colocasse o cérebro para funcionar". A mulher é maravilhosa!

— O senhor conhece Annabel Treadway, *monsieur*?

O sorriso de Hugo se alargou.

— Annabel! Claro. Ela é tia de Timothy e, em relação a Pandy... o que ela seria? Deixe-me pensar. A mãe de Timothy, Lenore, é neta de

Pandy, então... sim, Annabel era... er... Ela é irmã de Lenore, então... ela também era neta de Pandy.

Poirot suspeitava que Hugo Dockerill fosse uma das pessoas mais estúpidas que já havia conhecido na vida.

— Lenore geralmente anda acompanhada por Annabel e sua filha Ivy, irmã de Timothy, sempre que vai a Turville, então acabei conhecendo Annabel muito bem ao longo dos anos. Infelizmente, *monsieur* Poirot, *sente-se que lá vem história*, como se diz. Fiz um pedido a Annabel há alguns anos. De casamento, o senhor sabe. Eu estava bastante confuso. Ah, na época eu não era casado com minha esposa — esclareceu Dockerill.

— Fico feliz em saber, *monsieur*, que o senhor não fez um pedido de bigamia.

— O quê? Puxa vida, não. Eu era solteiro na ocasião. Foi estranho, na verdade. Até hoje não consigo entender. Annabel pareceu empolgada quando eu declarei minha intenção, e então, quase imediatamente, ela irrompeu em lágrimas e me recusou. As mulheres são volúveis, como todo homem sabe. Tirando Jane, é claro, que é tremendamente confiável. Mas ainda assim... ter dito "não" pareceu incomodar Annabel terrivelmente. Tanto que sugeri a ela que mudar o "não" para um "sim" poderia fazê-la se sentir mais animada.

— Qual foi a reação dela?

— Um "não" concreto, infelizmente. Ah, bem, essas coisas tendem a se acertar da melhor maneira, não é? Jane é tão maravilhosa com nossos meninos. Annabel me garantiu quando me rejeitou que não teria tido o *menor jeito* com eles. Não sei por que achava isso, sendo tão dedicada a Timothy e Ivy como é. E Annabel realmente é como uma segunda mãe para eles. Eu me perguntei mais de uma vez se ela estava secretamente com medo de ter os próprios filhos, no caso de isso vir a enfraquecer sua ligação maternal com a sobrinha e o sobrinho. Ou talvez o grande número de garotos em minha casa tenha sido o que a desencorajou. Eles são como um rebanho de animais, às vezes, e Annabel é uma criatura tranquila. Mas então, como eu disse, ela adora o jovem Timothy, que está longe de ser o mais fácil dos garotos. Ele nos deu problemas ao longo dos anos.

— Que tipo de problemas? — perguntou Poirot.

— Ah, nada sério. Tenho certeza de que ele vai se tornar um adulto correto. Como muitos garotos de Turville, Timothy gosta demais de se autoelogiar, mesmo que não mereça. Às vezes, ele se comporta como se as regras da escola não se aplicassem a ele. Como se estivesse acima delas. Jane culpa isso... — Hugo Dockerill se interrompeu. — Opa! — Ele riu. — Não devo ser indiscreto.

— Nada que o senhor me disser sairá daqui — garantiu Poirot.

— Eu só ia dizer que, para a mãe dele, nada é culpa de Timothy. Certa vez, quando achei que tinha que castigá-lo por insubordinação porque Jane *insistiu*, eu é que acabei sendo castigado por Lenore Lavington. Ela não falou comigo por quase seis meses. Nem uma palavra!

— O senhor conhece um tal de John McCrodden? — perguntou Poirot.

— Não, infelizmente não. Deveria conhecer?

— E sobre Sylvia Lay?

— Sim, Sylvia eu conheço. — Hugo deu um sorriso radiante, feliz por poder responder afirmativamente.

Poirot ficou surpreso. Ele estava errado de novo. Não havia nada que Hercule Poirot achasse mais desconcertante. Ele supôs que houvesse dois pares, como os dois quadrados amarelos e dois quadrados cor-de-rosa em uma fatia de Bolo de Janela de Igreja: Sylvia Lay e John McCrodden, que não conheciam Barnabas Pandy e nunca ouviram o nome dele; e o outro par, os dois que conheceram Pandy ou pelo menos sabiam quem ele era, Annabel Treadway e Hugo Dockerill.

Incorretamente, Poirot imaginara que esses pares permaneceriam nitidamente separados, tão distintos quanto os quadrados do bolo. Agora, porém, a situação estava bagunçada: Hugo Dockerill conhecia Sylvia Lay.

— Como o senhor a conhece?

— O filho dela, Freddie, é aluno de Turville. Ele está no mesmo ano que Timothy Lavington.

— Quantos anos têm esses dois garotos?

— Doze, creio eu. Ambos estão na sexta série, de qualquer forma, e ambos moram na minha casa. Meninos muito diferentes. Meu Deus, não poderiam ser mais diferentes! Timothy é um mocinho popular e sociável, sempre cercado por uma multidão de admiradores. O pobre Freddie é um solitário. Acho que não tem amigos. Passa muito tempo ajudando Jane, na verdade. Ela é tremenda. "Nenhum garoto aqui ficará solitário se eu puder fazer alguma coisa por isso", Jane costuma dizer. E é sincera também!

Será que Sylvia Lay mentira sobre não conhecer Pandy?, Poirot se perguntou. Será que uma pessoa saberia, necessariamente, o nome do bisavô de um conhecido da escola de seu filho, particularmente quando os sobrenomes eram diferentes? O de Timothy era Lavington, não Pandy.

— Então madame Lay tem um filho que estuda na mesma casa que o bisneto de Barnabas Pandy — murmurou Poirot, mais para si mesmo do que para Hugo Dockerill.

— Puxa vida. Ela tem?

— Isso é o que nós estabelecemos, *monsieur*.

Talvez Hugo Dockerill tivesse dificuldade apenas com relacionamentos familiares. Com isso e saber o paradeiro de objetos, coisas como cartas importantes.

O sorriso de Dockerill diminuiu enquanto ele lutava para entender o que Poirot dissera.

— Um filho que... o bisneto de... Claro! Sim, ela tem. Ela tem sim!

Isso significava, pensou Poirot, que o caso não era tão simples quanto dois quadrados cor-de-rosa e dois amarelos; não era um caso de pares. Três destinatários da carta poderiam estar ligados a Barnabas Pandy com mais certeza, e um, não. Ao menos não ainda.

Poirot estava interessado em duas perguntas: Barnabas Pandy tinha sido assassinado? E John McCrodden seria o elemento discrepante? Ou ele também estava ligado ao falecido Pandy de uma maneira que ainda não estava evidente?

Capítulo 5
•••••••••••••••
Uma carta com um buraco

Escrevo este relato sobre o que Poirot mais tarde decidiu chamar de "O Mistério dos Três Pedaços" em uma máquina de escrever que tem uma letra "e" defeituosa. Não sei se alguém irá publicá-lo, mas caso esteja lendo uma versão impressa, todos os "e" estarão impecáveis. No entanto, é notável que no texto datilografado original há (ou devo dizer, para o benefício de futuros leitores, havia?) uma pequena lacuna branca no meio da barra horizontal de cada letra "e" — um buraco extraordinariamente minúsculo na tinta preta.

Por que isso é importante? Responder a essa pergunta imediatamente seria me adiantar na própria narrativa. Deixe-me explicar.

Meu nome é Edward Catchpool e sou inspetor da Scotland Yard. Também sou quem conta esta história. Não apenas a partir deste ponto, mas desde o começo, embora eu tenha sido ajudado por várias pessoas a preencher as partes do drama em que estive ausente. Sou especialmente grato aos olhos aguçados e à loquacidade de Hercule Poirot, que não deixa escapar nada quando se trata de detalhes. Graças a ele, acredito que eu não tenha mal representado, em qualquer sentido importante, os acontecimentos que relatei até agora, todos ocorridos antes que eu voltasse de Great Yarmouth.

Quanto menos for falado da minha estadia irritantemente tediosa no litoral, melhor. O único ponto relevante é que fui obrigado a voltar a Londres antes do planejado (o leitor pode imaginar meu alívio) após a chegada de dois telegramas. Um de Hercule Poirot, que disse que precisava com urgência da minha ajuda e perguntou se eu poderia voltar imediatamente. O outro, impossível de ignorar, do meu superintendente da Scotland Yard, Nathaniel Bewes. Este segundo telegrama, embora não tivesse sido enviado por Poirot, era sobre ele. Aparentemente, Hercule Poirot estava "dificultando a vida", e Bewes queria que eu intervisse.

Fiquei comovido com a confiança injustificável do superintendente em minha capacidade de alterar o comportamento do meu amigo belga e, assim sendo, ao retornar ao gabinete de Bewes, sentei-me em silêncio e assenti em solidariedade enquanto ele extravasava o seu espanto. A essência do que estava em jogo parecia clara o suficiente. Poirot acreditava que o filho de Rowland "Forca" McCrodden era culpado de assassinato, tendo declarado isso em voz alta, e afirmava ser capaz de provar. O superintendente não gostou nada disso porque Rowland Forca era seu amigo e ele queria que eu convencesse Poirot a pensar o contrário.

Em vez de prestar atenção às várias expressões de repulsa ditas pelo superintendente, eu estava ocupado ensaiando a minha resposta. Será que devo dizer: "Não faz sentido em falar com Poirot sobre isso porque se ele está convicto de sua descoberta, não vai me ouvir"? Não, isso me faria soar tanto truculento quanto derrotista. E, como Poirot queria falar comigo com urgência, presumivelmente sobre o mesmo assunto, decidi prometer ao superintendente que faria o melhor para que ele agissse de maneira sensata. Então, conversando com Poirot, eu descobriria por que ele acreditava que o filho de Rowland Forca era um assassino, quando aparentemente ninguém mais pensava o mesmo, e transmitiria suas ideias de volta para o superintendente. A situação parecia administrável. Não vi necessidade de atrapalhar o andamento das coisas no trabalho ao salientar que "ele é filho do meu amigo" não é prova de inocência, nem uma linha de defesa viável.

Nathaniel Bewes é, de maneira geral, um homem pacato, moderado e imparcial, mas muda imediatamente após acontecer algum episódio que o incomode de maneira especial. Nesses raros momentos, ele é incapaz de perceber que está muito angustiado e que seu estado emocional pode ter distorcido a perspectiva dos fatos. Como seu raciocínio é frequentemente muito sensato, ele supõe que sempre será assim e, portanto, está sujeito a fazer os pronunciamentos mais absurdos — coisas que, em seu estado de espírito calmo de sempre, o próprio seria o primeiro a chamar de idiotas. Assim que retorna à sanidade após um desses acessos, ele nunca se refere ao período durante o qual emitiu as declarações e diretrizes ridículas, e, até onde eu sei, ninguém mais toca no assunto também. Eu certamente não faço qualquer referência. Embora pareça fantasioso, não estou convencido de que o superintendente normal esteja ciente da existência de seu congênere demente que ocasionalmente o substitui.

Demonstrando bom senso, assenti enquanto o substituto reclamava e rosnava, andando para lá e para cá no pequeno gabinete, empurrando os óculos de volta para a ponte do nariz pois escorregavam com uma frequência desconcertante.

— O filho de Rowly, um assassino? Absurdo! O sujeito é filho de Rowland McCrodden! Se você fosse filho de um homem como aquele, Catchpool, você escolheria assassinato como maneira de passar o tempo? É claro que não! Somente um tolo faria isso! Além do mais, a morte de Barnabas Pandy foi um acidente. Consultei o registro oficial do óbito e está tudo preto no branco, tudo claríssimo: *acidente!* O homem se afogou na banheira. Ele tinha 94 anos. Quer dizer, eu lhe pergunto, Catchpool. *Noventa e quatro!* Quanto tempo mais Barnabas Pandy viveria? Você arriscaria o pescoço para matar um homem de 94 anos de idade? É inacreditável. Ninguém arriscaria. Por que faria isso?

— Bem...

— Não pode haver motivo — concluiu Bewes. — Agora, não sei o que seu amigo belga acha que está aprontando, mas é melhor você deixar claro para ele, sem espaço para dúvidas, que ele deve escrever para Rowly McCrodden imediatamente e transmitir suas mais profusas desculpas.

Era evidente que Bewes tinha se esquecido de que ele também era amigo de Poirot.

Havia, é claro, muitas razões pelas quais alguém poderia assassinar um nonagenário: se ele tivesse ameaçado revelar para o mundo um segredo vergonhoso da pessoa no dia seguinte, por exemplo. E Bewes – o verdadeiro Bewes, não seu *doppelgänger* desequilibrado – sabia tão bem quanto eu que alguns assassinatos a princípio são confundidos com acidentes. Crescer como o filho de um homem conhecido por ajudar a despachar canalhas para a forca poderia, possivelmente, deformar a psique de uma pessoa a ponto de ela decidir matar.

Eu sabia que não adiantaria falar nada disso ao superintendente naquele momento, embora, se estivesse com um humor diferente, o próprio Bewes teria dito os mesmos bons argumentos. Decidi arriscar apenas um pequeno desafio.

— O senhor disse que Poirot enviou esta carta de acusação ao filho de Rowland Forca, e não ao próprio Rowland?

— Bem, e se foi isso? — Bewes se voltou contra mim com raiva. — Que diferença isso faz?

— Quantos anos tem John McCrodden?

— Quantos anos? Do que diabos você está falando? A idade dele é importante?

— Ele é um homem ou um menino? — continuei pacientemente.

— Você perdeu o juízo, Catchpool? John McCrodden é um homem adulto.

— Então, não faria mais sentido eu pedir a Poirot que se desculpasse com *John* McCrodden, e não com o pai dele? Considerando que Poirot esteja errado e John McCrodden seja inocente. Quero dizer, se John não for menor...

— Ele já foi mineiro, mas não é mais — disse Bewes. — Ele trabalhou em uma mina em algum lugar no nordeste.

— Ah — falei, sabendo que a capacidade de meu chefe de entender o contexto retornaria mais rápido se eu dissesse o mínimo possível.

— Mas isso, Catchpool, é irrelevante. É com o pobre Rowly que precisamos nos preocupar. John está culpando o pai por toda essa bagunça. Poirot deve escrever para Rowly imediatamente e rastejar com todas as forças. Trata-se de uma acusação monstruosa, uma calúnia ultrajante! Por favor, cuide para que isso aconteça, Catchpool.

— Farei o melhor possível, senhor.

— Ótimo.

— O senhor poderia fornecer mais detalhes sobre o caso, senhor? Não creio que Rowland Forca tenha mencionado *por que* Poirot teve essa ideia de que...

— Como diabos eu deveria saber por que, Catchpool? O homem deve ter perdido o controle das faculdades mentais, é a única explicação em que consigo pensar. Você pode ler a carta por si mesmo, se quiser!

— O senhor está com ela?

— John rasgou a carta e enviou os pedaços para Rowly com um bilhete de acusação do próprio punho. Rowly colou os pedaços e passou a carta para mim. Não sei por que John acha que Rowly está por trás disso. Rowly joga limpo. Sempre jogou. O filho, logo ele, deveria saber disso. Se Rowly tivesse algo a dizer para John, diria diretamente.

— Eu gostaria de ver a carta, se possível, senhor.

Bewes foi até a escrivaninha, abriu uma das gavetas e fez uma careta ao retirar o item ofensivo e entregá-lo para mim.

— É o mais puro absurdo! — disse ele, caso eu não tivesse certeza de sua opinião sobre o assunto. — Lixo malicioso!

Eu quase disse "mas Poirot nunca é malicioso", mas me contive na hora certa.

Era uma carta curta, de apenas um parágrafo. No entanto, dado o que buscava comunicar, poderia ter metade do tamanho. De maneira confusa e simplória, a carta acusava John McCrodden do assassinato de Barnabas Pandy e alegava que havia provas para justificar a acusação. Se McCrodden não confessasse imediatamente, então a tal prova seria entregue à polícia.

Meu olhar parou na assinatura no pé da carta. Com uma caligrafia desleixada, estava escrito o nome *"Hercule Poirot"*.

Teria sido útil se eu conseguisse me lembrar da assinatura do meu amigo, mas não consegui, apesar de tê-la visto uma ou duas vezes. Quem quer que houvesse enviado a carta tentara copiar meticulosamente a caligrafia de Poirot. O que essa pessoa não fez, no entanto, foi conseguir soar como o homem, ou escrever o tipo de carta que ele poderia ter escrito.

Se Poirot acreditasse que John McCrodden havia assassinado Barnabas Pandy e tivesse sido bem-sucedido em fazer a morte passar como acidente, ele teria visitado McCrodden acompanhado pela polícia. Não teria enviado esta carta e dado a McCrodden a chance de escapar ou de tirar a própria vida antes que Hercule Poirot o encarasse nos olhos e explicasse a sequência de erros que levara ao seu desmascaramento. E o tom desagradável e insinuante... Não, impossível. Não havia dúvida para mim.

Não tive tempo de refletir sobre o efeito que minha revelação teria sobre o superintendente, mas achei que deveria informá-lo naquele instante:

— Senhor, a situação parece não ser exatamente o que eu... ou o que o senhor... Quer dizer, não tenho certeza de que um pedido de desculpas da parte de Poirot... — Eu estava metendo os pés pelas mãos.

— O que você está tentando dizer, Catchpool?

— A carta é falsa, senhor — falei. — Eu não sei quem a escreveu, mas posso dizer com certeza que não foi Hercule Poirot.

Capítulo 6
• • • • • • • • • • • • • •
Rowland Forca

As instruções do superintendente foram claras: eu deveria encontrar Poirot imediatamente e pedir a ele que me acompanhasse à sede da firma de advogados de Rowland Forca, a Donaldson & McCrodden. Uma vez lá, nós deveríamos explicar que a carta enviada a John McCrodden não havia sido escrita por Poirot e pedir desculpas pela angústia causada por nenhum de nós.

Tendo já desperdiçado muitos dias em Great Yarmouth, eu tinha muito trabalho urgente para recuperar e fiquei descontente por ter sido atribuída a mim tal tarefa. Certamente, um telefonema de Bewes para Rowland Forca não teria sido suficiente? Os dois eram grandes amigos, afinal de contas. Mas não, o superintendente insistiu que McCrodden Sênior era um homem mais cauteloso do que o normal e que exigiria uma garantia de Poirot de que ele não havia escrito a carta ofensiva. Bewes queria que eu estivesse presente para que eu garantisse que o assunto havia sido resolvido satisfatoriamente.

Ao retornar para a Scotland Yard, descobri que Poirot estivera por lá perguntando por mim, e que até havia esperado um pouco, mas já tinha ido embora. Também não havia sinal do Superintendente Bewes, de modo que não pude perguntar a ele como proceder. Arrisquei ir ao Café Pleasant's, mas Poirot também não estava lá. No final, exasperado, decidi visitar o escritório de advocacia de Rowland McCrodden sozinho. Pensei que ele preferiria saber o quanto antes que o filho não tinha sido acusado de assassinato por Hercule Poirot;

a palavra de um inspetor da Scotland Yard deveria ser suficiente até mesmo para Rowland Forca.

A Donaldson & McCrodden Advogados ocupava os dois últimos andares de uma casa geminada alta com fachada de estuque na Henrietta Street, ao lado do Hotel Covent Garden. Fui recebido por uma jovem sorridente de rosto rosado e cabelo castanho-escuro curto e radicalmente geométrico. Ela usava uma blusa branca e uma saia xadrez que lembrava uma toalha de piquenique.

Apresentou-se como Miss Mason antes de fazer uma série de perguntas que me impediram de declarar a natureza da visita com a objetividade que eu poderia ter oferecido se tivesse sido perguntado "como posso ajudá-lo?" Em vez disso, uma quantidade absurda de tempo foi desperdiçada com "posso perguntar seu nome, senhor?", "posso perguntar com quem o senhor deseja falar?", "posso perguntar se o senhor tem uma hora marcada?", "o senhor pode informar o propósito de sua visita?" O método de investigação de Miss Mason garantiu que eu só conseguisse pronunciar duas palavras de cada vez, e o tempo todo ela olhava com indisfarçável lascívia para o envelope em minha mão, contendo a carta enviada por alguém a John McCrodden, acusando-o de assassinato.

Quando Miss Mason me conduziu por um corredor estreito ladeado por livros de Direito encadernados em couro, fiquei tentado a correr na direção oposta em vez de segui-la para qualquer lugar. Percebi — ninguém deixaria de perceber — que ela mais pulava do que andava, apoiada nos menores pés que eu já tinha visto na vida.

Chegamos a uma porta pintada de preto com o nome "Rowland McCrodden" grafado de branco. Miss Mason bateu, e uma voz grave disse:

— Entre!

Fomos recebidos por um homem de cabelo grisalho e encaracolado, uma extensão de testa vastíssima que parecia ocupar espaço demais no rosto e olhos negros miúdos, mais perto do queixo do que olhos deveriam estar.

Uma vez que McCrodden concordara em me receber, eu estava esperando poder iniciar a conversa imediatamente, mas não tinha levado em conta a capacidade da senhorita Mason de impedir o avanço. Seguiu-se uma tentativa frustrante de persuadir McCrodden a permitir que ela colocasse meu nome na agenda de reuniões.

— Qual seria o sentido disso? — perguntou McCrodden com óbvia impaciência. Sua voz era fina e aguda, me fazendo pensar num instrumento de sopro de madeira. — O Inspetor Catchpool já está aqui.

— Mas, senhor, a regra é que ninguém pode ser recebido sem hora marcada.

— O Inspetor Catchpool já foi recebido, Miss Mason. Cá está ele. *Você* o recebeu!

— Se o senhor está se encontrando com o Inspetor Catchpool, eu não deveria marcar uma consulta para, bem, *agora*, e registrá-la...?

— Não — Rowland McCrodden interrompeu a secretária no meio da pergunta. — Obrigado, Miss Mason, pode ir. Por favor, sente-se, inspetor...

Ele parou, piscou várias vezes e falou:

— O que foi, Miss Mason?

— Eu só ia perguntar, senhor, se o Inspetor Catchpool gostaria de tomar chá. Ou café. Ou talvez um copo d'água? Ou se, na verdade, o *senhor* gostaria de...

— Não para mim — respondeu McCrodden. — Inspetor?

Não consegui dar uma resposta imediatamente. Uma xícara de chá era exatamente o que eu queria, mas para isso seria necessário o retorno de Miss Mason.

— Por que o senhor não pensa um pouco, Inspetor Catchpool, e eu voltarei daqui a pouco e...

— Tenho certeza de que o inspetor é capaz de tomar uma decisão — disse McCrodden rapidamente.

— Nada para mim, obrigado — falei com um sorriso.

Finalmente, felizmente, Miss Mason se retirou. Eu estava determinado a não perder mais tempo, então tirei a carta do envelope, coloquei na mesa de McCrodden e informei que certamente não tinha sido escrita por Hercule Poirot. McCrodden perguntou como eu poderia ter certeza disso, e expliquei que tanto o tom quanto a mensagem não me deixavam dúvidas.

— Então, se Poirot não escreveu a carta, quem é o autor? — perguntou McCrodden.

— Infelizmente, não sei.

— Poirot sabe?

— Ainda não tive a chance de falar com ele.

— E por que alguém fingiria ser Hercule Poirot?

— Eu não sei.

— Então sua premissa, se assim posso dizer, está errada.

— Acho que não entendi o que senhor quer dizer — confessei.

— O senhor disse que estava aqui para esclarecer uma situação, e seu jeito sugere que o senhor agora acredita que ela foi esclarecida: Hercule Poirot não acusou meu filho de assassinato, portanto não tenho com o que me preocupar. Essa é a sua opinião?

— Bem... — Busquei a resposta correta. — Entendo que isso seja uma coisa perturbadora, mas se a acusação foi algum tipo de brincadeira, então eu não me preocuparia, se fosse o senhor.

— Discordo. Estou, para falar a verdade, mais perturbado agora. — McCrodden se levantou e foi até a janela. Fitou a rua por um momento antes de se mover dois passos para a direita e encarar a parede. — Quando pensei que fosse Poirot, eu estava confiante que haveria uma resolução adequada. Ele acabaria admitindo o erro, pensei. Ouvi dizer que ele é orgulhoso, mas também honrado e, mais importante de tudo, receptivo à razão. Poirot trata a personalidade como se fosse um fato concreto, me disseram. Isso é verdade?

— Ele certamente acredita que o conhecimento da personalidade é essencial para a resolução de crimes — respondi. — Sem conhecer o motivo, a pessoa não pode resolver nada e, sem entender a personalidade, o motivo é incognoscível. Também ouvi Poirot dizer que nenhum homem pode agir de maneira contrária à própria natureza.

— Então eu teria sido capaz de convencer Poirot de que John jamais cometeria assassinato, porque isso seria contrário aos princípios dele. A ideia é risível. Agora, no entanto, descubro que não é Hercule Poirot quem eu preciso convencer, já que ele não escreveu a carta. Além disso, sou capaz de chegar à conclusão inevitável de que o verdadeiro autor é um mentiroso, um falsário. Uma pessoa assim talvez não veja limites na missão de destruir meu filho.

McCrodden voltou rapidamente para a cadeira como se tivesse recebido uma ordem silenciosa da parede que esteve encarando.

— Preciso saber quem escreveu e enviou a carta — disse ele. — Isso é fundamental se quero garantir a segurança de John. Portanto, gostaria de contratar os serviços de Hercule Poirot. O senhor acha que ele concordaria em investigar por mim?

— Talvez, mas... não é de todo certo que o autor da carta acredite no que ele alega acreditar. E se tudo isso não passar de uma piada horrivelmente mal interpretada? Pode ser o fim do caso. Se seu filho não receber mais mensagens...

— O senhor é extremamente ingênuo se pensa assim — disse McCrodden, que pegou a carta e jogou em cima de mim; ela caiu no chão aos meus pés. — Quando alguém envia algo assim, essa pessoa quer seu mal. Você a ignora por sua conta e risco.

— Meu superintendente informou que a morte de Barnabas Pandy foi um acidente — falei. — Ele se afogou enquanto tomava banho.

— Essa é a história, sim. Oficialmente, não há suspeita de que a morte tenha sido um assassinato.

— O senhor soa como se pensasse que poderia ter sido — falei.

— Uma vez que a possibilidade é levantada, temos o dever de considerá-la — disse McCrodden.

— Mas a probabilidade é que Pandy não tenha sido assassinado, e o senhor diz que seu filho nunca poderia cometer um assassinato, então...

— Entendo — disse McCrodden. — O senhor acha que tudo isso se trata de uma cegueira paternal intencional? Não, não é isso. Ninguém conhece John melhor do que eu. Ele tem muitos defeitos, mas não é assassino.

Ele havia me entendido mal; eu simplesmente quis dizer que, como ninguém estava procurando por um assassino envolvido com a morte de Pandy, e uma vez que ele sabia que o filho era inocente, McCrodden realmente não tinha nada com o que se preocupar.

— O senhor deve ter ouvido que sou um grande defensor da pena de morte, certo? Eles me chamam de "Rowland Forca". Não ligo para o apelido, e ninguém ousaria dizê-lo na minha presença. Agora, se me chamassem de "Rowland Sociedade Justa e Civilizada Para a Proteção do Inocente"... Infelizmente é quase um trava-língua. Tenho certeza de que o senhor concorda, inspetor, que todos nós devemos ser responsáveis por nossas ações. Não preciso falar sobre o Anel de Giges de Platão. Discuti isso com John muitas vezes. Fiz tudo que foi possível para incutir valores adequados nele, mas falhei. Ele é tão ardorosamente contra tirar uma vida humana que não apoia a pena de morte até mesmo para os monstros mais depravados. John argumenta que eu sou tão assassino quanto um pecador sanguinário que corta uma garganta em um beco por causa de alguns xelins. Assassinato é assassinato, diz ele. Então, como pode ver, ele nunca se permitiria tirar a vida de outra pessoa. Isso faria John parecer ridículo aos próprios olhos, o que seria intolerável para ele.

Assenti, embora não estivesse convencido. Minha experiência como inspetor de polícia havia me ensinado que muitas pessoas são capazes de gostar excessivamente de si mesmas, não importando os crimes hediondos que cometeram. Elas se importam apenas com a forma como são vistas pelos outros e se podem se safar.

— E, como o senhor diz, ninguém além do nosso nefasto escritor de cartas parece pensar que a morte de Pandy foi ilegal — prosseguiu McCrodden. — Pandy era um homem extremamente rico, dono da Mansão Combingham e ex-proprietário de várias minas de ardósia no País de Gales. Foi assim que ele fez fortuna.

— Minas? — Eu me lembrei da conversa com o superintendente e do mal-entendido menor/mineiro. — Seu filho John não costumava trabalhar em uma mina?

— Sim. No norte, perto de Guisborough.

— Não no País de Gales, então?

— Nunca no País de Gales. O senhor pode deixar essa ideia de lado. Fiz o melhor possível para parecer que assim fizera.

— Pandy tinha 94 anos quando se afogou na banheira — continuou McCrodden. — Ele era viúvo havia sessenta e cinco anos. Ele e a esposa tiveram uma única filha, uma moça que se casou e teve duas meninas antes de morrer, junto com o marido, em um incêndio doméstico. Pandy tomou conta das netas órfãs, Lenore e Annabel, que moram na Mansão Combingham desde então. Annabel, a mais nova, não é casada. A irmã mais velha, Lenore, se casou com um homem chamado Cecil Lavington. Eles tiveram dois filhos, Ivy e Timothy, nessa ordem. Cecil morreu de uma infecção há quatro anos. Isso é tudo que consegui descobrir e nada disso é interessante ou sugere quais passos devem ser dados a seguir. Espero que Poirot possa fazer melhor.

— Pode não haver nada para descobrir — falei. — Eles podem ser uma família bastante comum, sem nenhum histórico de assassinato.

— Há muita coisa para descobrir — me corrigiu McCrodden. — Quem escreveu a carta e por que ele ou ela cismou com meu filho? Até que saibamos essas coisas, nós, que fomos acusados, continuamos envolvidos.

— O senhor não foi acusado de nada — argumentei.

— O senhor não diria isso se tivesse visto o bilhete que John anexou à carta! — Ele apontou para o chão, onde a carta ainda estava aos meus pés. — Ele me acusou de convencer Poirot a escrevê-la, de modo que John não teria escolha a não ser estudar Direito para se defender.

— Por que ele acha que o senhor faria tal coisa?

— John acha que eu o odeio, o que não é verdade. No passado, posso ter criticado a maneira como meu filho leva a vida, mas apenas porque quero que ele prospere. John parece desejar o oposto para si mesmo. Ele desperdiçou todas as oportunidades que lhe dei. Uma das razões pelas quais sei que ele não pode ter matado Barnabas Pandy é que John não tem disposição sobrando. Toda a sua má vontade é dirigida a mim, equivocadamente.

Eu fiz um barulho educado torcendo que expressasse compaixão.

— Quanto mais cedo eu puder falar com Hercule Poirot, melhor — disse McCrodden. — Espero que ele consiga ir ao fundo dessa questão desagradável. Há muito tempo perdi a esperança de mudar a opinião de meu filho sobre mim, mas gostaria de provar, se puder, que não tive nada a ver com essa carta.

Capítulo 7
....
Um velho inimigo

Enquanto eu estava nos escritórios da Donaldson & McCrodden na Henrietta Street, Poirot também se encontrava na sede de uma firma de advocacia: Fuller, Fuller & Vout, a uma curta distância de Drury Lane. Desnecessário dizer que eu não sabia disso na ocasião.

Frustrado por sua incapacidade de me encontrar, meu amigo belga se pôs a descobrir tudo o que podia sobre Barnabas Pandy, e quase a primeira coisa que ele tomou conhecimento foi que Pandy tinha sido representado em todos os assuntos de natureza legal por Peter Vout, sócio principal da firma.

Poirot, ao contrário de mim, marcou uma hora — ou melhor, seu criado, George, fizera isso para ele. Poirot chegou pontualmente e foi levado ao escritório de Vout por uma moça menos intrusiva do que Miss Mason, da firma de Rowland McCrodden. Ele tentou esconder o choque quando viu a sala em que o advogado trabalhava.

— Bem-vindo, bem-vindo — disse Vout ao se levantar da cadeira para apertar a mão da visita. Vout tinha um sorriso envolvente e cabelos brancos como a neve que se eriçavam e se enrolavam em tufos aleatórios. — O senhor deve ser Herc-*ule* Poir-*ot*... falei certo?

— *C'est parfait* — falou Poirot em tom de aprovação.

Raro, na verdade, era um inglês que soubesse pronunciar tanto o nome quanto o sobrenome de Poirot corretamente. Seria apropriado, no entanto, sentir admiração por qualquer homem que conseguisse trabalhar em condições como aquelas? A sala era uma visão extraordinária. Ela era grande, com cerca de seis metros por quatro e um pé direito alto. Na parede à direita, havia a grande escrivaninha de mogno e a cadeira de couro verde de Vout. Diante delas, estavam duas poltronas de espaldar alto de couro marrom. No lado direito, em um terço da sala, havia também uma estante, um abajur e uma lareira. Sobre o consolo da lareira, acima do fogo, havia um convite para um jantar da Ordem dos Advogados.

Os outros dois terços do espaço disponível eram ocupados por caixas de papelão desmazeladas em uma pilha alta, uma sobre a outra, formando um edifício enorme e irregular que era de tirar o fôlego pelo aspecto grotesco. Teria sido impossível dar a volta ou andar entre as caixas. Efetivamente, a presença da pilha reduzia o tamanho da sala a um nível que qualquer pessoa sã acharia intolerável. Muitas das caixas estavam abertas, transbordando de coisas: papéis amarelados, porta-retratos quebrados, panos velhos com manchas de sujeira. Além da gigantesca estrutura feita de caixas, havia uma janela de onde pendiam faixas de um material amarelo-claro que não tinham a menor chance de cobrir o vidro em frente ao qual estavam penduradas.

— *C'est le cauchemar* — murmurou Poirot.

— Noto que o senhor viu as cortinas. — O tom de Vout era de desculpas. — Seria possível tornar esta sala mais atraente para os olhos se elas fossem substituídas. São muitíssimo antigas. Eu teria mandando uma das moças do escritório arrancá-las, mas, como o senhor pode ver, ninguém consegue alcançar.

— Por causa das caixas?

— Bem, minha mãe morreu há três anos. Há muita coisa para organizar, e eu ainda nem fiz incursões a essas caixas, infelizmente. Nem todas contêm as posses da mamãe, fique o senhor sabendo. Muito do conteúdo é a minha própria... parafernália. — Ele parecia muito feliz com a situação. — Por favor, sente-se, *monsieur* Poirot. Como posso ajudar?

Poirot se acomodou em uma das poltronas disponíveis.

— O senhor não se importa de trabalhar aqui, com... a parafernália? — insistiu ele.

— Noto que o senhor está fascinado com isso, *monsieur* Poirot. Imagino que o senhor seja um daqueles sujeitos que gosta que tudo esteja nos devidos lugares, não é?

— Com toda certeza sou, *monsieur*. Tenho excessivo apreço por arrumação. Preciso estar em um ambiente arrumado para pensar de forma clara e produtiva. O senhor não?

— Eu não vou permitir que algumas caixas velhas me incomodem.

— Vout riu. — Eu já nem percebo mais as caixas. Vou encará-las em algum momento. Até lá... por que deixar que me preocupem?

Com uma pequena contração das sobrancelhas, Poirot abordou o assunto que tinha vindo tratar. Vout lamentou a morte do velho e querido amigo Barnabas Pandy e relatou a Poirot os mesmos fatos que Rowland McCrodden estava (talvez naquele exato momento) me contando: minas de ardósia no País de Gales; Mansão Combingham; duas netas, Lenore e Annabel; dois bisnetos, Ivy e Timothy. Vout também ofereceu um detalhe sobre Barnabas Pandy que esteve ausente do relato de Rowland Forca: ele mencionou o fiel e antigo criado, Kingsbury.

— Kingsbury era uma espécie de irmão mais novo de Barnabas. Ele se sentia mais como membro da família do que como criado, embora sempre fosse muitíssimo meticuloso na realização de suas tarefas. Naturalmente, Barnabas tomou providências para que ele tivesse tudo que precisasse. Uma herança...

— Ah sim, o testamento —- disse Poirot. — Eu gostaria de ouvir sobre ele.

— Bem, não vejo que mal faria contar para o senhor. Barnabas não se importaria, e a questão testamentária era muito simples. Era exatamente o que se esperaria, na verdade. Mas... posso perguntar por que o senhor está interessado?

— Foi sugerido a mim, indiretamente, que *monsieur* Pandy foi assassinado.

— Ah, entendo. — Vout riu e revirou os olhos. — Assassinato, hein? Não, nada disso. Barnabas se afogou. Adormeceu dentro da banheira, submergiu e, infelizmente... — Ele não enunciou a conclusão óbvia.

— Essa é a história oficial. No entanto, foi levantada a possibilidade de que a morte tenha sido engendrada para parecer um acidente, quando na verdade foi proposital.

Vout balançava a cabeça enfaticamente.

— Uma completa tolice! Meu Deus, esse sujeito está espalhando boatos a torto e a direito, hein? Ou essa moça, não sei. Em geral são as mulheres que gostam de fofocar. Nós, rapazes, somos sensatos demais para desperdiçar nosso tempo criando problemas.

— O senhor tem certeza, então, de que a morte de *monsieur* Pandy foi acidental? — perguntou Poirot.

— Impossível ter sido mais acidental.

— Como o senhor pode afirmar isso com tanta convicção? Esteve presente no banheiro quando ele morreu?

Vout pareceu ofendido.

— Claro que eu não estava no banheiro com ele! Não estava lá de maneira alguma! O homem morreu no dia sete de dezembro, certo? Minha esposa e eu estávamos no casamento do meu sobrinho naquele dia, por acaso. Em Coventry.

Poirot sorriu educadamente.

— Apenas quis sugerir que, se o senhor não esteve no ambiente quando ele morreu, e nem na Mansão Combingham, então não está em posição de dizer definitivamente que a morte de *monsieur* Pandy foi acidental. Se alguém tivesse entrado de mansinho no banheiro e o empurrado para baixo d'água... Como o senhor sabe que isso aconteceu ou não se estava em um casamento em Coventry?

— Simplesmente porque conheço a família — acabou dizendo Vout, com uma expressão preocupada. — Somos bons amigos. Eu sei quem estava na mansão quando a tragédia ocorreu: Lenore, Annabel, Ivy e Kingsbury, e posso garantir que nenhum deles teria levantado um dedo contra Barnabas. A ideia é impensável! Eu testemunhei a dor da família em primeira mão, *monsieur* Poirot.

Poirot falou para si mesmo as palavras *"c'est ça"*. Sua suspeita estava correta. Vout era uma daquelas pessoas que só acreditavam em coisas como assassinato, maldade e todos os tipos de dissabores sérios quando estes não o afetavam pessoalmente. Se lesse em um jornal que um maníaco havia cortado cinco integrantes da mesma família em pedacinhos, Vout não questionaria. Porém, se uma pessoa sugerisse a Vout que um homem que ele considerava amigo poderia ter sido assassinado, ela nunca conseguiria persuadi-lo de que isso era possível.

— Por favor, conte-me sobre o testamento de *monsieur* Pandy — pediu Poirot.

— Como eu disse, Kingsbury ficou com uma boa quantia: o suficiente para viver bem pelo resto de seus dias. A casa e a propriedade foram deixadas em fideicomisso para Ivy e Timothy, no entendimento de que Lenore e Annabel podem continuar a viver lá pelo resto de suas vidas. Todo o dinheiro e outros bens, que são muitos, foram para elas. Cada uma é agora, por legítimo direito, extremamente rica.

— Então, uma herança pode fornecer um motivo — argumentou Poirot.

Vout suspirou impacientemente.

— *Monsieur* Poirot, por favor, ouça o que estou tentando lhe dizer. Simplesmente não há circunstância...

— Sim, sim, estou ouvindo. A maioria das pessoas presumiria que um homem de 94 anos morreria razoavelmente em breve. Mas e se alguém precisasse de dinheiro imediatamente... se esperar um ano tivesse consequências terríveis para essa pessoa...

— Estou lhe dizendo que o senhor está batendo na porta errada, homem! — Houve um temor nos olhos e na voz de Vout. — Eles são uma família adorável.

— O senhor é um bom amigo deles, *monsieur* — lembrou Poirot gentilmente.

— Totalmente! Sou mesmo! O senhor acha que eu manteria uma amizade com a família de um assassino? Barnabas não foi assassinado. Eu posso provar. Ele... — Vout parou. Um novo tom de rosa impregnou as bochechas.

— Qualquer coisa que puder me dizer será de grande ajuda — falou Poirot.

Vout parecia chateado. Tendo dito algo que não pretendia, agora lhe faltava o desembaraço para sair da situação de maneira engenhosa.

— Bem, suponho que não fará mal se eu lhe contar. — Vout suspirou. — Não consigo deixar de pensar que Barnabas sabia que ia morrer. Estive com ele pouco antes da morte e... bem, ele parecia saber que seu tempo estava chegando ao fim.

— O que lhe deu essa impressão?

— A última vez que o vi, me pareceu que Barnabas havia tirado um grande peso dos ombros. Era como se estivesse em paz. Ele sorriu de um modo especial, fez certas observações indiretas sobre precisar resolver determinados assuntos *naquele momento*, antes que fosse tarde demais. Fiquei com a impressão de que ele achava que a morte era iminente, e acabou sendo mesmo, infelizmente.

— *Dommage* — concordou Poirot. — Ainda assim, é melhor enfrentar o fim inevitável com a alma em paz, não é? Que assuntos o *monsieur* Pandy queria resolver?

— Hmm? Ah, havia um homem que tinha sido seu... bem, seu *inimigo*, se a palavra não soar exagerada. Vincent Lobb era o nome do sujeito. Em nosso último encontro, Barnabas anunciou que desejava enviar uma carta para ele e sugeriu que os dois talvez pudessem se reconciliar.

— Um desejo súbito de perdoar um velho inimigo — murmurou Poirot. — Isso é interessante. Se alguém não desejasse essa paz... A carta para *monsieur* Lobb chegou a ser enviada?

— Chegou — respondeu Vout. — Eu disse a Barnabas que achava a iniciativa excelente, e ele mandou a carta naquele mesmo dia. Não sei se recebeu uma resposta. Apenas alguns poucos dias depois ele... faleceu. Muito triste. Mesmo que aos 94 anos já tivesse vivido bem! Suponho que uma resposta possa ter chegado depois da morte de Barnabas, mas acho que Annabel ou Lenore teriam me dito.

— Qual era a causa da animosidade entre os *messieurs* Pandy e Lobb? — perguntou Poirot.

— Infelizmente, não posso ajudá-lo nessa questão. Barnabas nunca me contou.

— Agradeceria se o senhor pudesse me contar sobre a família — disse Poirot. — Eles eram... Eles são felizes na Mansão Combingham?

— Ah, sim, muito felizes. Muito mesmo. Lenore é uma fortaleza. Tanto Annabel quanto Ivy a admiram imensamente. Annabel adora os filhos de Lenore, e seu amado Hopsctotch, é claro. O cachorro é uma figura! Uma fera que ama pular e lamber as pessoas! Teimoso, fique sabendo, mas muito carinhoso. E quanto ao jovem Timothy, o menino vai longe. Possui uma mente sagaz e muita determinação. Posso vê-lo sendo primeiro-ministro um dia. Barnabas sempre dizia isso. "Esse menino pode ser qualquer coisa que se propuser a ser", repetia com frequência. "Qualquer coisa." Barnabas era dedicado à toda a família, e a família a ele.

— O senhor realmente descreve a família perfeita — disse Poirot. — No entanto, esse tipo de família não existe. Deve ter havido algo que não se encaixava no ambiente perfeito.

— Bem... Eu não diria... Quero dizer, obviamente a vida nunca existe sem infelicidades, mas na maioria das vezes... Como eu falei antes, *monsieur* Poirot: são as mulheres que gostam de fofocas difamatórias. Barnabas amava a família, e Kingsbury, e era correspondido por eles. É tudo que tenho a declarar. Como não há dúvida de que a morte dele não passa de acidente, não vejo razão para me aprofundar na vida privada de um homem bom e na de sua família em busca de trechos desagradáveis.

Vendo que Vout enfim se fechara, Poirot agradeceu a ajuda e foi embora.

— Mas há mais a ser revelado — disse ele para ninguém em especial, de pé na calçada de Drury Lane. — Certamente há mais coisas, e vou descobrir. Nenhum trecho desagradável escapará de Hercule Poirot!

Capítulo 8

Poirot passa algumas instruções

Encontrei Poirot esperando por mim no meu gabinete quando voltei à Scotland Yard. Parecia perdido em pensamentos, murmurando silenciosamente consigo mesmo. A aparência era impecável como sempre, os notáveis bigodes parecendo particularmente bem cuidados.

— Poirot! Finalmente!

Despertado do devaneio pelo susto, ele ficou de pé.

— *Mon ami* Catchpool! Onde esteve? Há uma questão que eu gostaria de discutir com você que está me causando muita consternação.

— Deixe-me adivinhar — falei. — Uma carta assinada em seu nome, embora não tenha sido escrita ou enviada por você, acusando o filho de Rowland McCrodden, John, do assassinato de Barnabas Pandy.

Poirot pareceu perplexo.

— *Mon cher...* De alguma forma, você sabe. Vai me dizer como, tenho certeza. Ah, mas você diz "carta", não "cartas"! Isso significa que você não está ciente das outras?

— Outras?

— *Oui, mon ami*. Cartas enviadas a Mrs. Sylvia Lay, a Miss Annabel Treadway e a Mr. Hugo Dockerill.

Annabel? Eu sabia que ouvira o nome recentemente, mas não conseguia lembrar onde. Então de repente me ocorreu: Rowland McCrodden havia me dito que uma das netas de Pandy se chamava Annabel.

— Exatamente — disse Poirot, quando perguntei. — Miss Treadway é de fato a neta de *monsieur* Pandy.

— Então quem são os outros dois? Como se chamavam mesmo?

— Sylvia Lay e Hugo Dockerill. Annabel Treadway é a terceira pessoa, e John McCrodden, a quarta. Os quatro receberam cartas assinadas em meu nome, acusando-os do assassinato de Barnabas Pandy. A maioria deles foi à minha casa para me repreender injustamente e não prestou atenção quando expliquei que não enviei tais cartas! Tem sido irritante e desanimador, *mon ami*. E nenhuma dessas pessoas conseguiu me mostrar a carta que recebeu.

— Talvez eu possa ajudar nessa linha de investigação — falei.

Os olhos dele se arregalaram.

— Você está com uma das cartas? Está, sim! Deve estar, então, com a que John McCrodden recebeu, uma vez que foi esse o nome que você mencionou. Ah! É um prazer estar no seu escritório, Catchpool. Não há uma montanha horrorosa de caixas!

— Caixas? Por que deveria haver caixas?

— Não deveria, meu amigo. Mas, me diga, como você pode estar com a carta que John McCrodden recebeu? Ele me disse que rasgou em pedaços e mandou esses mesmos pedaços para o pai.

Expliquei sobre o telegrama do superintendente e a reunião com Rowland Forca, tentando não omitir detalhes que pudessem ser importantes. Poirot assentiu ansiosamente enquanto eu falava.

Quando terminei, ele disse:

— Isso é muito fortuito. Sem perceber, fomos altamente eficientes e, como se diz? Em sintonia um com o outro! Enquanto você falava com Rowland McCrodden, eu estava falando com o advogado de Barnabas Pandy. — Poirot então me contou o que havia descoberto e o que não tinha conseguido descobrir. — Há algo mais, talvez muitíssimo mais, que Peter Vout não quis me contar sobre a família de Barnabas Pandy. E, uma vez que ele tem absoluta certeza de que Pandy não foi assassinado, ele não se sente na obrigação de compartilhar o que sabe. Ainda assim, tenho uma ideia. E Rowland Forca pode ajudar, se estiver disposto. Preciso falar com ele o quanto antes. Mas primeiro, mostre-me a carta de John McCrodden.

Eu entreguei a carta. Os olhos de Poirot brilharam de raiva quando ele leu.

— É inconcebível que Hercule Poirot viesse a escrever e enviar algo assim, Catchpool. É tão mal formulada e escrita de maneira tão deselegante! Eu me sinto insultado ao pensar que alguém poderia acreditar que essa carta veio de mim.

Tentei animá-lo:

— Nenhum dos destinatários conhece você. Se conhecessem, saberiam, como eu soube no momento em que vi a carta, que não era sua.

— Há muitas coisas a considerar. Eu farei uma lista. Temos que começar a trabalhar, Catchpool.

— Infelizmente *eu* tenho que começar a trabalhar, Poirot. Fique à vontade, fale com Rowland Forca. Ele está ansioso para falar com você, mas infelizmente não poderá contar comigo caso planeje tomar mais alguma atitude em relação a Barnabas Pandy.

— Como posso deixar de agir, *mon ami*? Por que você acha que as quatro cartas foram enviadas? Alguém deseja colocar na minha cabeça a ideia de que Barnabas Pandy foi assassinado. Não é compreensível que eu esteja curioso? Agora, há algo que eu preciso que você faça por mim.

— Poirot...

— Sim, sim, você precisa trabalhar. *Je comprends*. Vou deixar você em paz assim que tiver me ajudado. É uma tarefa simples e que pode ser realizada muito mais facilmente por você do que por mim. Descubra onde todos os quatro estavam no dia em que Barnabas Pandy morreu: Sylvia Lay, Hugo Dockerill, Annabel Treadway e John McCrodden. O advogado, Vout, me informou que *mademoiselle* Treadway estava em casa quando o avô morreu, na Mansão Combingham. Descubra se ela alega o mesmo. Mas é de vital importância que você pergunte a cada um deles *exatamente da mesma maneira*: as mesmas perguntas, na mesma ordem. Está certo? Percebi que esta é a maneira mais eficaz de distinguir a personalidade de uma pessoa da outra. Além disso, estou interessado neste Eustace com quem madame Lay é tão obcecada. Se você pudesse...

Eu acenei para que ele parasse, como um sinaleiro de ferrovia diante de um trem fora de controle correndo em sua direção.

— Poirot, por favor! Quem é Eustace? Não, não responda. Eu tenho trabalho a fazer. A morte de Barnabas Pandy entrou no registro oficial como um acidente. Infelizmente, isso significa que não posso andar por aí exigindo que as pessoas me forneçam álibis.

— Não diretamente, é claro — concordou Poirot, que se levantou e começou a alisar dobras imaginárias na roupa. — Tenho certeza que você encontrará uma maneira engenhosa de contornar o problema. Bom dia, *mon ami*. Venha me visitar quando puder me dar as informações de que eu preciso. Aí sim, *aí sim*, você estará livre para fazer o trabalho que lhe foi atribuído pela Scotland Yard.

Capítulo 9
....
Quatro álibis

Mais tarde, naquela mesma noite, John McCrodden recebeu um telefonema na casa em que morava. A senhoria atendeu.

— É John McCrodden que a senhora procura, é? Não John Webber? McCrodden, certo? Tudo bem, vou chamá-lo. Eu o vi há um minuto. Provavelmente está no andar de cima, no quarto dele. A senhora precisa falar com ele, não é? Então eu vou chamá-lo. Espere aí. Vou chamá-lo.

A autora da chamada esperou quase cinco minutos, imaginando uma mulher tão surpreendentemente incompetente que talvez não conseguisse encontrar uma pessoa na mesma casa que ela.

Depois de um tempo, uma voz masculina surgiu na linha:

— McCrodden. Quem fala?

— Estou telefonando em nome do inspetor Edward Catchpool — disse a autora da chamada. — Da Scotland Yard.

Houve uma pausa. Então John McCrodden disse:

— Ah, é? — Ele soou como se fosse capaz de se divertir com a ideia se não estivesse tão cansado.

— Sim. Estou sim.

— E a senhora, quem é? A esposa dele? — perguntou John McCrodden sarcasticamente.

A autora da chamada não teria se importado em contar a McCrodden quem ela era, mas recebera instruções explícitas para não fazer isso. Diante de si havia, em cartões pequenos, as palavras exatas que deveriam ser ditas, às quais ela pretendia se ater.

— Tenho algumas perguntas que gostaria de fazer ao senhor, o Inspetor Catchpool gostaria de saber as respostas. Se o senhor...

— Então por que ele mesmo não me telefonou? Qual é o seu nome? Quero saber imediatamente, ou vou desligar.

— Se o senhor me der respostas satisfatórias, o Inspetor Catchpool espera que não seja necessário entrevistá-lo na delegacia. Tudo o que eu quero saber é isto: onde o senhor estava no dia em que Barnabas Pandy morreu?

McCrodden riu.

— Por favor, diga ao meu pai que não vou tolerar essa campanha de assédio por mais um segundo. Se ele não parar com a perseguição maliciosa, aconselho veementemente que tome precauções para garantir a própria segurança. Diga que eu não faço a menor ideia quando Barnabas Pandy morreu porque não conheço Barnabas Pandy. Eu não sei se ele viveu, morreu ou se entrou para o circo como trapezista, e não sei *quando* ele fez essas coisas, se é que fez.

A autora da chamada havia sido avisada de que John McCrodden poderia não cooperar. Portanto escutou pacientemente enquanto ele continuava a se dirigir a ela com hostilidade.

— Além disso, você pode dizer ao meu pai que não sou tão idiota quanto ele pensa que sou, e que tenho certeza de que, se a Scotland Yard tem mesmo um inspetor com o nome "Edward Catchpool", o que duvido muito, com certeza o sujeito não está ciente deste telefonema, e você não está autorizada a fazê-lo. É por isso que se recusa a me dizer seu nome.

— Barnabas Pandy morreu no dia sete de dezembro do ano passado.

— Ah é? Folgo em saber.

— Onde o senhor esteve naquela data? O Inspetor Catchpool acredita que Mr. Pandy morreu na casa de campo dele, a Mansão Combingham...

— Nunca ouvi falar desse lugar.

— ... então, se o senhor puder me dizer onde esteve em tal data, e se alguém puder comprovar sua declaração, o Inspetor Catchpool talvez não precise...

— Meu paradeiro? Ora, é claro! Segundos antes de Barnabas Pandy dar o último suspiro, eu estava ao lado de seu corpo de bruços com uma faca na mão, pronto para enterrá-la no coração dele. É isso que meu pai gostaria que eu dissesse?

Houve uma batida alta e depois a linha ficou muda.

Na parte de trás de um dos cartões de perguntas, a autora da chamada anotou o que considerou como pontos essenciais: que John McCrodden acreditava que o pai estava por trás do telefonema, que ele havia questionado a existência de Edward Catchpool e o mais importante, pensou ela, que ele não sabia, ou alegara não saber, a data da morte de Barnabas Pandy.

"Nenhum álibi foi dado", escreveu ela. "John McCrodden disse que estava ao lado de Pandy com uma faca pouco antes de Pandy morrer, mas falou de uma maneira como se eu não fosse acreditar."

Depois de ler duas vezes o que havia escrito, e após pensar por alguns minutos, a autora da chamada pegou o lápis novamente e acrescentou: "Mas talvez *fosse* verdade, e a mentira era a maneira como ele fez a voz soar ao falar aquilo."

— Mrs. Lay? Mrs. Sylvia Lay?

— Sim. Com quem falo?

— Boa noite, Mrs. Lay. Estou telefonando em nome do Inspetor Edward Catchpool. Da Scotland Yard.

— Scotland Yard? — Sylvia Lay pareceu imediatamente assustada. — Aconteceu alguma coisa? É Mildred? Mildred está bem?

— O telefonema não tem nada a ver com nenhuma Mildred, minha senhora.

— Ela deveria ter chegado em casa a essa hora. Eu estava começando a me preocupar e então... Scotland Yard? Ah, meu Deus!

— O telefonema é sobre outro assunto. Não há razão para pensar que aconteceu alguma coisa com Mildred.

— Espere! — vociferou Sylvia Lay, fazendo com que a autora da chamada afastasse a cabeça do bocal do telefone. — Eu acho que é ela. Ah, graças a Deus! Deixe-me...

Alguns grunhidos e suspiros ofegantes depois, Mrs. Lay disse:

— Sim, é Mildred. Ela está em segurança em casa. A senhora tem filhos, Inspetora Catchpool?

— Eu disse que estava telefonando em *nome* do Inspetor Catchpool. Eu não sou a Inspetora Catchpool.

Mas que besta! Por acaso Mrs. Lay não sabia que as mulheres não podiam ser inspetores da polícia, por mais que quisessem ou fossem talentosas? A autora da chamada ficou com raiva por ser obrigada a refletir sobre esse fato indesejado e como ele era injusto. Secretamente, ela acreditava que daria um inspetor de polícia melhor do que qualquer pessoa que conhecia.

— Ah, sim. Sim, é claro — disse Sylvia Lay, que soou como se não estivesse escutando com atenção. — Bem, se a senhora tem filhos, então saberá tão bem quanto eu que, independentemente da idade, a mãe se preocupa com eles o tempo todo. Eles podem estar em qualquer lugar, e como vamos saber? E com os degenerados mais desprezíveis soltos por aí! A senhora *tem* filhos?

— Não.

— Bem, tenho certeza de que terá filhos um dia. Eu torço e rezo para que a senhora nunca sofra o que estou sofrendo agora! Minha Mildred está noiva e para se casar com o homem mais detestável...

A autora da chamada olhou para as anotações que recebera. Ela adivinhou que estava prestes a ouvir o nome Eustace em breve.

— ...e agora os dois marcaram a data do casamento! Em junho próximo, ou assim eles dizem. Mas Eustace é bem capaz de persuadir Mildred a se casar com ele em segredo antes dessa data. Ah, ele sabe que vou passar todos os momentos possíveis a partir de agora até junho do próximo ano tentando incutir juízo na pobre menina. Não que ela vá aceitar! Afinal, que pessoa dá ouvidos à mãe? Acho que ele aproveitou a oportunidade para fazer um truque cruel contra mim.

— Mrs. Lay, tenho uma pergunta...

— Eustace quer que eu acredite que tenho dezesseis meses inteiros para convencer Mildred a não se casar com ele, para que eu não me apresse. Ah, eu sei como a mente repugnante de Eustace funciona! Não me surpreenderia se ele e Mildred aparecessem já casados daqui a um mês e dissessem: "Surpresa! Estamos casados!" É por isso que fico uma pilha de nervos sempre que ela sai de casa. Eustace é capaz de convencê-la a fazer qualquer coisa. Eu não sei como aquela boba é tão completamente incapaz de se defender sozinha.

A autora da chamada tinha algumas ideias sobre o motivo.

— Mrs. Lay, tenho que lhe fazer uma pergunta. É sobre a morte de Barnabas Pandy. Se a senhora puder me dar uma resposta satisfatória, talvez não seja necessário que o Inspetor Catchpool a entreviste na delegacia.

— Barnabas Pandy? Quem é? Ah! A carta que Eustace induziu aquele horrível detetive do continente a me enviar. Que verme repreensível, meu Deus! Eu costumava ter Hercule Poirot em alta conta, mas qualquer um que se deixe ceder à vontade de Eustace dessa maneira... Eu me recuso a pensar nele!

— Se a senhora puder me dar uma resposta satisfatória, talvez não seja necessário que o Inspetor Catchpool a entreviste na delegacia — repetiu a autora da chamada pacientemente. — Onde a senhora estava no dia em que Barnabas Pandy morreu?

Um suspiro de susto veio pela linha telefônica.

— Onde eu estava? A senhora está me perguntando onde eu estava?

— Sim.

— E a senhora está dizendo que o inspetor... Como é mesmo o nome a senhora disse?

— Edward Catchpool.

Parecia que Sylvia Lay estava tomando nota do nome:

— E o Inspetor Edward Catchpool, da Scotland Yard, quer saber isso?

— Sim.

— Por quê? Ele não sabe que Eustace e aquele estrangeiro combinaram esse absurdo entre eles?

— Se a senhora pudesse apenas me dizer onde estava no dia em questão?

— Que dia? O dia em que um homem chamado Barnabas Pandy foi assassinado? Um homem que eu não conheço, cujo nome me era desconhecido até receber aquela carta odiosa? Como eu saberia onde estava quando alguém o matou? Não faço nem ideia de quando ele morreu.

— O Mr. Pandy morreu no dia sete de dezembro — falou a autora da chamada.

— Espere um momento que vou olhar o diário do ano passado — disse Mrs. Lay. — Aliás, caso o inspetor... — Houve uma pausa. A autora da chamada imaginou Mrs. Lay olhando para um pedaço de papel. — Caso o Inspetor Catchpool julgue necessário ou não me entrevistar, ainda assim eu gostaria muitíssimo de falar com ele. Quero deixar claro que não matei ninguém e não sou o tipo de pessoa que faria tal coisa. Assim que eu explicar a ele sobre Eustace, tenho certeza de que ele verá a verdade por trás desse assunto desagradável: uma tentativa de incriminar uma pessoa inocente. O inspetor vai achar essa situação tão chocante quanto eu, não tenho dúvidas. Uma mulher da minha reputação e distinção! Estou muito satisfeita que isso tenha acontecido, pois espero que seja a queda de Eustace. Obstruir a investigação de um assassinato com acusações caluniosas é crime, não é?

— Creio que sim — respondeu a autora da chamada.

— Muito bem, então! Vou verificar meu diário. Em sete de dezembro do ano passado, disse a senhora?

— Sim.

A autora da chamada esperou, ouvindo os sons da casa de Sylvia Lay. Havia muito barulho, portas abrindo e fechando, passos na escada. Quando Mrs. Lay retornou, ela disse triunfante:

— Eu estava no Colégio Turville no dia sete de dezembro, das dez da manhã até a hora do jantar. Meu filho Freddie estuda lá, e foi o dia da Feira de Natal. Eu só saí bem depois das oito horas. Além do mais, havia *centenas* de presentes, pais, professores, alunos, e *todos* podem confirmar o que estou dizendo. Ah, que maravilha! — Sylvia Lay suspirou. — O plano de Eustace está fadado ao fracasso. Não seria simplesmente maravilhoso se ele fosse enforcado por todas essas mentiras e calúnias? O mesmo destino que ele tinha em mente para mim?

* * *

Depois de John McCrodden e Sylvia Lay, Annabel Treadway foi um prazer total de interrogar. Ela não tinha rancores óbvios, não possuía ninguém equivalente a Eustace, e não destilava veneno sem parar sobre alguém que não interessava à autora da chamada. Além disso, Annabel Treadway tinha informações relevantes para passar.

— Eu estava em casa no dia sete de dezembro — disse ela. — Todos nós estávamos. Todos os moradores da Mansão Combingham, digo. Kingsbury tinha acabado de voltar de alguns dias fora. Ele preparou o banho, como sempre fazia, e foi quem... quem encontrou o Vô debaixo d'água um pouco depois. Foi perturbador para todos nós, mas deve ter sido especialmente terrível para Kingsbury. Ser a pessoa que *descobre* tamanha tragédia... No momento em que Lenore, Ivy e eu chegamos ao banheiro, sabíamos que algo estava errado. Não vou dizer que estávamos preparados, porque como alguém pode estar preparado para uma coisa tão terrível? Mas nós tínhamos sido avisados. O jeito que Kingsbury gritou quando viu... Pobre Kingsbury! Nunca esquecerei a maneira como a voz dele falhou quando nos chamou.

Annabel Treadway fez um barulho angustiado.

— Kingsbury não é nem jovem nem forte, e desde o falecimento do Vô, ele ficou muito mais velho e mais fraco. Não em anos reais, é claro, mas ele parece dez anos mais velho. Kingsbury esteve com o Vô durante a maior parte de sua vida.

— Quem é Kingsbury? — Esta pergunta não constava da lista da autora da chamada, mas ela achou que seria negligente não perguntar.

— É o criado do Vô. Ou *era*, eu deveria dizer. Um homem muito gentil e bondoso. Eu o conheço desde criança. Na verdade, ele é mais como um membro da família. Estamos todos muito preocupados com Kingsbury. Não sabemos como ele vai ficar agora que o Vô se foi.

— Ele mora na Mansão Combingham?

— Kingsbury tem um chalé nas dependências. Ele costumava passar a maior parte do tempo conosco na mansão, mas desde que o Vô morreu, nós o vemos pouco. Kingsbury faz o trabalho dele e depois retorna para o chalé.

— Além de Kingsbury, algum outro funcionário mora na Mansão Combingham?

— Não. Temos um cozinheiro e uma ajudante de cozinha, além de duas empregadas domésticas, mas elas moram na cidade.

— E quem mora na Mansão Combingham?

— Havia apenas nós quatro. E meu cachorro, Hopscotch. E então, desde que o Vô morreu, só minha irmã Lenore, minha sobrinha Ivy, Hopscotch e eu. Ah, e Timothy durante os dias de licença e feriados escolares, é claro, embora ele frequentemente vá com algum amigo ou outro para a casa deles.

A autora da chamada estudou as anotações diante de si. Ela havia colocado tudo arrumadinho sobre a mesa de modo que pudesse ver, ao mesmo tempo e sem mexer nos papéis, todas as informações potencialmente úteis e também todas as perguntas que precisava fazer a cada um dos quatro suspeitos. Isso se "suspeitos" fosse uma descrição precisa do que eles eram.

— Timothy é seu sobrinho, não é, senhorita Treadway? — perguntou a autora da chamada.

— Sim. Ele é filho da minha irmã Lenore, irmão mais novo de Ivy.

— Timothy estava na Mansão Combingham quando o avô morreu?

— Não. Ele estava na Feira de Natal da escola.

A autora da chamada assentiu satisfeita enquanto anotava isso. As anotações diziam que Timothy Lavington era aluno do Colégio Turville. Parecia que Sylvia Lay havia dito a verdade sobre a feira da escola no dia sete de dezembro.

— Havia mais alguma pessoa na Mansão Combingham quando Mr. Pandy morreu tirando a senhorita, sua irmã Lenore, sua sobrinha Ivy e Kingsbury?

— Não. Ninguém — disse Annabel Treadway. — Normalmente, nosso cozinheiro também estaria presente, e uma empregada, mas havíamos dado o dia de folga para ambos. Lenore, Ivy e eu deveríamos ter ido à Feira de Natal, entende, o que significaria almoço e jantar em Turville. Embora no final não tenhamos ido.

A autora da chamada tentou não parecer muito curiosa ao perguntar por que o plano de comparecer à Feira de Natal havia sido abandonado.

— Infelizmente eu não me lembro — respondeu Annabel rapidamente.

A autora da chamada não acreditou.

— Então Kingsbury, o criado, encontrou Mr. Pandy morto na banheira, vinte minutos depois das cinco, e gritou pedindo ajuda? Onde a senhorita estava quando o ouviu gritar?

— É por isso que sei que o Vô não pode ter sido assassinado. — Ela parecia feliz pela pergunta ter sido feita. — Eu estava no quarto da minha sobrinha Ivy, com ela, Lenore e Hopscotch enquanto o Vô ainda estava vivo e quando deve ter morrido. Entre esses dois momentos, nenhuma de nós saiu do quarto, nem por um segundo.

— Entre quais dois momentos, senhorita Treadway?

— Desculpe, não me expressei muito bem. Logo depois que Lenore e eu fomos ao quarto de Ivy para conversar com ela, ouvimos a voz do Vô. Sabíamos que ele estava tomando banho. Eu tinha passado pelo banheiro a caminho do quarto de Ivy e vi Kingsbury fazendo os preparativos. A água estava correndo. Então, um pouco depois, quando Lenore e eu já estávamos no quarto de Ivy fazia uns dez minutos mais ou menos, ouvimos o Vô gritando, então certamente ele estava vivo naquele momento.

— Gritando? — perguntou a autora da chamada. — A senhorita quer dizer gritando por ajuda?

— Ah, não, nada disso! Ele pareceu bastante vigoroso. O Vô gritou: "A pessoa não pode tomar banho em paz? Essa cacofonia é necessária?" Ele com certeza usou a palavra "cacofonia". O Vô se referia a nós, infelizmente: Lenore, Ivy e eu. Provavelmente estávamos todas uma falando mais alto do que a outra, do jeito que fazemos quando estamos animadas. E geralmente quando estamos fazendo esse estardalhaço, Hoppy se junta ao coro com seus latidos ou ganidos. Para um cachorro, a senhora ficaria surpresa. Hoppy faz uma gama impressionante de barulhos, mas infelizmente todos irritavam o Vô, e mais do que nunca naquele momento. Depois que ele gritou conosco, permanecemos no quarto de Ivy com a porta firmemente fechada até que ouvimos Kingsbury berrando.

— Quanto tempo depois foi isso?

— É difícil lembrar, pois já se passaram tantas semanas, mas talvez uns trinta minutos depois.

— Qual era o tema da conversa animada entre a senhorita, sua irmã e sobrinha durante tanto tempo? — perguntou a autora da chamada, que a essa altura tinha escolhido esquecer que não era uma inspetora da Scotland Yard.

— Ah, eu não sou capaz de dar essa informação, não tanto tempo depois — falou Annabel Treadway. Mais uma vez, a resposta veio um pouco rápido demais. — Eu não esperava que fosse importante.

A autora da chamada achou que provavelmente era. Ela escreveu as palavras "péssima mentirosa" e sublinhou duas vezes para dar ênfase.

— O importante é que isso prova que ninguém poderia ter assassinado o Vô. A senhora não entende? Ele caiu no sono e se afogou na banheira, como aconteceria com qualquer homem que fosse tão velho e fraco como ele era.

— Kingsbury poderia tê-lo empurrado debaixo d'água — a autora da chamada não resistiu em observar. — Ele teve a oportunidade.

— O quê?

— Onde estava Kingsbury enquanto vocês três conversavam no quarto da sua sobrinha com a porta fechada?

— Eu não sei, mas... a senhora não pode realmente estar pensando... quero dizer, Kingsbury *encontrou* Grandy. A senhora não está sugerindo que...

A autora da chamada esperou.

— É impossível pensar que Kingsbury assassinou meu avô — declarou Annabel Treadway, depois de se recompor. — Completamente impossível.

— Como a senhora pode afirmar isso se não sabe onde Kingsbury estava ou o que ele estava fazendo quando o Mr. Pandy morreu?

— Kingsbury é um amigo muito, muito querido da nossa família. Ele jamais seria um assassino. Jamais! — Parecia que Annabel Treadway havia começado a chorar. — Preciso ir. Negligenciei Hoppy hoje, pobre menino! Por favor, diga ao Inspetor Catchpool...

Ela parou e suspirou alto.

— O quê? — perguntou a autora da chamada.

— Nada — disse Annabel Treadway. — É só que... eu gostaria de poder obrigá-lo a prometer que não suspeitaria de Kingsbury. E gostaria de não ter respondido a nenhuma das suas perguntas. Mas é tarde demais, não é? É *sempre* tarde demais!

— Sete de dezembro, é? — perguntou Hugo Dockerill. — Bem, não tenho como lhe afirmar exatamente onde estava. Desculpe! Provavelmente fazendo várias coisas pela casa.

— Então o senhor não estava na Feira de Natal do Colégio Turville? — perguntou a autora da chamada.

— Feira de Natal? Claro, eu não perderia esse evento! Mas ele ocorreu muito depois disso.

— Sério? Qual foi a data da feira?

— Bem, eu não me lembro da data, minha cabeça não é boa para esse tipo de coisa, infelizmente. Mas posso lhe dizer quando é o Natal: dia 25 de dezembro, igual a todos os anos! — Dockerill riu. — Creio que a feira tenha sido no dia 23 ou algo assim. O que, querida?

A voz de uma mulher foi ser ouvida ao fundo: incisiva e levemente cansada.

— Ah... Ah! Espere um momento! — disse Hugo Dockerill. — Minha esposa Jane acaba de me lembrar que interrompemos as aulas para as festas de Natal muito antes do dia 23. Sim, claro, ela está certa. Você está certa, Jane, querida. Portanto... Ah! Se a senhora puder fazer a gentileza de esperar na linha, Jane foi verificar a agenda do ano passado para ver exatamente quando caiu a feira. O que foi, minha querida? Sim, sim, claro, você está absolutamente correta. Ela está certa. É claro que a Feira de Natal não foi na antevéspera de Natal, que ideia ridícula!

A autora da chamada ouviu a voz de uma mulher dizer:

— Dia sete de dezembro.

— Posso afirmar com certeza que nossa Feira de Natal do ano passado ocorreu no dia sete de dezembro. Agora, qual foi mesmo a data que a senhora queria me perguntar? Estou bastante confuso.

— Sete de dezembro. O senhor esteve na feira naquele dia, Mr. Dockerill?

— Com certeza estive! Foi um evento animado. Sempre é. Nós em Turville sabemos... — Ele parou de repente e disse: — Jane falou que a senhora não se interessaria pelo que estou dizendo e que eu deveria me ater a responder às suas perguntas.

— De que horas até que horas o senhor esteve na feira?

— Do começo ao fim, creio. Houve um jantar depois, que normalmente termina... Jane, quando...? Obrigado, querida. Por volta das oito da noite, diz Jane. Olhe aqui, talvez seja mais simples se a senhora falasse diretamente com Jane.

— Será um prazer — disse a autora da chamada.

Dentro de um minuto, tinha todas as informações de que precisava: de acordo com Jane Dockerill, ela e Hugo estiveram na Feira de Natal no dia sete de dezembro, desde o começo, às onze da manhã, até quando o jantar terminou, às oito da noite. Sim, Timothy Lavington estava presente também, mas não sua mãe, tia ou irmã, que planejaram comparecer, mas cancelaram no último minuto. Freddie Lay também esteve lá, com a mãe Sylvia, a irmã Mildred e o noivo da irmã, Eustace.

A autora da chamada agradeceu e estava prestes a se despedir quando Mrs. Dockerill disse:

— Espere um momento. A senhora não vai se livrar de mim assim tão facilmente.

— Tem mais alguma coisa, senhora?

— Tem, sim. Hugo perdeu duas vezes a carta que recebeu acusando-o de assassinato, algo que percebo ser nitidamente contraproducente. Bem, tenho o prazer de dizer que a encontrei. Vou levá-la ao Inspetor Catchpool, na Scotland Yard, assim que tiver tempo para ir a Londres. Não sei se Barnabas Pandy foi assassinado ou não, embora esteja inclinada a achar que não, visto que acusar quatro pessoas do mesmo assassinato me parece mais com uma pegadinha do que uma acusação séria, particularmente quando alguém falsifica a assinatura de Hercule Poirot nessas cartas. Mas só em caso de Mr. Pandy ter sido assassinado *mesmo*, e caso se trate de uma investigação séria e não de uma brincadeira feita por um demente, há duas coisas que devo lhe dizer imediatamente.

— Vá em frente — disse a autora da chamada, com o lápis para anotações pronto.

— Sylvia Lay e seu futuro genro se detestam. E a pobre Mildred, presa entre os dois, está compreensivelmente perplexa e perturbada com toda essa situação. Algo deve ser feito para evitar as consequências mais terríveis para toda a família. O pobre Freddie já é bastante infeliz. Eu não sei como isso se relaciona com a morte de Barnabas Pandy, mas a senhora perguntou sobre a família Lay, então achei que deveria saber, no caso de ser relevante.

— Obrigada.

— A outra coisa que eu preciso dizer é sobre os Lavington, a família de Timothy e de Barnabas Pandy. Fui eu que atendi o telefonema de Annabel na manhã da feira. Annabel é a tia de Timothy. Ela mentiu para mim.

— Sobre o quê?

— Annabel me disse que ela, a irmã e a sobrinha não poderiam ir à feira por causa de um problema com o automóvel que estava programado para trazê-las, mas não creio que isso seja verdade. Ela parecia chateada e... evasiva. Longe de ser a Annabel de sempre. E mais tarde, Lenore Lavington, a mãe de Timothy, comentou ter perdido a feira por ter estado muito cansada naquele dia. Nenhuma das justificativas confere. Agora, não sei o que tudo isso significa, ou como meu marido conseguiu se envolver nessa situação, mas não sou inspetora de polícia, então não é meu trabalho descobrir, não é? É seu — disse Jane Dockerill.

— Sim, senhora — disse a autora da chamada que, naquele momento, esquecera que o trabalho dela era algo completamente diferente e não tinha nada a ver com investigar crimes que poderiam ou não ter sido cometidos.

O SEGUNDO PEDAÇO

Capítulo 10
....
Algumas perguntas importantes

— Que diabos possuiu você, Catchpool? — rugiu o Superintendente Nathaniel Bewes no meu ouvido.

— Como assim, senhor?

Ele vinha gritando há algum tempo sobre minhas muitas deficiências, mas até agora tudo tinha sido bastante abstrato.

— Na noite passada! O telefonema que você fez... Ou melhor, que alguma mulher fez por você!

Ah, então era isso.

— Você me disse que a carta recebida por John McCrodden não foi enviada por Poirot, e eu caí nessa! Bem, não estou mais caindo nos seus absurdos, então não precisa me contar mais nenhum. Fui claro? Eu mandei que você fosse ver Rowly McCrodden para consertar a situação, e o que você faz em vez disso? Conspira com Poirot para incomodar ainda mais o filho de Rowly. Não, não finja que isso não teve nada a ver com você. Eu sei que Poirot veio aqui para te ver...

— Isso aconteceu porque...

— ... e sei que a mulher que telefonou para John McCrodden e exigiu ouvir o álibi dele disse que estava fazendo isso "em nome do inspetor Edward Catchpool da Scotland Yard". Você acha que eu sou idiota? Ela não estava agindo em seu nome, estava? Ela estava cumprindo ordens de Hercule Poirot! Assim como você, ela é uma mera engrenagem na máquina dele. Bem, eu não vou tolerar isso, está me escutando? Por favor, explique para mim por que você e Poirot estão determinados a acusar um inocente de um assassinato que não foi um assassinato. Você entende o significado correto da palavra "álibi", Catchpool?

— Sim, sen...

— Não significa onde alguém esteve em determinado momento. Neste momento, eu estou no meu gabinete falando com você, o que é uma pena. Só que esse é o meu *paradeiro*, não o meu *álibi*. Você sabe por quê? Porque *nenhum assassinato foi cometido* enquanto estamos aqui. Eu não deveria ter que explicar isso para você!

O superintendente estava fadado a estar errado, pensei. Em algum lugar do mundo, um assassinato provavelmente estava sendo cometido, ou havia sido cometido, desde que ele começara a berrar comigo vinte minutos antes. Mais do que um único assassinato, muito provavelmente, e o superintendente tinha imensa sorte de não estar entre esse grupo potencialmente grande e internacional de vítimas. Se eu fosse uma pessoa que algum dia pudesse ser provocada além dos limites a cometer um ato de violência, esse momento certamente teria acontecido mais ou menos dez minutos antes. Em vez disso, e para meu grande pesar, pareço ser o tipo de pessoa que consegue se equilibrar silenciosamente no limite em que é provocada durante todo o tempo em que alguém decide ficar gritando.

— Por que John McCrodden precisa oferecer um álibi quando *a morte de Barnabas Pandy não é uma questão criminal*? Por quê? — exigiu saber Bewes.

— Senhor, se me permitir responder... — Eu parei, e veio a seguir um silêncio constrangedor. Eu tinha esperado que o superintendente me interrompesse.

— Se foi feita uma ligação telefônica para John McCrodden ontem à noite, ela não teve nada a ver comigo — falei. — Nada mesmo. Se alguém usou meu nome para descobrir onde John McCrodden estava no dia em que Barnabas Pandy morreu, então só consigo pensar que... bem, essa pessoa provavelmente esperava usar a autoridade da Scotland Yard para obrigar McCrodden a falar.

— Poirot deve estar por trás disso — disse o superintendente. — Poirot e algum ajudantezinho qualquer dele.

— Senhor, a carta enviada para John McCrodden não foi a única. Foram quatro envios no total. Existem outros três destinatários de cartas assinadas em nome de Poirot, mas não escritas por ele, acusando-os do assassinato de Barnabas Pandy.

— Não seja ridículo, Catchpool! Contei ao superintendente os nomes dos outros três destinatários e que um deles era a neta de Pandy, que estivera na casa com ele quando Barnabas morreu.

— Falei com Rowland McCrodden ontem, como o senhor me pediu, e ele estava ansioso para descobrir o máximo possível sobre quem enviou as cartas. Ele quer que Poirot investigue. Por isso, se Poirot *de fato* mandou que uma mulher pedisse um álibi a John McCrodden, talvez seja... sabe... útil para Rowland McCrodden a longo prazo. Se isso elucidar alguma coisa, quero dizer.

O superintendente gemeu.

— Catchpool, de quem você imagina que ouvi sobre a ligação para John McCrodden?

Eu estava me sentindo aliviado por Bewes ter baixado o volume da voz, até que ele gritou "de Rowly, é claro!" ao lado do meu ouvido.

— Ele quer saber por que eu permiti que alguém da Scotland Yard exigisse um álibi de seu filho, em vez de fazer o que prometi que faria, que foi dar um fim a toda essa confusão infernal! Diga a Poirot que é muito provável que John McCrodden estivesse na Espanha em dezembro, quando Pandy morreu. Espanha! Não dá para matar alguém na Inglaterra se a pessoa estiver na Espanha, não é?

Eu respirei fundo e disse:

— Rowland McCrodden quer entender o que está acontecendo. Ele pode ter ficado furioso ao saber que exigiram um álibi de seu filho, mas tenho certeza de que ainda quer investigar até conseguir uma resposta. Há apenas uma maneira de dar fim a essa situação: descobrir quem enviou as quatro cartas e por quê. Se há uma chance de que Barnabas Pandy tenha sido assassinado...

— Se eu te ouvir fazendo essa sugestão de novo, Catchpool, sou capaz de te mandar para a forca!

— Eu sei que a morte de Pandy foi registrada como um acidente, senhor, mas se alguém acredita que não foi...

— Então essa pessoa está errada!

Em um estado de espírito mais razoável, e em uma circunstância que não causasse irritação a "Rowly" Forca, o superintendente teria admitido que obviamente era possível que um erro tivesse sido cometido, que um crime não tivesse sido detectado. Não havia sentido em tentar persuadi-lo disso naquele momento, no entanto.

— Você está certo sobre uma coisa, Catchpool — disse ele. — Rowly quer respostas rápidas. Portanto, até que este assunto seja resolvido, você está liberado de todas as tarefas oficiais. Quero que ajude Poirot a concluir este assunto de maneira satisfatória.

Eu não sabia como me sentia em relação a isso. Eu costumava me preocupar com essa insegurança em relação a certas situações, porém, mais recentemente, decidi tratá-la como uma oportunidade conveniente para não sentir absolutamente nada. O superintendente havia tomado sua decisão e não haveria discussão.

Descobri, quando ele falou em seguida, que não apenas uma decisão havia sido tomada, como também providências concretas:

— Poirot está à espera em seu escritório. — Bewes olhou para o relógio. — Sim, ele com certeza já está lá a essa altura. Vocês dois serão recebidos no escritório de Rowly daqui a cinquenta minutos. Acho que é tempo o suficiente para vocês chegarem lá. Ande logo! Quanto antes este caso estranho for resolvido, mais feliz eu ficarei.

O superintendente sorriu inesperadamente, como se para me instigar com um vislumbre de como seria essa felicidade futura.

Como dito, Poirot estava esperando por mim em meu escritório.

— *Mon pauvre ami!* — gritou ele quando me viu. — Creio que levou uma bronca do superintendente? — Os olhos de Poirot brilharam.

— Como adivinhou? — perguntei.

— O superintendente estava pronto para dirigir sua fúria contra mim, até que eu sugeri a ele que, se fizesse isso, eu partiria sem demora e não ofereceria mais assistência a seu bom amigo Rowland Forca.

— Entendi — respondi com irritação. — Bem, não se preocupe. No fim das contas ele conseguiu descarregar toda a fúria. Creio que ele não contou sobre a Espanha, certo?

— Espanha?

— John McCrodden pode ter sido teimoso demais para fornecer um álibi, mas o pai disse ao superintendente que o filho provavelmente estava na Espanha quando Pandy morreu.

— Provavelmente? Nenhum álibi bom contém a palavra "provavelmente".

— Eu sei disso. Só estou repassando o que o superintendente falou.

Quando saímos do prédio, Poirot disse:

— É outra pergunta para acrescentarmos à lista: John McCrodden esteve ou não na Espanha no dia sete de dezembro?

Eu tinha presumido que iríamos a pé para a sede da Donaldson & McCrodden, mas Poirot havia chamado um carro para nos levar. Quando partimos, ele tirou um pequeno pedaço de papel do bolso.

— Aqui está a lista. Um lápis, por favor, Catchpool.

Passei um lápis do meu bolso para ele, que acrescentou a mais nova pergunta no pé da página.

A lista tinha o título "Perguntas importantes" e era tão o tipo de coisa que ele escreveria — era tão Poirot em sua essência — que vi o último traço do meu mau humor se dissolvendo.

A lista era a seguinte:

Perguntas importantes

1) Barnabas Pandy foi assassinado?
2) Caso positivo, por quem e por quê?
3) Quem escreveu as quatro cartas?
4) O autor das cartas suspeita sinceramente de todos os quatro? Ou só suspeita de um deles? Ou não suspeita de nenhum?
5) Se o autor das cartas não suspeitar de nenhum dos quatro, qual foi o propósito de enviar as cartas?
6) Por que as cartas foram assinadas em nome de Hercule Poirot?
7) Que informação Peter Vout não está revelando?

8) Qual era a origem da inimizade entre Barnabas Pandy e Vincent Lobb?
9) Onde está a máquina de escrever na qual as quatro cartas foram datilografadas?
10) Barnabas Pandy sabia que ia morrer?
11) Por que Annabel Treadway parece tão triste? Quais segredos ela está escondendo?
12) Kingsbury, o criado de Barnabas Pandy, é o assassino? Caso positivo, por quê?
13) Por que Annabel Treadway, Lenore e Ivy Lavington decidiram não ir à Feira de Natal do Colégio Turville?
14) John McCrodden estava na Espanha quando Barnabas Pandy morreu?

— Por que você suspeita de Kingsbury? — perguntei a Poirot. — E por que a máquina de escrever é importante? Tanto faz uma ou outra, imagino?

— Ah, a máquina de escrever! — Ele sorriu. Então, como se tivesse acabado de responder à minha segunda pergunta, Poirot voltou à primeira. — Eu pergunto sobre Kingsbury por causa do que Annabel Treadway disse no telefone ontem à noite, *mon ami*. Se ela estava no quarto de Ivy Lavington com Lenore e Ivy quando *monsieur* Pandy morreu, então apenas Kingsbury estava na casa sem ser observado na hora relevante. Se a morte foi um assassinato, ele é o assassino mais provável, *non*?

— Eu suponho que sim. Porém, não é estranho que Kingsbury não tenha recebido a carta? Ele é a única pessoa que teve a oportunidade de cometer o crime e, no entanto, quatro pessoas sem oportunidade nenhuma são acusadas.

— Tudo o que aconteceu é extremamente estranho — disse Poirot. — Começo a pensar que fui precipitado quando comecei a pensar em álibis... — Ele balançou sua cabeça.

— Agora é um bom momento para me dizer isso, depois da surra que meus tímpanos acabaram de levar. — Eu ainda conseguia ouvir a fúria do superintendente reverberando na minha cabeça.

— Sim, isso é lastimável — falou Poirot. — Enfim, não devemos nos arrepender do que já descobrimos. Tudo há de ser útil, não tenho dúvidas. Mas agora? Agora é hora de pensar com mais empenho. Por exemplo, se Kingsbury é o nosso assassino, talvez não seja nada estranho que ele não tenha recebido a mesma carta que quatro *inocentes* receberam.

Perguntei o que ele quis dizer com aquilo, mas Poirot fez um barulho enigmático e não disse mais nada.

Na sede da Donaldson & McCrodden, enquanto subíamos as escadas, me preparei para o segundo encontro com Miss Mason. Eu não havia alertado Poirot sobre ela. Em vez disso, torci para que passássemos mais livremente, uma vez que Rowland McCrodden estava nos esperando.

A decepção veio depressa. A jovem de rosto rosado quase se jogou em meus braços.

— Ah, Inspetor Catchpool! Graças a Deus o senhor está aqui! Eu não sei o que fazer!

— O que foi, Miss Mason? Aconteceu alguma coisa?

— É Mr. McCrodden. Ele não está abrindo a porta. Eu não consigo entrar. Deve ter trancado por dentro, coisa que *nunca* faz. Mas também não está atendendo o telefone e, quando eu bato e chamo o nome dele, Mr. McCrodden não atende. Ele tem que estar lá dentro. Eu o vi, com meus próprios olhos, entrando na sala e fechando a porta há menos de trinta minutos.

Miss Mason se virou para Poirot.

— E agora o senhor está aqui, e Mr. McCrodden *sabe* que o senhor tem uma hora marcada, e mesmo assim ele não atende. Não consigo deixar de pensar se Mr. McCrodden teve algum tipo de ataque.

— Catchpool, você pode derrubar a porta de Mr. McCrodden? — perguntou Poirot.

Eu estendi a mão para tocá-la, me preparando para avaliar o quão difícil seria derrubá-la, quando de repente a porta se abriu e lá estava Rowland McCrodden.

Ele parecia perfeitamente bem, não como um homem que tivesse sofrido uma convulsão inesperada.

— Ah, graças a Deus! — exclamou Miss Mason.

— Preciso sair imediatamente — disse McCrodden. — Desculpem, cavalheiros.

Sem outra palavra, ele passou por nós e se foi. Ouvimos os pés de McCrodden descendo vários lances de escada. Então uma porta bateu ruidosamente.

Miss Mason correu atrás dele, gritando:

— Mr. McCrodden, isso é não é certo. O senhor não pode ir. Esses dois cavalheiros estão aqui para vê-lo.

— Ele já se foi, *mademoiselle*.

Miss Mason ignorou Poirot e continuou a berrar para a escadaria agora vazia:

— Mr. McCrodden! *Eles têm hora marcada!*

Capítulo 11

Verde-esmeralda

Quando cheguei à Scotland Yard na manhã seguinte, fui informado pelo superintendente de que Rowland McCrodden estava disponível para encontrar comigo e com Poirot assim que possível, embora houvesse uma condição: a reunião não poderia ser na sede da Donaldson & McCrodden. Sendo assim, combinamos o encontro no Pleasant's às catorze horas.

O café estava, para variar, com uma temperatura adequada — morno, mas não muito quente — e tinha um aroma agradável de canela e limões. Nossa amiga Fee Spring correu em nossa direção. Eu esperava ser o foco principal da atenção, como geralmente sou, mas hoje Fee só tinha olhos para Poirot... e olhos com foco muito intenso inclusive. Ela empurrou o detetive para a cadeira e perguntou:

— Então? O senhor fez o que prometeu?

— *Oui, mademoiselle*. Mas devemos deixar nossa discussão sobre o Bolo de Janela de Igreja para depois. Catchpool e eu estamos aqui para uma reunião importante.

— Com alguém que ainda não está aqui — disse Fee. — Temos muito tempo.

— Vocês dois precisam conversar sobre Bolo de Janela de Igreja? — perguntei, confuso.

Ambos me ignoraram.

— E se começarmos e formos interrompidos? — argumentou Poirot. — Prefiro fazer as coisas de uma forma mais organizada, uma de cada vez.

— Olhe para os bules — falou Fee. — Tirei a poeira de todos. Especialmente para o senhor. Coloquei todos os bicos apontando para a mesma direção. Saiba que eu posso facilmente colocá-los de volta como estavam antes...

— Por favor, não faça isso, eu imploro. — Poirot ergueu os olhos para as prateleiras onde estavam os bules de chá. — *C'est magnifique!* — declarou. — Eu mesmo não poderia ter feito melhor. Muito bem, *mademoiselle*, vamos ao assunto. Eu visitei o Café Kemble's como a senhorita pediu. Lá encontrei Philippa e pedi uma fatia do Bolo de Janela de Igreja. Puxei uma conversa com ela sobre o bolo. Ela admitiu tê-lo feito sozinha.

— Viu só! — sibilou Fee. — Mesmo que Philippa tenha negado, eu não acreditaria em uma única palavra dita por ela.

— Eu perguntei a Philippa de onde tinha vindo a receita. Ela me disse que era de uma amiga.

— Ela não é minha amiga e nunca foi! Trabalhar ao lado de alguém não faz da pessoa sua amiga.

— Do que estão falando? — perguntei.

Mais uma vez, Poirot e Fee me ignoraram. Rowland Forca estava atrasado.

— Perguntei a ela qual era o nome da amiga que lhe deu a receita — disse Poirot. — Na mesma hora, Philippa assumiu uma postura furtiva e voltou a atenção para outro cliente.

— Essa é toda a prova que preciso — falou Fee. — Philippa sabe que roubou de mim, sem dúvida, mas pode deixar que eu mesma cuido dela! E agora vou servir uma fatia do meu Bolo de Janela de Igreja, por conta da casa.

Eu olhei para o meu relógio.

— Ele estará aqui em cinco minutos, mais ou menos, o sujeito testudo — explicou Fee. — Eu disse a ele para voltar às duas e quinze.

Ela sorriu e saiu em direção à cozinha antes que qualquer um de nós pudesse repreendê-la.

— Às vezes me pergunto se Fee está um pouco desequilibrada — falei para Poirot. — Quando você encontrou tempo para realizar esta investigação sobre roubo de receita de bolo?

— Eu tenho sorte, *mon ami*. Seja fazendo meu trabalho ou cuidando de interesses próprios, não preciso de nada além do que a oportunidade para pensar. Sentado em meio a estranhos e comendo, com calma, uma fatia de bolo... essas circunstâncias são muito propícias ao funcionamento das pequenas células cinzentas. Ah, Rowland McCrodden *est arrivé*.

De fato.

— *Monsieur* McCrodden. — Poirot apertou a mão do homem. — Eu sou Hercule Poirot. O senhor me viu de relance ontem, mas eu não tive a oportunidade de me apresentar.

McCrodden parecia devidamente envergonhado.

— Foi uma pena — disse ele. — Espero que possamos fazer um bom avanço na tarde de hoje, para compensar o tempo perdido.

Fee trouxe café e uma fatia do Bolo de Janela de Igreja para Poirot, chá para mim e água para Rowland McCrodden, que não perdeu tempo para começar a trabalhar.

— Quem quer que tenha enviado a carta a John intensificou a campanha de perseguição — falou ele. — Ontem à noite, uma mulher telefonou fingindo ser uma representante sua, Catchpool, e da Scotland Yard. Ela disse a John a data em que Barnabas Pandy morreu e pediu um álibi.

— A informação não é exatamente precisa — falei. Poirot e eu havíamos concordado com antecedência que diríamos a verdade a Rowland McCrodden. A maior parte, pelo menos. — Creio que ela disse que estava telefonando *em nome do Inspetor Catchpool* da Scotland Yard. O que era verdade, embora não tivesse nada a ver com qualquer assunto da Scotland Yard. A mulher certamente não disse que era uma funcionária da Scotland Yard.

— O que raios...? — McCrodden fez uma careta para mim do outro lado da mesa. — Quer dizer que o *senhor* foi mesmo o responsável? Que a convenceu a isso? Quem era ela?

Eu fiz questão de não olhar na direção de Fee Spring. Poirot, presumo, fez o mesmo. Eu poderia ter dado os quatro telefonemas, mas quis acrescentar uma camada de proteção. Sabendo que havia uma chance de o superintendente acabar puxando a minha orelha, decidi que seria mais plausível negar saber de tudo se a voz do outro lado do telefone fosse feminina. Covarde que sou, calculei que, se Fee cuidasse do assunto para Poirot — como era assim que eu encarava —, então eu felizmente poderia me convencer de que não me envolvi a ponto de ser inocente. Fee não tinha nenhum dos meus receios sobre o caráter nada convencional do plano; ficou evidente que ela ganhou o dia quando pedi que fizesse isso para mim.

— Sou eu quem deve assumir a responsabilidade, *monsieur* — disse Poirot a Rowland McCrodden. — Não se assuste. De agora em diante, nós três trabalharemos juntos para resolver esse mistério.

— Trabalhar juntos? — McCrodden recuou. — Você tem alguma ideia do que fez, Poirot? John veio a minha casa depois de receber aquele telefonema miserável e disse que não era mais meu filho e que eu não era mais o pai dele. Ele agora quer cortar completamente os laços.

— Ele mudará de ideia assim que soubermos a verdadeira identidade do autor da carta. Não se aflija, *monsieur*. Confie em Hercule Poirot. Posso saber... por que o senhor insistiu em se encontrar hoje em um lugar diferente? O que há na sua firma que o senhor não deseja que eu veja?

McCrodden fez um barulho estranho.

— É tarde demais para isso — falou ele.

— O que o senhor quer dizer?

— Nada.

Poirot tentou novamente:

— Por que o senhor se trancou na sua sala e depois saiu, para em seguida desaparecer?

Ficamos sentados em silêncio enquanto ele considerava a pergunta.

— *Monsieur*? Se o senhor puder responder, por favor.

— O motivo não tem nada a ver com o assunto em questão — disse McCrodden em tom tenso. — Isso serve?

— *Pas du tout*. Se o senhor não explicar, não terei outra escolha senão adivinhar. O senhor tem medo de que encontremos uma máquina de escrever?

— Uma máquina de escrever? — McCrodden parecia frustrado e um pouco entediado. — O que o senhor está querendo dizer?

— Ah! — exclamou Poirot de forma enigmática.

McCrodden se virou para mim.

— O que ele está querendo dizer, Catchpool?

— Eu não sei, mas o senhor pode notar que os olhos de Poirot ganharam um tom marcante de verde-esmeralda. Isso geralmente significa que ele descobriu alguma coisa.

— Esmeralda? — rosnou McCrodden, empurrando a cadeira para trás. — O senhor sabe, não é? Vocês dois sabem. E o senhor está me provocando. Mas como *poderia* saber? Não falei com ninguém.

— O que o senhor acha que sabemos, *monsieur*? Sobre a máquina de escrever?

— Eu estou pouco me lixando para a sua máquina de escrever! Estou falando sobre a razão pela qual eu não aguentei ficar na minha firma nem mais um segundo sequer ontem e a razão pela qual me recusei a encontrar o senhor lá hoje. Estou falando sobre Esmeralda, como o senhor bem sabe. É por isso que o senhor disse "verde-esmeralda", certo?

Poirot e eu trocamos um olhar completamente confuso.

— *Monsieur*... que esmeralda é essa?

— Não é quê. *Quem*. Ela é a razão pela qual não posso ir ao meu local de trabalho, o que é um grande inconveniente. Miss Esmeralda Mason.

— Miss Mason? — perguntei. — A moça que trabalha para o senhor?

— Creio que agora tenha de contar ao senhor, não que seja da sua conta. O prenome de Miss Mason é Esmeralda. Pensei que soubesse quando disse "verde-esmeralda"...

— Não, *monsieur*. Por que a presença dessa mulher expulsa o senhor de seu prédio?

— Ela não fez nada errado — falou McCrodden desanimado. — Miss Mason é diligente, bem apessoada. Em todos os aspectos, é a funcionária modelo. Os negócios da firma parecem ser tão importantes para ela quanto são para mim e Donaldson. Eu não sou capaz de apontar defeitos em Miss Mason.

— No entanto...? — perguntou Poirot.

— Eu considero Miss Mason cada dia mais insuportável. Ontem, cheguei ao ponto em que não aguentei mais. Eu mencionei a ela que não conseguia me decidir se chamaria um cliente em especial para participar do próximo jantar da Ordem dos Advogados como meu convidado... há razões a favor e contra que Miss Mason conhece... e ela me lembrou *três vezes* na hora seguinte que eu precisava me decidir com urgência. Eu sei a data do jantar da Ordem dos Advogados tão bem quanto Miss Mason, e ela sabe disso. Estava claro que se Miss Mason pudesse me obrigar a decidir imediatamente, ela teria feito isso! A terceira vez que eu disse a ela que ainda não tinha chegado a uma decisão, ela falou... — Ele rangeu os dentes com a lembrança. — Ela falou: "Ah, meu Deus. Bem, talvez o senhor devesse pensar um pouco." Como se eu tivesse 5 anos de idade. E aí foi a gota d'água. Tranquei a porta do escritório e, então, quando Miss Mason se dirigiu a mim pelo lado de fora, eu a ignorei.

Poirot riu.

— E Catchpool e eu... chegamos.

— Sim. Àquela altura, já era tarde demais. O mau humor que me dominava era... bem, era bastante irracional.

— Se o senhor acha Miss Mason tão irritante, por que não lhe diz que não precisa mais de seus serviços? — perguntou Poirot. — Então o senhor poderia voltar a trabalhar sem nenhum temor no coração.

McCrodden pareceu enojado com a ideia.

— Não tenho intenção de colocá-la na rua. Miss Mason é meticulosa e não fez nada de errado. Além disso, Stanley Donaldson, o outro sócio da firma, não faz objeções a ela, até onde sei. Eu devo tentar superar minha aversão a Miss Mason e parar de sentir satisfação nisso... o que quer que seja.

— Satisfação — disse Poirot, pensativo. — É uma maneira interessante de descrever a situação.

— É uma satisfação — falou McCrodden. — Evitar a firma, evitando *Miss Mason*, é satisfatório de uma maneira que não deveria ser. Porque sei como isso vai frustrá-la.

— Isso é realmente fascinante — comentou Poirot.

— Não, não é — disse McCrodden. — É infantil da minha parte e nós não viemos aqui para discutir isso. Eu quero saber, Poirot, como o senhor propõe descobrir quem enviou essa carta para o meu filho.

— Eu tenho várias ideias. A primeira envolve o jantar da Ordem dos Advogados. Qual é a data desse evento? Estou querendo saber se pode ser o mesmo jantar para o qual o advogado de Barnabas Pandy, Peter Vout, foi convidado.

— Deve ser — respondeu McCrodden. — Há apenas um jantar no horizonte. O senhor está dizendo que Peter Vout era o advogado desse tal de Pandy? Ora, ora.

— O senhor o conhece? — indagou Poirot.

— Um pouco, sim.

— Excelente. Então o senhor está na posição ideal.

— Para quê? — perguntou McCrodden, desconfiado.

Poirot esfregou as mãos.

— Como dizem, *mon ami*... o senhor vai realizar para nós uma investigação sob disfarce!

Capítulo 12
....
Muitos álibis arruinados

— É a ideia mais atroz que já ouvi — disse Rowland McCrodden, quando soube dos detalhes do plano proposto por Poirot. — Está fora de cogitação.

— O senhor pode pensar assim agora, *monsieur*, mas à medida que a noite do jantar da Ordem dos Advogados se aproxima, o senhor vai acabar percebendo que é uma oportunidade muito vantajosa e que o senhor é mais do que capaz de desempenhar seu papel com perfeição.

— Eu não vou participar de um engodo, por melhor que seja a causa.

— *Mon ami*, não vamos discutir. Se não quiser fazer o que eu proponho, que assim seja. Não posso insistir que o senhor faça.

— E não farei — disse McCrodden incisivamente.

— Veremos. O senhor concorda, então, que Catchpool inspecione todas as máquinas de escrever usadas pela sua firma?

McCrodden contraiu a boca.

— Por que o senhor retoma o tempo todo o assunto das máquinas de escrever? — perguntou ele.

Poirot tirou do bolso a carta enviada a John McCrodden e passou por cima da mesa.

— O senhor percebe alguma coisa sobre qualquer uma das letras? — indagou ele.

— Não. Não vejo nada que valha a pena comentar.

— Examine as letras de perto.

— Não, eu... Espere. A letra "e" está incompleta.

— *Précisément.*
— Há uma falha na linha reta. Um buraquinho branco. — McCrodden deixou cair a carta sobre a mesa. — Entendo. Se o senhor encontrar a máquina de escrever, encontrará o remetente da carta. E uma vez que o senhor acabou de pedir permissão para vasculhar a minha firma, só posso concluir que suspeita que eu seja essa pessoa.
— De forma alguma, meu amigo. É uma mera formalidade. Investigaremos todo mundo ligado a esse quebra-cabeça que possua uma máquina de escrever: a casa de Sylvia Lay; a de Barnabas Pandy, obviamente; o Colégio Turville, onde Timothy Lavington e Freddie Lay são alunos, e Hugo Dockerill é o reitor...
— Quem são todas essas pessoas? — perguntou Rowland McCrodden. — Nunca ouvi falar delas.
Aproveitei a oportunidade para informá-lo de que o filho dele não tinha sido a única pessoa a receber uma carta acusatória, então observei Rowland Forca se esforçando para digerir a informação. Depois de algum silêncio, se manifestou:
— Mas por que o senhor não disse a John, nesse caso, que ele não era o único destinatário? Por que permitiu que meu filho acreditasse que só ele era acusado?
— Eu não fiz nada disso, *monsieur*. Garanto que informei seu filho que ele não era o único destinatário. Meu criado, George, contou a mesma coisa para John. George testemunhou em meu nome que eu estava falando a verdade, mas seu filho não quis ouvir. Ele acreditava piamente que o senhor devia ser o responsável.
— Ele é um idiota cego e teimoso! — McCrodden bateu com o punho na mesa. — Sempre foi, desde o dia em que nasceu. O que eu não entendo é o *motivo*. Por que alguém enviaria cartas para quatro pessoas diferentes, acusando-as do mesmo assassinato, assinadas em nome do senhor em vez do próprio?
— É intrigante — concordou Poirot.
— Isso é tudo que o senhor tem a dizer? Que tal, em vez de ficarmos esperando que a resposta caia em nosso colo, nós usemos os cérebros e tentemos resolver o problema?

Poirot sorriu educadamente.

— Eu não esperei, *mon ami*. De fato, comecei sem o senhor a usar as pequenas células cinzentas da mente. Mas, por favor, junte-se a mim.

— Eu consigo pensar em dois motivos para alguém ter feito isso — falei. — Motivo um: se a pessoa assina as cartas em seu nome, Poirot, aumentam as chances de amedrontar os azarados que as receberam: a polícia escuta quando Hercule Poirot diz que alguém é culpado de assassinato. Portanto, se o autor quer dar às pessoas um susto desagradável, usar seu nome é a melhor maneira. Até mesmo um inocente entenderia que ser acusado de assassinato por você poderia ser fatal.

— Concordo — disse Poirot. — E o segundo motivo?

— O autor quer que você investigue o caso — respondi. — Ele acha que Barnabas Pandy foi assassinado, mas não tem certeza. Ou *sabe* que foi um assassinato, mas não quem cometeu. O autor então cria um plano para deixá-lo curioso o suficiente a ponto de investigar. Ir à polícia não vai funcionar, porque o registro oficial já declara que a morte de Pandy foi acidental.

— Muito bem — falou Poirot. — Eu mesmo já tinha pensado em ambas as possibilidades. Mas me diga, *por que essas quatro pessoas*, Catchpool?

— Não sendo eu o remetente, infelizmente não consigo responder.

Poirot disse a McCrodden:

— De acordo com a neta de *monsieur* Pandy, Annabel Treadway, havia cinco pessoas na Mansão Combingham no dia sete de dezembro: ela mesma; Barnabas Pandy; a outra neta dele, Lenore Lavington; a filha dela, Ivy; e o criado de *monsieur* Pandy, Kingsbury. Vamos supor por um momento que tenha sido de fato um assassinato. As pessoas que obviamente deveriam ter recebido essas cartas acusatórias são as quatro que estiveram na Mansão Combingham naquele dia e ainda estão vivas: Annabel Treadway, Lenore Lavington, Ivy Lavington e Kingsbury. Dessas, apenas uma recebeu a carta. Outras duas cartas foram enviadas a pessoas que, se podemos acreditar no que disseram, estiveram ocupadas aquele dia inteiro na Feira de Natal do Colégio Turville: Sylvia Lay e Hugo Dockerill. E a última carta para John McCrodden, que, até agora, não parece estar de forma alguma ligado ao morto.

— É provável que John tenha estado na Espanha quando Pandy morreu — falou o pai dele. — Tenho certeza de que foi no início de dezembro do ano passado que tentei localizá-lo na feira onde trabalha, e me informaram que ele tinha ido para a Espanha e permaneceria lá por várias semanas.

— O senhor não parece ter certeza — disse Poirot.

— Bem... — hesitou McCrodden. — Era dezembro, sem dúvida. Havia enfeites de Natal à venda em todas as barracas da feira: bugigangas reluzentes e inúteis. Pode ter sido mais tarde, em dezembro, creio eu.

Ele balançou a cabeça, claramente enojado, como se tivesse sido pego em flagrante no ato de mentir para proteger o filho.

— O senhor está certo — admitiu McCrodden. — Eu não sei onde John estava quando Pandy morreu. Eu *nunca* sei onde ele está. Mas acredite em mim, Poirot, eu não permitiria que meu juízo fosse afetado por sentimentos. Embora ele seja meu único filho, se John cometesse um assassinato, eu seria o primeiro a notificar a polícia e apoiaria a execução dele, pois apoio a pena de morte para todos os assassinos.

— É mesmo, *monsieur*?

— É, sim. A pessoas precisam se ater a seus princípios ou então a estrutura da sociedade desmorona. Se um filho meu merecesse, eu mesmo o enforcaria. Mas, como eu disse a Catchpool, John nunca mataria alguém e disso eu tenho certeza. Portanto, seu paradeiro preciso no dia em questão é irrelevante. Ele é inocente, assunto encerrado.

— Essas palavras, "assunto encerrado"... só são usadas quando o assunto em si está apenas começando — falou Poirot, para a preocupação de Rowland McCrodden.

— Por que John iria para a Espanha? — perguntei.

Uma expressão de desaprovação passou pelo rosto de Rowland McCrodden.

— Ele vai regularmente. A avó materna viveu na Espanha por um tempo e, quando ela morreu, deixou a casa para John. É perto do mar e o clima é muito melhor que o nosso. John é mais feliz na Espanha do que em qualquer parte da Inglaterra, ele sempre disse isso. E mais recentemente, surgiu uma mulher... Mal-afamada, obviamente. Não é o tipo de garota que eu escolheria para ele.

— As pessoas precisam escolher por si mesmas nessas questões — falei antes de poder me conter, pensando na "esposa ideal de plantão" que minha mãe havia encontrado recentemente e que tentara impingir a mim. Provavelmente era uma jovem encantadora, mas eu sempre a culparia por aqueles dias infelizes em Great Yarmouth que me senti na obrigação de oferecer para minha mãe para compensar.

McCrodden emitiu uma risada sem graça.

— "Questões do coração", o senhor quer dizer? Ah, John não dá a mínima para a mulher na Espanha. Está usando-a, só isso. É desagradável e imoral o jeito que meu filho leva a vida. Já disse a John o que penso. Disse que a mãe dele deve estar chorando no túmulo, mas o senhor sabe o que meu filho faz? Ele ri de mim!

— Eu fico imaginando... — falou Poirot em voz baixa.

— O quê? — perguntei.

— Eu fico imaginando se, ao fingir ser eu, o autor das cartas esconde uma identidade mais importante.

— O senhor quer dizer a identidade do assassino? — indagou McCrodden. — O assassino de Barnabas Pandy?

Algo no jeito como ele falou, com sua voz de instrumento de sopro, me deixou arrepiado. É difícil ser simpático com um homem que orgulhosamente anuncia que enforcaria o próprio filho.

— Não, meu amigo — respondeu Poirot. — Não é isso que quero dizer. É outra possibilidade que me ocorre... uma mais interessante.

Como eu sabia que ele não diria mais nada sobre o assunto por enquanto, perguntei a McCrodden sobre seu paradeiro no dia sete de dezembro. Sem hesitar, ele disse:

— Fiquei em meu clube, o Athenaeum, o dia todo, com Stanley Donaldson. À noite, nós dois fomos ver *Dear Love* no Teatro Palace. Por favor, fique à vontade para confirmar isso com Stanley.

Vendo que fiquei surpreso com a facilidade com que ele respondeu à minha pergunta, Rowland McCrodden disse:

— Assim que descobri a data da morte de Pandy, eu pedi... — Ele parou, fez uma careta e continuou: — Pedi à senhorita Mason para me trazer a agenda de compromissos do ano passado. Achei que me lembrar do meu próprio paradeiro poderia ajudar a saber onde John estava. Se fosse um dia em que eu tivesse tentado me comunicar com ele e tivesse sido rejeitado, por exemplo...

A voz fina e aguda vacilou. Ele tentou disfarçar com uma tosse.

— De qualquer forma, estou na posição privilegiada de ter um álibi muito melhor do que alguns dos outros atores neste pequeno drama desagradável. Feira de Natal da escola! — bufou McCrodden com desprezo.

— O senhor não é um entusiasta do Natal, *monsieur*? Das coisinhas reluzentes. Como foi mesmo que disse? Ah, sim, os enfeites. Nas barracas da feira. E agora também sobre a Feira de Natal do Colégio Turville.

— Eu não faço objeções a uma Feira de Natal, embora não fosse comparecer a uma, se tivesse escolha — disse McCrodden. — Mas francamente, Poirot, a ideia de que a presença de alguém na Feira de Natal de uma escola de grande porte seja algum tipo de álibi é um completo e absoluto contrassenso.

— Por que o senhor diz isso, meu amigo?

— Faz muito tempo desde a última vez que participei de um evento como esse, mas me recordo bem deles da época da minha juventude. Lembro-me de tentar passar o dia sem falar com ninguém. É algo que eu ainda faço em grandes reuniões, tipo de evento que detesto. Eu certamente tentarei não falar com ninguém no jantar da Ordem dos Advogados. O segredo é passar por todo mundo com um sorriso amistoso, aparentando estar a caminho de se juntar a outro pequeno grupo que aguarda por você logo ali. Ninguém nota se a pessoa *realmente* se junta àqueles na direção dos quais parece estar andando a passos largos com tanta urgência. Depois de passar por todo mundo, ninguém mais nota onde a pessoa vai ou o que ela faz.

Poirot estava franzindo a testa. Os olhos dispararam para cima e para baixo.

— O senhor tocou num ponto importante, *monsieur*. Ele está certo, não é, Catchpool? Eu também já participei de grandes reuniões desse tipo. É a coisa mais fácil do mundo desaparecer e reaparecer algum tempo depois sem que ninguém perceba, já que todos estão ocupados conversando. *Je suis imbécile! Monsieur* McCrodden, sabe o que o senhor fez? O senhor arruinou os álibis de muitas pessoas! E agora sabemos menos do que sabíamos antes de começarmos!

— Ora, vamos, Poirot — falei. — Não exagere. Quem são essas muitas pessoas com álibis arruinados? Annabel Treadway ainda tem o dela: estava com Ivy e Lenore Lavington no quarto de Ivy, embora isso precise ser checado. John McCrodden poderia estar na Espanha, o que também precisa ser conferido. No máximo, o problema da Feira de Natal com o qual você está tão preocupado deixa apenas dois álibis instáveis: os de Sylvia Lay e Hugo Dockerill.

— Errado, *mon ami*. Também na Feira de Natal do Colégio Turville, em sete de dezembro, estavam Jane Dockerill, esposa de Hugo, e Timothy Lavington, bisneto de Barnabas Pandy. Ah, e o jovem Freddie Lay, *n'est-ce pas*?

— E por que eles são relevantes? — perguntou Rowland McCrodden. — Ninguém os acusou de nada.

— Ninguém acusou o criado Kingsbury também — argumentou Poirot. — Mas isto não o torna irrelevante. Ninguém acusou Vincent Lobb, antigo inimigo de Barnabas Pandy. E não devemos esquecer o odiado Eustace de Sylvia Lay. Ele também pode ser importante. Prefiro pensar em todo mundo como relevante, todas as pessoas cujos nomes surgem conectados a este caso intrigante, até que eu possa provar o contrário.

— Você está sugerindo que alguém presente na Feira de Natal naquele dia poderia ter deixado as dependências do Colégio Turville, ido para a Mansão Combingham e assassinado Barnabas Pandy? — perguntei. — A pessoa precisaria ter dirigido ou ter sido levada, pois é uma boa hora de carro. E então o quê? A pessoa afogou Barnabas Pandy na banheira, depois voltou para a feira, onde ficou perambulando para se certificar de que muita gente tenha notado sua presença?

— Isso poderia ter acontecido — disse Poirot com a cara fechada. — Muito facilmente.

— Não podemos esquecer que a morte de Barnabas Pandy provavelmente foi um acidente — falei.

— Mas se foi assassinato... — disse Poirot com uma expressão distante no rosto. — Se foi assassinato, então o assassino tem um forte incentivo para lançar suspeitas em alguém que não seja ele mesmo, não é?

— Não se ninguém suspeitar dele desde o início, diante de uma morte aceita como acidente — argumentei.

— Ah, mas talvez nem todos tenham aceitado — falou Poirot. — O assassino pode descobrir que ao menos uma pessoa sabe a verdade e está prestes revelar isso. E então ele lança a suspeita! De maneira ainda mais engenhosa, divide essa suspeita entre quatro inocentes simultaneamente. O que é bem mais eficaz do que simplesmente acusar um único inocente.

— Por quê? — perguntamos eu e McCrodden ao mesmo tempo.

— Se você acusar apenas uma pessoa, o assunto é concluído muito rapidamente. O acusado fornece um álibi, ou então não é possível encontrar provas para ligá-lo ao crime, e pronto. Ao passo que, acusando quatro pessoas e assinando o nome de Hercule Poirot nessas acusações, o que acontece? Caos! Confusão! Negativas de várias partes! Essa é a situação em que nos encontramos agora e com certeza é a cortina de fumaça mais inteligente, não acha? Nós não sabemos nada. Nós não vemos nada!

— O senhor está certo — disse Rowland McCrodden. — O modo como o autor se comportou... é bastante engenhoso. Ele lançou a pergunta "qual dos quatro é culpado?" e sem dúvida espera que Poirot investigue. Uma pergunta que parece ter apenas uma entre quatro respostas possíveis estabelece uma escolha com um limite ilusório. Na verdade, seriam possíveis muito mais respostas, e alguém totalmente diferente poderia ser culpado.

McCrodden se inclinou para a frente e disse em tom de urgência:

— Poirot, o senhor acredita, como eu, que o autor das cartas provavelmente é o assassino de Barnabas Pandy?

— Eu tento não fazer suposições. Como Catchpool diz, não sabemos ainda se o *monsieur* Pandy foi assassinado. O que eu temo, *mes amis*, é que talvez nunca saibamos. Estou perdido quanto ao caminho a seguir...

Poirot deixou a frase inacabada e, sussurrando algo inaudível em francês, puxou o prato sobre a mesa em direção a si. Pegou o garfo de sobremesa. Segurando-o sobre a fatia do Bolo de Janela de Igreja, Poirot olhou para Rowland McCrodden e disse com determinação:

— É seu filho John quem eu vou seguir.

— O quê? — McCrodden franziu a testa. — Eu não lhe disse...

— O senhor me entendeu mal. Não quero dizer que acho que ele seja culpado. Quero dizer que a posição dele na estrutura me fascina.

— Que posição? Que estrutura?

Poirot largou o garfo de sobremesa e pegou uma faca.

— Veja aqui os quatro quadrados do bolo — disse ele. — Na metade superior, um quadrado amarelo e rosa lado a lado, e na metade inferior a mesma coisa. Para efeitos deste exercício, esses quatro quadradinhos, esses quatro pedaços de uma fatia, representam nossos quatro destinatários das cartas.

— No começo, pensei que havia dois pares de dois. — Poirot cortou a fatia de bolo ao meio, para ilustrar o argumento. — Annabel Treadway e Hugo Dockerill eram um par, ambos ligados a Barnabas Pandy. Sylvia Lay e John McCrodden eram o outro par. Ambos me disseram que nunca tinham ouvido falar de *monsieur* Pandy. Mas eis que...

Poirot cortou uma das metades ao meio outra vez e empurrou o quadrado rosa recém-destacado para a meia fatia que ainda estava intacta, deixando um único quadrado amarelo isolado no fundo do prato.

— Eis que descubro que o filho de Sylvia Lay, Freddie, é colega de escola de Timothy Lavington, bisneto de Barnabas Pandy. Então agora temos três pessoas com uma ligação clara com *monsieur* Pandy e entre si: Annabel Treadway recusou uma proposta de casamento de Hugo Dockerill. Hugo Dockerill é reitor no internato do filho de Sylvia Lay, que é colega de escola do sobrinho de Annabel Treadway. Apenas John McCrodden, até onde podemos ver no momento, não tem qualquer ligação com os outros destinatários, ou com Barnabas Pandy.

— Mas ele *pode* ter uma conexão com Pandy — falei. — Uma que ainda não tenha sido revelada.

— Mas todas as demais conexões são muito claras — salientou Poirot. — São inconfundíveis, imediatamente visíveis, impossíveis de passar despercebidas.

— Você está certo — admiti. — John McCrodden parece mesmo ser o elemento discrepante.

Rowland McCrodden pareceu abalado, mas não disse nada.

Poirot empurrou o quadrado amarelo solitário do bolo para fora do prato e sobre a toalha de mesa.

— Eu me pergunto se é isso que o autor das cartas quer que eu pense — falou ele. — Eu me pergunto se ele, ou ela, quer que eu considere, acima de tudo, a culpa do *monsieur* John McCrodden.

Capítulo 13
•••••••••••••
Os ganchos

Naquela noite, Poirot e eu nos sentamos em frente a uma lareira crepitante na sala de estar excessivamente decorada e assustadoramente mobiliada de minha senhoria, Blanche Unsworth. Já tínhamos ficado assim muitas vezes, e não notávamos mais os tons sombrios de rosa e roxo, ou as franjas e enfeites desnecessários nas extremidades e bordas de todos os abajures, poltronas e cortinas.

Cada um tinha uma bebida nas mãos. Nenhum de nós falou durante algum tempo. Poirot ficou olhando para as chamas bruxuleantes por quase uma hora, ocasionalmente assentindo ou negando com a cabeça. Eu tinha acabado de preencher a última pista das palavras cruzadas quando ele disse baixinho:

— Sylvia Lay queimou a carta que recebeu.

Eu esperei.

— John McCrodden rasgou a carta em pedaços e então a enviou ao pai — prosseguiu Poirot. — Annabel Treadway primeiro riscou as palavras, depois rasgou a carta e a seguir queimou, e Hugo Dockerill perdeu a dele. Depois, Jane, a esposa do reitor, encontrou a carta.

— Algum desses fatos é importante? — perguntei.

— Eu não sei o que é importante e o que não é, meu amigo. Estou sentando aqui pensando mais furiosamente do que jamais pensei antes, e *não encontro resposta para o quebra-cabeça mais importante de todos.*

— Se Pandy foi assassinado, você quer dizer?

— Não. Há uma questão ainda mais importante do que essa: *por que devemos sequer continuar com esse assunto?* Não é a primeira vez que procuro descobrir se uma morte acidental pode ser um assassinato disfarçado. *Pas du tout.* Isso eu já fiz muitas vezes, mas apenas quando uma pessoa que aparenta ser de um caráter confiável me diz que nem tudo pode ser o que parece, ou quando eu mesmo suspeito, com base em minhas próprias observações. Nenhuma dessas condições se aplica ao nosso problema atual.

— Não — concordei, consciente de que, enquanto eu atendia aos caprichos de Poirot, Rowland McCrodden e do superintendente, o trabalho estaria se acumulando em minha mesa na Scotland Yard.

— Em vez disso, temos a insinuação de que a morte do *monsieur* Pandy foi um assassinato vindo de uma pessoa que sabemos não ser digna de confiança porque escreve e assina cartas com um nome que não é dela. Sabemos, sem margem de dúvida, que o remetente é uma fraude, um mentiroso, um encrenqueiro! Se eu decidisse não dar mais nenhum passo e voltar a atenção para outras coisas, ninguém poderia criticar minha decisão.

— Eu certamente não criticaria — falei para ele.

— E no entanto... Os ganchos foram cravados com sucesso na mente de Hercule Poirot. Eu gostaria de saber por que a *mademoiselle* Annabel Treadway é tão triste? Quem mandou as cartas e por quê? Por que quatro? E por que para essas quatro pessoas? O responsável realmente acredita que Barnabas Pandy foi assassinado, ou isso é algum tipo de truque ou armadilha? E se o autor é ele mesmo o assassino? Devo identificar um culpado ou dois?

— Bem, se o autor das cartas *é* também o assassino, ele ou ela deve ser um dos maiores tolos de todos os tempos! "Querido Hercule Poirot, gostaria de chamar sua atenção para o fato de que cometi um assassinato em dezembro do ano passado e parece que consegui me safar." Ninguém seria tão idiota.

— Talvez. É possível, Catchpool, que alguém que não é totalmente idiota procure me manipular, mas com que finalidade não consigo saber e não sei.

— Por que não retaliar com uma manipulação de sua própria parte? Não faça absolutamente nada. Isso pode provocar o encrenqueiro a enviar mais cartas. Ele talvez escreva diretamente para você na próxima vez.

— Se eu tivesse paciência... mas não é da minha natureza não fazer nada. Sendo assim... — Poirot bateu palmas. — Você começará imediatamente a verificar todos os álibis e todas as máquinas de escrever.

— No mundo? Ou apenas todas as máquinas de escrever em Londres?

— Muito engraçado, *mon ami*. Não, não só em Londres. Também no Colégio Turville e na Mansão Combingham. Eu quero que você teste todas as máquinas de escrever que consiga achar que possam ter sido usadas por qualquer uma das pessoas envolvidas neste caso. Até mesmo Eustace!

— Mas, Poirot...

— Além disso, encontre Vincent Lobb. Pergunte por que ele e Barnabas Pandy foram inimigos por tanto tempo. E, finalmente, pois não quero sobrecarregá-lo com muitas tarefas, por favor, encontre uma maneira de persuadir Rowland McCrodden a fazer o que precisamos que ele faça no jantar da Ordem dos Advogados.

— Você não pode cuidar de McCrodden? — perguntei. — É mais provável que ele lhe ouça do que a mim.

— Qual é a sua opinião sobre ele? — indagou Poirot.

— Francamente, nutro pouca simpatia por ele desde que o ouvi dizer que ficaria satisfeito em enforcar o próprio filho.

— *Se* o filho dele fosse um assassino... e Rowland McCrodden afirma categoricamente que John não é. Portanto, quando diz que iria enforcá-lo de bom grado, não há, na mente de Rowland McCrodden, a imagem do próprio filho, mas sim uma versão fantasiosa dele. É por isso que é capaz de dizer tal coisa e acreditar que está sendo sincero. Tenha certeza, *mon ami*: se John McCrodden algum dia cometesse um assassinato, o pai faria tudo fosse possível para salvá-lo do castigo. Ele se amarraria em nós complicados e encontraria uma maneira de acreditar que John era inocente.

— Você provavelmente está certo — falei. — Acha que ele poderia ter enviado as quatro cartas? Encare desta maneira: Rowland McCrodden coloca o filho em maus lençóis propositalmente para que possa correr para o resgate, forçando John a reconhecer que tem um pai dedicado e não o ogro odioso que pensa ter. Se, em algum momento, Rowland McCrodden puder dizer a John "eu coloquei Hercule Poirot para trabalhar em seu nome e ele exonerou você", e se John puder ver que se trata de uma verdade inegável, a relação entre os dois pode melhorar muito.

— E Rowland McCrodden envia as cartas para outras três pessoas também, de modo que não pareça que todo o esforço envolva apenas John? — sugeriu Poirot. — É possível. Estive pensando em Annabel Treadway como nossa autora mais provável, mas pode ser Rowland McCrodden.

— Por que Annabel Treadway? — perguntei.

— Você se lembra que eu falei sobre uma identidade que o remetente das cartas poderia ter procurado esconder? Rowland McCrodden me perguntou se eu me referia à identidade do assassino de Barnabas Pandy.

— Sim, eu me lembro.

— O que eu quis dizer, *mon ami*, é a identidade do *provocador de suspeitas*. Eu vinha desenvolvendo essa teoria com Annabel Treadway em mente.

Tomei um gole da bebida, esperando que ele entrasse em detalhes.

— Ao que me parece, se alguém matou o *monsieur* Pandy, a pessoa mais provável é seu criado, Kingsbury — prosseguiu Poirot. — Por tudo o que sabemos até agora, ele teve a oportunidade. As três mulheres da casa estavam reunidas em um quarto com a porta fechada, provavelmente conversando animadamente; elas não teriam visto ou ouvido nada. Vamos dizer que *mademoiselle* Annabel, que não me pareceu uma mulher corajosa ou confiante, suspeita que Kingsbury tenha matado seu avô. Ela não é capaz de provar isso, então deposita sua fé em uma aposta. Annabel Treadway decide que é possível que Hercule Poirot consiga provar que suas suspeitas estão corretas. Por que, nesse caso, ela não veio até mim e pediu ajuda diretamente?

— Eu não consigo pensar em nenhuma razão para que Annabel Treadway não fosse fazer exatamente isso — respondi.

— E se *mademoiselle* Annabel temesse que Kingsbury descobrisse que ela tinha feito isso? Annabel Treadway poderia ter calculado que seria bastante difícil provar que um homem muito velho tenha sido afogado durante o banho. Como seria possível, se apenas *monsieur* Pandy e Kingsbury estavam no banheiro naquela hora?

— Entendo. Então você está dizendo que ela acharia provável que Kingsbury escapasse impune?

— Exatamente. A lei não seria capaz de puni-lo por falta de provas. Enquanto isso, Kingsbury, o assassino, saberia que era Annabel Treadway quem relatara suas suspeitas para mim. O que o impediria de matá-la a seguir?

Eu não fiquei totalmente convencido por essa teoria e disse para Poirot:

— Se esse era o medo de Annabel Treadway, havia um plano de ação muito mais simples a seguir. Annabel poderia ter acusado Kingsbury em uma carta anônima enviada *para* você, em vez de acusar a si mesma e a outras três pessoas em cartas que fingiam terem sido enviadas *por* você. Isso teria sido muito mais direto.

— Realmente — concordou Poirot. — Para os propósitos de *mademoiselle* Annabel, teria sido simples *demais*. Kingsbury poderia ter suspeitado que ela tivesse escrito tal carta, visto que Annabel Treadway estava na Mansão Combingham quando o *monsieur* Pandy morreu. Ela teria sido uma dentre três suspeitas óbvias, e as outras duas teriam sido sua irmã e sobrinha, a quem *mademoiselle* Annabel parece devotada. Ela não teria desejado arriscar a vida delas também. Não, não. Minha teoria é melhor. Como as quatro cartas foram enviadas para essa estranha coleção de pessoas, incluindo Annabel Treadway, ela agora é acusada do assassinato de seu avô. Isso, creio eu, não levaria Kingsbury a acreditar que Annabel Treadway suspeitava dele. Entendeu, Catchpool?

— Sim, mas...

— Ela assina as quatro cartas como "Hercule Poirot" e, assim sendo, assegura meu envolvimento. Visto que estou envolvido, visto que com êxito fui fisgado como um peixe, então *mademoiselle* Annabel fica esperando que seus esforços não tenham sido em vão. Ou seja, que eu investigue e descubra a culpa de Kingsbury e um meio de prová-la.

— Certo, mas por que acusar os outros três? Ela poderia ter enviado uma *única* carta para si mesma, assinada em seu nome, acusando-a e mais ninguém do assassinato do próprio avô.

— Annabel Treadway é uma mulher de extrema cautela e apreensão — respondeu Poirot.

— É mesmo? — Eu ri. — Então você reprovou a própria teoria pitoresca! Ninguém de temperamento cauteloso tentaria um esquema como esse.

— Ah, mas você também deve considerar o desespero dela.

— Temo que tenhamos entrado no reino da pura invencionice — falei.

— Talvez sim. Por outro lado, talvez não. Espero saber em breve. O próximo passo, de qualquer forma, está claro.

— Para mim não está.

— Sim, está, Catchpool. Eu lhe dei a clareza: Vincent Lobb, álibis e máquinas de escrever.

Fiquei aliviado ao ver que persuadir Rowland McCrodden a transformar o jantar da Ordem dos Advogados em uma pantomima criada por Poirot aparentemente tinha ficado fora da lista.

— E o que você vai fazer enquanto eu procuro pelas letras "e" defeituosas?

— Não é óbvio? — perguntou Poirot. — Logo cedo, devo partir para a Mansão Combingham. Vamos ver quais respostas consigo encontrar.

— Seja um bom camarada e verifique as máquinas de escrever enquanto estiver lá — pedi com um sorriso. — Visto que você está indo de qualquer maneira.

— Claro, *mon ami*. Poirot será um bom camarada!

Capítulo 14

Na Mansão Combingham

Havia muitos motivos, pensou Poirot ao olhar a fachada da propriedade no dia seguinte, para a Mansão Combingham ter parecido atraente. O céu estava claro com o sol de inverno e a temperatura era amena para fevereiro. Como um convite evidente para todas as visitas entrarem, a porta da frente se encontrava entreaberta. Ninguém poderia ter contestado que se tratava de uma construção bonita e refinada. A mansão era cercada por tudo que alguém poderia desejar: atraentes jardins bem cuidados e, afastados da casa, um lago, uma quadra de tênis, duas cabanas, um pomar e uma enorme área arborizada, tudo isso visto por Poirot das janelas do carro que o levara até ali vindo da estação ferroviária mais próxima.

No entanto, ele permaneceu do lado de fora, relutando em entrar. Uma pessoa poderia se orgulhar de possuir e viver em uma construção assim, mas será que poderia gostar dela? A porta aberta era mais sugestiva de descuido do que de acolhida efetiva. Em vez de se aninhar no ambiente natural como os prédios deveriam fazer, a Mansão Combingham se projetava de maneira deselegante — quase se avultava —, como se um mal-intencionado tivesse esticado a mão do céu e colocado-a naquele ponto com o objetivo de enganar as pessoas para que pensassem que o lugar dela era ali.

— Ou então sou um velho tolo que fica imaginando essas coisas — disse Poirot para si mesmo.

Uma mulher de pelo menos uns quarenta anos, usando um vestido amarelo com cinto fino, apareceu na porta. Ela olhou para Poirot sem sorrir.

"Esquisitice em cima de esquisitice", pensou Poirot. A mulher tinha algo em comum com o edifício do qual havia surgido. Era indiscutivelmente bonita, com cabelos dourados e todos os traços perfeitamente desenhados e em proporção com os demais, mas parecia...

— Pouco convidativa — murmurou Poirot para si mesmo.

Ele deu o melhor sorriso possível e caminhou rapidamente em direção à mulher.

— Boa tarde, madame — disse Poirot antes de se apresentar.

Ela estendeu a mão para um aperto.

— É um prazer conhecê-lo — falou a mulher, embora o rosto permanecesse impassível. — Eu sou Lenore Lavington. Por favor, entre. Estamos prontos para recebê-lo.

Poirot achou que isso foi uma coisa estranha de se dizer: como se ele fosse uma provação a ser sofrida. Poirot seguiu Lenore Lavington até um grande saguão de entrada sem mobília, com uma escada de madeira escura bem à esquerda e uma fileira de três arcos à frente. Atrás deles havia um corredor abobadado e, depois, mais três arcos, que levavam a um salão de jantar que continha uma mesa de madeira, comprida e estreita, com muitas cadeiras ao redor.

Poirot estremeceu. Estava mais frio dentro da casa do que fora. A razão para isso era óbvia. Onde estavam as paredes? Onde estavam as portas que separavam um ambiente do outro? De onde estava, Poirot não conseguia ver nenhuma. Era completamente errado, decidiu ele, entrar em uma casa e poder ver, ao longe, a mesa de jantar.

Poirot se sentiu muito aliviado quando Lenore Lavington o conduziu a uma sala pequena e mais quente com papel de parede verde-claro, uma lareira acesa e uma porta de verdade. Duas outras mulheres o aguardavam lá: Annabel Treadway e uma muito mais jovem, de ombros largos, cabelos escuros, olhos inteligentes e uma filigrana desalinhada de cicatrizes que descia por um lado do rosto e pelo pescoço embaixo da orelha. Esta devia ser Ivy Lavington, pensou Poirot. Ela poderia ter arranjado o cabelo de forma diferente para acobertar algumas das cicatrizes, mas evidentemente optou por não fazê-lo.

Um cão grande com uma pelagem densa, marrom e felpuda — encaracolada em alguns pontos — estava sentado aos pés de Annabel Treadway, com a cabeça apoiada no colo dela. Quando Poirot apareceu, o animal se levantou e atravessou a sala para cumprimentar a visita. Poirot fez carinho nele, e o cão levantou a pata da frente e devolveu o carinho.

— Ah! Ele me cumprimenta!

— Hoppy é o garoto mais amigável do mundo — disse Annabel Treadway. — Hopscotch, este é o *monsieur* Hercule Poirot!

— Esta é minha filha, Ivy — falou Lenore Lavington. Não houve indicação no tom de voz que ela pretendesse que essa observação fosse uma repreensão para a irmã.

— Sim, claro... esta é Ivy — disse Annabel.

— Olá, *monsieur* Poirot. É uma honra conhecê-lo — falou a mulher mais jovem. A voz era afetuosa e grave.

Hopscotch, ainda aos pés de Poirot e olhando para ele, levantou a pata e bateu no ar entre os dois, como se não ousasse tocar o grande detetive pela segunda vez.

— Ah, que fofo! Hoppy quer que o senhor brinque com ele — disse Annabel. — Em um instante, ele vai deitar de costas e esperar que o senhor acaricie sua barriga.

— Tenho certeza de que *monsieur* Poirot tem coisas mais importantes para pensar — falou a irmã dela.

— Sim, claro. Desculpe.

— Não é necessário nenhum pedido de desculpas — falou Poirot.

O cachorro estava agora deitado de costas. Poirot deu a volta por Hopscotch e, convidado por Lenore Lavington a se sentar, ocupou uma cadeira. Aquela não devia ser a sala de estar principal da Mansão Combingham, pensou ele. O cômodo era pequeno demais, embora talvez fosse a única parte da casa quente o suficiente para a habitação humana.

Ofereceram comida e bebida para Poirot, que recusou. Lenore Lavington mandou Ivy encontrar Kingsbury e instruí-lo a preparar algo para comer e beber "caso *monsieur* Poirot mudasse de ideia". Depois que a filha saiu do quarto, ela disse:

— Não há necessidade de esperar até que Ivy retorne. O senhor pode me dizer por que está aqui?

— O senhor não se importa de explicar, não é? — acrescentou Annabel rapidamente. — O senhor vai esclarecer a situação muito melhor do que eu seria capaz de fazer.

— Quer dizer, *mademoiselle*, que a senhorita não contou a madame Lavington sobre a carta que recebeu?

Com a maior eficiência possível, Poirot explicou a situação. Enquanto ouvia, Lenore Lavington prestou muita atenção, assentindo de vez em quando. Se a história a surpreendeu, a mulher não mostrou qualquer sinal disso.

Quando Poirot terminou, ela disse:

— Entendo. Um assunto desagradável, embora não tão desagradável, suponho, como se houvesse uma chance de as acusações serem verdadeiras.

— A senhora vai me dizer que não existe tal chance?

— Nenhuma. Meu avô não foi assassinado, nem por minha irmã nem por mais ninguém. Não havia ninguém em casa quando ele morreu, além de Annabel, eu, Ivy e Kingsbury, como o senhor sabe, porque *o senhor* acabou de me contar. Annabel disse a verdade: ela, Ivy e eu estávamos juntas no quarto de Ivy quando meu avô nos repreendeu e quando Kingsbury nos alertou, momento em que todas corremos para o banheiro para encontrá-lo morto. Nenhuma de nós saiu do quarto nesse ínterim.

Poirot notou que Lenore Lavington se referia a Barnabas Pandy como "meu avô", não como "Vô", como a irmã.

— E quanto a Kingsbury? — perguntou ele.

— Kingsbury? Bem, ele não estava no quarto conosco... mas Kingsbury matar o meu avô? É impensável. Imagino que o senhor queira falar com ele também antes de ir embora?

— *Oui*, madame.

— Então o senhor logo verá como essa ideia é absurda. Posso perguntar por que está investigando, *monsieur* Poirot, quando nem a polícia nem a justiça parecem ter a menor suspeita de que a morte do meu avô tenha sido algo além de um acidente? Alguém mandou o senhor? Ou está aqui simplesmente para satisfazer a própria curiosidade?

— Estou curioso, admito. Sempre estou curioso. Além disso, o pai do *monsieur* John McCrodden, destinatário de uma das quatro cartas, pediu minha ajuda para limpar o nome do filho.

Lenore Lavington sacudiu a cabeça.

— Isso já foi longe demais — falou ela. — Limpar o nome dele? É risível. John McCrodden não estava aqui em casa quando meu avô morreu. Pronto: o nome dele está limpo, e não há necessidade de o senhor ou o pai dele, Mr. McCrodden, desperdiçarem mais do seu tempo.

— Apesar de ser um prazer responder às suas perguntas, é claro — disse Annabel, acariciando o pescoço do cachorro. Hopscotch havia retornado à dona e estava mais uma vez enroscado na parte inferior das pernas dela.

— Uma dúvida me ocorreu. Quando cheguei, a porta da frente estava aberta.

— Sim. Ela fica sempre aberta — respondeu Lenore.

— É por causa de Hopscotch — explicou Annabel. — Ele gosta de ir e vir livremente entre a casa e o jardim. Prefeririamos... Bem, Lenore preferiria que pudéssemos deixá-lo sair ou entrar e depois fechar a porta, mas... ele late bastante alto, infelizmente.

— Ele exige que a porta seja deixada aberta, e Annabel insiste que nós façamos a vontade ele.

— Hoppy é extremamente inteligente, *monsieur* Poirot — disse Annabel. — Ele prefere que a porta da frente esteja aberta para que, sempre que quiser sair, ele consiga sem ter que primeiro convocar uma de nós.

— Se a porta fica habitualmente aberta, não é possível que alguém tenha entrado na casa enquanto seu avô estava no banho no dia sete de dezembro do ano passado? — perguntou Poirot.

— Não. Não é.

— Não — Annabel repetiu o que a irmã falou. — O quarto de Ivy fica na frente da casa. Uma de nós três teria visto alguém vindo pela entrada da garagem, quer a pessoa estivesse em um veículo, em uma bicicleta ou a pé. Seria impossível que nenhuma de nós não tivesse notado.

— E se uma pessoa se aproximasse da casa pelos fundos? — indagou Poirot.

— Por que faria isso? — perguntou Annabel. — É muito mais fácil pela frente. Ah, creio que se a pessoa não quisesse ser vista...

— *Précisément.*

— A porta dos fundos também fica aberta a maior parte do tempo, embora Hoppy prefira entrar e sair pela frente.

— O cachorro teria derrubado a casa com seus latidos se alguém estivesse rondando por aí — disse Lenore. — Ele teria sentido o cheiro de um estranho.

— Ele não latiu quando entrei na sala — argumentou Poirot.

— É porque o senhor veio com Lenore — falou Annabel. — Ele viu que o senhor era um convidado bem-vindo.

Lenore Lavington ergueu um pouco as sobrancelhas ao ouvir isso.

— Vamos continuar — disse ela. — O senhor tem mais perguntas, *monsieur* Poirot, ou está satisfeito?

— Infelizmente, ainda não estou satisfeito — respondeu ele. — Há uma máquina de escrever na casa?

— Uma máquina de escrever? Sim. Por que pergunta?

— Posso usá-la antes de ir embora?

— Se o senhor quiser.

— Obrigado, madame. Agora, gostaria de perguntar sobre Vincent Lobb. Ele era um conhecido do seu avô.

— Sabemos quem ele era — falou Lenore. — Ele e meu avô se conheciam há muito tempo. Os dois eram grandes amigos, até que de repente algo os transformou em inimigos.

— Antes que pergunte, não sabemos o que aconteceu — disse Annabel. — O Vô nunca nos contou.

— Talvez vocês saibam que, não muito antes de ele morrer, *monsieur* Pandy escreveu uma carta a *monsieur* Lobb na qual expressou a vontade de acabar com o *froideur* que existia entre eles?

As irmãs se entreolharam. Então Lenore disse:

— Não. Nós não sabíamos. Quem disse isso para o senhor?

— O advogado do seu avô, *monsieur* Peter Vout.

— Entendo.

— Fico feliz em pensar que o Vô tenha tomado essa atitude. — Annabel suspirou. — E eu não fico surpresa em ouvir isso. Ele era muitíssimo bondoso e dado ao perdão.

— Annabel, você diz as coisas mais intrigantes — falou a irmã dela.

— Digo, Lenore?

— Sim, diz. Nosso avô, dado ao perdão? Seja lá o que Vincent Lobb tenha feito, foi há cinquenta anos. Nosso avô guardou rancor por todas essas décadas. Eu não estou dizendo que ele estava errado ou foi cruel por fazer isso. A maioria das pessoas guarda rancor, mas não você, Annabel.

— Você guarda, Lenore.

— Sim, guardo — concordou a irmã. — E *você* é a única aqui de natureza dada ao perdão. Não o nosso avô.

— Não, eu não sou assim! — Annabel parecia aflita com a sugestão. — Quem sou eu para perdoar alguém? Eu sou... — Ela piscou para conter as lágrimas, e a seguir disse: — É verdade, eu perdoei o Vô por ignorar Hoppy, e Skittle antes dele, e por preferir Lenore a mim. Eu o perdoei porque ele me perdoou! O Vô me considerava uma tremenda decepção, mas fazia o melhor possível para não demonstrar. Eu sabia a opinião dele sobre mim, mas reconhecia seus esforços diários para escondê-la.

— Minha irmã está chateada — disse Lenore Lavington para Poirot com um sorrisinho no rosto. — Ela tende a exagerar. Mas estou aqui me perguntando onde Ivy foi? Espero que ela não esteja comendo a comida destinada ao senhor, *monsieur* Poirot.

— Por que seu avô considerava a senhorita uma decepção? — perguntou Poirot a Annabel.

— Acho que era porque eu tinha uma irmã mais velha superior — respondeu ela.

— Ora, francamente, Annabel!

— Não, Lenore, é verdade. Você é superior a mim. Eu acho que sim, e o Vô também pensava dessa forma. Lenore sempre foi a neta favorita, *monsieur* Poirot, e com razão. Ela é tão determinada, eficiente e forte, assim como o Vô era. E Lenore se casou e deu a ele bisnetos. Continuou a linhagem da família. Enquanto aos olhos dele eu parecia alguém que deseja gastar todo o tempo com meus cães. Uma solteirona sem filhos, para piorar.

— Annabel recebeu muitas propostas de casamento — falou Lenore para Poirot. — Não lhe faltaram ofertas.

— O Vô pensava que eu me escondia com os animais porque não conseguia confrontar as pessoas. Talvez ele estivesse certo. Eu *realmente* acho que os animais incomodam menos do que as pessoas, e eles certamente são mais leais. Os animais nos amam apesar das nossas falhas. Ah, eu não estou reclamando do Vô ou de qualquer outra pessoa. Eu odiaria que o senhor pensasse isso! Ele fez o melhor possível, mas ainda assim decepcionei tanto o Vô, eu deixei... — Annabel Treadway parou e respirou fundo. — Aí vem Ivy — disse ela, em uma tentativa óbvia de mudar de assunto.

— O que a senhorita quer dizer com isso, *mademoiselle*? — perguntou Poirot, imaginando por que de repente Annabel Treadway parecia tão assustada, como se o fantasma do próprio Barnabas Pandy tivesse entrado no quarto.

A porta se abriu e Ivy Lavington entrou. Ela viu o rosto da tia e pareceu alarmada.

— O que aconteceu? — perguntou.

— Nada — respondeu Lenore Lavington.

Considerando que Ivy ainda não tinha ouvido os motivos pelos quais Poirot estava na Mansão Combingham, era uma resposta inadequada em todos os aspectos.

— Como a senhorita decepcionou seu avô? — perguntou Poirot novamente a Annabel Treadway.

— Eu já lhe disse — falou ela em uma voz que soou embargada. — Ele gostaria que eu me casasse e tivesse filhos.

Havia uma coisa que ela estava determinada a não dizer, pensou Poirot. Ele decidiu não insistir neste ponto por hora. Haveria uma oportunidade para perguntar mais tarde, assim esperava. Talvez, quando a irmã e sobrinha não estivessem presentes, Annabel Treadway falasse mais abertamente. Ele se virou para Lenore Lavington.

— Se não for tão desagradável para a senhora, madame, poderia me mostrar o banheiro em que seu avô se afogou?

— Isso é um tanto quanto mórbido, não é? — comentou Ivy.

A mãe dela a ignorou.

— Sim, claro — disse ela a Poirot. — Se o senhor acha necessário.

Annabel se levantou para segui-los, mas Lenore falou:

— Não.

Annabel aceitou a ordem sem questionar e se sentou novamente.

— Por que você não conta a Ivy o que aconteceu? — sugeriu Lenore.

— Venha comigo, *monsieur* Poirot.

Capítulo 15

A cena do possível crime

O trajeto até o banheiro em que Barnabas Pandy morrera foi relativamente longo. Poirot já tinha estado em muitas casas de campo antes, mas nenhuma cujos corredores parecessem tão intermináveis quanto os da Mansão Combingham. Quando viu que Lenore Lavington não tinha intenção de conversar enquanto os dois andavam, ele aproveitou a oportunidade para repassar mentalmente os eventos ocorridos na sala de estar no andar de baixo.

Ao encontrar Annabel Treadway uma segunda vez, Poirot imediatamente percebeu que o ar de infelicidade dela estava menos marcante. Não que Annabel parecesse um pouco mais feliz ou feliz de alguma forma: ela não parecia, apesar da presença do cachorro que ela claramente amava. Não, era mais do que isso...

Poirot sacudiu a cabeça. Ele não conseguia pontuar exatamente o que era, e isso o irritava. Seus pensamentos avançaram para Lenore Lavington. Poirot decidiu que ela era uma daquelas raras pessoas com quem era possível falar por horas e ainda assim sair sem saber nada sobre seu caráter. A única coisa que sentiu ter aprendido a respeito daquela mulher foi que ela gostava de garantir que os eventos se desenrolassem de uma determinada maneira. E tinha um ar de quem estava sempre de prontidão. Poirot se perguntou se Lenore temia o que quer que a irmã tenha se impedido de dizer.

— Ah! — exclamou ele quando Lenore o conduziu por outra sequência de portas.

Ela parou.

— O senhor disse alguma coisa? — perguntou Lenore Lavington com um sorriso educado.

— *Non. Pardon*, madame.

Ele não teve intenção de emitir qualquer som, mas ficou aliviado ao descobrir o que o impressionava a respeito de Annabel Treadway: embora ainda houvesse uma atmosfera de melancolia em torno dela, Annabel tinha resolutamente deixado as próprias emoções de lado a fim de pensar apenas na irmã.

"Sim, é isso", pensou Poirot para si mesmo com satisfação. Ambas as irmãs estavam tão conscientes uma da outra, tão sintonizadas com cada palavra, expressão ou gesto que vinha da outra... Por quê?, ele se perguntou. Era como se Lenore tivesse colocado Annabel — e Annabel, por sua vez, tivesse colocado Lenore — sob uma forma secreta de vigilância. Cada uma sabia, obviamente, que a outra estava na sala, ouvindo o que quer que dissesse, mas ambas fingiam escutar de uma maneira comum e casual mesmo estando obsessivamente concentradas na outra.

"Elas compartilham um segredo", pensou Poirot. "As duas irmãs compartilham um segredo, e ambas têm medo de que a outra o revele a Hercule Poirot, um estranho, que veio aqui meter o nariz em seus assuntos particulares!"

— *Monsieur* Poirot?

Distraído por suas elucubrações, Poirot não percebeu que Lenore Lavington havia parado de andar.

— Este é o banheiro em que a tragédia ocorreu. Por favor, entre.

— Obrigado, madame.

Quando os dois entraram, as tábuas do assoalho rangeram. O barulho foi tão sofrido que, para Poirot, soou como alguém com muita dor tentando não chamar atenção. O banheiro era pouco mobiliado: havia apenas uma banheira no meio do cômodo, uma cadeira, uma prateleira com uma borda descascada e, em um canto, uma arca baixa e atarracada com entalhes elaborados nas bordas de cada gaveta. Poirot já havia ouvido esses móveis serem chamados de "cômodas altas", mas esse nome não seria adequado para o modelo, que estava mais para uma "cômoda baixa". A madeira devia ter sido lustrosa no passado, mas agora tinha o aspecto opaco de mobília que ninguém polia havia anos. Na prateleira havia um único item solitário: uma pequena garrafa de vidro roxo.

— O que é isso? — perguntou Poirot.

— Na garrafa? Azeite de oliva — respondeu Lenore Lavington.

— No banheiro, e não na cozinha?

— Meu avô... — Ela parou. Mais calmamente, recomeçou: — Meu avô nunca se banhou sem azeite de oliva.

— Na água do banho?

— Sim. Segundo ele era bom para a pele dele. Meu avô gostava do cheiro, Deus sabe o motivo. — Lenore Lavington se virou e foi até a janela. — Sinto muito, *monsieur* Poirot. É surpreendente: acho fácil discutir a morte do meu avô, mas aquela garrafinha...

— *Je comprends*. É mais difícil falar sobre a garrafa porque era algo que ele gostava enquanto estava vivo. Esse é o pensamento que deixa a senhora triste.

— Sim. Eu gostava do meu avô. — Ela falou como se isso fosse algo que exigisse explicação, e não uma coisa natural.

— A senhora tem mesmo certeza, madame, que ouviu *monsieur* Pandy falar... Que escutou seu avô vivo e que só poderia ter sido ele? E que a partir desse momento até vê-lo afogado na banheira, a senhora estava junto com sua irmã e filha? Nenhuma de vocês deixou a companhia das outras duas, nem por alguns momentos?

— Tenho muitíssima certeza — afirmou Lenore Lavington. — Annabel, Ivy e eu estávamos conversando, e meu avô, aos gritos, reclamou de estar sendo importunado por nós. Ele gostava da casa em silêncio.

— O quarto da *mademoiselle* Ivy fica perto deste banheiro?

— Sim, logo ali do outro lado do corredor e um pouco à direita. Nós tínhamos fechado a porta, mas não faz diferença nesta casa. Ele teria ouvido nossa conversa claramente.

— Obrigado, madame.

— Eu agradeceria se o senhor tomasse cuidado ao falar com Kingsbury — falou ela. — Ele tem andado bastante retraído desde que meu avô morreu. Espero que o senhor não precise incomodá-lo por muito tempo.

— Serei o mais breve possível — prometeu Poirot.

— Ninguém matou meu avô, mas se alguém tivesse feito isso, essa pessoa nunca poderia ter sido Kingsbury. Antes de mais nada, as roupas dele estariam molhadas, e não estavam. Annabel, Ivy e eu ouvimos Kingsbury chorar quando encontrou... quando ele viu o que aconteceu e, segundos depois, estávamos todos aqui, juntos. As roupas de Kingsbury estavam completamente secas.

— A senhora não tentou tirar seu avô da água?

— Não. Era evidente que era tarde demais para salvá-lo.

— Então as roupas de sua irmã também estavam secas?

Lenore pareceu irritada com a pergunta.

— *Todas* as nossas roupas estavam secas. Incluindo as de Annabel. Ela estava usando um vestido azul com flores brancas e amarelas. De mangas compridas. Annabel ficou bem ao meu lado, aqui. Eu teria notado imediatamente se minha irmã tivesse água pingando das mangas! Sou uma pessoa observadora.

— Não duvido — disse Poirot.

— O senhor não está levando a sério essa acusação contra minha irmã, está, *monsieur* Poirot? A mesma carta foi enviada para quatro pessoas. E se tivesse sido enviada para cem pessoas? O senhor consideraria cada destinatário um possível culpado, mesmo se a polícia não tivesse suspeitas e a morte já tivesse sido julgada pelo legista como acidental?

Poirot começou a responder, mas Lenore Lavington ainda não havia terminado.

— Além disso, a ideia de Annabel assassinar alguém é completamente ridícula — falou ela. — Minha irmã tem o temperamento inadequado para qualquer tipo de atitude ilegal. Se ela desobedecesse a uma lei de menor importância, isso a atormentaria para sempre. Annabel nunca arriscaria cometer um assassinato. Ela sequer se arriscaria a ter uma raça diferente de cachorro.

Ivy Lavington entrou no banheiro.

— Muitas pessoas se apegam a uma raça. Hopscotch é um Airedale, assim como Skittle, o cachorro anterior — explicou Ivy a Poirot.

— Estava escutando do lado de fora da porta? — perguntou a mãe dela.

— Não — respondeu Ivy. — Mas a senhora andou dizendo coisas que não quer que eu ouça?

— Minha irmã é como uma segunda mãe para Ivy e meu filho Timothy, *monsieur* Poirot. Ambos tendem a defendê-la imediatamente, imaginando antes de mais nada que estou atacando Annabel, quando não estou.

— Ah, mamãe, pare de se fazer de vítima! — falou Ivy em tom bem-humorado de impaciência. — É a tia Annabel quem foi acusada de assassinato, não a senhora. Ela com certeza não poderia ter feito isso, *monsieur* Poirot.

Poirot decidiu que gostava de Ivy Lavington. Sua energia era jovem e ela parecia ser o único integrante normal da casa, embora, obviamente, ele ainda não conhecesse Kingsbury.

— Hopscotch estava com vocês três no seu quarto, *mademoiselle* Ivy, enquanto seu avô tomava banho?

— Claro que sim — respondeu Lenore Lavington à pergunta pela filha. — Aonde quer que Annabel vá, o cachorro vai atrás. Ele pode sair sozinho, mas ela não tem essa permissão. No dia em que minha irmã viajou para Londres para ver o senhor, Hopscotch uivou por quase uma hora depois que ela saiu. Foi muito inconveniente.

— Madame, posso lhe informar os nomes das outras três pessoas que receberam cartas acusando-as do assassinato de *monsieur* Pandy?

— Pois bem.

— John McCrodden. Hugo Dockerill. Sylvia Lay. A senhora conhece algum desses nomes?

— Hugo Dockerill é o reitor do colégio de Timothy. Eu nunca ouvi os outros dois nomes tirando quando o senhor falou sobre o senhor McCrodden mais cedo.

— Não seja boba, mamãe. — Ivy riu. — É claro que a senhora sabe quem é Sylvia Lay.

— Isso não é verdade. — Lenore Lavington parecia confusa. — *Você sabe*, Ivy? — perguntou. — Quem é ela?

Parecia intolerável para Lenore Lavington que a filha soubesse de alguma coisa que ela desconhecesse.

— Ela é mãe de Freddie Lay, colega de Timmy. Freddie Lay começou a estudar em Turville há cerca de seis meses. Ele sofreu perseguições terríveis na última escola.

Poirot observou com interesse quando a cor sumiu do rosto de Lenore Lavington.

— F-Freddie? — gaguejou ela. — O estranho e solitário Freddie? O sobrenome dele é *Lay*?

— Sim. E a mãe dele se chama Sylvia. A senhora *com certeza* sabia disso! Por que a senhora está tão esquisita?

— Fred-die — repetiu a mãe de Ivy, mais devagar, com os olhos vidrados e distantes. Apenas pronunciando o nome, Lenore Lavington conseguiu impregná-lo com um tipo curioso de horror.

— Por que a senhora se opõe tão intensamente ao pobre Freddie, mamãe? Que mal ele já lhe fez nessa vida?

A pergunta robusta de Ivy rompeu a atmosfera tensa.

— Nenhum — respondeu com firmeza Lenore Lavington, que parecia ter voltado ao normal. — Eu não sabia o sobrenome dele, só isso. Estou surpresa que você saiba.

— Falei com Freddie uma vez quando fomos visitar Timmy no colégio. Eu notei um menino sozinho parecendo um pouco triste, então fui falar com ele. Tivemos uma conversa longa e interessante. Ele se apresentou como Freddie Lay. Em algum momento deve ter mencionado a mãe, porque sei que ela se chama Sylvia.

— Esse ermitão horrível não é amigo de Timothy — falou Lenore Lavington para Poirot. — Eu aconselhei meu filho a evitá-lo, na verdade. Acho que ele não bate bem da cabeça. É o tipo de garoto que é capaz de fazer qualquer coisa.

— Mamãe! — Ivy riu. — A senhora realmente fez isso? Perdeu o juízo? Freddie é o garoto mais inofensivo do mundo.

— No dia em que seu avô morreu — disse Poirot —, vocês duas e *mademoiselle* Annabel deviam ter ido à Feira de Natal no colégio do seu filho. Isso está correto, não é?

— Sim — respondeu Lenore.
— Mas a senhora não foi à feira, no fim das contas.
— Não.
— Por que não?
— Não consigo me lembrar.
Poirot virou-se para Ivy.
— A senhorita se lembra da razão, *mademoiselle*?
— Talvez a mamãe quisesse evitar Freddie Lay, e foi por isso que ela mudou de ideia sobre ir à feira.
— Não fale besteira, Ivy — disse Lenore.
— Mas a senhora pareceu tão lívida quando mencionei o nome dele, mamãe. Por quê? Sei que a senhora não vai me dizer, mas eu gostaria muito de saber.
Da mesma forma, Hercule Poirot também gostaria de saber.

Capítulo 16

O Homem Que Teve a Oportunidade

A pequena cabana de Kingsbury ficava a uma curta caminhada do casarão principal. Logo do lado de fora havia uma horta compacta com bordaduras de lavanda, alecrim e hissopo.

Poirot se aproximou da porta da frente, ansioso por encontrar "O Homem Que Teve a Oportunidade", como ele havia começado a pensar em Kingsbury. Se as mulheres da Mansão Combingham estivessem dizendo a verdade, então Kingsbury era a única pessoa que poderia ter assassinado Barnabas Pandy. Poderia ser tão simples assim?, Poirot se perguntou. Seria possível extrair uma confissão do criado e resolver o mistério naquele momento?

Ele bateu na porta e logo depois ouviu passos arrastados. A porta se abriu. Um homem emaciado como um esqueleto, com a pele fina e ressecada e olhos de um tom curioso de verde com pitadas de amarelo, estava parado no batente. Parecia ter pelo menos 70 anos de idade. Poirot suspeitava que Kingsbury acreditava estar bem vestido, embora as calças estivessem cobertas de pó. O pouco cabelo que o criado tinha estava caído em fios brancos isolados, como se os restos de uma peruca que ele usou no passado tivessem aderido ao couro cabeludo.

Poirot se apresentou ao velho e explicou sua presença na Mansão Combingham, começando com a visita feita por Annabel Treadway. Kingsbury estreitou os olhos e inclinou a cabeça para a frente, como se estivesse lutando para vê-lo e ouvi-lo. Foi só quando Poirot se referiu à conversa com Lenore Lavington e mencionou que ela o enviara para a cabana que a postura do criado mudou. Os olhos ficaram nítidos e as costas se endireitaram. Ele convidou Poirot a entrar.

Assim que estava desconfortavelmente sentado em uma cadeira dura dentro de um cômodo que claramente servia tanto como sala de estar quanto cozinha, Poirot perguntou a Kingsbury se ele achava possível que Barnabas Pandy tivesse sido assassinado.

O velho fez que não com a cabeça — um movimento que reorganizou os fios brancos no couro cabeludo.

— Não há como — respondeu o criado. — As garotas estavam todas no quarto da Miss Ivy tendo uma discussão bastante animada e a única outra pessoa por perto era eu.

— E você, naturalmente, não tinha motivos para querer que o *monsieur* Pandy morresse?

— *Ele*, não — disse Kingsbury, com uma ênfase forte na primeira palavra.

— Existe, então, alguém que você deseja matar?

— Matar, não. Mas não vou mentir para o senhor, Mr. Porrott: eu pensei comigo mesmo muitas vezes, desde que Mr. Pandy partiu, que seria um ato de piedade se Deus me levasse também.

— Ele era um bom amigo bem como seu empregador, *n'est-ce pas*?

— O melhor amigo que um homem poderia ter. Ele era um bom sujeito. Eu não faço muita coisa agora que Mr. Pandy se foi. Não parece mais haver sentido em fazer qualquer coisa. Eu faço meu trabalho, é claro — acrescentou Kingsbury rapidamente. — Mas eu nunca vou à Mansão quando não sou necessário, não agora que ele se foi.

Ao observar que as mãos de Kingsbury tinham movimentos delicados como os de um passarinho, Poirot duvidou que o criado tivesse forças para afogar alguém. Como ele ajudava um homem ainda mais velho a tomar banho? Talvez Pandy, embora mais velho, tivesse sido fisicamente mais forte e capaz de entrar e sair da banheira sem ajuda.

Kingsbury se inclinou na direção de Poirot e disse, em tom confiante:

— Mr. Porrott, posso lhe jurar que Mr. Pandy não foi assassinado. Se essa é a única razão pela qual o senhor veio à Mansão Combingham... bem, o senhor poderia ter se poupado do incômodo.

— Espero que você esteja certo. De qualquer forma, se me permite fazer algumas perguntas...?

— Pergunte o que quiser, mas não há mais nada que eu possa dizer além do que acabei de falar. Não há mais nada para contar.

— Onde você estava enquanto *monsieur* Pandy tomava banho e as mulheres da casa estavam no quarto de *mademoiselle* Ivy causando a comoção?

— Eu estava aqui, desfazendo minha mala depois de ter me ausentado por um breve período. Preparei o banho de Mr. Pandy para ele e coloquei o azeite de oliva como sempre fazia, depois, sabendo que ele gostava de ficar na banheira por uns bons 40, 45 minutos, pensei comigo mesmo: "Sei como ocupar esse tempo: vou desfazer aquela mala." Então foi o que eu fiz. Depois voltei para a Mansão, pensando que Mr. Pandy deveria estar querendo se secar e se vestir mais ou menos naquela hora. Foi quando o encontrei. — O queixo do velho tremeu com a lembrança. — Ele estava embaixo d'água. Morto. Foi uma visão terrível, Mr. Porrott. Os olhos e boca de Mr. Pandy estavam abertos. Eu não vou esquecer isso tão cedo.

— Fui informado de que a porta da frente da Mansão costuma ficar entreaberta — falou Poirot.

— Ah, sim. O cão não quer que fique fechada, não antes das nove horas da noite, que é a sua hora de dormir e de Miss Annabel. Ele não se importa que a porta fique fechada depois.

— Um estranho poderia ter entrado na casa e afogado *monsieur* Pandy enquanto as mulheres estavam no quarto de Ivy Lavington e você estava aqui desfazendo sua mala?

Kingsbury sacudiu a cabeça.

— Por que não? — perguntou Poirot.

— O cachorro — respondeu o velho. — Ele teria enlouquecido. Eu teria ouvido o cachorro daqui. Um estranho andando de mansinho pela Mansão? Ele não sairia vivo, não se Hopscotch pudesse evitar.

— Eu conheci Hopscotch — disse Poirot para o criado. — Ele me pareceu uma criatura afetuosa.

— Ah, sim, se a pessoa é um amigo da família ou convidado... mas ele se assusta rápido e saberia que algo estava acontecendo se descobrisse um intruso.

— Soube que lhe deixaram uma quantia significativa de dinheiro no testamento do *monsieur* Pandy?

— Deixaram, mas não vou gastar esse dinheiro. Não vou gastar nem um centavo. O dinheiro pode ir a uma daquelas casas do Dr. Barnardo para crianças pobres. Mrs. Lavington disse que vai organizar tudo para mim. O que eu faria com esse dinheiro? Ele não é capaz de trazer Mr. Pandy de volta, e se ele não tivesse partido, eu não teria que me preocupar com essa soma. E agora não me preocuparei novamente, pois vou doar tudo.

Kingsbury falou com sinceridade e convicção aparentes, mas Poirot já conhecera muitos mentirosos talentosos. Seria prudente, decidiu ele, verificar se a herança destinada ao Dr. Barnardo de fato teria sido alocada em vez de desviada no meio do caminho.

— *Alors*, você encontrou uma cena muito angustiante quando voltou ao banheiro. Quando gritou em choque e as três mulheres logo apareceram no banheiro, as roupas delas estavam molhadas ou secas?

— Secas. Por que estariam molhadas? Nenhuma delas estava na banheira, não é?

— Você tem certeza de que teria notado se, por exemplo, as mangas ou o vestido de alguém estivessem molhados?

O velho fez que não com a cabeça.

— Um bando de gansos poderia ter entrado e eu não teria notado. Não com Mr. Pandy olhando para mim debaixo d'água.

— Então... — Poirot suspirou baixinho. — Deixe para lá. Há uma pergunta mais importante. A grande comoção que as três mulheres estavam fazendo enquanto Mr. Pandy tomava banho...

— Foi desagradável ouvir, não me furto a dizer — falou Kingsbury.

— Mrs. Lavington e Miss Ivy estavam gritando uma com a outra, e Miss Annabel gritava para que parassem, chorando copiosamente. E então Mrs. Lavington gritou para Miss Annabel que ela não era a mãe de Miss Ivy e que era bom que a irmã se lembrasse disso. Foi uma discussão terrível. Mr. Pandy não gostou, e eu não posso culpá-lo. Ele gritou para que elas fizessem silêncio.

— Você ainda estava no casarão quando ouviu isso? — perguntou Poirot.

— Não, eu estava do lado de fora da cabana, prestes a entrar. A janela do banheiro estava aberta porque era assim que ele sempre deixava. Ele gostava de água quente na banheira e de ar frio no banheiro. Dizia que os dois se equilibravam. Ah, eu o ouvi em alto e bom som.

— Depois do apelo por paz e tranquilidade de *monsieur* Pandy, você conseguiu ouvir se a discussão terminou?

— Infelizmente, não. O quarto de Miss Ivy fica na frente da casa. Mas não acho que a discussão tenha terminado. Não, tenho certeza de que não. Ou então parou e começou de novo, porque ainda estava acontecendo quando voltei para o casarão. A morte de Mr. Pandy foi o que interrompeu a discussão. Todas elas o viram debaixo d'água e pronto.

— Se o cachorro estava em um quarto cheio de pessoas gritando, e se viu a dona chateada, não é possível que Hopscotch não tivesse, só desta vez, percebido que um estranho estava na casa? — indagou Poirot. — A porta do quarto de Ivy Lavington estava fechada, segundo Mrs. Lavington. Será que o cão não deixaria de sentir o cheiro ou ouvir o intruso, preocupado como deve ter ficado por causa do estado infeliz da dona?

Kingsbury refletiu e falou, finalmente:

— Eu admito que não tinha considerado esse argumento até agora. O senhor está certo, Mr. Porrott. Com a porta de Miss Ivy estando fechada, ele de fato *poderia* não ter notado um estranho na casa. Hopscotch certamente teria se preocupado com a angústia de Miss Annabel e não teria saído de perto dela naquele estado. Eu ainda digo que há uma boa chance de Hopscotch ter ouvido um estranho à espreita, mas não confiaria nisso.

Eles ficaram sentados em silêncio, com perguntas pairando no ar. Em vez de se sentir vingado, Poirot se sentiu derrotado. As possibilidades eram novamente infinitas. Barnabas Pandy poderia não ter sido assassinado ou poderia ter sido morto por Kingsbury ou por qualquer um que tivesse se infiltrado no terreno da propriedade e entrado sorrateiramente na Mansão Combingham naquele dia: Sylvia Lay, Hugo Dockerill, Jane Dockerill e Freddie Lay, John McCrodden... qualquer pessoa.

O que faltava nesse quebra-cabeça, pensou Poirot, desesperado, eram parâmetros. Havia uma quantidade excessiva de suspeitos para algo que tinha muita chance de não ser um crime. E se Rowland McCrodden houvesse convencido Stanley Donaldson a lhe fornecer um álibi falso para o dia sete de dezembro, ou se Ivy, Lenore Lavington e Annabel Treadway estivessem mentindo sobre estarem todas juntas no quarto de Ivy, o número de suspeitos em potencial ficaria ainda maior.

— Motivo — murmurou Poirot. — É um *motivo* que me levará à resposta, já que tantas pessoas tiveram a oportunidade.

— O que o senhor disse? — Kingsbury despertou do devaneio e Poirot estava pronto para começar de novo.

— O que você pode me dizer sobre Vincent Lobb? — perguntou ele.

— Mr. Pandy não queria nada com ele. Nem em cinquenta anos. Mr. Lobb o decepcionou imensamente.

— Como?

— Não sei informar, infelizmente. Mr. Pandy nunca me contou. Não gostava de entrar em detalhes, embora falasse muito sobre a traição. "Você nunca me trairia, não é, Kingsbury?", dizia ele, e eu falava que jamais faria isso. Eu não o teria traído nem nunca traí — concluiu o velho com orgulho.

— Qual foi o assunto da discussão entre Annabel, Lenore e Ivy? — indagou Poirot.

— Ah, Miss Annabel não tomou partido na confusão. Só Mrs. Lavington e Miss Ivy. Miss Annabel estava tentando acabar com aquilo.

— Qual foi a causa do problema? Você conseguiu ouvir?

— Não sou de ouvir às escondidas, se é isso que o senhor está sugerindo. Mas qualquer um que não fosse surdo teria escutado. Ainda assim, fiz o melhor possível para não prestar atenção. E não sei se Mrs. Lavington gostaria que eu lhe contasse o que foi dito entre ela e a filha.

— Mas foi Mrs. Lavington quem me disse que você era a pessoa com quem eu deveria falar! E você já me disse um pouco, não é mesmo?

— Não os detalhes — falou Kingsbury. — A própria Mrs. Lavington poderia ter lhe contado se quisesse que o senhor soubesse.

— Meu amigo, eu ficaria profundamente grato se você pudesse me ajudar nessa questão. Agora que concordamos que o cachorro pode não ter ouvido um estranho entrar na casa, a possibilidade de Barnabas Pandy ter sido assassinado... bem, digamos que não pode ser descartada. Se ele foi assassinado, não devemos deixar o assassino escapar da justiça.

— Com isso eu concordo — disse Kingsbury com a cara fechada. — Eu torceria o pescoço dele com as minhas próprias mãos.

— Por favor, não faça isso. Ao contrário, ajude-me contando sobre essa discussão que você não conseguiu deixar de ouvir.

— Mas se um estranho matou Mr. Pandy, então não há como uma pequena discussão familiar ser relevante para solucionar o crime — argumentou Kingsbury.

— Confie em mim — falou Poirot. — Já resolvi muitos casos de assassinato.

— Eu não — interveio Kingsbury em tom sombrio. — Nunca resolvi um sequer.

— Nunca se sabe o que é de importância vital, ou onde estão as conexões, até que a solução seja aparente. O detalhe que parece ser mais irrelevante pode ser aquele que mais importa.

— Bem, se o senhor acha que isso pode ajudar, embora eu não consiga ver como seria possível... Miss Ivy reagiu mal a uma coisa dita por Mrs. Lavington. E então Miss Ivy acusou a mãe de ter dito tal coisa com a intenção de ofender, entende? Ela achou que a mãe tinha dito aquilo para magoá-la de propósito, mas Mrs. Lavington jurou que não tinha feito tal coisa e que Miss Ivy estava exagerado. Veja bem, provavelmente foi mais do que isso.

— Por que você diz isso?

— Tudo andava esquisito na casa desde aquele jantar, alguns dias antes.

— Que jantar?

— O senhor vai ficar desapontado, Mr. Porrott, porque eu não ouvi nada às escondidas na ocasião, mas foi ali que a confusão começou. Eu deixei todos eles à mesa e saí para realizar meus últimos afazeres pela Mansão. Estava voltando para desejar boa noite para a família antes de me recolher, mas sequer cheguei à sala de jantar pois a Miss Ivy veio correndo na minha direção. Ela passou por mim como uma louca, soluçando. A seguir, a Miss Annabel fez o mesmo, e então a Mrs. Lavington passou depressa por mim com uma expressão que... bem, eu não sei como descrever, mas que me chocou. Havia algo nos olhos dela que eu nunca tinha visto antes. Tentei falar com a Mrs. Lavington, mas ela não me viu ou me ouviu, Mr. Porrott. Foi a coisa mais estranha do mundo. Imaginei que algo assustador devia ter acontecido.

— Você está dizendo que isso aconteceu a apenas alguns dias antes de Barnabas Pandy morrer?

— Correto. Não me lembro de quantos dias, lamento dizer, mas podem ter sido três ou quatro. Cinco no máximo.

— O que você fez quando suspeitou que algo terrível aconteceu?

— Corri para a mesa de jantar, esperando encontrar o Mr. Pandy, mal ousando imaginar em que estado ele poderia estar. Mr. Pandy estava à cabeceira da mesa onde sempre ficava sentado e... — Kingsbury parou. — Mr. Porrott, não pense que eu não escutei tudo o que o senhor disse sobre o quanto os pequenos detalhes importam, mas há certas coisas que eu sei que Mr. Pandy não queria que ninguém ouvisse a respeito.

— Será que ele queria que seu assassino ficasse impune? — disse Poirot.

O velho fez que não com a cabeça.

— Espero não estar fazendo nada errado contando para o senhor ou então Mr. Pandy pode me dar uma boa surra quando nos encontrarmos em um lugar melhor. — Ele pestanejou algumas vezes e depois falou: — Não há necessidade de o senhor passar adiante a qualquer outra pessoa o que estou prestes a dizer, fique sabendo.

— Se não tiver nenhuma influência sobre qualquer assunto criminal, o que você me contar ficará apenas entre nós. Eu lhe prometo.

— Como lhe disse: eu encontrei Mr. Pandy sentado sozinho à mesa de jantar, mas isso não era tudo que ele estava fazendo. — Kingsbury baixou o tom de voz e continuou: — Ele estava chorando, Mr. Porrott.

Chorando! Eu nunca tinha visto Mr. Pandy chorar antes, não em todos os anos que eu o conheci. Foi apenas uma única lágrima, mas eu vi claramente à luz das velas sobre a mesa. Mr. Pandy percebeu que eu ia na direção dele e balançou a cabeça. Ele não queria que eu me aproximasse, não estando daquela forma, então eu voltei aqui, para a cabana. E é neste momento que o senhor não ficará satisfeito comigo, Mr. Porrott, porque eu nunca consegui descobrir o que fez Mr. Pandy derramar aquela lágrima e mandar todo mundo sair correndo da mesa. Eu sabia que ele não iria querer falar sobre isso, por isso nunca perguntei. Eu não tinha o direito de perguntar.

Ao retornar à Mansão Combingham, Poirot foi recebido por Lenore Lavington, Annabel Treadway e Hopscotch, o cachorro, que estava com uma bola de borracha laranja na boca.

— Espero que Kingsbury tenha ajudado — disse Lenore.

— Ele confirmou muita coisa do que as duas senhoras já me disseram — falou Poirot com naturalidade, sem querer revelar o quanto descobrira na cabana do criado. Poirot agora tinha mais perguntas a fazer para ambas as irmãs, mas precisaria pensar em uma maneira inteligente de fazer isso, uma que não colocasse o velho criado em risco.

Isso significava, Poirot se perguntou, que ele acreditava que uma dessas duas mulheres diante de si era uma assassina? Se uma delas tinha matado Pandy, então a outra, assim como Ivy Lavington, devia estar mentindo sobre terem estado todas juntas no quarto de Ivy. Instintivamente, Poirot havia confiado em Ivy. Isso significava que ele desconfiava de Lenore Lavington e Annabel Treadway ou que estava apenas incerto em relação às duas? Para evitar essas perguntas difíceis, Poirot fez uma mais fácil.

— Seria possível, antes de eu sair, usar sua máquina de escrever, madame?

Lenore Lavington assentiu, o que fez Poirot achar que ela estava prestes a concordar. Então a mulher disse:

— *Monsieur* Poirot, enquanto o senhor estava com Kingsbury, Annabel e eu discutimos essa situação ridícula e bastante sórdida na qual nos encontramos, na qual o senhor também está envolvido, e ambas achamos que é necessário acabar com ela. Ninguém foi assassinado e ninguém acredita que alguém tenha sido assassinado. Essa história é pura invenção, e nem sequer sabemos quem a inventou, ou qual é exatamente a razão dessa pessoa, embora possamos supor que tenha sido motivada por maldade.

— Tudo isso é verdade, madame, mas a carta que desejo escrever antes de sair é uma coisa completamente diferente. Ela é... um assunto pessoal.

— É mesmo? Ou o senhor quer verificar se a nossa máquina de escrever aqui é a mesma usada para datilografar as quatro cartas?

Poirot fez uma pequena reverência e deu seu sorriso mais encantador.

— A senhora é perspicaz, madame. Peço mil desculpas pelo meu pequeno truque. No entanto, se senhora tivesse a generosidade de...

— Eu seria generosa se conseguisse me convencer de que era a coisa certa a se fazer.

— Lenore está certa, *monsieur* Poirot — disse Annabel. Havia um tom suplicante em sua voz. — Eu nunca deveria ter procurado o senhor. Eu deveria ter ido diretamente à polícia, que poderia ter me assegurado de que não suspeitam que eu tenha cometido crime algum, porque, como está bem claro agora, não houve qualquer crime cometido.

A irmã dela falou:

— Entendemos que deve ser imensamente frustrante para o senhor, *monsieur* Poirot, ter o nome usado desta maneira por uma pessoa maliciosa, com a intenção de trazer problemas tanto para o *senhor* quanto para outras pessoas... mas a coisa a ser feita, quando algo assim acontece, é ignorar e seguir em frente. O senhor não concorda?

— Eu não posso ignorar tal coisa, madame, até entender por que essas cartas foram enviadas.

— Então o autor das cartas venceu — disse Lenore Lavington. — Contra você, ao menos. Porque eu certamente não vou deixar que o autor das cartas me derrote. É por isso que, com pesar, devo pedir que o senhor se retire, infelizmente.

— Mas madame...

— Sinto muito, *monsieur* Poirot. Eu tomei minha decisão.

Nada que Poirot disse conseguiu persuadi-la a mudar de ideia, e suas tentativas pareceram causar uma dor quase física a Annabel Treadway. Trinta minutos depois, ele estava fora da Mansão Combingham sem sequer ter visto de relance a máquina de escrever do casarão.

Capítulo 17
•••••••••••••

O truque de Poirot

Sempre que possível, Rowland McCrodden respondia negativamente aos convites para eventos sociais. De vez em quando, no entanto, sentia-se obrigado a comparecer a compromissos que sabia que não apreciaria, e o jantar da Ordem dos Advogados foi uma dessas ocasiões. Somente o barulho já foi quase suficiente para fazê-lo dar meia-volta e ir embora: todas aquelas bocas abertas enchendo o ar ao redor dele com um chilreio sem sentido. Todo mundo parecia estar conversando e ninguém ouvindo, como sempre acontecia em reuniões como essa. McCrodden considerava eventos assim extremamente extenuantes.

O jantar aconteceu no Hotel Bloxham, um estabelecimento elegante, famoso pelos chás da tarde. McCrodden decidiu não fazer o que normalmente fazia, que era passar de uma parte da sala excessivamente cheia para outra, tentando evitar travar diálogos. Naquela noite, no entanto, resolveu se submeter ao invés de resistir. McCrodden ficaria parado e permitiria ser abordado incessantemente. Pelo menos isso envolveria menos esforço de sua parte.

— Ora, ora, ora, se não é Rowly Forca! — disse uma voz retumbante.

McCrodden se virou e se viu cara a cara com um homem cujo nome ele supostamente deveria saber, mas não tinha a menor chance de lembrar. Ele certamente nunca havia pedido a esse homem que o chamasse de Rowly — e nem mesmo de Rowland.

— Está sem bebida, velho amigo? É melhor não perder tempo nesse quesito, não na presente companhia! O estoque vai acabar antes que você perceba!

Pelo jeito descontraído com que o homem falava, McCrodden teve a sensação de que grandes quantidades de bebida já haviam descido pela garganta dele e naquele momento se agitavam dentro de seu corpo em formato de barril.

— Diga-me, meu velho, como vai a adorável senhora Forca? Eu não a vejo em um desses rega-bofes há muito tempo. Pelo que me lembro, ela meio que era de cair o queixo!

McCrodden, cuja esposa havia morrido há muitos anos, se irritou.

— O senhor está me confundindo com outra pessoa. — Naquele momento, ele avistou Peter Vout a aproximadamente oito lustres de distância, no lado oposto do grande salão de baile. — Com licença, por favor — disse ele para o barril, que balançava a cabeça como se estivesse se preparando para lançar outro desafio. McCrodden se afastou propositalmente do sujeito. Ele não ficaria parado, afinal de contas. Não se isso significasse passar a noite na companhia do homem mais desagradável do salão.

Rowland McCrodden dissera a Poirot que não iria enganar Peter Vout, mas agora, com o homem ao alcance, ele se viu imaginando: será que Poirot estava certo? Será que Vout cairia em um truque tão óbvio? McCrodden sabia que ele próprio não se deixaria enganar dessa forma... ou talvez só pensasse assim porque conhecia o próprio objetivo. É natural imaginar que a intenção é óbvia quando sabemos do que se trata. Peter Vout não sabia que Rowland McCrodden e Hercule Poirot se conheciam. Além disso, a vermelhidão no rosto de Vout e as duas taças de champanhe vazias na mão sugeriam que ele talvez estivesse menos atento do que o habitual.

McCrodden parou a uma curta distância de onde Vout se encontrava. Não podia negar que estava tentado. McCrodden era um homem intelectualmente curioso e queria ver se poderia vencer. A única coisa que o preocupava era a ideia de que fazer aquilo seria capitular à vontade de Poirot. E então o destino pareceu decidir o assunto, pois Peter Vout avistou McCrodden à espreita nas proximidades.

— Rowland McCrodden! — Vout foi até ele com passos largos. — O que você está fazendo sem uma bebida? Garçom! — gritou ele. — Champanhe para este cavalheiro, por favor! E para mim, por gentileza.

— Para mim, não, obrigado — disse McCrodden ao jovem garçom.
— Aceito um pouco d'água.
— Água? Bem, isso é meio chato!
— Champanhe deve ser reservado para comemorações — falou McCrodden. — Não estou em clima de festa esta noite.

Ele disse aquilo intencionalmente, sugerindo que havia uma história a ser contada — uma que McCrodden estava muitíssimo pronto para dizer. Até agora, nada do que ele falara tinha sido uma mentira descarada. A próxima parte seria difícil, no entanto.

— Ah, céus! Bem, que azar! — se compadeceu Vout. — Sinto muito por ouvir isso. Sim, de fato. Garçom, traga duas taças de champanhe de qualquer maneira, por obséquio. Nunca se sabe, eu posso conseguir animar meu amigo, e caso contrário, bem... a taça extra não vai ser desperdiçada. Haha!

Ele deu um tapa nas costas do garçom, e o jovem saiu correndo.

— Bem, então, McCrodden, é melhor você me contar como foi parar nesse estado desconsolado. Seja qual for o problema, tenho certeza de que não é tão ruim quanto você pensa. As coisas geralmente não são, sabe?

Rowland McCrodden fez um esforço para imaginar que experiências de vida fortuitas e diferentes, tão imensamente divergentes das suas, poderiam levar uma pessoa a proferir essas palavras e acreditar que fossem verdadeiras.

— Não é tanto um problema, e sim uma irritação — explicou ele.
— Não há nada a ser feito em relação à questão. Ou melhor, já fiz o que precisava ser feito; mandei o sujeito impertinente embora, só que não falei de forma tão educada. Ainda assim, certas coisas deixam um gosto muito desagradável na boca, que nem champanhe pode tirar!

Rowland McCrodden não atuava desde os tempos de escola. Ele lembrava que detestava teatro e que era péssimo ator. Ou seja, aquilo só funcionaria se McCrodden se baseasse em sentimentos verdadeiros – indignação e repulsa – para reforçar as palavras falsas que estava prestes a proferir. Pensou no filho sendo acusado de assassinato por um covarde que não ousou assinar o próprio nome e também na convicção de John de que era odiado pelo pai, quando na verdade era o contrário.

— Um detetive veio me ver hoje — falou McCrodden para Vout. — Ele me bombardeou com perguntas sobre assuntos particulares envolvendo um dos meus clientes mais valiosos, um homem cujos negócios eu venho tratando há anos. E ele não é apenas cliente, mas um velho amigo também. E esse homenzinho intrometido e pegajoso sequer era um agente da lei! Era uma espécie de detetive de aluguel, sem nenhum bom argumento que justificasse eu responder a uma série de perguntas realmente *muito* intrometidas. Eu mandei que ele fosse embora, como falei, mas... fico me perguntando como essas pessoas dormem à noite, sem que a consciência pese.

Vout pareceu interessado.

— Recentemente, meu cliente, sem culpa alguma — continuou McCrodden —, se viu em uma situação delicada que ele não gostaria que ninguém descobrisse. Havia uma moça envolvida, uma garota encantadora, uma propriedade a ser descartada, e uma família com... particularidades. Na verdade, uma questão desconcertante em todos os sentidos, que eu gostaria muito de discutir com alguém imparcial e sem ligação com meu cliente, mas eu dificilmente analisaria os detalhes com *aquele* indivíduo desagradável!

Rowland McCrodden fingiu ser atingido por um pensamento repentino.

— Eu me pergunto se posso consultá-lo sobre o caso, Vout? Não hoje à noite, é claro, mas talvez se você tiver uma hora livre na semana que vem? Não vejo nenhum mal em lhe contar tudo se eu não disser o nome do sujeito em questão.

Uma expressão de prazer apareceu no rosto de Vout.

— Claro! Eu adoraria ajudar.

— Obrigado. É muito generoso de sua parte. E lamento sobrecarregá-lo com meus problemas.

— Estou muito feliz que você tenha feito isso, velho amigo. É muito incrível, mas, por outro lado, coincidências acontecem, não é? Recentemente, tive uma experiência semelhante à que você acabou de descrever.

— É mesmo?

— Sim. Um detetive bastante conhecido, cuja identidade, em nome da discrição, é melhor preservar, veio me ver e perguntou se um cliente antigo e velho amigo meu poderia ter sido assassinado. O que não foi o caso, é claro, porque o homem se afo... ahem! — Vout pigarreou para encobrir o erro. — Porque morreu em um acidente trágico. Não havia nada de proposital ou criminoso no caso, e ninguém, nenhum policial e nenhum tribunal na Terra, achava que havia, além desse detetive. Eu disse a ele que estava evidente não se tratar de um assassinato, que não havia absolutamente qualquer dúvida. Estamos falando de uma família respeitável. A ideia é risível! Mas a visita continuou a me incomodar. Ele queria saber se havia mais alguma coisa que eu pudesse lhe contar. Então disse a ele mais uma coisa, com o intuito de ajudar.

— Isso foi muito decente da sua parte e mais do que ele merecia — falou Rowland McCrodden.

— Hmmph? Bem, não achei que fosse fazer mal. O velho, meu falecido amigo e cliente, parecia suspeitar de que não viveria muito mais tempo. Como sempre teve a tendência para atitudes um tanto impetuosas e combativas, foi subitamente dominado pelo desejo de fazer as pazes com um sujeito que fora seu inimigo por muitos anos. Não julguei que seria muito prejudicial dizer isso ao detetive, e foi o que fiz. Foi o suficiente para ele? Não! Ele fez a mesma pergunta novamente: será que eu deveria ter dado a ele mais informações sobre a família, sobre suas relações? Eu *poderia* ter dito muito mais ao detetive, sim, mas por que compartilhar uma história que não entendo completamente e que não tem nada a ver agora que meu cliente está morto? Causaria grande infelicidade a certos integrantes da família se soubessem a verdade, e como saber se esse sujeito não vai espalhar essa história por aí?

— Você certamente não tem como saber — disse Rowland McCrodden. — Você fez a coisa certa em não dizer nada. E, claro, não deve se sentir obrigado a me contar mais do que já contou. Não quero que você pense que, como desejo consultá-lo sobre os assuntos do *meu* cliente, eu espero que você retribua de alguma forma. Afinal de contas, o *seu* cliente está morto e parece que não há nenhum problema imediato a ser resolvido, então talvez não seja necessário que você entenda o que ainda permanece duvidoso.

Vout franziu a testa.

— Eu gostaria de entender, mesmo assim. E nunca entendo. Mas você está certo: não há nada a ser resolvido, porque a história é sobre uma coisa que *não* aconteceu, e não sobre uma coisa que aconteceu. Se eu estivesse inclinado a confiar neste detetive, o que não era o caso, eu teria que falar para ele sobre eventos que não conseguiram acontecer. E qual seria o sentido disso?

O garçom reapareceu com duas taças de champanhe e um copo d'água. McCrodden pegou o último e Vout tirou rapidamente as taças da bandeja com um gesto possessivo. Ele não cogitou novamente se McCrodden poderia, afinal de contas, querer um pouco de champanhe.

— Você despertou minha curiosidade — falou McCrodden, enquanto Vout bebia o conteúdo das duas taças uma atrás da outra. — Ao contrário desse detetive mal-educado, eu nunca pediria a ninguém para ser indiscreto...

— Não vejo como poderia causar mal contar a você, se eu não citar nomes — disse Vout. — Gostaria de ouvir a história?

Rowland McCrodden indicou que sim, sem exibir nada tão vulgar quanto entusiasmo. Seria possível que esta noite fosse lembrada como o único jantar da Ordem dos Advogados que ele já havia desfrutado?

— Não é uma família que você provavelmente encontrará — falou Peter Vout. — Eles não moram em Londres. E, de qualquer forma, você não é um desconhecido como era o detetive. Não tenho dúvidas de que posso confiar em você para não espalhar nada disso.

— Claro.

— Muito bem, então: o evento que não ocorreu foi a mudança de um testamento.

— Entendo.

— Meu cliente era um cavalheiro idoso que sempre havia planejado que suas duas netas herdassem quantidades precisamente iguais de sua considerável fortuna. Ele não tinha filhos vivos, veja bem, e era uma figura muito paterna para as netas, que haviam perdido os pais na tenra idade.

— Que tragédia — comentou Rowland McCrodden por educação.

— Cerca de uma semana antes de morrer, meu cliente me convidou para sua casa a fim de discutir o que ele descreveu como "um assunto delicado". Pela primeira vez no longo tempo em que nos conhecíamos, ele foi especialmente cauteloso, digamos assim. Ele baixou o tom de voz e não parava de olhar para a porta da sala de estar, dizendo: "Você ouviu alguém?" ou "foram passos na escada?"

— Ele não queria que ninguém entreouvisse a conversa?

— Não, não queria. O que era estranho, porque geralmente meu cliente era bastante direto em relação às opiniões e ao que queria que acontecesse. Mas, neste caso, ele gostaria de fazer um novo testamento que teria afetado uma de suas netas de maneira adversa.

— Apenas uma? — perguntou McCrodden.

— Sim — respondeu Vout. — Uma delas se tornaria uma mulher espetacularmente rica caso o testamento tivesse sido alterado, mas, como falei, isso não aconteceu. Barn... ahem! Meu cliente morreu em um acidente trágico antes que o testamento novo pudesse ser redigido e assinado. E, embora não tenha consciência disso, a mais nova das duas netas do meu cliente não seria a mulher rica que é agora se o avô tivesse vivido um pouco mais, pois ele planejava deserdá-la completamente, deixando-a sem nem um centavo!

— Meu Deus. — Rowland McCrodden esqueceu que deveria estar interpretando um papel e expressou surpresa foi genuína. Ele só podia torcer para que Vout não percebesse sua empolgação.

A mais nova das duas netas do meu cliente... Essa era Annabel Treadway. Será que ela poderia ser uma assassina de sangue frio? Sem nunca tê-la conhecido, ele não teve dificuldade em acreditar que sim. McCrodden conhecia muitas pessoas que eram. E apesar dos esforços de Barnabas Pandy, Miss Treadway poderia ter descoberto as intenções do avô e decidido tomar medidas drásticas para salvaguardar sua herança.

— Eu tentei convencer meu cliente a agir de maneira sensata, mas ele era um velho teimoso — disse Peter Vout. — Não me deu ouvidos.

Fez o truque habitual de discutir vigorosamente comigo até que eu abandonasse todas as tentativas de persuadi-lo. Sempre funcionou! Nunca conheci um homem tão confiante nas próprias ideias e vontades como Barn...ahem! E tão cheio de energia para defender sua opinião, por mais errada que fosse.

— Devo entender que você discordou da decisão dele, então? Achou que seu cliente estava sendo injusto com a neta mais nova?

— Sim.

— Então acha que ela não fez nada para merecer isso?

— Eu não sei o que ela fez porque meu amigo não me contou. Ele era especialmente evasivo em sua narrativa, me contava o mínimo possível. O que não fazia sentido, visto que eu precisaria conhecer os detalhes no devido tempo para organizar o novo testamento. Talvez ele estivesse com medo de ser entreouvido, ou talvez estivesse apenas considerando a mudança e ainda não tivesse batido o martelo a respeito.

— Seu cliente tinha o hábito de infligir punições hediondas injustamente? — perguntou McCrodden.

— Via de regra, não. Embora, como falei, ele tivesse um inimigo de longa data e no mesmo dia, no dia em que falou comigo sobre a necessidade de redigir um novo testamento, meu cliente anunciou que também desejava intermediar uma reconciliação com esse sujeito. Eu pedi que ele refletisse sobre a ânsia de fazer as pazes com esse indivíduo e perguntei se não poderia empregar a mesma abordagem em relação à neta. Infelizmente, meu cliente riu de mim. E a seguir disse algo que eu nunca mais esqueci.

— O quê? — indagou Rowland McCrodden.

— Ele disse: "Há uma diferença, Peter, entre um *ato* imperdoável e uma pessoa de *caráter* imperdoável. O que importa não é o que as pessoas fizeram, mas quem elas são. Um sujeito pode não dar um passo em falso a vida inteira e não fazer nada aparente a que o mundo se oporia com veemência, mas mesmo assim ser completamente mau."

— Qual era a causa dessa longa inimizade entre seu cliente e o outro homem?

— Eu não sei, infelizmente. Mas... não creio que isso seja importante, agora que ele não está mais conosco, pobre sujeito. E, felizmente, a morte do meu cliente pôs fim ao plano de fazer um testamento novo, e assim ambas as netas estão igualmente com o sustento garantido. É um alívio pensar que nenhuma delas suspeitou que algo estivesse acontecendo.

— Você gosta destas senhoras? — perguntou McCrodden.

Vout baixou o tom de voz e respondeu:

— Gosto. A verdade é que sempre senti pena da pobre Annab... ahem! Da neta mais nova. A mais velha era a favorita do meu cliente, que não tentava esconder sua preferência. Ela, a mais velha, casou bem e teve dois filhos. A neta mais nova é... diferente. Meu amigo achava complicado compreendê-la e se irritava muito com a recusa da parte dela de se explicar.

— Havia algo em especial que ele gostaria que a neta explicasse? — indagou McCrodden.

— Ah, ela recusou inúmeras ofertas de casamento, de uma gama de pretendentes merecedores e adoráveis — explicou Vout. — Meu cliente acreditava que era o medo que a impedia de aceitar qualquer um desses pedidos, e qualquer tipo de timidez o deixava com raiva. Eu o ouvi chamando Annabel de covarde diretamente, mais de uma vez. Sempre que ele fazia isso, a moça começava a chorar, mas o pior era que ela *concordava*. Era muitíssimo desagradável. Eu nunca entendi como meu cliente era capaz de repreendê-la daquela maneira, mesmo diante dos soluços da neta, que se declarava culpada por toda falha de caráter que ele a acusava de possuir.

McCrodden esperou que Vout percebesse que havia falado o nome dela em voz alta, mas o sujeito não demonstrou nenhum sinal de ter notado o erro. Quantas taças de champanhe teria tomado? Vout devia ter secado uma garrafa àquela altura.

— Havia também o cachorro, que era um pomo de acirrada discórdia — prosseguiu ele. — Cachorros, devo dizer. Primeiro Skittle e depois Hopscotch.

Nenhum anonimato se aplicava aos membros caninos da família, pelo visto.

— A neta mais nova amava um e ama o outro como se fossem integrantes humanos da família — falou Vout. — Infelizmente, meu cliente zombava dela sem piedade. Chamava a neta de repugnante por permitir que os cachorros dormissem na cama dela, mas para a neta, os bichos eram como filhos. Os filhos *dela*. Certa vez, o velho trancou Skittle fora de casa por uma noite inteira. Não estava muito frio, mas o cachorro estava acostumado a se aninhar com a dona à noite, e ela achava que Skittle ficaria desolado por ter sido expulso. Ela estava quase gritando de pânico, e meu cliente apenas riu. Sendo justo, Skittle não pareceu muito perturbado por ter sido excluído. E, em defesa do meu cliente, foi o dia que Skittle... — Vout parou sem terminar a frase.

— O que você estava prestes a dizer? — perguntou McCrodden.

Vout suspirou.

— É engraçado, mas sinto como se contar *essa* história fosse falar mal dos mortos. Um *cachorro* morto, bem verdade, mas... O pobre Skittle era um animal adorável, na verdade, e foi bem intencionado. Ainda assim, o velho não ficou muito satisfeito.

McCrodden esperou pelo esclarecimento.

Vout pegou mais uma taça de champanhe de uma bandeja que passava — apenas uma desta vez — e disse:

— A bisneta de meu cliente, Ivy, quase se afogou quando era pequena. Ops! Ah, meu Deus! Acabei de dizer o nome dela. Ah, bem, não importa. Você não seria capaz de identificá-la apenas pelo primeiro nome. De qualquer forma... o nome dela é Ivy. Ela é a filha da neta mais velha do meu cliente.

Ivy, Skittle, Hopscotch, uma "Annabel" que escapuliu sem ser notada, e um velho com um nome que começou com "Barn"; Rowland McCrodden achava que esses fragmentos poderiam ser suficientes para a identificação, presumindo que ele se importasse o suficiente para investigar o caso, e se já não soubesse de qual família Vout estava falando.

— Eu acho que Ivy tinha três ou quatro anos quando aconteceu — falou Vout. — Ela estava com a tia e o cachorro, andando perto de um rio, e caiu na água. A tia teve que pular atrás dela e arrastá-la para fora, arriscando a própria vida. A correnteza era forte. Ambas quase morreram.

— A tia dela, você quer dizer a neta mais nova? — indagou McCrodden, que estava pensando que essa história mostrava Annabel Treadway como uma pessoa longe de ser covarde.

— Sim. Ela estava caminhando um pouco à frente e não tinha motivos para supor que a pequena Ivy corria perigo. E realmente não teria sido o caso, exceto que, sendo uma criança travessa, ela decidiu rolar pela encosta da margem. Não sei por que, mas as crianças pequenas nunca resistem a descer rolando por encostas verdes, não é? Eu fazia igualzinho quando menino.

— A não ser que eu tenha perdido parte da história, você ainda não falou mal do falecido Skittle — disse Rowland McCrodden.

— Nem falaria — respondeu Vout. — Não foi culpa dele. Skittle era um cachorro, e assunto encerrado. Não se pode responsabilizar um cão... no entanto, infelizmente, foi o que meu cliente fez. Veja bem, a tia... a neta mais nova, não foi a única que tentou salvar a vida da jovem Ivy. Skittle também tentou. Mas os esforços da pobre criatura no resgate foram mais um obstáculo do que uma ajuda, e ele arranhou muito feio o rosto de Ivy ao tentar salvá-la. *Muitíssimo* feio, infelizmente. Pelo que ouvi, o animal entrou em pânico e atacou. Ivy ficou muito assustada. O rosto dela... Foi uma pena. *É* uma pena. Sei que a mãe dela se preocupa que nenhum homem a queira como esposa, por exemplo, embora eu tenha certeza de que isso não é verdade. Mas dá para ver que isso pode ser uma preocupação.

— E seu cliente culpou Skittle pelas cicatrizes no rosto de Ivy?

Vout ponderou sobre a pergunta.

— Acho que ele era racional o suficiente para saber que o cachorro foi bem intencionado. O caso era mais que, bem, ele culpava Skittle por *existir*. E culpou Annabel... Poxa vida! Bem, ainda assim, espero que seja discreto, velho amigo. Resumindo, ele culpou Annabel *mesmo que ela tenha salvado a vida de Ivy*, porque se não fosse pela neta, não haveria Skittle para começo de conversa. Ninguém mais da família se importa com cachorros. Curiosamente, no entanto, quando visitei meu cliente pela última vez em sua casa, eu presenciei algo que nunca havia visto antes...

McCrodden esperou.

— Eu o vi passar a mão na cabeça de Hopscotch, o cachorro atual. Pensei que deveria estar imaginando coisas. Anteriormente, tudo que eu tinha presenciado era meu cliente enxotando os cachorros e fazendo comentários cruéis a respeito deles. Ele costumava dizer que cães não passam de ratos enormes. Os olhos de Annabel ficavam cheios de lágrimas sempre que o avô falava isso, o que era uma fonte de grande diversão para ele. "Cresça, menina. Você não é mais um bebê", dizia ele para a neta. Acho que meu cliente esperava conseguir endurecê-la. Ele a amava tanto quanto à irmã mais velha de Annabel, tenho certeza disso, mas simplesmente não a aprovava da mesma forma. E então, claro... bem, meu cliente deve ter decidido que não a amava de maneira alguma — completou Vout com tristeza.

— Por causa do plano dele de mudar o testamento?

— Sim. Pela forma como ele falou sobre a neta mais nova quando discutimos sobre o testamento... ficou claro para mim que não havia mais amor. Algo havia matado o sentimento.

— No entanto, no mesmo dia, você o viu passar a mão na cabeça do cachorro de maneira afetuosa?

— Exatamente. E foi muito esquisito também. Meu cliente simplesmente não passou a mão em Hopscotch: ele fez carinho embaixo do queixo do cachorro, e tenho certeza de que o chamou de bom menino. Foi muito incomum da parte dele, como falei. Agora, onde está aquele jovem com as bebidas?

Capítulo 18
•••••••••••••
A descoberta de Mrs. Dockerill

— O senhor me fascina, *monsieur* — comentou Poirot para Rowland McCrodden. — Várias vezes o senhor insistiu que *não* faria esse pequeno favor para seu amigo Poirot...

— Não havia nada de pequeno quanto a ele — protestou McCrodden.

— ... que não usaria o método que sugeri para tentar extrair de Peter Vout a informação que ele estava escondendo. Então, depois de ter recusado, o senhor fez exatamente o que eu queria que fizesse e interpretou o papel com perfeição! Nenhum ator aclamado poderia ter feito melhor!

Nós três estávamos na Mansão Whitehaven. Eu havia sugerido para McCrodden que Poirot e eu poderíamos encontrá-lo na sede de sua firma, mas ele nem deu ouvidos. Eu suspeitava fortemente que McCrodden estivesse mais uma vez evitando a senhorita Mason.

— Estou um pouco envergonhado por ter feito aquilo — assumiu McCrodden. — Eu não gosto de me comportar de maneira enganosa.

— O senhor fez isso pela melhor das causas, *mon ami*.

— Sim, bem... Esta nova informação sobre o testamento de Pandy muda tudo, não é?

— Eu diria que sim — concordei.

— Vocês dois estão errados — falou Poirot. — É verdade que cada fato novo é potencialmente útil, mas este, como com tantos outros que descobrimos, não parece nos levar a lugar nenhum.

— O senhor certamente não está falando sério — disse McCrodden.

— Annabel Treadway tinha uma razão muito persuasiva para querer se livrar do avô. Não poderia ser mais claro: ele estava prestes a alterar o testamento e deixá-la sem dinheiro.

— Mas Lenore e Ivy Lavington me asseguraram que *mademoiselle* Annabel não pode tê-lo matado.

— Então elas estão mentindo.

Eu tendia a concordar com McCrodden.

— Por mais que gostassem de Pandy, elas poderiam mentir para proteger Annabel — falei.

— Concordo — disse Poirot. — Que elas mentiriam para salvar *mademoiselle* Annabel e que ela talvez fosse capaz de cometer assassinatos para garantir sua segurança material, dado o temor de sua índole. Ambos são cenários perfeitamente possíveis. Há, no entanto, um problema: ela ignorava o desejo do avô de alterar o testamento. Isso não pode ser o motivo de *mademoiselle* Annabel se ela não estivesse ciente.

— Vout talvez esteja enganado quanto a isso — comentei.

— Um "talvez" não nos leva a lugar nenhum, Catchpool. Sim, ela *talvez* tivesse ouvido a conversa sobre o planejamento de um testamento novo no final das contas, e sim, sua irmã e sobrinha *talvez* estejam mentindo para salvá-la, mas não devemos tirar certas conclusões sobre dois "talvez" desse tipo.

Ele estava certo. Quando se está buscando desesperadamente por uma solução, e de uma hora para outra se descobre que uma vasta fortuna estava em risco de ser perdida por causa de uma proposta de alteração de testamento, é muito tentador decidir que deve ter sido este o motivo.

— Eu gostaria de saber o que Annabel Treadway fez pouco antes da morte de Pandy — disse Rowland McCrodden. — Deve ter sido algo realmente estarrecedor e chocante para ele, se isso o induziu a fazer as pazes com um inimigo que ele havia feito dezenas de anos antes.

— Não sabemos se os dois fatos estão ligados — falou Poirot.

— Eles têm que estar — disse McCrodden. — Quando a antipatia por alguém se torna total e absoluta, a pessoa descobre que... bem, a pessoa pode decidir dispensar todos os outros conflitos e ressentimentos. Ninguém deseja se considerar como uma pessoa com tendência a amargura e ódio.

— Acho isso interessante — comentou Poirot. — Por favor, continue, meu amigo.

— Se um impulso inclemente em relação a uma pessoa começa a crescer rapidamente dentro de nós e, talvez, fique fora de controle, é natural sentir a necessidade de equilibrá-lo com uma espécie de... benevolência ostensiva. Se eu fosse arriscar, diria que, quando Pandy decidiu deserdar Miss Treadway, ele equilibrou essa atitude com alguns atos evidentes de gentileza: procurou se reconciliar com o velho inimigo Vincent Lobb, brincou com o cachorro que ele normalmente ignorava...

— Para parecer com um homem bom e caridoso aos próprios olhos? — sugeriu Poirot. — *Oui, je comprend*. Então... também podemos supor que, quando ele tomou essa decisão, a amargura de *monsieur* Pandy em relação a *mademoiselle* Annabel era realmente muito grande.

McCrodden assentiu.

— Teria que ter sido muito grande, sim, para minha teoria estar correta.

— Foi a sua experiência com Miss Esmeralda Mason que o levou a essa conclusão? — perguntou Poirot.

— Sim. Quando fiquei impressionado pelo tamanho do desprezo irracional que sentia por ela, eu senti necessidade de... bem, de abrir mão de alguns dos rancores menos importantes.

— O senhor teve muitos? — indaguei.

— Alguns. Todo mundo tem, não é?

— Eu não — respondi. — Não consigo pensar em um único rancor. Você tem algum, Poirot?

Ele foi impedido de responder por uma batida na porta. O criado George entrou no cômodo.

— Tem uma senhora aqui para vê-lo, senhor. Eu disse a ela que o senhor estava ocupado, mas ela disse que era urgente.

— Neste caso, devemos vê-la. Ela informou o nome?

— Informou, senhor. De forma completa. Ela se identificou como Jane Dockerill e também como Mrs. Hugo Dockerill, esposa do reitor de Timothy Lavington e Frederick Lay no Colégio Turville.

— Por favor, deixe-a entrar, George.

* * *

Jane Dockerill era pequenina, com cabelo castanho-escuro encaracolado, óculos com armação preta grossa e uma grande bolsa marrom que ela entrou carregando com as duas mãos. A bolsa era mais larga que ela. Jane Dockerill andava e falava rapidamente. Quando Poirot se levantou e se apresentou, ela apertou a mão dele ao mesmo tempo que disse:

— E quem são esses outros dois cavalheiros?

— Rowland McCrodden, advogado, e o Inspetor Edward Catchpool, da Scotland Yard.

— Entendo — disse Jane Dockerill. — Imagino que o senhor andou discutindo esse caso em que estamos envolvidos?

Nós todos concordamos com a cabeça. Não nos ocorreu esconder qualquer coisa. Jane Dockerill era a pessoa mais naturalmente autoritária diante de quem eu me lembrava de ter estado. Até o superintendente teria feito suas vontades sem questionar.

— Ótimo — falou ela e continuou, sem parar para respirar: — Eu vim aqui para entregar dois itens: um o senhor já conhece; o outro, não. O primeiro é a carta de Hugo, aquela em que ele é acusado de assassinato. Pensei que o senhor provavelmente precisaria dela.

— De fato, madame. Muito útil. — Poirot nunca tinha soado tanto como um aluno obediente.

Jane Dockerill tirou a carta da bolsa e entregou a ele. Poirot leu e passou para mim. Tirando o nome e endereço do destinatário e as palavras "Caro Mr. Dockerill" no topo, ela era idêntica à carta recebida por John McCrodden, até a tinta falhada na barra horizontal de cada letra "e". Eu passei a carta para Rowland McCrodden.

— E agora, o item que o senhor não estava esperando — disse Jane Dockerill. — Nem eu, devo dizer, imaginava encontrá-lo. Fiquei chocada ao descobri-lo onde estava, e eu sinceramente espero que isso não signifique o que acho que significa.

Ela retirou da bolsa um objeto que eu não reconheci imediatamente. Era azul — ou melhor, havia algo azul no interior: azul com pequenos vislumbres de branco e amarelo. Fosse o que fosse, estava embrulhado em celofane, o que formava um pacote de aparência estranha.

— O que há dentro desse embrulho, madame? — perguntou Poirot.

— Um vestido. Foi embrulhado ainda molhado. Eu o encontrei preso com fita adesiva na parte de baixo da cama de Timothy Lavington. Gosto de manter todos os dormitórios impecavelmente limpos. Para realizar um trabalho de maneira meticulosa, como gosto de fazer, é necessário olhar debaixo das camas regularmente para verificar se não há lixo acumulado ou itens proibidos escondidos.

— Muito louvável, madame.

Jane Dockerill continuou falando rapidamente.

— Antes da vistoria de ontem, a última vez que eu verificara debaixo das camas do dormitório de Timothy foi há quatro semanas. Sei precisamente quando isso aconteceu porque foi minha primeira inspeção desde as férias. Quatro semanas atrás, este pacote não estava lá. Então, ontem, lá estava, preso com fita adesiva, como falei, na parte inferior do estrado da cama de Timothy Lavington. Eu desembrulhei na presença de Timothy, para ver se ele sabia o que era. Ele reconheceu o vestido como propriedade da tia, mas ficou perplexo com a presença dele no dormitório. — Enfaticamente, Jane Dockerill acrescentou: — Um vestido duro, que mal secou, ainda úmido em alguns lugares. Propriedade da tia de Timothy Lavington, Annabel Treadway.

— Isso faz com que a senhora suspeite de alguma coisa? — indagou Poirot. — Posso perguntar o quê?

— Não é óbvio? Eu suspeito, embora reze que não seja verdade, que Annabel Treadway tenha assassinado Barnabas Pandy afogando-o na banheira, pois foi assim que ele morreu. O vestido dela ficou molhado durante o ato e, com medo de ser incriminada por ele, Annabel Treadway escondeu a roupa em Turville, embaixo da cama de Timothy.

— Até onde sabemos, a morte de Mr. Pandy foi um acidente — eu me senti obrigado a dizer. — Do ponto de vista oficial...

— Ah, isso não quer dizer nada — falou Jane Dockerill. — Eu agora acredito que Mr. Pandy foi assassinado, não importa o que os outros pensem.

— No que a senhora baseia essa crença? — perguntou Poirot.

— Bom senso e probabilidade — respondeu ela. — A maioria das mortes acidentais não é seguida por múltiplas acusações de homicídio e pacotes estranhos colados em estrados de camas. Esta, sim. Portanto, me parece provável que tenha sido realmente um assassinato.

Poirot deu um pequeno aceno de cabeça. Não foi um gesto sugerindo que estivesse de completo acordo.

— O senhor não vai abrir o pacote? — disse Mrs. Dockerill.

— *Oui, bien sûr.* Catchpool, se puder fazer a gentileza.

Foi muito fácil tirar a fita adesiva e desembrulhar o celofane. Todos nós olhamos para o tecido azul-claro quando ele foi liberado do invólucro. Os pontinhos amarelos e brancos eram pequenas flores. Partes do material, privadas de ar por semanas, ficaram viscosas.

— Perceba o cheiro — falou Jane Dockerill.

— É azeite de oliva — disse Poirot. — Eu sinto o cheiro claramente. Este é o vestido que Annabel Treadway estava usando no dia em que Barnabas Pandy morreu. Lenore Lavington o descreveu para mim: azul, com flores brancas e amarelas. Ele só é diferente do vestido que a madame Lavington descreveu em um aspecto.

— Pelo amor de Deus, não nos deixe em suspense — exclamou Jane Dockerill. — Diferente como?

— Este vestido foi claramente embrulhado enquanto ainda estava molhado — respondi.

— *Précisément*, Catchpool. Lenore Lavington me disse que o vestido da irmã não estava molhado quando elas estiveram juntas no banheiro no dia sete de dezembro. Ela ofereceu esse detalhe como prova de que a irmã não poderia ter afogado o avô delas. O vestido de Annabel Treadway, de acordo com Lenore Lavington, um vestido azul, com flores amarelas e brancas, *estava completamente seco.*

Capítulo 19

Mais quatro cartas

— Isso é uma grande evolução, não é? — disse Jane Dockerill.

— É sim — concordou Poirot.

— Eu conheço a mãe de Timothy há muitos anos. Ela certamente mentiria para proteger um integrante da família, sem dúvida. Hugo e eu não podemos dizer uma palavra a Timothy sem ela avançar contra nós em uma névoa de fúria contida para fazer uma série de ameaças exageradas: ela vai assegurar que Hugo seja demitido, vai tirar Timothy do colégio e, com ele, as doações bondosas de que Turville tanto depende.

Jane Dockerill descruzou as pernas e cruzou para o outro lado.

— As escolas são lugares muitíssimo injustos, sabe. Há alguns garotos, aqueles cujos pais têm respeito devido à autoridade, que recebem ordens para enfiar as camisas dentro das calças, arrumar as gravatas, subir as meias, e nós damos essas ordens bem-intencionadas com a segurança de saber que nenhum familiar desses meninos vai aparecer no devido tempo para infernizar nossas vidas. Outros garotos, e infelizmente Timothy Lavington e Freddie Lay se encaixam nessa categoria, podem andar por aí com seus blazers rasgados e gravatas todas tortas, e nós damos um jeito de não notar. Deus nos livre de provocar um encontro evitável com pais da estirpe de Lenore Lavington!

— Madame, quem poderia ter colado o pacote que continha o vestido na parte de baixo da cama de Timothy Lavington? — perguntou Poirot.

— Quase qualquer pessoa. O próprio Timothy, embora eu saiba que ele não fez isso. O menino ficou tão surpreso quanto eu ao ver o embrulho. A mãe, irmã ou tia dele poderiam ter feito isso durante uma das visitas. Eu ou meu marido poderíamos ter colado o pacote. Eu não colei, é claro, e nem Hugo. — Ela riu. — Que ideia absurda! Hugo nunca teria, em mil anos, conseguido encontrar fita adesiva, mesmo que tivesse a brilhante ideia de colar um vestido no estrado de uma cama.

— Tem mais alguém? — indagou Poirot.

— Ah, sim — respondeu Jane Dockerill. — Como eu disse: quase todo mundo. Qualquer um dos garotos da nossa casa, qualquer menino de uma das outras casas que tenha entrado sorrateiramente quando o quarto de Timothy estava vazio. Qualquer professor. Qualquer pai.

Eu me ouvi suspirar. Poirot murmurou:

— Nenhum parâmetro.

— O senhor ficará contente em saber que podemos reduzi-lo — falou Jane Dockerill com um sorriso irônico. — Uma pessoa desconhecida em Turville não teria a menor chance de entrar sem ser parada e interrogada por completo. Como todas as comunidades, suspeitamos que todos os forasteiros desejam a nossa destruição e os expulsamos das dependências sempre que nos deparamos com eles. — Ela pareceu irritada com a nossa falta de reação. — Isso foi uma piada.

Obedientemente, porém tarde demais para agradá-la, Poirot, McCrodden e eu rimos.

— Então, poderia ter sido qualquer pessoa de dentro da comunidade escolar, incluindo o pai de um aluno? — sugeriu Poirot.

— Poderia, infelizmente.

— Alguma vez a senhora, nesta comunidade escolar ou associada a ela, encontrou um homem chamado John McCrodden?

Diante da menção ao nome do filho, Rowland McCrodden se contorceu ligeiramente.

— Não — disse Jane Dockerill. A negação parecia genuína.

— A família de Timothy Lavington... Ele visitou o menino na escola desde que Barnabas Pandy morreu, e desde o dia em que a senhora verificou debaixo da cama quatro semanas atrás, quando não havia nenhum pacote colado lá?

— Sim. Lenore, Annabel e a irmã de Timothy, Ivy, estiveram em Turville há duas semanas. Qualquer uma delas poderia ter colado o pacote durante a visita.

— Quando madame Sylvia Lay foi pela última vez à escola? — indagou Poirot.

— Na semana passada — falou Mrs. Dockerill. — Com Mildred e o noivo, Eustace.

— A senhora coloca Freddie na categoria de "meninos que não recebem ordens" — falei. — Isso significa que Sylvia Lay é tão temida quanto Lenore Lavington?

— Sylvia é insuportável — respondeu Jane Dockerill. — Devo explicar que, tendo vivido e trabalhado em Turville por tanto tempo, eu considero que aproximadamente dois terços dos pais são insuportáveis, de muitas maneiras diferentes. Geralmente são muito mais difíceis que os próprios meninos. Freddie Lay, filho de Sylvia, é um doce. A boa índole deve vir do pai.

— Ele é um garoto solitário, não é? — disse Poirot.

— Freddie não é popular — falou Jane Dockerill com um suspiro.

— Ele é sensível, complicado, tranquilo, não é de status social alto. E Freddie sente as coisas muito profundamente. É o oposto de Timothy Lavington. Timothy não quer nada com garotos como Freddie. Seus amigos são todos como ele: meninos exibidos, barulhentos e cheios de confiança. O patamar mais alto da escala social de Turville. Partia meu coração ver Freddie sozinho o tempo todo, então decidi que se aqueles garotos estúpidos não queriam ser amigos dele, eu seria. E sou. — Ela sorriu. — Freddie se tornou meu pequeno ajudante dentro da casa. Eu não sei o que faria sem ele. Todo mundo em Turville agora já sabe: quem perseguir Freddie, vai ter de lidar comigo.

— Ele sofreu perseguição? — perguntei. — Não por parte de Timothy Lavington, suponho?

— Não, nunca da parte de Timothy, mas de muitos outros. — Jane Dockerill parecia zangada, de repente. — É muitíssimo injusto. Freddie é muito mal visto pelos outros. Por causa da mãe. Há rumores sobre Sylvia Lay, entende? Que ela, hã, ganha a vida de uma maneira que é tanto imoral quanto ilegal. Não creio nem um pouquinho nessas histórias chocantes.

— Entendo. Madame Dockerill, posso lhe perguntar sobre a Feira de Natal de sete de dezembro? Freddie Lay estava lá, sim? Com a mãe, irmã e Eustace?

— Sim, estavam todos lá.

— E Timothy Lavington, e a senhora e seu marido?

— Claro. Eu estava correndo para cima e para baixo o dia inteiro como uma maluca.

— Das pessoas que listei, a senhora pode ter certeza de que alguma delas esteve na feira o dia todo, desde o começo até o encerramento?

— Como acabei de dizer, estavam todos lá — respondeu Jane Dockerill.

— A senhora observou todos eles, com os próprios olhos, a cada segundo do dia?

Ela pareceu surpresa.

— Não. Como poderia? Eu estava desesperadamente ocupada.

— Então, me perdoe, madame, mas como a senhora sabe que eles estavam lá o dia inteiro?

— Bem, todos com certeza estavam no jantar à noite. E eu os vi de vez em quando ao longo do dia. Onde mais eles teriam...? — Ela parou abruptamente. — Ah. Entendo o que quer dizer. O senhor está se perguntando se um deles pode ter saído de mansinho para matar Barnabas Pandy e depois voltado da mesma forma?

— É possível? — indagou Poirot.

— Creio que sim, se o senhor estiver querendo dizer que... Sim, é possível. Qualquer um deles poderia ter se ausentado pelo tempo necessário. A pessoa precisaria de um meio de transporte para chegar à Mansão Combingham, é claro.

Depois de se esquivar com sucesso das perguntas dela sobre os próximos passos que planejava, Poirot agradeceu a Jane Dockerill, e ela foi embora.

— Ela tem um apego doentio ao menino Lay — comentou Rowland McCrodden, depois que Mrs. Dockerill foi embora.

— Não vejo dessa forma — falei para ele. — Mrs. Dockerill se sente protetora em relação a um garoto solitário; é como eu descreveria a situação.

— Eu ficaria surpreso se não houvesse tantos rumores sobre Mrs. Dockerill e o jovem Freddie Lay quanto boatos sobre Sylvia Lay ser uma dama da noite — disse McCrodden.

— Catchpool, quando você visitar o Colégio Turville, tente ouvir o maior número possível desses rumores — pediu Poirot.

— Os garotos dificilmente dirão qualquer coisa inconveniente na presença de um inspetor da Scotland Yard — falei. — Ou eu devo me disfarçar de estudante?

— Você dará um jeito, Catchpool.

Poirot passou os dedos pelo tecido viscoso do vestido azul e depois pegou um lenço para limpar a mão.

— O vestido de *mademoiselle* Treadway — murmurou ele. — O que significa? Será que as três mulheres da Mansão Combingham mentiram para mim e Kingsbury também? Que todos eles sabem que Annabel Treadway assassinou *monsieur* Pandy e procuram esconder a verdade? Ou... — Poirot se virou para mim.

— Ou — falei seguindo a deixa — alguém está tentando incriminar Annabel Treadway?

— *Exactement!* Se o objetivo fosse proteger *mademoiselle* Annabel, o plano mais sensato seria ter lavado e secado o vestido imediatamente.

— E se traços de azeite de oliva ainda puderem ser detectados mesmo depois da lavagem? — perguntei. — Talvez o vestido tivesse que desaparecer para que ninguém jamais fizesse a pergunta: "Por que há azeite de oliva nesse vestido?"

— *Mes amis* — disse Poirot disse —, encontramos Jane Dockerill apenas uma vez. Annabel Treadway já a encontrou várias vezes, nas visitas a Timothy na escola. Será que ela não presumiria que a *madame* Dockerill verificaria meticulosamente todos os dormitórios do internato? Mesmo tendo encontrado Jane Dockerill apenas uma vez, era isso que eu presumiria. Deve haver centenas de camas em Turville. Por que não escolher uma que pertence a um estranho?

— Então, o senhor acha que é mais provável que o vestido escondido embaixo da cama de Timothy seja mais uma tentativa de incriminar Miss Treadway do que uma prova de sua culpa? — indagou McCrodden.

— Eu ainda não sei o suficiente... — começou a dizer Poirot, pensativo. — Observe que o vestido está igualmente úmido por inteiro. A roupa de *mademoiselle* Annabel, se tivesse afogasse o avô, não estaria assim. Os braços teriam ficado molhados, mas a barra do vestido? A parte de trás? *Non.* Esses lugares estariam muito mais secos, talvez nem sequer tivessem tocado na água. E no entanto, se no momento de embrulhá-lo em celofane os braços estivessem encharcados, enquanto outras partes do vestido estivessem secas, a água poderia ter escorrido e molhado o vestido completamente.

— Podemos inventar quantas teorias quisermos, Poirot, mas não sabemos nada — falou McCrodden, cansado. — As possibilidades são muitas. Mesmo relutante em admitir a derrota...

— O senhor acha que devemos desistir? — perguntou Poirot. — Não, não, meu amigo. O senhor está completamente errado. Na verdade, existem muitas possibilidades, mas estamos muito mais próximos agora da verdade!

— Estamos? — falei. — Como? Por quê?

— Catchpool, você não vê o que é evidente agora?

Eu, não. Nem Rowland McCrodden.

Poirot riu de nós dois, em nossa ignorância.

— Graças a este vestido, estou confiante de que em breve terei todas as respostas. Eu não as tenho ainda, mas terei. Pretendo propor um desafio para mim mesmo e me dar um prazo. Vamos ver se Hercule Poirot consegue vencer o relógio!

— O que você quer dizer? — indaguei a ele.

Poirot riu novamente.

— Fico abismado que nenhum de vocês veja o que eu vejo. Uma pena, mas não importa. Em breve, vou explicar. *Alors, maintenant,* é hora de eu compor quatro cartas, para serem enviadas para Sylvia Lay, Annabel Treadway, John McCrodden e Hugo Dockerill. E desta vez, elas virão do punho do verdadeiro Hercule Poirot!

O TERCEIRO PEDAÇO

Capítulo 20
....
As cartas chegam

Eustace Campbell-Brown estava reclinado na sala de estar da casa geminada da noiva Mildred, em Londres, quando a mãe dela entrou correndo na sala, segurando com as pontas dos dedos uma carta e um envelope rasgado, como se tocá-los de maneira mais completa pudesse contaminá-la. Sylvia Lay conteve um gritinho de horror ao ver o futuro genro, embora já o tivesse visto muitas vezes antes, sentado exatamente naquela posição: com um cigarro na mão e um livro na outra.

— Bom dia — disse Eustace. Ele não achou que arrumaria problemas ao dizer algo tão simples.

— Onde está Mildred?

— Lá em cima, se vestindo. Vou levá-la para sair. — Ele sorriu.

Sylvia Lay olhou para Eustace por um longo tempo. Então falou:

— Quanto você quer?

— Perdão?

— Para deixar Mildred em paz e desaparecer para sempre. Deve haver uma quantia de dinheiro que seja capaz de tentá-lo.

Eustace colocou o cigarro no cinzeiro da mesa ao lado e largou o livro. Então, pensou consigo mesmo, a situação havia enfim chegado àquele ponto, apesar de todos os esforços para conquistar a estima da futura sogra.

Era hora, finalmente, de parar de tentar — de deixar de ser educado e encantador e de dizer o que ele queria falar pelo menos uma vez.

— Finalmente, um incentivo de dinheiro — disse Eustace. — Eu vinha me perguntado quanto tempo você levaria. Pense bem, você poderia ter feito uma oferta para mim nesta época no ano passado e eu estaria fora da sua vida há muito tempo.

— Então... existe um valor...?

— Não, Sylvia, não existe. Eu estava brincando com você. O fato é que eu amo Mildred e ela me ama. Quanto mais cedo você se acostumar com isso, mais feliz será.

— Ah, você é um homem vil e nojento!

— Eu não acho que seja — disse Eustace em tom moderado. — Nem Mildred. Já considerou, Sylvia, que você pode ser a pessoa horrível? Você é, afinal de contas, uma assassina. Mildred pode não saber a verdade sobre você, mas eu sei. Não se preocupe, porque não tenho vontade de angustiá-la dizendo o que sei. Mas será que há alguma chance de você me deixar em paz por um tempo? Em troca de manter seu segredo, quero dizer.

— Você é um mentiroso! — O rosto de Sylvia Lay ficou branco. Ela se sentou em uma poltrona.

— Não, não sou — falou Eustace. — Se não fosse verdade, você estaria dizendo: "O que você quer dizer?" e "Sobre o que você está falando?" Mas você sabe perfeitamente bem do que estou falando.

Naquele momento, Mildred Lay apareceu na sala de estar com a expressão vazia que sempre usava na companhia da mãe e do noivo. Ela não perguntou por que Sylvia parecia tão pálida, nem por que Eustace brilhava com uma energia nova e estranha, que Mildred nunca tinha visto nele até então. Ela sabia que algo importante provavelmente havia acontecido em sua ausência e esperava evitar descobrir o que era. Mildred havia decidido recentemente que era melhor não saber nada sobre o que se passava entre Sylvia e Eustace e não perguntar sobre a aversão de sua mãe pelo homem que ela amava mais do que qualquer outra coisa.

Mildred notou a carta e o envelope rasgado que a mãe estava segurando.

— O que é isso? — perguntou ela. Se a mãe estava chateada com alguma coisa que não fosse Eustace, então Mildred estava interessada em saber o que era.

— É outra carta de Hercule Poirot — respondeu Sylvia Lay.

— Ele está acusando você de assassinato de novo? — zombou Eustace.

Sylvia passou a carta para Mildred.

— Leia em voz alta — disse ela. — A carta menciona você. E *ele*.

— "Cara madame Lay" — leu Mildred. — "É de vital importância que a senhora participe de uma reunião na Mansão Combingham, lar do falecido Barnabas Pandy, no dia 24 de fevereiro, às duas horas da tarde. Eu estarei presente, assim como o Inspetor Edward Catchpool da Scotland Yard. Outros estarão presentes também. O mistério da morte de Barnabas Pandy, no qual somos todos partes interessadas, será resolvido e um assassino será preso. Por favor, estenda este mesmo convite para sua filha Mildred e para o noivo dela, Eustace. É importante que eles também participem. Sinceramente, Hercule Poirot."

— Suponho que não tenhamos como saber se a carta veio do verdadeiro Hercule Poirot desta vez? — falou Eustace.

— O que devemos fazer? — perguntou Mildred. — Devemos ir? Ou ignorar a carta?

Ela esperava que a mãe e Eustace concordassem, pelo menos uma vez, sobre a atitude a ser tomada. Se os dois discordassem, Mildred sabia que a mente congelaria e não conseguiria entender mais nada.

— Eu não tenho intenção de ir — disse Sylvia Lay.

— Temos que ir — falou Eustace. — Todos nós. Você não quer saber quem é esse assassino, Sylvia? *Eu* quero.

John McCrodden tocou o braço da mulher na cama dele. Não conseguia lembrar o nome dela; talvez fosse Annie ou Aggie. A mulher estava deitada de bruços, com o rosto virado para o outro lado.

— Acorde. Acorde, vai?

— Estou acordada. — Ela rolou o corpo para cima dando um bocejo.

— Sorte sua. Eu não gosto de ser acordada quando é meu dia de folga. No entanto, sendo você...

A mulher sorriu e estendeu o braço para tocar o rosto de John, mas ele empurrou a mão dela.

— Não estou no clima. Desculpe. Olha só, eu tenho coisas para fazer, então é melhor você ir embora.

Uma carta estranha havia chegado e ele queria lê-la de novo, com mais cuidado. John McCrodden não conseguia se concentrar com a mulher ali.

Ela se sentou e se cobriu com o lençol.

— Bem, você é encantador, não é? É assim que trata todas as garotas?

— Na verdade, é. Minha intenção nunca é prejudica-las, mas elas sempre me levam a mal. Sem dúvida você também vai.

— Presumo que você vai prometer sair comigo novamente, o mais rápido possível, e então eu nunca mais vou ouvir falar de você — disse a mulher ressentida, com lágrimas nos cantos dos olhos.

— Não. Eu não prometo nada. E não quero sair com você para lugar algum. Eu gostei da noite passada, mas foi apenas isso: uma noite. Você não vai me ver de novo, a menos que por acaso. Pode gritar comigo ao sair, se isso lhe fizer se sentir melhor.

Assim que John McCrodden disse isso, ela saiu do quarto dele em segundos. A mulher sem dúvida o acharia insensível, mas estaria errada. O cruel seria permitir que ela nutrisse esperanças. Quando era muito mais jovem, John conheceu uma mulher e soube em instantes que ali estava uma pessoa que ele poderia amar para sempre. John não se sentiu assim em relação a mais ninguém antes ou depois. Tampouco havia falado do sentimento para uma única alma, pois tinha sido forte demais para descrever e, de qualquer forma, ninguém teria acreditado que algo assim seria possível se não tivesse caído pessoalmente num abismo semelhante de saudade. Os humanos, via de regra, estavam determinados a não acreditar nas experiências de ninguém além das próprias.

John se vestiu e levou a carta estranha até a cadeira perto da janela. Leu mais uma vez, sacudindo a cabeça. Em vez de decidir que as quatro acusações enviadas em nome dele não eram mais do que uma brincadeira e resolver não pensar mais nelas, Hercule Poirot evidentemente atribuíra a si mesmo a responsabilidade de resolver esse assassinato.

Será que alguém estava pagando para que ele realizasse a tarefa? John duvidava disso. Assim como Annie ou Aggie ou qualquer que fosse o nome dela, Poirot havia decidido tornar a vida mais difícil e complicada do que precisava ser. O detetive agora tinha enviado cartas convidando para uma "reunião" sobre a morte de Barnabas Pandy para John e, sem dúvida, para muitas outras pessoas. Para piorar a situação, a mensagem destinada a John continha a frase indesejada: "Outros também estarão presentes, incluindo seu pai, Rowland McCrodden."

John não era bobo. Ele já sabia há algum tempo que havia difamado injustamente tanto o pai quanto Hercule Poirot. John agora acreditava que nenhum dos dois era responsável pela carta em que fora acusado de assassinar Barnabas Pandy. Desculpas eram devidas; não havia como fugir disso, mas não havia nada que John odiasse mais do que admitir seus erros, especialmente para dois homens cujo trabalho às vezes levava a colocar o nó da forca no pescoço das pessoas.

"Eu irei à reunião de Poirot", pensou ele. "Isso terá que servir como pedido de desculpas. E talvez eu descubra quem me enviou essa carta."

John escreveu um bilhetinho para Poirot dizendo que estaria na Mansão Combingham no dia 24 de fevereiro, conforme as instruções. Colocou em um envelope, que estava prestes a selar quando se lembrou de Catalina.

Ah, Catalina, a amante espanhola. Essa sim era uma mulher sensata e perspicaz. Muitíssimo atraente também. Ela deixava John ir e vir como quisesse, sem jamais pressionar ou chorar por causa dele. Catalina gostava da companhia de John, mas conseguia se virar perfeitamente bem sem ele, assim como ele se virava sem ela. John não tinha conhecido muitas pessoas, tanto homens quanto mulheres, que achasse que fossem iguais a ele, mas Catalina com certeza era: uma mulher brilhante e, agora, um álibi brilhante. Boa e velha Catalina!

John foi até a cama e enfiou a mão embaixo para pegar o pacote de cartas de Catalina que ele guardava ali. A maioria delas era sobre o Rei Alfonso XIII e a precariedade do poder do General Miguel Primo de Rivera. Catalina era uma republicana dedicada. John sorriu. Ele não se importava com política. Sempre achou que o que as pessoas alegavam defender significava muito pouco e não dizia nada sobre o verdadeiro caráter delas. Era como julgar uma pessoa por sua escolha de meias ou lenços.

Ele selecionou a carta de Catalina datada de 21 de dezembro de 1929 e a inseriu no envelope que enviaria a Poirot. John pegou o bilhete que acabara de escrever e acrescentou, sob a assinatura, as palavras: "Álibi para o dia sete de dezembro em anexo."

— Ó, céus — exclamou Annabel Treadway. — Hoppy, o que devo fazer? Uma reunião aqui? Hercule Poirot não diz quantas pessoas ele convidou. Lenore ficará furiosa. Teremos que pensar sobre o serviço de bufê, e eu não estou com a menor cabeça para isso, nem mesmo para falar com Kingsbury ou o cozinheiro sobre o problema. Mas... ah, Deus. Eu vou ter que contar para Lenore, e... olha, ele diz que um assassino será preso. Ó, céus!

Hopscotch levantou a cabeça do colo de Annabel e lançou um olhar inquisidor para a dona. Os dois estavam na sala de estar da Mansão Combingham, tendo voltado recentemente de um jogo de bola no campo. Hopscotch olhou Annabel esperançosamente, tentando descobrir se a última exclamação da dona poderia significar que ela logo estaria pronta para correr de volta para fora da casa e brincar um pouco mais.

— Estou com medo — disse Annabel. — Estou tão assustada. Com tudo, exceto com você, querido Hoppy.

O cachorro rolou, querendo uma coçadinha na barriga.

— E se Lenore proibir Poirot de realizar a reunião aqui?

Ao falar estas palavras, Annabel foi atingida por uma percepção súbita e poderosa.

— Ah! — suspirou ela de susto. — Mesmo que Lenore proíba, a verdade será revelada. Não há como impedir, não agora que Hercule Poirot está envolvido. Ah, Hoppy, se não fosse por você...

Annabel Treadway deixou a frase inacabada, não querendo assustar o cachorro dizendo o que faria se não relutasse tanto em deixá-lo sozinho no mundo. Lenore não se importava com Hopscotch. Ivy dizia se importar, mas não amava o cachorro como Annabel, como se ele fosse um membro da família — o que ele certamente era. Skittle também tinha sido. "Um dia", pensou Annabel, "o mundo será um lugar mais esclarecido e trataremos os cães da mesma forma que tratamos as pessoas. Ah, mas... eu sou uma hipócrita terrível!" Ela começou a chorar.

Hopscotch rolou e colocou a pata na mão da dona de um jeito consolador, mas Annabel continuou seu pranto.

— Olhe isso, Jane. — Hugo Dockerill tentou passar para a esposa a carta que ele havia acabado de abrir. — Aquele trapaceiro está fingindo ser Poirot novamente. Acho que devo contar a ele... Poirot, quero dizer.

Jane equilibrou uma grande pilha de roupa lavada no braço do sofá mais próximo e tirou o papel da mão do marido. Ela leu em voz alta:

— "Caro *monsieur* Dockerill, é de vital importância que o senhor e sua esposa Jane participem de uma reunião na Mansão Combingham... — Ela leu o resto das palavras em um murmúrio quase silencioso. Olhando para Hugo, Jane disse: — Por que você acha que isso não é proveniente do verdadeiro Poirot?

Ele franziu a testa.

— Você acha que pode ser?

— Sim. Olhe a assinatura. É bem diferente da outra carta. *Bem* diferente. Tendo conhecido Poirot, eu diria que esta poderia ser a caligrafia dele: muito elegante, com alguns toques extravagantes aqui e ali.

— Puxa vida — disse Hugo. — Eu me pergunto por que ele quer que a gente vá para a Mansão Combingham?

— Você leu a carta?

— Sim. Duas vezes.

— A carta explica por que Poirot quer que a gente vá.

— Você acha que ele chegou ao xis da questão, então? Quem mais você acha que Poirot convidou?

— Eu imagino que as outras três pessoas que foram acusadas no primeiro lote de cartas estarão lá — respondeu Jane.

— Sim, isso faria sentido. O que você acha, minha querida? Devemos ir?

— O que você acha, Hugo? Você quer ir?

— Bem, eu... quero dizer... pensei que você poderia ter uma opinião sobre isso, meu amor. Quero dizer... é difícil saber. Eu estou... nós estamos ocupados nesse dia?

Jane riu carinhosamente e deu o braço ao marido.

— Estou te provocando. Estamos ocupados todos os dias, ou pelo menos eu estou, mas é claro que precisamos ir. Quero saber o que o grande Hercule Poirot descobriu e quem é esse assassino. Mas gostaria que não tivéssemos que esperar quase uma semana. Queria saber *imediatamente* o que ele pretende nos dizer.

Capítulo 21
....
O Dia das Máquinas de Escrever

O Dia das Máquinas de Escrever, como sempre o chamarei, acabou sendo mais interessante do que eu esperava. Por um lado, provou que Poirot estava certo: é de fato um bom teste de personalidade colocar várias pessoas exatamente na mesma situação e examinar a diferença de reações. Eu estava fazendo uma lista enquanto investigava e temia o momento em que teria que mostrá-la a Poirot e ouvir como a lista dele teria sido muito superior. A minha foi a seguinte:

Sede da Donaldson & McCrodden Advogados
Stanley Donaldson me permitiu testar a máquina de escrever dele. A letra "e" não estava com defeito. (Donaldson também confirmou que Rowland Forca esteve com ele durante todo o sábado, sete de dezembro, primeiro no Clube Athenaeum e depois no Teatro Palace.) Nenhuma das máquinas de escrever que encontrei na firma de advocacia era a que procurávamos. Testei todas elas, e a seguir Miss Esmeralda Mason insistiu em testá-las novamente apenas para garantir.

Casa de Sylvia e Mildred Lay
Havia uma única máquina de escrever na casa. Mrs. Lay tentou me impedir de entrar e disse que eu não tinha o direito de invadir sua privacidade e persegui-la quando ela não tinha feito nada de errado, mas eis que a filha Mildred persuadiu a mãe

a cooperar. Eu testei a máquina de escrever e a letra "e" estava perfeitamente normal.

Eustace Campbell-Brown
Finalmente sabemos o sobrenome dele! Mildred me disse onde eu poderia encontrá-lo. Visitei Mr. Campbell-Brown na casa dele. O noivo de Mildred pareceu satisfeito em me ver na soleira da porta e foi solícito ao me deixar testar a máquina de escrever dele. Não era o modelo que procuramos. Quando eu estava saindo, Mr. Campbell-Brown disse: "Se eu quisesse enviar cartas acusando pessoas de assassinato, assinadas em nome de Hercule Poirot, a primeira coisa que eu faria seria verificar se a máquina que usei não tinha irregularidades que pudessem me identificar." Eu não soube bem como interpretar isso.

John McCrodden
John McCrodden me disse, de uma maneira rude e mal-humorada, que não possui uma máquina de escrever. A senhoria dele tem uma, mas ela me assegurou que McCrodden nunca a usou.

Peter Vout
Vout fez a gentileza de permitir que eu verificasse todas as máquinas de escrever na sede da firma dele e descobri que todas estavam em boas condições de funcionamento.

Todas as máquinas de escrever que não estão em Londres
Máquinas de escrever da Mansão Combingham — Poirot tentou verificá-las, mas foi impedido.
Máquinas de escrever do Colégio Turville — ainda precisam ser verificadas. (Eu irei amanhã.)
Vincent Lobb — será que ele possui uma máquina de escrever? Caso tenha, ela precisa ser verificada. Ainda não tive sorte em encontrar Lobb.

Capítulo 22

....

O quadrado amarelo solitário do bolo

— Bom dia, *monsieur* McCrodden. Está surpreso em me ver aqui, *non*?

John McCrodden ergueu os olhos e viu Hercule Poirot olhando do alto para ele, que estava sentado de pernas cruzadas no chão ao lado da barraca de feira, com um saco de pano cheio de moedas no colo. Não havia clientes por perto; a feira tinha acabado de abrir.

— O que você quer? — perguntou McCrodden. — Não recebeu a carta que lhe enviei?

— De uma mulher com o nome de Catalina? Sim, recebi.

— Então você também recebeu o bilhete no qual me comprometi a me apresentar na Mansão Combingham na data em que você me quer lá. Sendo assim, por que está aqui agora?

— Eu queria vê-lo antes de nosso encontro na Mansão Combingham, no qual outros estarão presentes. Gostaria de falar com o senhor em particular.

— Tenho clientes para atender.

— Não agora — disse Poirot com um sorriso educado. — Diga-me, quem é essa *mademoiselle* Catalina?

McCrodden torceu a cara.

— O que isso importa para você? Ela não é ninguém que você conheça. Se está sugerindo que Catalina não é real e eu inventei um álibi para mim, por que não vai para a Espanha e fala com ela pessoalmente? O endereço está em todas as cartas dela, incluindo a que eu lhe enviei.

Poirot tirou a carta do bolso.

— Esta carta é muitíssimo conveniente para o senhor — falou ele.

— Está datada de vinte e um de dezembro do ano passado e se refere a "catorze dias atrás" quando o senhor e *mademoiselle* Catalina estiveram juntos em... — Poirot olhou para o papel na mão — ... Ribadesella. Se o senhor estava em Ribadesella no dia sete de dezembro, não poderia estar na Mansão Combingham, afogando Barnabas Pandy.

— Fico contente por concordarmos com isso — disse McCrodden.

— Uma vez que nós concordamos, uma vez que nós dois sabemos que eu não poderia ter matado Pandy, você se importaria em explicar o interesse contínuo em mim? Por que devo participar de uma reunião na Mansão Combingham em vinte e quatro de fevereiro? E por que, visto que concordei em comparecer, você vem me incomodar no meu local de trabalho? Pode não ser o tipo de trabalho que impressiona pessoas como você e meu pai, mas é trabalho da mesma forma. É como eu ganho a vida, e você está me atrapalhando.

— Mas o senhor continua sem clientes — argumentou Poirot. — Eu não estou interrompendo nada.

McCrodden suspirou.

— Está devagar no momento, mas logo logo melhora — falou ele.

— E se isso não acontecer, farei outra coisa para ganhar um trocado. O que meu pai nunca entendeu sobre mim é que eu não me importo muito com o que faço. É só trabalho, e a vida é mais interessante se a pessoa experimenta algumas atividades diferentes. Tentei dizer a ele que é assim que encaro as coisas. É de se imaginar que meu pai não se importaria se eu mudasse de emprego a toda hora quando reprova cada trabalho que já tive, certo? Meu pai odiou quando eu fui mineiro, porque não queria que o filho sujasse as mãos cavando no penhasco como um plebeu, mas também não gostou quando eu trabalhei no lado limpo. Não gostava que eu fizesse e vendesse os enfeites, não gostava que eu trabalhasse em uma fazenda e não gosta que eu trabalhe aqui na feira. No entanto, meu pai reclama quando eu mudo de emprego porque ele só aprova as pessoas que se atêm aos bens materiais.

— *Monsieur*, eu não estou aqui para falar sobre seu pai.

— Responda uma coisa, Poirot. — John McCrodden ficou de pé num pulo. — Você aprova essa forma legalizada de assassinato que temos em nosso país? Porque, no que me diz respeito, você não é melhor do que um assassino se for a favor de matar aqueles que cometeram crimes, mesmo os mais graves.

Poirot olhou em volta. A feira começava a ficar cheia de pessoas e barulho. Ainda assim, ninguém se aproximou da barraca de John McCrodden.

— Se eu responder à sua pergunta, o senhor responderá a uma das minhas? — perguntou ele.

— Responderei.

— *Bien*. Acredito que a perda de uma vida, por qualquer motivo, seja uma tragédia. No entanto, quando o mais hediondo dos crimes foi cometido, não é apropriado que o criminoso sofra a mais severa das punições? A justiça não exige isso?

McCrodden sacudiu a cabeça.

— Você é igualzinho ao meu pai. Professa se preocupar com a justiça, embora não tenha a menor ideia do que isso significa.

— Agora é a minha vez de fazer a pergunta — falou Poirot. — Pense com cuidado, por favor, antes de responder. O senhor me disse que não conhecia Barnabas Pandy.

— Eu nunca sequer tinha ouvido o nome dele até a sua... até essa carta chegar.

— Ouça esses nomes e me diga se conhece algum deles: Lenore Lavington, Ivy Lavington, Timothy Lavington.

McCrodden sacudiu a cabeça.

— Nunca ouvi falar de nenhum Lavington — disse ele.

— Sylvia Lay, Freddie Lay, Mildred Lay.

— Eu ouvi o nome Sylvia Lay, mas só de você — falou McCrodden.

— Ou melhor, do homem que trabalha para você. Não se lembra? Você mandou que ele entrasse na sala e me dissesse que Mrs. Lay também recebeu uma carta em seu nome, acusando-a de assassinato.

— *Oui, monsieur*, eu lembro.

— Então, por que me perguntar se você sabe que eu conheço o nome? É algum tipo de teste?

— E quanto a Mildred Lay e Freddie Lay? — indagou Poirot.

— Concordei em responder a uma pergunta — salientou McCrodden.

— Você já esgotou a sua cota, parceiro.

— *Monsieur* McCrodden, eu não lhe entendo. O senhor parece ser contra ceifar uma vida quando isso é feito pela lei. O senhor também não é contra que vidas sejam tiradas por assassinos ilegais?

— Claro que sou.

— Então acredite em mim quando digo que estou tentando capturar uma pessoa dessa estirpe: um assassino meticuloso e cuidadoso, movido não pela paixão, mas pela maquinação. Por que o senhor não quer me ajudar?

— Você fala como se tivesse descoberto quem matou esse tal Pandy. Isso procede?

Poirot não tinha descoberto. Tudo o que ele sabia era que havia um assassino a ser capturado: uma pessoa perigosa e má que precisava ser detida. Poirot nunca antes havia anunciado antecipadamente uma data em que revelaria fatos de tamanha importância *que ele ainda não conhecia*. Por que, então, Poirot escolheu fazer isso no caso de Barnabas Pandy? Ele não tinha certeza de que sabia a resposta. Ele se perguntou se poderia ser um tipo estranho de oração, disfarçado de um desafio excitante e assustador.

Evitando a pergunta de John McCrodden, Poirot disse:

— Ainda estou esperando por uma resposta sua.

McCrodden praguejou baixinho e falou:

— Não, eu nunca ouvi falar de Mildred Lay ou Freddie Lay.

— E Annabel Treadway, ou Hugo e Jane Dockerill? Ou Eustace Campbell-Brown?

— Não. Nenhum desses nomes significa nada para mim. Deveriam?

— Não necessariamente, não. O senhor conhece o Colégio Turville?

— Já ouvi falar dele, é óbvio.

— Mas não tem ligação pessoal com o lugar.

— Não. Meu pai me mandou primeiro para Eton e depois para Rugby. Fui expulso de ambos.

— Obrigado, *monsieur* McCrodden. Parece que o senhor é realmente o quadrado amarelo solitário do bolo, sozinho na borda do prato. Mas *por quê*? Essa é a pergunta: por quê?

— Bolo? — rosnou John McCrodden. — Nada do que aconteceu recentemente faz sentido para mim. É por isso que não vou me dar ao trabalho de perguntar o que tenho em comum com um pedaço de bolo! Tenho certeza de que não entenderia, mesmo que você me contasse.

Capítulo 23

Com intenção de prejudicar

Ao partir para o Colégio Turville dois dias depois, na esperança de conversar com Timothy Lavington e examinar todas as máquinas de escrever disponíveis, não pude deixar de sentir que estava sendo tratado injustamente. Poirot também estava viajando, e eu gostaria de ter trocado de lugar com ele. Poirot estava a caminho de Llanidloes, no País de Gales, para conversar com uma mulher chamada Deborah Dakin. Nós havíamos descoberto no dia anterior através de um dos misteriosos "ajudantes" de Poirot que Vincent Lobb morrera treze anos antes. Mrs. Dakin, viúva do filho mais velho de Lobb, era a única sobrevivente da família.

Eu gostaria de ter ido com Poirot para falar com ela. Em vez disso, com o tempo nos escapando e com o prazo de 24 de fevereiro desnecessariamente autoimposto por Poirot se aproximando, eu fui designado para a viagem a Turville.

Não gostei da perspectiva de me aventurar dentro de um internato de meninos. Eu frequentei uma escola dessas e, apesar da educação que recebi, não desejaria a ninguém aquela experiência.

Eu me senti um pouco mais à vontade quando entrei na Casa Coode, o pensionato administrado por Hugo e Jane Dockerill. Era grande e larga, com a fachada lisa e uma distribuição simétrica de janelas como uma enorme casa de bonecas. Lá dentro, o ambiente estava quente, limpo e arrumado de forma geral, embora, enquanto eu esperava para ser conduzido ao gabinete de Hugo Dockerill, tenha avistado uma pilha de livros e outra de papéis que haviam sido abandonados no chão, perto da porta da frente. Bilhetes se acumulavam em cima das pilhas: "Hugo, por favor, retire isso daqui" e "Hugo, por favor, encontre um lugar apropriado para isso". Ambos estavam assinados "J".

Um menino baixinho e de óculos apareceu, o terceiro que me ajudava até o momento. Este, como os dois anteriores, usava o uniforme completo de Turville: blazer castanho-avermelhado, calças cinza-escuro, gravata listrada castanho-avermelhada e amarela.

— Devo levá-lo ao gabinete de Mr. Dockerill — disse ele.

Eu agradeci e segui o menino, passando pelo pé da escada até um amplo corredor. Viramos várias quinas até ele parar e bater em uma porta.

— Entre! — chamou do cômodo a voz de um homem.

Meu pequeno guia entrou, murmurou alguma coisa sobre um visitante, depois fugiu como se temesse que houvesse repercussões por ter me apresentado ao gabinete. O homem, quase sem cabelos e com um sorrisão no rosto, se aproximou de mim com a mão estendida.

— Inspetor Catchpool! — exclamou calorosamente. — Sou Hugo Dockerill, e esta é minha esposa Jane, que eu soube que o senhor já conheceu. Bem-vindo à Casa Coode! Nós gostamos de pensar que este é o melhor de todos os pensionatos, mas é claro que somos suspeitos.

— É o melhor — disse Jane Dockerill com naturalidade. — Olá novamente, inspetor Catchpool.

Ela estava sentada em uma poltrona de couro no canto do cômodo. Livros cobriam todas as paredes de cima a baixo, e havia muitas pilhas deles no chão. Provavelmente era para aquele cômodo que as pilhas esquecidas perto da porta da frente da Casa Coode acabariam sendo transferidas com o tempo.

Na esquerda de Jane Dockerill, num sofá de espaldar alto, estava sentado um menino de cabelos escuros cobrindo os grandes olhos castanhos. Era um personagem de aparência estranha: um menino alto cujos olhos, cabelo e estrutura óssea sugeriam certa beleza, mas cuja parte inferior do rosto tinha um aspecto mal-ajambrado. Ele tinha uma expressão aguerrida e a postura de alguém que esperava levar bronca ou ser castigado.

— Bom dia, Mrs. Dockerill — falei. — Prazer em conhecê-lo, Mr. Dockerill. Obrigado por me encaixar em seu dia atarefado.

— Ah, estamos felizes em recebê-lo. Encantados! — proclamou o dono da casa.

— E este é Timothy Lavington, o bisneto do falecido Barnabas Pandy — disse a esposa dele.

— É verdade que o senhor acredita que o Vô foi assassinado? — perguntou Timothy sem olhar para mim.

— Timothy... — Havia um tom de alerta na voz de Jane Dockerill. Ela evidentemente temia que a pergunta pudesse ser o prelúdio de alguma impertinência da parte de Timothy.

— Não há problema algum — falei para ela. — Timothy, quero que se sinta à vontade para me perguntar quaisquer questões que lhe venham à mente. Essa situação deve ser horrível para você.

— Eu a descreveria como mais frustrante que horrível — disse o garoto. — Se foi assassinato e não um acidente, agora seria tarde demais para pegar quem cometeu?

— Não.

— Ótimo — falou Timothy.

— Mas acho que é muito improvável que Mr. Pandy tenha sido assassinado. Tente não se preocupar.

— Não estou preocupado. E, ao contrário do senhor, eu *não* acho que seja improvável — disse ele.

— Timothy — alertou Jane Dockerill outra vez, obviamente sabendo que a impertinência era agora inevitável

O garoto gesticulou na direção dela sem olhar para Jane Dockerill e falou para mim:

— Como o senhor pode ver, estou impedido de falar livremente pela vontade de Mrs. Dockerill. Ela quer que eu diga apenas o tipo de coisa que os adultos acham que garotos da minha idade *deveriam* dizer.

— Por que você não acha improvável que seu bisavô tenha sido assassinado? — perguntei para ele.

— Por vários motivos. A minha mãe, a tia Annabel e Ivy deveriam vir para a Feira de Natal no dia em que o Vô morreu. Elas cancelaram em cima da hora e não conseguiram explicar o motivo, ao menos não de forma convincente. Alguma coisa deve ter acontecido em casa, algo que todas decidiram não me contar. Seja lá o que for, essa tal coisa poderia ter levado uma delas a matar o Vô. Mesmo a mulher mais fraca poderia, sem fazer esforço, tê-lo empurrado para baixo d'água e o mantido ali. Fisicamente, ele era mais fraco que uma aranha.

— Continue — falei.

— Bem, a seguir alguém escondeu um vestido da minha tia Annabel embaixo da minha cama aqui. Um vestido *encharcado*. E o Vô morreu enquanto estava no banho. Isso é extremamente suspeito, o senhor não acha, inspetor?

— É sem dúvida uma coisa que exige uma explicação — falei.

— Eu que o diga! E as cartas que foram enviadas, acusando quatro pessoas de matarem o Vô? Uma delas foi enviada para a tia Annabel.

— Talvez não devêssemos ter contado a Timothy tantos detalhes — disse Jane Dockerill com pesar.

— Ivy teria me dito, se a senhora não tivesse contado — falou Timothy. — Ah, Ivy não teria matado o Vô, inspetor. O senhor pode riscá-la na sua lista. E Kingsbury... Definitivamente não foi ele.

— Você está sugerindo que sua mãe ou sua tia poderiam ter feito isso? — perguntei.

— Uma delas deve ter matado o Vô, creio eu. Ambas estão cheias de dinheiro agora que ele está morto.

— Timothy! — exclamou Jane Dockerill.

— Mrs. Dockerill, tenho certeza de que o inspetor quer que eu diga a verdade, não é, inspetor? Sou capaz de ver minha mãe matando alguém que a tenha traído. Ela gosta de estar no comando de tudo. A tia Annabel é exatamente o oposto, mas é uma mulher estranha, então quem sabe o que ela é capaz de fazer?

— Estranha em que sentido? — indaguei.

— É difícil descrever. É como se... Mesmo quando a tia Annabel está no seu momento mais feliz, dá para imaginar que ela possa estar fingindo. É um pouco como se... — Timothy assentiu para si mesmo, como se estivesse contente com a ideia que acabara de lhe ocorrer. — O senhor já conheceu alguém cuja pele é gelada, mesmo quando a pessoa está sentada em frente a uma lareira dentro de uma sala quente e sufocante? Se o senhor substituir sentimentos por temperatura corporal, eis a tia Annabel.

— Isso não faz muito sentido, Timothy — disse Jane Dockerill.

— Eu acho que entendo — falei para ela.

— Tem sido difícil para Timothy desde que o pai dele morreu há alguns anos, inspetor.

— Mrs. Dockerill está certa — disse Timothy. — Perder meu pai me deixou triste, mas isso não invalida meus pensamentos e observações sobre outros assuntos.

— Você também ficou triste por perder seu bisavô? — perguntei para ele.

— Em teoria, sim.

— O que você quer dizer?

— O fim de qualquer vida é triste, não é? — respondeu Timothy. — Eu definitivamente achei que era triste perder o Vô, mas ele era velho e nós não éramos próximos. O Vô não falava muito comigo. Era engraçado, na verdade: às vezes, em casa, ele me via chegando e fingia se lembrar de algo que exigia sua presença na direção oposta.

— Por que Mr. Pandy evitaria você? — indaguei, achando que sabia a resposta.

— O Vô achava que eu era difícil de lidar. E *sou* mesmo difícil de lidar. Mas ele também era, o que significava que o Vô preferia falar com a minha mãe, a tia Annabel, Ivy e Kingsbury. Todos se dobravam para ele.

— Isso não aborrecia você, que ele demonstrasse uma preferência pela sua irmã?

— Longe disso. Minha mãe prefere a mim, então fica elas por elas. Eu sou o garotinho precioso da mamãe, incapaz de cometer qualquer erro. Nossa família é dada a preferências. O Vô nunca gostou da tia Annabel como gostava da minha mãe, enquanto acho que *eu* gosto mais da tia Annabel. Ela é uma mulher muito mais agradável.

— Ora, vamos, Lavington — disse vagamente Hugo Dockerill.

— A gente não escolhe como se sente e em relação às pessoas, Mr. Dockerill. Não concorda, inspetor?

Eu não tinha intenção de tomar partido.

— Não pareça tão chocada, Mrs. Dockerill — falou Timothy. — A senhora gosta mais de Freddie Lay do que de todos os outros meninos da Casa Coode, e tenho certeza de que a senhora não consegue evitar, da mesma forma como não consigo evitar como me sinto.

— Isso não é verdade, Timothy — disse Jane Dockerill. — Eu trataria qualquer garoto que estivesse solitário exatamente como trato Freddie. E você precisa aprender a diferença entre sinceridade e dar voz a toda ideia que passa pela mente. A primeira é útil; a segunda, não. Acho que já você falou o suficiente por uma manhã. Por favor, pode voltar às aulas agora?

Assim que Timothy foi dispensado, eu perguntei sobre as máquinas de escrever. Hugo Dockerill disse:

— Sem dúvida, velho amigo. O senhor pode inspecionar a minha o quanto quiser. Ah... Eu me pergunto onde ela está. Jane, querida, você sabe por acaso?

— Infelizmente não, Hugo. Eu não vejo sua máquina de escrever há semanas. A última vez que vi, foi neste ambiente, mas ela não está aqui agora.

Tentei dar a impressão de que essa informação não era de grande interesse ou relevância.

— O senhor se lembra de mudar a máquina de lugar, Mr. Dockerill? — perguntei.

— Não. Não, infelizmente não. Eu não acho que *realmente* tenha mudado a máquina de lugar. No entanto, ela não está aqui. Que engraçado.

— Por que o senhor precisa ver a nossa máquina de escrever? — indagou a esposa.

Expliquei para Jane Dockerill sobre o "e" defeituoso nas quatro cartas e disse que, se possível, gostaria de examinar todas as máquinas de escrever do Colégio Turville.

— Era o que eu suspeitava — falou ela. — Inspetor, o senhor disse que sua visita aqui hoje *não* era de caráter oficial como policial.

— Isso é verdade.

— Então não há investigação por parte da Scotland Yard sobre o envio dessas quatro cartas?

— Não. Por enquanto, Poirot e eu estamos simplesmente bisbilhotando, com sua gentil permissão, para ver se conseguimos entender esse caso desconcertante.

— Eu entendo, inspetor, mas há uma diferença entre conversarmos por um momento, como acabamos de fazer, e permitir que o senhor teste todas as nossas máquinas de escrever. Não sei o que os pais dos meninos achariam sobre isso, ou o diretor. Creio que ele pode dizer que, na verdade, o senhor deveria dispor de um mandado, se é isso que deseja fazer.

A máquina de escrever desaparecida de Hugo Dockerill estava ficando mais intrigante a cada momento.

— Sinceramente, Mrs. Dockerill? A senhora está querendo proteger alguém?

Ela olhou para mim com cuidado antes de falar.

— Quem o senhor acha que eu gostaria de proteger? Posso lhe assegurar que não escondi a máquina de escrever de Hugo. Por que eu teria feito isso? Eu não poderia ter previsto que o senhor pediria para vê-la.

— No entanto, agora que pedi, talvez a senhora não goste da ideia de eu encontrá-la e talvez identificá-la como a máquina de escrever na qual as quatro cartas foram datilografadas.

— Jane, querida, você não acha que *eu* mandei aquelas cartas, acha? — Hugo Dockerill parecia alarmado.

— Você? Não seja ridículo, Hugo. Estou simplesmente sugerindo que o Inspetor Catchpool fale com o diretor. Turville é o reino dele. Se o diretor descobrir que permitimos que um detetive circulasse sem sua permissão, inspecionando bens da escola, nunca mais teremos sossego.

Num gesto louvável de Jane Dockerill, ela fez o possível para convencer o diretor de que cooperar comigo seria a coisa sensata e correta a ser feita. Ele pareceu receptivo aos argumentos de Mrs. Dockerill até ouvir falar do envolvimento de Hercule Poirot, ponto em que o comportamento do diretor mudou e ele se tornou tão intransponível quanto uma estrada soterrada por uma nevasca. O homem deixou muito claro que, embora houvesse muitas máquinas de escrever no Colégio Turville, nenhuma deveria ser mostrada para mim.

Quando cruzei o pátio quadrangular principal ao sair, fiquei pensando em uma dessas máquinas que não vi mais do que em qualquer outra: a de Hugo Dockerill. Quem poderia ter dado sumiço nela?, me perguntei.

— Inspetor Catchpool!

Eu me virei e vi Timothy Lavington, com uma pasta tipo carteiro a tiracolo, correndo em minha direção.

— O senhor tem mais perguntas que gostaria de me fazer? — disse ele, ofegante.

— Tenho sim, na verdade. Eu gostaria de perguntar sobre a Feira de Natal.

— O senhor quer dizer o dia em que o Vô morreu?

— Sim, mas estou interessado na feira em si.

Timothy fez uma expressão de desagrado.

— Por quê? É uma perda de tempo, a mesma baboseira todo ano. Eu gostaria que abolissem essa feira.

— Você esteve no evento o dia todo?

— Sim. Por quê?

— Você viu Freddie Lay e a mãe dele lá? E Mr. e Mrs. Dockerill?

— Sim. Por que pergunta? Ah, entendi! O senhor está imaginando que um deles poderia ter assassinado o Vô. Não, todos estavam aqui.

— Mas você consegue ter certeza de que todos permaneceram na feira o dia todo? Você teria notado se um deles tivesse saído e voltado uma hora ou duas depois?

Timothy considerou a pergunta e então respondeu:

— Não, creio que não. Mrs. Lay, em especial, poderia ter feito isso.

— Por que você diz isso? — indaguei.

— Ela veio de carro naquele dia. Eu a vi chegar porque Freddie correu para recebê-la. E Mrs. Lay está longe de ser um modelo de virtude, embora Mrs. Dockerill fosse dizer "Timothy!" se me ouvisse falando isso.

— Você está se referindo, imagino, aos rumores sobre Sylvia Lay?

Os olhos de Timothy se arregalaram de surpresa.

— O senhor ficou sabendo? Não achei que saberia. Quem contou para o senhor?

— É possível obter muita informação vagando por uma escola grande — falei, satisfeito com minhas palavras cuidadosamente escolhidas.

— Então...Você sabe que ela mata bebês? Ah! O senhor *não* sabia.

Eu devo ter parecido tão surpreso quanto me senti. Jane Dockerill, quando trouxe o vestido molhado para as Mansões Whitehaven, disse algo sobre Mrs. Lay ganhar dinheiro de uma maneira que era ao mesmo tempo ilegal e imoral. Poirot, Rowland McCrodden e eu presumimos que ela estivesse se referindo a um tipo diferente de imoralidade ilegal.

— É totalmente verdade, sabe — falou Timothy.

— Quando você diz que Sylvia Lay mata bebês...?

— As mulheres vão até ela quando estão esperando bebês que não querem. Mas apenas aquelas que podem dar um rim para pagar, é claro. Mrs. Lay não se importa com essas mulheres, nem com os bebês, obviamente. Tudo que ela quer é ficar mais rica. É por isso que acho que ela pode ter matado o Vô. O senhor não acha que assassinato pode se tornar um hábito? Quer dizer, uma vez que uma pessoa tenha tirado uma vida, por que não fazer de novo? O Vô teria sido uma vítima ideal. Os muito velhos, como os muito jovens, não podem revidar.

A teoria de Timothy me pareceu fantasiosa. Que motivo poderia ter Sylvia Lay para assassinar Barnabas Pandy?

— Mrs. Lay poderia ter colado o vestido molhado embaixo da sua cama? — perguntei.

— Facilmente. Embora eu não saiba como ela conseguiu pôr as mãos em uma peça de roupa que pertence à minha tia Annabel.

Eu estava prestes a perguntar a Timothy se ele sabia do paradeiro da máquina de escrever do reitor quando o menino disse:

— Quero lhe mostrar uma coisa que diz respeito ao meu pai. O senhor precisa prometer que não vai falar para ninguém, especialmente para minha mãe. Ela não merece saber. Minha mãe sempre foi tão fria com meu pai, nunca demonstrou qualquer afeição por ele que eu tenha visto.

— Não sei se posso prometer guardar segredos, Timothy. Se, por exemplo, houvesse alguma coisa criminosa sobre...

— Ah, não é nada disso. É o oposto, na verdade.

Timothy Lavington abriu o bolsão de mensageiro, pegou um envelope e passou para mim. Estava endereçado a ele. Não na Mansão Combingham, mas ali, em Turville.

— Abra — disse ele.

Peguei a carta, desdobrei e comecei a ler:

Caro Timmy,

Lamento ter demorado tanto para escrever e informar que, ao contrário do que lhe disseram, eu não estou morto. Estou vivo e bem de saúde, envolvido em um trabalho importante em nome do governo de Sua Majestade. Nosso país está sob ameaça e deve ser protegido. Coube a mim ser um de seus protetores. Meu trabalho colocou a mim e a outros em certo perigo, e portanto foi decidido que eu tinha que desaparecer. Infelizmente, não posso lhe dizer mais do que isso sem colocá-lo em perigo, o que é a última coisa que eu desejaria fazer. Não deveria sequer estar escrevendo para você, e deve prometer nunca contar a ninguém sobre esta carta. Isso é muito importante, Timmy. Não sei se algum dia poderei voltar à minha antiga vida, mas certamente escreverei para você sempre que puder. Mas é segredo nosso, certo? Assim que eu puder, enviarei um endereço para o qual você possa escrever para mim. Então poderemos trocar correspondências de maneira adequada. Tenho um orgulho imenso de você, Timmy, e penso em você todos os dias.

Seu pai que te ama,
Cecil Lavington

A carta tinha a data de 21 de junho de 1929: quase oito meses atrás.

— Meu Deus — falei, subitamente consciente do coração batendo no peito.

— Não acho que meu pai se importaria de eu lhe mostrar a carta — disse Timothy. — Minha mãe, Ivy e tia Annabel é que não podem saber. Ele certamente não oporia se eu contasse a um policial, e eu estava doido para contar a alguém. Eu morri de ódio por ter que ficar em silêncio enquanto Mrs. Dockerill explicava sobre a minha tristeza pela morte do meu pai. Ela não faz ideia de que ele está tão vivo quanto o senhor e eu. Devem ter enterrado um caixão vazio. Ha! Seu rosto está impagável. Eu sabia que a carta iria chocá-lo.

— É verdade — falei baixinho, olhando para as palavras "Casa Coode, Colégio Turville" datilografadas no envelope. Três letras "e"; três minúsculas provas. E muitas mais na carta em si.

A barra horizontal de cada "e" tinha um pequeno orifício onde o papel branco aparecia. Muitos meses antes de nosso imitador de Hercule Poirot ter decidido acusar quatro pessoas de terem assassinado Barnabas Pandy, ele ou ela havia enviado esta carta a Timothy Lavington.

A questão, como sempre, era: por quê? E como todas as peças se encaixavam?

Capítulo 24

Inimigos antigos

No coração do País de Gales, Hercule Poirot estava sentado a uma mesa de cozinha muito arranhada diante de Deborah Dakin, uma mulher corpulenta com cabelos grisalhos, que tinha falado bastante no curto tempo em que estavam juntos sobre sua necessidade de descansar e a impossibilidade de algum dia conseguir relaxar. Ela havia adiado o início da conversa por quase vinte minutos enquanto se movimentava pela cozinha, reunindo um prato de bolos que um detetive da importância de Poirot pudesse considerar digno de sua atenção gastronômica. Finalmente, Deborah Dakin se sentou e agora esfregava os tornozelos, fazendo uma careta e murmurando para si mesma enquanto Poirot lia a carta que ela havia colocado sobre a mesa, junto com os bolos.

Encontrar Mrs. Dakin não tinha sido uma tarefa fácil. O pequeno chalé não ficava na cidade de Llanidloes, como o endereço levara Poirot a acreditar, mas em uma espécie de floresta nas proximidades, a três quilômetros subindo uma trilha íngreme e estreita e a muitos quilômetros do que poderia ser razoavelmente chamado de "civilização". Não havia outras casas visíveis por nenhuma das janelas do chalé, apenas um denso arvoredo. Se não tivesse tido a garantia de que um motorista estava esperando por ele tão perto da casa quanto era possível estacionar um automóvel, e dentro de um veículo confiável que logo o levaria de volta a uma estação ferroviária, Poirot estaria se sentindo completamente ansioso.

Ele leu a carta uma segunda vez. Tinha sido enviada por Barnabas Pandy a Vincent Lobb em um endereço em Dollgellau, no País de Gales, no final do ano anterior. A data era cinco de dezembro, apenas dois dias antes da morte de Pandy.

Ele escreveu:

Caro Vincent,

    Você ficará surpreso ao receber esta carta enviada por mim, tenho certeza. De minha parte, estou surpreso por estar escrevendo. Não tenho como saber se, depois de todos esses anos, você ficará tão feliz em recebê-la como antes, ou se há muito tempo resolveu me tirar da mente e nunca mais pensar em mim. Eu me perguntei se poderia causar mais mal do que bem enviando uma comunicação desse tipo depois de tantos anos, quando ambos somos idosos sem muito tempo sobrando. No final das contas, eu me senti obrigado a tentar reparar o dano que foi feito a tantos anos atrás.

    Quero que você saiba que eu te perdoo. Eu entendo a escolha que você fez e que você teria escolhido de forma diferente se não tivesse acreditado estar em perigo mortal. Eu não deveria tê-lo culpado tão incessantemente por sua fraqueza, especialmente quando você tentou reparar o erro ao me contar a verdade no devido tempo, o que é algo que não precisava ter feito. Foi corajoso da sua parte.

    Desejo agora que eu tivesse feito um esforço maior para enxergar a questão a partir da sua perspectiva. Gostaria de ter, muito antes do que agora, admitido para mim mesmo que, na sua posição, eu também poderia ter sentido medo e pensado apenas em salvar minha própria vida e a dos meus familiares, e não sobre a justiça e a moralidade da situação — então escrevo para lhe implorar que seja mais misericordioso comigo do que fui com você. Desculpe, Vincent, sinceramente. Eu me arrependo da minha condenação inflexível a seu respeito. Minha falta de compaixão por você foi um pecado pior, agora eu percebo, do que qualquer coisa que você fez.

    Por favor, me perdoe,

Barnabas

Poirot tirou os olhos da carta.

— A senhora recebeu isso há apenas três semanas? — perguntou ele para Deborah Dakin.

Ela concordou com a cabeça.

— Como Vincent está morto, a carta ficou fechada por um tempo, até que alguém decidiu perguntar se ele tinha família em algum lugar. E, antes que o senhor me pergunte, eu não sei quem era esse alguém. Tudo o que sei é que um dia cheguei em casa e encontrei a carta em cima do capacho. Ela poderia facilmente ter sido perdida para sempre e nunca lida por ninguém. É uma sorte que tenha chegado aqui, se é importante. E admito, Mr. Prarrow, que essa é a *única* sorte em relação a ela. Caso contrário, se a carta não tivesse sido importante e útil para o senhor... bem, eu preferiria não tê-la lido.

— Como assim, madame?

— É que eu quase chorei lágrimas de alegria quando o senhor me disse quem era e me perguntou se eu sabia alguma coisa sobre uma carta que Mr. Pandy tinha enviado para Vincent. "Deus realmente escreve certo por linhas tortas", pensei cá comigo. Eu estava desejando nunca ter batido os olhos nessa desgraça, desejando que Mr. Pandy nunca tivesse se dado ao trabalho de escrever a carta, quando um famoso detetive me diz que ela poderia ajudar em uma investigação importante! Eu não me importo com o aborrecimento que a carta me causou se ela ajudá-lo, Mr. Prarrow. Não vou fingir que ficarei triste se alguém *tiver* matado Mr. Pandy, porque não ficarei. De modo nenhum. Não por causa *dele*. Ainda assim, assassinato é errado e eu vou cumprir minha obrigação de bom grado se houver um assassino a ser capturado.

— Parece, madame, que eu deveria perguntar onde a senhora estava no dia em que o *monsieur* Pandy morreu. A senhora fala como se talvez o odiasse o suficiente para matá-lo.

— Suficiente? — Deborah Dakin pareceu intrigada. — Ah, eu o odiei o suficiente, Mr. Prarrow. Mas não é uma questão de "suficiente" ou "não o suficiente". Eu nunca me permitiria matar uma pessoa. É contra a lei, e portanto, eu não faria. É para isso que serve a lei, não é? Para nos dizer o que podemos e não podemos fazer? Mas, por favor, não pense que eu não matei o Mr. Pandy por não odiá-lo *o suficiente*.

— Por que a senhora o odiava?

— Por causa do que ele fez com Vincent. Ouso dizer que o senhor já ouviu *essa* história, na versão de Mr. Pandy.

Poirot disse que não.

— Ah! — Ela pareceu surpresa. — Bem, a questão remonta à mina. Eram minas de ardósia, perto de Llanberis. O Mr. Pandy era dono de algumas delas, foi assim que ele ganhou dinheiro. Isso foi... bem, deve ter sido há cinquenta anos. Eu nem tinha nascido.

Deborah Dakin tinha menos de 50 anos, então. Poirot havia pensado que ela fosse mais velha.

— Mr. Pandy era o dono da mina, e Vincent trabalhava para ele como supervisor. Os dois se tornaram bons amigos, *melhores* amigos. O tipo de amizade que o senhor chamaria de para a vida toda, só que ela não durou, e a culpa foi de Mr. Pandy.

— Ele fez alguma coisa para destruir a amizade? — perguntou Poirot.

— Uma vez, roubaram um pouco de ardósia, e um jovem chamado William Evans foi declarado culpado. Ele também trabalhava na mina, e até então Mr. Pandy achava que ele era um bom rapaz, pelo que todos diziam. Bem, Mr. Evans foi mandado para a prisão, onde tirou a própria vida, e ele não perdeu tempo com isso também. Antes de morrer, deixou um bilhete dizendo que não permitiria que ninguém o castigasse por um crime que não havia cometido. Bem, isso não fazia sentido, não é? Quando colocou a corda em volta do pescoço, Mr. Evans se puniu de uma maneira pior do que estava sendo punido na prisão. E isso nem foi mais terrível: tomada pela dor, a esposa seguiu o exemplo do marido e tirou a própria vida *e* a do filho pequeno do casal.

— *Bouleversant* — murmurou Poirot, balançando a cabeça.

— Foi uma tragédia terrível: três vidas perdidas, e tudo por nada. Acontece que, veja o senhor, ele estava falando a verdade. Sobre ser inocente. William Evans não era o culpado. Mas estou me adiantando. Eu admito, Mr. Prarrow, que não tenho prática em falar com detetives famosos na minha própria cozinha.

— Por favor, me conte a história como quiser, madame.

— O senhor é muito gentil, Mr. Prarrow. Bem... Mr. Pandy ficou chateado com a morte dos Evans. Muito chateado mesmo. Ele não era o tipo de pessoa que só se importa com dinheiro e não está nem aí para os funcionários, isso eu preciso reconhecer. Justiça seja feita, por mais que eu odeie o homem. Odiava, creio que deva dizer, uma vez que ele está morto.

— O ódio pode sobreviver por muito mais tempo depois da pessoa que o inspirou ter morrido — falou Poirot.

— O senhor não precisa me dizer isso, Mr. Prarrow! Eu sou a especialista!

— O verdadeiro culpado foi identificado, então? Aquele que roubou a ardósia?

— Ah, sim. Com os Evans mortos, Vincent não era mais o mesmo, e Mr. Pandy notou certo comportamento estranho. Ele queria saber por que Vincent estava se sentindo tão péssimo a respeito da tragédia, uma vez que ele e William Evans não tinham sido amigos pessoais. Temendo que Mr. Pandy tivesse adivinhado a verdade, Vincent disse a ele que sabia o tempo todo que William Evans não tinha sido o ladrão da ardósia. O culpado era um homem horrível, violento e imundo, mas Vincent nunca nos disse o nome dele. Não queria colocar esse conhecimento em nossas cabeças, dizia. Ele falou para Mr. Pandy que muitos dos homens da mina sabiam. Não apenas ele. Todos ficaram quietos, no entanto, depois que o ladrão ameaçou cortar as gargantas deles e as das esposas e filhos se eles contassem o que sabiam.

— Um homem mau — disse Poirot em voz baixa.

— Ah, sem dúvida, Mr. Prarrow. Sem dúvida. Mas isso não fez de Vincent um homem mau por não ter dito nada, não é? Ele estava com medo de que ele, a esposa e o filho, meu falecido marido, fossem assassinados enquanto dormiam se contasse a Mr. Pandy o que sabia. Entendeu? Será que o senhor ou eu ou qualquer um de nós seríamos capazes de afirmar que não teríamos muito medo de falar? E, além disso, Vincent acabou *realmente* contando o que sabia. Graças a ele, esse homem violento recebeu o que merecia no final.

— Mas o *monsieur* Pandy não conseguiu perdoá-lo? Ele o culpou pela morte da família Evans?

— Foi o que ele fez, Mr. Prarrow. E Vincent culpou a si mesmo. E eu não nego que fez sentido que Mr. Pandy tivesse ficado furioso com ele no começo. Qualquer um teria ficado, e ainda por cima havia o choque por tudo aquilo. Ah, Vincent entendeu muito bem o que Mr. Pandy sentia. Ele nunca conseguiu perdoar a si mesmo, e nem tampouco Mr. Pandy o fez. Mr. Pandy tratou Vincent como se ele tivesse assassinado William Evans e sua família com as próprias mãos. Mesmo depois de vinte, trinta anos, quando Vincent tentou várias vezes dizer como era profundo seu arrependimento por aquilo... Mesmo assim, Mr. Pandy se recusava a recebê-lo ou a ler as cartas dele. Mr. Pandy mandou todas de volta sem abrir. Então, Vincent parou de tentar.

— Sinto muito, madame.

— Tem que sentir mesmo — disse Deborah Dakin. — Bem, não o senhor, Mr. Prarrow, não quis dizer o *senhor*... mas Mr. Pandy deveria ter sentido muito, muitíssimo, pela maneira como tratou o pobre Vincent. Aquilo o destruiu. À medida que envelhecia e a vida ficava mais difícil, e nenhuma palavra gentil chegava da parte de Mr. Pandy, Vincent passou a enxergar o julgamento de seu velho e outrora tão querido amigo... bem, como uma espécie de maldição.

— Tragédia atrás de tragédia — comentou Poirot.

— Isso faz parecer como se não fosse culpa de ninguém, quando na verdade foi — falou Deborah Dakin. — Foi culpa de Mr. Pandy. Vincent morreu acreditando ser amaldiçoado. Nos últimos anos de vida, ele mal falou uma palavra.

— Então... perdoe-me, madame, mas por que a senhora descreve esta carta como uma "desgraça"? Não gostou de recebê-la? De saber que, depois de tantos anos, *monsieur* Pandy cedeu e perdoou seu sogro?

— Não, não gostei! Esta carta torna a situação toda muito *pior*, com certeza o senhor compreende? Ou Vincent cometeu um pecado imperdoável ou não. Nós sempre pensamos que, para Mr. Pandy, a questão era essa: imperdoável. Então, de repente, depois de cinquenta anos, ele decide que não é bem assim? Mr. Pandy fez Vincent sofrer todo esse tempo, apenas para decidir, quando era tarde demais e quando *lhe* convinha, que entendeu tudo errado?

— Uma opinião interessante, madame — disse Poirot —, embora talvez não inteiramente racional.

Deborah Dakin pareceu ofendida.

— O que o senhor quer dizer com não racional? Claro que é! Fazer a coisa certa tarde demais é pior do que nunca fazer.

A mesma lógica poderia ser aplicada às atitudes de Vincent Lobb, pensou Poirot. Evidentemente, esse pensamento não ocorreu à nora dele, e Poirot decidiu não prolongar a visita por mais tempo do que o necessário ao chamar atenção dela para isso.

Capítulo 25

Poirot retorna à Mansão Combingham

Poirot esperava que um motorista o pegasse na estação de trem. Ficou surpreso ao desembarcar e encontrar Lenore Lavington parada na plataforma embaixo de um guarda-chuva azul-marinho. Ela não ofereceu saudações ou gentilezas convencionais e, ao contrário, disse:

— Espero não me arrepender de ter permitido que o senhor nos visite novamente, *monsieur* Poirot.

— Eu também, madame.

Os dois caminharam até o carro dela em silêncio, seguido pelo carregador que levava as pastas de Poirot.

Quando ligava o motor alguns minutos depois, Lenore Lavington falou:

— Seu telegrama não precisava ter sido tão enigmático. Devo entender que o senhor encontrou provas de que meu avô foi assassinado e que pretende expor um assassino durante a sua estadia conosco? O senhor já sabe...? — Ela deixou a pergunta inacabada.

— Admito, madame, que o quadro ainda não está completo. Em três dias, no entanto, espero poder contar a história toda para a senhora e os demais.

Três dias. As palavras se agigantaram na mente de Poirot. O dia 24 de fevereiro tinha parecido distante o suficiente quando ele enviou os convites. Desde então, várias informações novas e interessantes vieram até ele. Qualquer uma poderia se revelar como a chave que desvendou o mistério, mas quando, Poirot se perguntou, aconteceria essa revelação?

Por uma questão da própria paz de espírito, ele esperava que fosse em breve.

— Na nossa reunião, a senhora vai saber a verdade sobre a morte do seu avô — disse Poirot, torcendo fervorosamente para que não estivesse errado. — Um dos presentes reunidos já saberá a verdade, é claro.

— O senhor quer dizer o assassino do meu avô? — perguntou Lenore. — Mas essa pessoa não estará entre os presentes reunidos, como o senhor disse. As únicas pessoas presentes na Mansão serão o senhor, eu, Annabel, Ivy e Kingsbury. Nenhum de nós assassinou meu avô.

— A senhora está errada, infelizmente, madame. Mais pessoas devem se juntar a nós. Elas chegarão amanhã. O Inspetor Edward Catchpool da Scotland Yard, Hugo e Jane Dockerill, Freddie Lay e a mãe, Sylvia. Além disso, haverá a irmã de Freddie, Mildred, e o noivo dela, Eustace Campbell-Brown, além de John McCrodden e o pai, Rowland McCrodden. E, por favor, tenha cuidado!

O automóvel derrapou violentamente, errando por pouco outro veículo que vinha na direção oposta, e depois parou no acostamento da estrada. Lenore Lavington desligou o motor.

— E também seu filho Timothy — falou Poirot em uma voz vacilante, tirando um lenço do bolso para enxugar a testa.

— O senhor quer me dizer que convidou todo tipo de completos estranhos para a minha casa, sem a minha permissão?

— É irregular, eu sei. Em minha defesa, direi apenas que é necessário, a menos que a senhora deseje que um assassino escape da justiça.

— Claro que não, mas... isso não significa que o senhor pode encher minha casa com estranhos e pessoas que eu detesto sem me consultar.

— Quem a senhora detesta? Freddie Lay?

— Nem um pouco. — Ela parecia entediada.

— Quando nos vimos pela última vez, a senhora disse que havia aconselhado seu filho Timothy a ficar longe dele.

— Só porque Freddie Lay é muito estranho. Eu estava pensando nos Dockerill, se quer saber.

— Qual é a sua objeção a Hugo e Jane Dockerill?

— Os dois são injustos com meu filho. Eles o castigam pelo menor dos delitos, enquanto outros garotos, aqueles que só apresentam uma aparência angelical, escapam... — Lenore Lavington parou.

— Impunes? — sugeriu Poirot.

— Eu terei que mandar arrumar muitos quartos. Quanto tempo o senhor planeja que todas essas pessoas fiquem? E por que tantas?

Porque qualquer uma delas pode ter assassinado Barnabas Pandy — e eu ainda não sei qual.

Poirot engoliu a resposta verdadeira e disse:

— Eu preferiria esperar até que as peças finais do quebra-cabeça se encaixem antes de falar mais alguma coisa.

Lenore Lavington suspirou. Então ela ligou o motor, e os dois mais uma vez estavam a caminho da mansão, percorrendo estradas rurais estreitas, margeadas por faias e vidoeiros-prateados.

— Acho impossível acreditar que uma dessas pessoas que o senhor convidou possa ter entrado na casa no dia em que meu avô morreu sem que nenhuma de nós percebesse — falou ela. — Ainda assim... Se o senhor tiver certeza, e como um inspetor da Scotland Yard está se dando ao trabalho de ir à Mansão, pode contar com a cooperação total da minha família.

— *Merci mille fois*, madame.

— Assim que chegarmos à casa, o senhor pode examinar a máquina de escrever, se ainda quiser.

— Isso seria útil.

— Compramos uma nova máquina de escrever desde a última vez que o senhor esteve lá. A antiga já não funcionava mais como antes.

Poirot pareceu alarmado.

— Mas a senhora ainda possui a velha máquina de escrever?

— Sim. Eu pedi a Kingsbury para trazer as duas máquinas para o senhor olhar. A nova ainda estava na loja quando essas cartas horríveis foram datilografadas, mas se eu não apresentá-la para inspeção, o senhor pode pensar que estou escondendo alguma coisa.

— É sensato ser sempre meticuloso e verificar tudo — disse Poirot. — É por isso que eu gostaria de lhe fazer algumas perguntas sobre o dia em que *monsieur* Pandy morreu.

— O senhor vai perguntar sobre a discussão que Ivy e eu tivemos enquanto meu avô tomava banho? Vá em frente. Eu lhe disse: estou disposta a cooperar, se isso ajudar a dar um fim a todo esse dissabor e incerteza.

— Kingsbury descreveu a discussão como uma briga — disse Poirot.

— Foi uma briga horrível, agravada pelo choramingo interminável de Annabel para que parássemos — falou Lenore. — Ela não consegue tolerar nenhum tipo de conflito. Ninguém gosta, é claro, mas a maioria de nós aceita que nem todas as conversas podem ser agradáveis. Tenho certeza de que Ivy e eu teríamos resolvido nossa disputa muito antes se Annabel não tivesse interrompido sem parar com suas exigências de que fôssemos gentis uma com a outra. Isso só me inspirou a ser bastante indelicada com *ela*, pelo que me lembro. Annabel ficou do lado de Ivy, como sempre, embora também tenha se preocupado em cair nas minhas graças também.

— Madame, sou grato por sua franqueza, mas seria mais útil para mim se pudesse me dizer primeiro a causa dos *contretemps* entre a senhora e sua filha.

— Sim, estou sendo franca, não estou? — Lenore Lavington parecia surpresa. — Mais franca do que venho sendo há muito tempo. É bastante inebriante.

No entanto, ela também parecia preocupada, pensou Poirot.

— As palavras ríspidas que troquei com Ivy no quarto dela naquele dia não foram o começo do problema. Dias antes, houve um jantar em família que terminou em desastre, e vários meses antes disso houve uma viagem igualmente malfadada à praia. Foi mesmo quando tudo começou. E foi tudo minha culpa. Se eu tivesse exercido um pouco mais de autocontrole, nada daquilo teria acontecido.

— Conte-me a história desde o começo — pediu Poirot.

— Contarei, com uma condição — falou Lenore Lavington. — O senhor promete não falar sobre isso com Ivy? Tenho a permissão para lhe contar, mas receio que seria terrivelmente embaraçoso se o senhor puxasse o assunto na presença dela.

Como resposta, Poirot fez um barulho cuidadosamente calibrado para soar como anuência. As próximas palavras que ele ouviu o surpreenderam.

— Eu fiz um comentário infeliz sobre as pernas de Ivy, enquanto estávamos juntas na praia.

— As pernas dela, madame?

— Sim. Eu sempre me arrependerei disso, mas, uma vez feito, um comentário não pode ser desfeito, não importa a frequência com que se peça desculpas. As palavras persistem na memória de quem foi magoado.

— O comentário foi insultante? — perguntou Poirot.

— Certamente não foi a intenção. O senhor deve ter notado, tenho certeza, que o rosto de Ivy tem muitas cicatrizes. Claro que notou. Ninguém deixa de notar. Como mãe dela, naturalmente me preocupo que a desfiguração torne difícil, se não impossível, que ela consiga um marido. Eu gostaria que ela se casasse, e que tivesse filhos também. Meu próprio casamento não foi um sucesso, mas Ivy faria uma escolha melhor do que eu, não tenho dúvidas. Minha filha é mais realista do que eu era na idade dela. Se ao menos ela conseguisse entender que o casamento consiste tanto em ser escolhido quanto em escolher.

Lenore fez um barulho impaciente.

— É impossível contar essa história sem dizer coisas que o senhor pode julgar como imperdoáveis, *monsieur* Poirot. Infelizmente, não consigo evitar como me sinto. Ivy tem sorte de que a maior parte do rosto não é afetada pelas cicatrizes. Ela poderia escondê-las sem problemas se arrumasse os cabelos da maneira certa, algo que ela se recusa perversamente a fazer. Ivy poderia camuflar esses defeitos se quisesse, é claro, e nunca acreditei que as cicatrizes impediriam qualquer homem de se interessar por ela. Ivy tem um jeito envolvente, é cheia de vida.

— Muitíssimo envolvente — concordou Poirot.

— Eu *acho*, no entanto, que ela não deveria piorar o problema comendo até ficar do tamanho de uma choupana. Que homem gostaria de uma esposa com cicatrizes no rosto *e* um corpo rotundo? Se pareço irritada, *monsieur* Poirot, é apenas porque eu nunca disse isso para Ivy, embora o pensamento esteja sempre em minha mente. Nada é mais importante para mim do que a felicidade dos meus filhos. Por causa *deles*, fui uma esposa amorosa e dedicada ao pai de Ivy e Timothy, meu falecido marido, até seu último dia de vida. Pelo bem *deles*, permito que

Annabel mime os dois e interfira em suas vidas como se fosse a mãe deles tanto quanto eu. Eu sei como Ivy e Timothy amam a tia, e sempre coloco as emoções e as necessidades de ambos antes das minhas. Para não ferir o coração de Ivy, eu sento à mesa do jantar todas as noites e observo minha filha empilhar porções extras no prato sem dizer *nada*, nem uma palavra, embora a visão seja quase insuportável. Ivy era uma criança grande e corpulenta e sempre será uma garota bem robusta, é claro. Ela puxou a Cecil, o pai. Ainda assim, não posso deixar de ver o jeito que minha filha come e me perguntar o que cargas d'água ela pensa que está fazendo. Ivy parece não se preocupar com a silhueta. Eu não consigo entender.

Lenore Lavington suspirou alto.

— Pronto. Falei. É assim que me sinto de verdade. O senhor acha que eu sou uma mãe cruel e sem amor, *monsieur* Poirot?

— Não sem amor, madame, mas... se me permitir fazer uma observação?

— Sem dúvida.

— A *mademoiselle* Ivy é uma jovem perfeitamente atraente, de silhueta e tamanho normais. A senhora está, na minha opinião, se preocupando sem necessidade. É verdade que ela não tem a estrutura óssea excepcionalmente fina que tanto a senhora quanto a sua irmã partilham, mas muitas mulheres não possuem. Olhe o mundo ao redor! Não são apenas aquelas com a cintura que se pode pegar entre o indicador e o polegar que se apaixonam e fazem casamentos de sucesso.

Lenore Lavington balançou a cabeça vigorosamente enquanto Poirot falava. No momento em que ele terminou, ela falou:

— Se Ivy continuar a empilhar batatas no prato no ritmo atual, ela logo não terá mais cintura. Foi isso que começou a confusão no jantar desastroso: Ivy se serviu de uma batata, depois outra, depois mais uma, até que eu simplesmente não consegui me conter.

— Do quê? — perguntou Poirot.

— Tudo o que eu disse foi: "Ivy, duas batatas certamente são o suficiente, não?" Eu pensei que tinha escolhido as palavras com cuidado, mas minha filha entrou em uma fúria selvagem, e todas as mágoas dela vieram à tona, incluindo a história completa do que aconteceu na praia. Meu avô e Annabel ficaram terrivelmente chocados e chateados, e *eu* fiquei chateada porque fui pintada como a vilã da história, o que creio que fui, e isso só tornou a situação ainda pior!

— Conte, por favor, a história da praia — pediu Poirot.

— Foi no verão passado — contou Lenore. — Um dia de calor escaldante. Annabel estava com gripe e não conseguia nem se levantar para brincar com Hopscotch no jardim. Ele estava uivando e choramingando ao pé da cama dela, e isso estava causando uma grande angústia à minha irmã. Ela nos pediu para levá-lo para passear longe da Mansão Combingham. Não fiquei empolgada com a ideia porque infelizmente não gosto de cachorros, mas Ivy disse que Annabel se recuperaria mais depressa se não estivesse preocupada com Hopscotch, então concordei.

"Nós fomos à praia. Ivy quase se afogou quando jovem. O senhor sabia disso? Foi assim que minha filha adquiriu aquelas cicatrizes horríveis. Ela rolou pela margem do rio e caiu na água. O cão de Annabel antes de Hopscotch, Skittle, tentou impedi-la de rolar e cair na água, mas só acabou retalhando o rosto dela. Não foi culpa de Skittle, claro."

— A *mademoiselle* Annabel salvou a vida de sua filha, não foi? — disse Poirot.

— Sim. Se não fosse pela minha irmã, Ivy teria se afogado. Ambas quase se afogaram. A correnteza era forte o suficiente para ter arrastado as duas, mas, de alguma forma, Annabel conseguiu tirar Ivy da água e salvá-la. Elas tiveram muita sorte. Mal consigo pensar no que poderia ter acontecido. Annabel tem uma forte aversão à água desde então.

— À água — murmurou Poirot. — Isso é muito fascinante.

— Ivy também ficou com medo de água por um longo tempo, mas aos 14 anos de idade, se propôs o desafio de superar o medo e logo se tornou uma nadadora regular e entusiasmada. Ivy agora dirige até a praia para dar um mergulho sempre que pode, a mesma praia em que eu e ela levamos Hopscotch no dia em que Annabel estava doente.

— É louvável.

— Sim. Embora toda aquela natação tenha dado traços bastante musculosos aos braços e pernas de Ivy. E não há necessidade de me dizer que muitas mulheres com braços e pernas atléticos e masculinos têm casamentos felizes, *monsieur* Poirot. Não duvido disso. Eu simplesmente quero que minha filha pareça tão atraente quanto possível, só isso.

Poirot não disse nada.

— Eu mesma não sou uma nadadora regular — falou Lenore. — Eu não tinha visto minha filha em uma roupa de banho durante muitos anos, até o dia em que levamos Hopscotch à praia. Ivy nadou por meia hora e depois veio se sentar ao meu lado. Hopscotch ficou brincando nas ondas, e Ivy e eu estávamos sentadas perto das árvores. Ela estava comendo algum tipo de lanche de piquenique. Então o cachorro veio correndo até nós, tendo notado que havia guloseimas disponíveis, e a coisa mais estranha aconteceu: Ivy ficou pálida e começou a tremer. Ela estava encarando Hopscotch, com a boca aberta, tremendo como se fosse desmaiar.

"Eu perguntei qual era o problema, mas Ivy não conseguia falar. Ela teve uma lembrança, entende? Uma lembrança do dia em que quase se afogou. Ivy só conseguiu me contar depois, a caminho de casa. Sem quase se recordar de qualquer detalhe por tantos anos, ela de repente se lembrou de estar submersa e não conseguir respirar ou se libertar do que a prendia lá. De repente, Ivy se recordou de tudo aquilo vividamente. Minha filha se lembrou de que havia *árvores* na margem do rio, como aquelas sob as quais ela e eu estávamos sentadas perto da praia, e se lembrou de ter visto as patas de Skittle... O senhor conhece bem cães, *monsieur* Poirot?"

— Eu conheci vários ao longo dos anos, madame. Por que pergunta?

— O senhor já tinha visto um cachorro como Hopscotch? Um com pelagem grossa e encrespada?

Será que já? Poirot acreditava que não. Foi o que ele disse.

— Hopscotch é um Airedale Terrier — informou Lenore. — O senhor deve ter notado, tenho certeza, que o pelo das patas é fofo e volumoso, quase como se ele estivesse usando calças felpudas.

— *Oui*. Essa é uma boa descrição.

— Skittle, o cão que tentou salvar Ivy, era um Airedale, assim como Hopscotch. Quando secas, as patas dos Airedale Terriers parecem muito mais grossas do que são porque o pelo se afofa em vez de crescer para baixo. Quando Hopscotch correu até Ivy naquele dia, na esperança de compartilhar o piquenique, as patas estavam molhadas de brincar no mar, e assim pareciam muito mais finas, como dois gravetos marrons. A imagem levou minha filha de volta, de maneira totalmente vívida, ao dia em que quase se afogou.

"Ela se lembrou de ter visto as patas molhadas de Skittle e pensou, apenas por um segundo ou dois, que eram troncos de árvores marrons. Por serem patas tão magras, Ivy disse que imaginou que deviam estar muito distantes e achou que isso significava que ela estava presa longe da margem do rio, sem chance de ser resgatada. Acho que minha filha provavelmente estava delirando de medo.

"Momentos depois, Annabel se aproximou de Ivy e de repente houve esperança! Minha filha notou que havia um tronco de árvore grosso ao lado dos mais finos e foi aí que se deu conta de que os mais finos não eram troncos de árvore, na verdade. Ivy percebeu que se moviam para a frente e para trás e que estavam presos ao cão. Tudo começou a fazer sentido novamente."

A respiração de Lenore Lavington emitiu um som irregular.

— O senhor pode imaginar como foi angustiante ouvir tudo aquilo, *monsieur* Poirot. Veio tudo de volta: o choque de descobrir que quase perdi minha filha. Se Ivy e eu não tivéssemos levado Hopscotch à praia naquele dia, se o cachorro não tivesse molhado as patas no mar, essas lembranças poderiam nunca ter reaparecido. Eu queria que não tivessem e gostaria de não ter dito o que *eu* disse depois, mas não se pode desfazer o passado, não é?

— Estamos chegando agora ao comentário infeliz sobre as pernas? — perguntou Poirot, que estava imaginando se algum dia Lenore Lavington chegaria lá.

— Nós estávamos dirigindo de volta. Depois do que Ivy me contou, eu fiquei completamente fora de mim. Tentei me concentrar em nos levar para casa sem bater em nada. Eu queria mais que tudo que ela parasse de falar para que eu pudesse colocar a cabeça em ordem... e as palavras simplesmente saíram! Eu não *escolhi* dizer o que disse.

— Que palavras saíram, madame?

— Eu disse que não era Skittle quem tinha pernas que pareciam com troncos de árvores. E falei que Ivy deveria pensar em nadar um pouco menos, porque as dela pareceriam cada vez mais com troncos de árvores quanto mais musculosa ficasse. Eu me arrependi no momento em que as palavras saíram. Ainda assim, houve um benefício: Ivy ficou furiosa comigo na hora. As horríveis lembranças do quase afogamento não estavam mais ali e minha filha só conseguia pensar no quanto odiava a mãe desalmada. Eu não disse aquilo para magoá-la, até porque eu *realmente* não acho que as pernas de Ivy pareçam com troncos de árvores *de verdade*; eu só queria que ela pensasse em outra coisa em vez das lembranças que a estavam perturbando. Queria que Ivy voltasse a atenção para o futuro, não para o passado. Eu devo ter ficado horas pedindo desculpas para ela e achei que tínhamos deixado esse caso para trás, realmente achei. Mas depois, *meses* depois, no jantar... bem, já contei essa parte.

— *Mademoiselle* Ivy disse à sua irmã e ao seu avô a história do que aconteceu na praia e o que a senhora disse a ela?

— Sim.

— Qual foi a reação deles?

— Annabel ficou perturbada, naturalmente — disse Lenore com uma impaciência cansada. — Para cada lágrima derramada por qualquer outra pessoa, Annabel sempre produz o próprio aguaceiro.

— E *monsieur* Pandy?

— Ele não disse nada, mas parecia tremendamente infeliz. Eu não acho que a causa tenha sido as minhas observações descuidadas, e sim o pensamento de como Ivy deve ter ficado assustada, achando que estava prestes a morrer. Ela talvez devesse ter sido discreta em relação às lembranças recém-descobertas. É a influência da Annabel. Ivy não era dada a esses rompantes de emoção. Um jantar arruinado não foi o suficiente para ela! No dia em que meu avô morreu, eu estava passando pelo patamar da escada e ouvi soluços altos. É possível chorar baixinho, sabe, *monsieur* Poirot.

— De fato, madame.

— Infelizmente, eu decidi que não toleraria mais aquela autopiedade. Minha filha costumava ser uma garota robusta e sensata. Eu disse isso a ela, e Ivy gritou comigo: "Como devo me sentir quando minha própria mãe compara minhas pernas com troncos de árvores?" Então, é claro, Annabel subiu as escadas correndo para se meter onde não era chamada, sob a desculpa de manter a paz, e logo depois meu avô gritou lá do banho que estávamos fazendo um barulho horrível e se poderíamos por favor parar. Se Annabel tivesse ficado de fora e me deixado falar com minha filha em particular, teria havido muito menos comoção, porque Ivy e eu tivemos que levantar as vozes para nos fazer ouvir diante do lamento incessante da minha irmã. Meu avô não era idiota, ele sabia disso tão bem quanto eu. Foi com Annabel que meu avô gritou. Àquela altura, ele já havia decidido...

Poirot se virou para ver por que Lenore Lavington havia parado de falar. Manchas disformes apareceram no rosto dela. Lenore olhou fixamente para a estrada à frente.

— Por favor, continue — disse Poirot.

— Se eu falar, o senhor deve prometer que não repetirá para ninguém. Ninguém sabe além de mim, agora que meu avô está morto.

— A senhora vai me dizer que o *monsieur* Pandy decidiu fazer um testamento novo?

O carro balançou dramaticamente.

— *Sacre tonnerre!* — gritou Poirot. — A senhora está surpresa por descobrir que Hercule Poirot sabe muito, eu entendo, mas não é motivo para matar a nós dois.

— Como o senhor sabe a respeito do testamento? A não ser que... o senhor deve ter falado com Peter sobre isso, Peter Vout. Isso é engraçado. Meu avô disse que eu era a única pessoa para quem ele contou. Talvez meu avô quisesse dizer a única pessoa da família. Annabel nunca deve saber, *monsieur* Poirot. O senhor precisa me prometer. Isso a destruiria. Eu venho dizendo coisas sobre Annabel que não são inteiramente elogiosas, eu sei, mas mesmo assim...

— Mesmo assim, ela é sua irmã. E salvou a vida da sua filha.

— Exatamente — falou Lenore. — Depois que meu avô morreu, era a única coisa pela qual eu era grata: ele não ter tido a chance de alterar o testamento, e portanto Annabel nunca teria que descobrir. Eu teria me certificado de que ela fosse bem cuidada, é claro, mas essa não é a questão. Ser deserdada tão brutalmente... Eu acho que Annabel poderia ter desmoronado.

— A senhora tentou persuadir *monsieur* Pandy a mudar de ideia, quando ele lhe contou o que pretendia fazer?

— Não. Isso só teria fortalecido a determinação dele. Tentar fazer alguém mudar de ideia... — Ela se interrompeu balançando a cabeça com firmeza. — É totalmente inútil. Nunca funciona, seja dirigido a si mesmo ou aos outros. Raríssimas vezes meu avô admitiu que estava errado a respeito de alguma coisa, mas nunca quando outra pessoa apontava isso.

— Entendo — disse Poirot.

O que era, ele se perguntou, que não estava se encaixando? Poirot sabia que tinha ouvido algo que se destacava de um jeito esquisito. E que tinha sido desde o momento em que entrou no carro com Lenore Lavington. O que era?

— O senhor deve estar pensando que minha irmã tinha o motivo perfeito para cometer assassinato — falou Lenore. — De fato tinha, mas não *sabia* que tinha. Portanto, ela não é culpada.

— *Mademoiselle* Annabel também recebeu o álibi mais inabalável da sua parte e de sua filha — comentou Poirot.

— O senhor fala como se fosse uma mentira. *Não é mentira.* Ivy e eu ficamos com Annabel todos os segundos, *monsieur* Poirot. E quando todas nós estávamos no banheiro juntas, convocadas por Kingsbury, cada centímetro do vestido de Annabel estava seco. É completamente impossível que ela tenha matado nosso avô.

— Diga-me, madame: a *mademoiselle* Ivy a perdoou? — indagou Poirot. — Ou ela ainda mantém viva a mágoa?

— Eu não sei. Não tenho intenção de falar sobre isso com ela novamente, mas espero que Ivy tenha me perdoado. Outro dia, pela primeira vez, minha filha usou uma pulseira que dei de presente. Acho que isso talvez tenha sido uma espécie de bandeira branca. Eu dei a pulseira para

Ivy quando meu avô morreu, sabe? E ela definitivamente não tinha me perdoado naquele momento! Ivy me disse que preferia morrer a usá-la e jogou a pulseira do outro lado da sala em cima de mim. É uma linda pulseira de luto, feita de azeviche entalhado à mão, que eu amava. Acho que pensei que dá-la para Ivy seria a prova do meu amor. Minha filha sabia que a pulseira era preciosa para mim, afinal era um presente estimado que ganhei em um feriado à beira-mar com meu falecido marido Cecil. Mas acho que Ivy escolheu interpretar da pior maneira possível.

— De que maneira ela interpretou?

Os portões do terreno da Mansão Combingham agora eram visíveis ao longe.

— Ivy me acusou de só lhe dar presentes que eu já possuísse, e não presentes comprados especialmente para ela. Então foi para o quarto e começou a arrancar gavetas das cômodas, procurando por um leque que lhe dera, mais provas contra mim! Esse leque também era um objeto que eu adorava. Tinha a imagem de uma bela dançarina e, claro, a cintura dela era *minúscula*. Só Ivy para lembrar que quando dei o leque eu disse: "A dançarina parece com você, querida", porque parecia *sim*, com o cabelo preto e a pele branca. Ivy amava o leque desde que dei para ela e aceitou a comparação como o elogio que eu pretendia que fosse. De repente, no entanto, à luz dos eventos lastimáveis que já descrevi, Ivy decidiu que eu tinha sido falsa e queria que ela notasse a diferença entre a cintura delicada da moça do leque e sua própria.

— As relações humanas são extremamente complicadas — disse Poirot.

— As pessoas as complicam mais que o necessário — falou Lenore em tom de desaprovação. — Embora, como eu disse: Ivy recentemente usou a pulseira de luto que eu dei para ela. Fez questão que eu a visse usando também. Deve ter sido o jeito dela de me avisar que me perdoou. O que mais poderia significar?

Capítulo 26

A experiência com a máquina de escrever

Quando chegaram à Mansão Combingham, Lenore Lavington e Poirot encontraram Kingsbury de guarda ao lado de uma pequena mesa no saguão de entrada. Em cima dela havia duas máquinas de escrever, lado a lado.

— Eu trouxe as duas máquinas para Mr. Porrott, como a madame pediu, Mrs. Lavington — disse ele.

— Obrigado, Kingsbury. Isso é tudo por enquanto.

O criado foi embora arrastando os pés. Ninguém fez menção de fechar a porta da frente.

Poirot conseguiu reprimir a vontade de perguntar por que, em uma casa do tamanho da Mansão Combingham, com tantos cômodos presumivelmente vazios e sem função, coisas como o jantar e a experiência com as máquinas de escrever precisavam acontecer no saguão de entrada? Não fazia sentido! Se Poirot fosse dono da propriedade, ele teria colocado um piano de cauda ali onde a mesinha havia sido posta. Essa era a única coisa que poderia parecer integrada àquele ponto específico.

— Há algum problema, *monsieur* Poirot? — perguntou Lenore Lavington.

— Não, madame.

Ele voltou a atenção para as duas máquinas de escrever à frente. Uma era nova e reluzente; a outra tinha uma rachadura na lateral e um arranhão fundo na frente. Kingsbury havia colocado ao lado das duas máquinas de escrever o papel e o carbono que Poirot precisaria mais tarde para conduzir o experimento.

Assim que se instalou no quarto que lhe fora designado e comeu e bebeu um pouco, Poirot se sentou à mesinha e testou primeiro uma máquina de escrever, depois a outra. Ambas tinham letras "e" idênticas sem nenhuma falha de tinta. Não havia necessidade de procurar outras diferenças, embora ele tenha procurado. Sem observar com cuidado, a pessoa não se dá a oportunidade de detectar qualquer detalhe imprevisível, mas, no entanto, altamente significativo.

Em sua língua materna, o francês, Poirot deu graças a um poder superior quando viu que tal detalhe estava presente naquele caso. Ele estava ocupado comparando os dois papéis em que havia datilografado com precisão as mesmas palavras quando primeiro ouviu, e depois viu, Hopscotch. O cachorro desceu correndo as escadas e atravessou o saguão. Ele pulou para cumprimentar Poirot. Annabel Treadway desceu as escadas atrás do amado cão.

— Hoppy, *no chão*. No chão, rapaz! O *monsieur* Poirot não quer ter o rosto lambido, tenho certeza.

De fato, Poirot não queria. Ele fez um carinho no cachorro, torcendo que Hopscotch aceitasse o gesto como um meio-termo razoável.

— Veja como Hopscotch está feliz em vê-lo, *monsieur* Poirot! Ele não é um rapaz adorável e carinhoso? — Annabel conseguiu parecer triste ao dizer isso: como se ninguém, além dela, pudesse apreciar a boa índole do cachorro.

Hopscotch acabou se lembrando de que estava a caminho de sair da casa e correu para o jardim.

Ao observar as duas folhas de papel nas mãos de Poirot, Annabel disse:

— Vejo que o senhor começou a investigação da máquina de escrever. Ah, não vou interrompê-lo. Lenore me deu ordens estritas para deixá-lo em paz e permitir que o senhor faça seu trabalho de detetive.

— Eu já concluí a experiência, *mademoiselle*. Gostaria de ver os resultados? Diga-me, que diferenças a senhorita percebe?

Poirot passou as duas folhas de papel para Annabel, que olhou fixamente para elas por um tempo antes de se voltar para ele.

— Eu não vejo nenhuma — falou ela. — Digo, nada relevante. A letra "e" está totalmente preenchida e correta em ambas as páginas.

— Sim, está. Mas há mais para ver do que as muitas letras "e".

— As mesmas palavras estão escritas nas duas folhas de papel: "Eu, Hercule Poirot, cheguei à Mansão Combingham e não irei embora até ter resolvido o mistério da morte de Barnabas Pandy." As duas versões são idênticas em todos os aspectos, não são? O que estou deixando de notar?

— Se eu lhe dissesse a resposta, *mademoiselle*, eu lhe privaria da oportunidade de descobrir por si mesma.

— Eu não quero descobrir nada. Quero que o senhor nos diga se corremos o perigo de haver um assassino perambulando pela casa, e que nos proteja se estivermos, e então... então tudo que eu quero é esquecer!

— O que a senhorita deseja esquecer?

— Tudo isso. O assassinato do Vô e o motivo do crime, qual quer que seja, e a carta revoltante que não consigo tirar da cabeça, embora eu a tenha queimado.

— E um vestido azul molhado com flores brancas e amarelas? — perguntou Poirot.

Annabel olhou para ele, de olhos arregalados e aparentemente sem compreender.

— Do que o senhor está falando? — indagou ela. — *Eu* tenho um vestido azul com flores brancas e amarelas. Mas não está molhado.

— Onde ele está?

— No meu guarda-roupa.

— Tem certeza?

— Onde mais estaria? Era o vestido que estava usando no dia em que o Vô morreu. Não senti vontade de usá-lo desde então.

Ela, então, não procurou o vestido nem notou que estava desaparecido. *Supondo que Annabel esteja dizendo a verdade*, Poirot disse para si mesmo.

— *Mademoiselle*, a senhorita sabia que, antes de morrer, seu avô decidiu fazer uma mudança no testamento dele? *Monsieur* Pandy acabou não levando isso até o fim porque morreu antes. Mas *ele* tinha a intenção de alterar de maneira considerável suas disposições testamentárias.

— Não, eu não sabia disso. Embora Peter Vout, o advogado dele, tenha vindo aqui e os dois se isolaram na sala de visitas para conversar em particular, então talvez tenha sido...

Annabel ofegou de repente e cambaleou para trás. Poirot se moveu rapidamente para pegá-la, caso ela caísse. Ele a ajudou a sentar em uma cadeira.

— Qual é o problema, *mademoiselle*?

— Era eu, não era? — sussurrou Annabel. — O Vô queria me deserdar. Por isso que ele convocou Peter Vout. Apesar de eu ter salvado a vida de Ivy, o Vô não conseguiu me perdoar assim que soube! O que significa que eu devo merecer jamais ser perdoada — disse Annabel furiosa. — Se o Vô queria alterar o testamento para me punir, isso significa que não mereço nada. Apenas sofrer. Ele sempre foi justo. Eu nunca imaginei que o Vô me amaria do jeito que amava Lenore, mas *ele sempre foi justo*.

— *Mademoiselle*, por favor explique para Poirot. Por que seu avô não poderia lhe perdoar?

— Não! Ah, ele vai conseguir o que queria, não vou atrapalhar os desejos do Vô, mas eu nunca vou contar para o senhor ou para ninguém. *Nunca!* — Soluçando, ela subiu correndo as escadas.

Poirot olhou para Annabel indo embora, confuso. Então se voltou para a porta da frente da casa, aberta, e pensou em como seria fácil voltar para Londres e para a Mansão Whitehaven e nunca mais retornar. Oficialmente, nenhum crime havia sido cometido, então Poirot dificilmente poderia ser culpado por não ter conseguido resolver um assassinato.

Mas era óbvio que ele não iria embora. Ele era Hercule Poirot!

— Três dias — falou ele para si mesmo. — Apenas três dias.

Capítulo 27
....
A pulseira e o leque

Na manhã seguinte, Poirot estava a caminho de tomar o café da manhã quando Ivy Lavington o emboscou no corredor. Hopscotch estava ao seu lado. O cachorro não tentou lamber Poirot dessa vez. Ele parecia, na verdade, bastante desanimado.

— Onde está a tia Annabel? — perguntou Ivy. — O que o senhor fez com ela?

— Ela não está em casa, aqui na mansão? — indagou ele.

— Não. A tia Annabel pegou um dos carros e saiu para algum lugar sem Hoppy, coisa que ela nunca faz. Absolutamente nunca. Não sem dizer uma palavra para mim ou para a mamãe. O senhor disse alguma coisa para aborrecê-la?

— *Oui, c'est possible* — respondeu Poirot com dor no coração. — Às vezes, para salvar vidas, é preciso fazer perguntas indesejadas.

— Salvar vidas de quem? — perguntou Ivy. — O senhor está sugerindo que quem matou o Vô pretende matar de novo?

— Sem dúvida, um assassinato foi planejado.

— Então é uma vida ou mais de uma? O senhor disse "vidas".

— *Mademoiselle! Sacre tonnerre!*

— O que foi? O senhor parece ter visto um fantasma.

Poirot abriu a boca, mas não conseguiu pronunciar nenhuma palavra. Ele estava pensando rápido demais para sequer conseguir falar.

— O senhor está bem, *monsieur* Poirot? — Ivy pareceu preocupada. — Eu falei alguma coisa que lhe assustou?

— *Mademoiselle*, a senhorita disse algo que me ajudou muito! Por favor, não fale nada por um tempinho. Eu preciso seguir a lógica da teoria que está crescendo na minha mente, para ver se estou certo. Eu *devo* estar certo!

Ivy ficou parada de braços cruzados e observou Poirot enquanto ele juntava as várias peças. Hopscotch, ainda ao lado dela, também o encarava intrigado.

— Obrigado — disse Poirot depois de um tempo.

— E então? — falou Ivy. — O senhor está certo?

— Acredito que sim.

— Que alegria! Estou ansiosa para ouvir sua teoria. Eu mesma não consegui pensar em nenhuma.

— Não tente — aconselhou Poirot. — Suas especulações se baseariam em uma premissa totalmente falsa, e portanto a senhoria falharia.

— O que o senhor quer dizer com premissa falsa?

— Tudo a seu tempo, *mademoiselle*. Tudo a seu tempo.

Ivy fez uma careta para ele, uma expressão que sugeriu uma mistura de aborrecimento e admiração.

— Imagino que a mamãe tenha contado para o senhor sobre a briga que tivemos no dia que o Vô morreu? — Ela sorriu. — O senhor já deve saber tudo sobre minhas pernas de tronco de árvore. E a mamãe deve ter pedido para o senhor não dizer nada sobre isso para mim, por medo de me aborrecer de novo.

— *Mademoiselle*, se me permite dizer, a senhorita é uma bela visão, e não há nada de errado com seu tamanho ou forma.

— Bem, eu tenho minhas cicatrizes — falou Ivy, apontando para o próprio rosto. — Mas, fora isso, eu concordo. Sou uma pessoa normal e saudável, e por mim, tudo bem. Mamãe acha que eu devo almejar não ser mais larga do que um limpador de cachimbo, mas a alimentação dela é uma loucura. Ela não come corretamente, nunca comeu. O senhor notou na noite passada, durante o jantar?

— Infelizmente, não — admitiu Poirot, que esteve muito ocupado comendo a própria refeição deliciosa.

— De vez em quando ela coloca um pedacinho de alguma coisa na boca e engole de má vontade, como alguém tomando um remédio, mas passa a maior parte das refeições cutucando a comida com o garfo como se suspeitasse que o alimento está conspirando contra ela. Mamãe acha que fiquei com muita raiva dela porque eu não suportaria ouvir a verdade sobre minhas pernas horríveis. Um absurdo, porque estou perfeitamente contente com minhas pernas. O que me aborreceu foi descobrir que a mamãe olha para mim e vê apenas, ou em grande parte, um monte de defeitos físicos. E a desonestidade dela. Isso também me enfurece.

— Sua mãe não é honesta? — perguntou Poirot.

— Ah, a mamãe não suporta a verdade. É quase alérgica. Ela faria ou diria *qualquer coisa* para manter a mim e Timmy felizes, algo que acho que ela sente que é seu dever como mãe, mas de vez em quando um pouquinho de sinceridade escapa e, quando isso acontece, ela se desdobra para negar o que é evidente. Eu *jamais* vou acreditar quando ela diz que acha que sou linda. Sei que é mentira. Era muito melhor que ela admitisse que adoraria que eu passasse fome até ficar esquelética. Em vez disso, minha mãe mente sem parar sobre o quanto me ama do jeito que sou e se convence de que está me fazendo feliz ao dizer isso — Ivy falou pensativa e analiticamente, sem nenhum traço de mágoa na voz. Poirot refletiu que ela era uma mulher mais feliz e mais estável do que a mãe ou a tia.

— A realidade é que, se a pessoa tentar negar a verdade, ela escapa de outras maneiras. Eu não imagino que a mamãe tenha contado sobre a ocasião que ela me deu um leque de presente? — Ivy riu. — Havia o desenho de uma mulher de cabelos escuros no leque, e mamãe disse: "Ela não se parece com você, Ivy? O cabelo é da mesma cor, e o vestido." Tudo isso era verdade, mas a mulher no leque tinha a menor cintura que eu já tinha visto na vida! E *eu* por acaso estava saindo para dançar usando um vestido preto e vermelho bem chamativo que, em retrospecto, provavelmente não estava caindo bem e teria ficado melhor em alguém com uma silhueta mais esbelta, embora eu não tenha me importado com isso. Eu gostei do vestido, então usei. Mamãe não o suportava porque marcava minha cintura, então ela me presenteou com uma repreensão disfarçada de agrado. Imagino que ela esperasse que eu desse uma olhada na mulher no leque, percebesse o contraste e imediatamente decidisse trocar de roupa, escolhendo algo que disfarçasse minha cintura e me fizesse parecer mais magra.

— Sua mãe me disse que também lhe deu uma pulseira — falou Poirot.

Ivy assentiu.

— Isso foi depois que o Vô morreu. Eu dei uma olhada e pensei que não seria capaz de fazê-la passar pela minha mão nem que tentasse por cem anos. A pulseira era dela e deve ter ficado perfeita em seu pulso, mas não foi feita para alguém do meu tamanho. Na verdade, a pulseira *realmente* coube em mim, mas com dificuldade. Eu usei faz pouco tempo, mas acho que não vou repetir. Eu queria que minha mãe me visse usando ao menos uma vez. Sei que ela ainda se preocupa que tenha me magoado para sempre deixando que eu descobrisse que ela gostaria que eu fosse mais magra, e eu queria mostrar para ela que a perdoei. Porque ela não consegue evitar ser do jeito que é. E, na minha raiva, fui tremendamente injusta com ela. A pulseira e o leque são coisas que ela ama e das quais nunca teria se separado, se não tivesse dado para mim, quero dizer, mas eu a acusei de me dar presentes de segunda mão e de não estar disposta a gastar seu dinheiro comigo.

Ivy deu um sorriso triste.

— Nem eu nem a mamãe somos perfeitas, *monsieur* Poirot. Acho importante entender que os entes mais próximos e queridos *não* são perfeitos. Se a pessoa não puder aceitar isso... bem, ela vai enlouquecer.

Nenhuma pessoa, concordou Poirot, jamais poderá ser perfeita. Por outro lado, um quebra-cabeça e sua solução, assim que todas as pontas soltas e desarrumadas estejam bem amarradinhas...

— A senhorita sabia, *mademoiselle*, que seu avô pretendia mudar o testamento e que ele morreu antes que pudesse fazer isso?

— Não. — Os olhos de Ivy assumiram uma expressão mais aguçada. — Que alteração seria essa?

— Tanto o advogado do *monsieur* Pandy quanto sua mãe me disseram que ele pretendia deserdar a *mademoiselle* Annabel. Não deixaria nada para ela.

— Por que cargas d'água ele faria isso? — perguntou Ivy. — A tia Annabel é uma pessoa amável, altruísta e totalmente bondosa. Não há muitas pessoas como ela. Eu não sou sempre amável. O senhor é, *monsieur* Poirot?

— Eu tento ser, *mademoiselle*. É importante tentar.

— Mas... Não faz sentido — murmurou Ivy. — Não pode ser verdade. O Vô sempre preferiu a mamãe, mas nunca teria deixado essa preferência tão evidente. Ele sabia tão bem quanto eu que a tia Annabel nunca faria mal a ninguém. Eu sempre acreditei que o Vô se sentia muito culpado por achá-la enlouquecedora, porque ele sabia que ela não tinha feito nada para merecer isso.

— Tenho que lhe fazer mais uma pergunta, *mademoiselle* — disse Poirot. — É uma pergunta estranha, e peço desculpas se ela lhe causar aflição.

— É sobre troncos de árvores? — falou Ivy.

— Não. A pergunta diz respeito ao seu falecido pai.

— Pobre papai.

— Por que a senhorita diz isso?

— Não sei. Eu não acho que mamãe o amasse muito. Ela desempenhou o papel de uma boa esposa com perfeição, mas o coração não estava envolvido, sabe? Mamãe *talvez* pudesse ter sido capaz de amá-lo mais se ao menos tivesse sido sincera desde o começo. Em vez disso, o relacionamento seguia o padrão habitual dela: a mamãe tentava fazer e dizer o que achava que deixaria o papai feliz e, como resultado, nenhum deles conseguiu ser feliz.

— Ela o enganou sobre algo em particular? — indagou Poirot.

— Não, foi pior do que isso — respondeu Ivy. — Ela o enganou na vida normal e cotidiana. Mamãe é tremendamente inteligente, sabe. Bem organizada, astuta, capaz. Ela tende a supor que as coisas vão acontecer como deseja. Manter essa atitude muitas vezes fez com que os obstáculos no caminho dela desaparecessem. Ou melhor, devo dizer, tem sido assim desde que o papai morreu. Ele ficava muito aflito com as menores coisas e sempre dizia que os dois não deveriam tentar fazer isso ou aquilo porque não teriam sucesso. Ir embora da Mansão Combingham, por exemplo, e montar uma casa própria. A mamãe queria, mas o papai, não, e por isso ela fingiu concordar com ele. Saber que poderia ter feito esse plano funcionar brilhantemente, se ao menos tivesse tido a chance, deve ter deixado a minha mãe muito infeliz. Ela deveria ter dito ao papai para deixar de ser tão bobo em vez de ceder à tímida abordagem dele em relação à vida. Eu imagino que deve ter sido um alívio para ela quando ele morreu.

— Sua mãe expressou alívio?

— Deus me livre, não. Ela também teria morrido em vez de admitir isso. Mamãe é muito inteligente mesmo. Ela tem apreciado imensamente estar no comando de si mesma e tomar todas as próprias decisões desde que o papai morreu, mas sem dizer uma vez sequer "que alívio ser livre!" como muitas mulheres na posição dela poderiam dizer. Falar qualquer coisa desse tipo seria direto demais para ela.

Ivy sorriu.

— Veja só, fiquei tagarelando. O que o senhor queria perguntar sobre o papai? Eu nunca lhe dei a chance.

— Desde a morte do seu pai, a senhorita recebeu alguma carta supostamente da parte dele?

— Cartas do meu falecido pai? Não. Nem uma sequer. Por que pergunta?

Poirot sacudiu a cabeça.

— Isso não importa. Obrigado por dedicar seu tempo para falar comigo, *mademoiselle*. Nossa conversa foi muitíssimo esclarecedora.

— Eu devo informar que importa demais — disse Ivy para Poirot quando ele se dirigiu para a sala de jantar, onde o café da manhã o esperava. — Primeiro, cartas suas que não são suas, e agora cartas do meu falecido pai que não podem ser dele... Eu espero que o senhor explique tudo isso, *monsieur* Poirot. Quero entender cada aspecto desconcertante desse caso estranho.

— Eu também — disse Poirot para si mesmo ao se sentar para comer. — Eu também, muitíssimo.

Capítulo 28
∙∙∙∙∙∙∙∙∙∙∙∙∙∙
Uma confissão nada convincente

Eu estava sentado no meu escritório na Scotland Yard, lutando com uma pista de palavras cruzadas particularmente difícil, quando o superintendente bateu na porta.

— Desculpe interromper, Catchpool — disse ele com um sorriso. — Miss Annabel Treadway está aqui para vê-lo.

Desde que ficou sabendo que Rowland Forca estava finalmente convencido de que nem Poirot nem a Scotland Yard haviam acusado o filho dele de assassinato, o superintendente vinha sendo a própria imagem da racionalidade e do comedimento.

— Vou atender a Miss Treadway imediatamente — falei.

O superintendente a conduziu ao pequeno ambiente e depois foi embora. Dei uma olhada na mulher diante de mim e me perguntei por que Annabel Treadway passava, naquele momento, uma imagem tão forte de ser a encarnação de um destino trágico. Era como se o escritório tivesse ficado mais escuro com a chegada dela. Mas por quê? Annabel não estava chorando nem vestia roupas de luto. Era um enigma.

— Boa tarde, senhorita Treadway.

— O senhor é o Inspetor Edward Catchpool?

— Isso mesmo. Eu esperava vê-la amanhã durante a tarde na Mansão Combingham. Não esperava que a senhorita viesse a mim em Londres.

— Eu tenho uma confissão a fazer — disse ela.

— Entendo. — Eu sentei e a convidei para fazer o mesmo, mas Annabel Treadway permaneceu em pé.

— Eu matei meu avô. Eu agi sozinha.
— Ah, é?
— Sim. — Ela ergueu o queixo e pareceu quase orgulhosa. — Três outras pessoas também receberam cartas acusando-as do assassinato do meu avô, mas são todas inocentes. Eu o matei.
— A senhorita assassinou Barnabas Pandy, é isso que está me dizendo?
— Sim.
— Como?
Ela franziu a testa.
— Não sei o que o senhor está perguntando.
— É bem simples. A senhorita diz que matou Mr. Pandy. Eu estou perguntando como.
— Mas eu pensei que o senhor soubesse. Ele se afogou na banheira.
— A senhorita não quer dizer que *a senhorita* o afogou?
— Eu... Sim. Eu afoguei o meu avô.
— Essa é uma história diferente daquela que a senhorita contou para Hercule Poirot — falei.
Annabel Treadway baixou os olhos.
— Desculpe.
— Pelo quê? Ter matado seu avô? Ter mentido para Poirot? Ter mentido para mim? Todas as anteriores?
— Por favor, não torne essa situação mais difícil para mim do que precisa ser, inspetor.
— A senhorita acabou de confessar um assassinato. O que estava esperando: uma caneca de chocolate quente e um tapinha nas costas? Sua irmã e sobrinha disseram para Poirot que a senhorita não teria sido capaz de fazer tal coisa, pois a senhorita estava com elas desde o momento em que as três ouviram seu avô reclamar do barulho até Kingsbury encontrá-lo morto cerca de trinta minutos depois.
— Elas devem estar enganadas. Estávamos todas juntas no quarto de Ivy, mas eu saí do cômodo por alguns minutos. Lenore e Ivy devem ter esquecido. É difícil lembrar de eventos com clareza a uma distância de muitas semanas.
— Entendo. A senhorita se lembra do que estava vestindo quando matou seu avô?

— Do que eu estava vestindo?
— Sim. Sua irmã Lenore descreveu um vestido em especial.
— Eu... eu estava usando meu vestido azul com flores amarelas e brancas.

Isso, pelo menos, batia com o relato da irmã dela.

— Diga-me, onde está esse vestido agora? — indaguei.
— Em casa. Por que todo mundo fica me perguntando sobre o vestido? Por que isso importa? Eu não o uso desde o dia que o Vô morreu.
— O vestido ficou molhado quando a senhorita forçou a cabeça do seu avô debaixo da água na banheira? — perguntei.

Ela parecia prestes a desmaiar.

— Sim.
— Sua irmã Lenore disse para Poirot que seu vestido estava completamente seco.
— Ela... ela não deve ter notado.
— E se eu disser que Jane Dockerill encontrou esse seu vestido azul, que foi embrulhado em celofane ainda ensopado e colado na parte de baixo da cama de Timothy Lavington na escola?

O choque no rosto de Annabel Treadway era inconfundível.

— O senhor está inventando isso para me confundir — disse ela.
— O senhor está fazendo isso de propósito!
— Por acaso estou fazendo a senhorita desistir de sua história bem ensaiada com alguns fatos inconvenientes?
— O senhor está deturpando minhas palavras! Por que simplesmente não aceita a minha confissão?
— Ainda não. Tem certeza de que não escondeu o vestido no estrado da cama do seu sobrinho? A senhorita não ficou preocupada que alguém notasse que a roupa estava molhada e cheirava a azeite de oliva? Não teve a brilhante ideia de escondê-la em algum lugar longe da casa?
— Tudo bem, então: sim, eu fiz isso — disse Annabel Treadway com a voz trêmula.
— No entanto, quando pedi para confirmar que a senhorita escondeu o vestido embaixo da cama de Timothy, a senhorita disse que ele estava na sua casa. Por que mentiria sobre isso quando a senhorita já confessou o assassinato? Eu não acho que mentiria.

— Só uma coisa importa, inspetor: eu matei meu avô. Vou jurar no tribunal. O senhor pode me prender imediatamente e fazer o que se faz com criminosos, mas o senhor me prometeria algo em troca da minha confissão completa? Eu não quero que Hoppy fique preso na Mansão Combingham quando eu partir. Ninguém cuidaria dele direito. Prometa que o senhor encontrará alguém que vai amar e cuidar de Hoppy corretamente.

— *A senhorita* vai continuar fazendo as duas coisas — falei para ela alegremente. — Está bem claro para mim que a senhorita não matou ninguém.

— Eu matei. Coloque uma Bíblia em minhas mãos e eu vou jurar sobre ela.

— Uma Bíblia, é? A senhorita juraria pela vida do seu cachorro, Hopscotch?

A boca de Annabel Treadway ficou crispada. Lágrimas vieram aos olhos dela. Annabel não disse nada.

— Está bem, Miss Treadway, diga-me: por que afogou seu avô?

— Isso eu posso responder com facilidade. — Havia um alívio tangível, tanto na voz quanto nos olhos dela. Senti que Annabel Treadway poderia estar prestes a falar a verdade ou pelo menos um pouco dela. — O Vô descobriu algo sobre mim. Ele ia me deserdar por causa disso.

— O que ele descobriu?

— Eu *jamais* vou lhe contar — disse Annabel Treadway. — E o senhor não pode me obrigar.

— A senhorita está certa. Não posso.

— O senhor vai me prender por assassinato?

— Eu? Não. Vou consultar *monsieur* Poirot e, talvez, entre em contato com as autoridades competentes depois de fazê-lo.

— Mas... o que eu devo fazer agora? Eu não esperava ter que voltar para casa.

— Bem, infelizmente a senhorita terá que fazer isso, a menos que tenha outro lugar para ir. Vá para casa, passeie com o cachorro, e espere para ver se alguém aparece para prendê-la por assassinato. Eu acho que é muito improvável que faça isso, mas nunca se sabe. A senhorita pode dar sorte!

Capítulo 29
• • • • • • • • • • • • • •
Um ente inesperado

Ao entrar na esquina da minha rua mais tarde naquela mesma noite, notei que a porta da casa onde eu morava estava aberta e que minha senhoria, Mrs. Blanche Unsworth, estava plantada na frente da propriedade e parecia prestes a explodir assim que me visse.

— Ah, não — murmurei para mim mesmo.

Minha senhoria ficou pulando de um pé para o outro e balançando os braços como se alguém tivesse pedido para ela imitar uma árvore sendo sacudida por uma tempestade. Será que ela imaginou que eu talvez ainda não a tivesse visto? Eu dei meu melhor sorriso e cumprimentei:

— Olá, Mrs. Unsworth! Uma bela noite, não é?

— Estou feliz que o senhor esteja de volta! — disse minha senhoria. Assim que eu estava ao alcance dela, Mrs. Unsworth me puxou para dentro da casa. — Um cavalheiro veio visitá-lo enquanto o senhor esteve ausente. Eu não gostei da aparência dele. Era uma figura estranha. Eu conheço todo tipo de gente, mas ele não era parecido com ninguém que vi na vida.

— Ah — falei.

A melhor coisa sobre Mrs. Unsworth era que nunca era necessário fazer uma pergunta para ela. Poucos minutos depois de encontrá-la, minha senhoria fornecerá uma lista completa de todos os pensamentos na cabeça dela e todos os incidentes que ela testemunhou ou esteve envolvida desde a última vez que a pessoa a viu.

— Ele ficou parado ali como um bibelô de porcelana. Como se fosse feito de cerâmica! O rosto mal se mexia enquanto falava. Ele foi extremamente educado, quase educado demais, como se estivesse colocando as boas maneiras em prática.

— Ah — repeti.

— Eu tive uma sensação estranha desde o momento em que pus os olhos nele. "Não seja boba, Blanche. Com o que você está nervosa?", falei para mim mesma. "O cavalheiro está bem vestido, é simpático e educado, um pouco reservado, talvez, mas não há nada com o que se preocupar. Se todo cavalheiro que aparece fosse tão bem comportado." Então ele me passou um pacote para entregar ao senhor, e como o pacote está mesmo endereçado ao seu nome, eu o deixei reservado. Está todo embrulhado, e tenho certeza de que não é nada *muito* desagradável, mas nunca se sabe, não é? Parece um pouco volumoso para mim.

— Onde está o pacote? — perguntei.

— Devo dizer que não gostei da aparência do pacote da mesma forma que não gostei da aparência do cavalheiro — falou Unsworth. — Não sei se o senhor deve abri-lo. Eu não abriria, se fosse o senhor.

— Não precisa se preocupar comigo, Mrs. Unsworth.

— Ah, mas me preocupo! Eu me preocupo mesmo.

— Onde está o pacote?

— Bem, está na sala de jantar, mas... Espere! — Ela ficou na minha frente para impedir que eu prosseguisse pelo corredor. — Eu não posso deixá-lo abrir sem alertá-lo. O que aconteceu a seguir me deixou assustadíssima. O senhor precisa ouvir toda a história.

Eu precisava? Tentei parecer paciente da melhor maneira possível.

— Perguntei o nome do cavalheiro e ele me ignorou. Agiu como se eu nunca tivesse perguntado! É isso que quero dizer: ele tentou parecer extremamente educado, mas será que um verdadeiro cavalheiro ignoraria uma pergunta razoável como essa feita por uma dama? Eu estou lhe dizendo, o homem era uma figura. Tinha um brilho astuto em seus olhos.

— Tenho certeza que ele tinha.

— Um sorriso engraçado também. Não é o tipo de sorriso que se vê todos os dias. E então ele abriu a boca e falou, e eu nunca vou esquecer aquelas palavras enquanto viver! Foi uma das coisas mais estranhas que já me aconteceu! O homem falou: "Diga ao Inspetor Catchpool que o ente está doente."

— O quê?

Blanche Unsworth obedientemente repetiu as palavras.

— O ente está doente? — falei.

— Essas mesmíssimas palavras! Bem, eu pensei cá comigo: não adianta bancar a anfitriã educada se ele vai brincar comigo de uma maneira tão desagradável. "Por favor, me diga seu nome", pedi, ao que o homem deve ter notado que eu não tinha gostado da brincadeira, mas ainda assim não se importou. Ele apenas disse de novo: "O ente está doente."

— Eu preciso ver o pacote.

Desta vez, felizmente, minha senhoria foi para o lado e me permitiu passar. Parei abruptamente quando vi o pacote embrulhado na mesa da sala de jantar. Soube no mesmo instante o que era.

— O ente está doente! Ha!

— Por que o senhor está rindo? Sabe o que isso significa? — perguntou a senhora Unsworth.

Ela recuou, cobriu a boca com as mãos e soltou um suspiro de susto quando tirei o embrulho. Assim que o objeto foi revelado, minha senhoria disse com reverência:

— É... é uma máquina de escrever.

— Eu preciso de folhas de papel — falei para ela. — Explicarei no devido tempo, assim que tiver testado esse troço para descobrir se estou certo.

— Papel? Bem, tenho certeza de que eu... Não é problema, claro, mas...

— Então, por favor, traga algumas folhas, sem demora.

Logo depois, com Mrs. Unsworth parada atrás de mim, inseri uma folha de papel na máquina. Datilografei: "O ente está doente." Aquele parecia o primeiro verso de um poema de vanguarda. A frase seguinte, pensei, poderia ser: "O ente está com o pé dormente." Eu datilografei isso também.

— Quem é este ente? — perguntou a senhora Unsworth. — E por que, eu gostaria de saber, ele está com o pé dormente?

Puxei o papel da máquina de escrever e examinei os resultados da minha criatividade.

— Sim! — exclamei.

— Se o senhor não me disser o que significa isso, eu não vou conseguir pregar o olho hoje à noite — ameaçou Mrs. Unsworth.

— Durante muito tempo, Poirot e eu procuramos por uma máquina de escrever específica. É essa aqui. Ela tem uma letra "e" defeituosa. Olhe de perto. — Eu passei o papel para minha senhoria.

— Mas... o que isso tem a ver com um ente? — perguntou ela.

— Quem entregou a máquina de escrever obviamente queria que eu a testasse, datilografando uma frase que contém muitos "e"s. Isso é tudo que importa, não o ente estar doente. Não se trata de um ente real. O que importa é: quem era o estranho que veio aqui e de quem é essa máquina?

Fiquei imaginando como Poirot ficaria satisfeito quando eu lhe contasse sobre essa evolução do caso, mas na verdade – como eu teria percebido imediatamente se não fosse um idiota completo –, a novidade não nos levou adiante.

— Imagino que o homem que a senhora conheceu tenha sido apenas um mensageiro, não o verdadeiro remetente — falei para Blanche Unsworth. — Não é do nome dele que precisamos, e sim do nome da pessoa que o convenceu a entregar a máquina.

Pedi licença, subi para o meu quarto e deitei na cama, me sentindo tão doente quanto nosso amigo ente. Alguém estava me provocando — alguém que havia se esforçado muito para chamar a atenção para minha própria ignorância: "Aqui está a máquina de escrever que você procura. Agora tudo o que você precisa fazer é descobrir de onde veio — mas você não consegue, não é? E nunca vai descobrir, porque eu sou mais esperto do que você." Eu quase podia ouvir as palavras sendo ditas em um tom sarcástico.

— Você pode ser mais esperto do que eu — falei, embora a pessoa a quem eu estava me dirigindo não pudesse ouvir —, mas eu duvido que seja mais esperto que Hercule Poirot.

Capítulo 30

O Mistério dos Três Pedaços

No dia seguinte, lutando contra o mau tempo, eu viajei para a Mansão Combingham com Rowland McCrodden. Não foi uma jornada agradável. Passei a maior parte do trajeto pensando por que as conversas entre Poirot, McCrodden e eu fluíam facilmente, enquanto McCrodden e eu, sem Poirot, não conseguíamos falar de um jeito que não fosse formal e — da parte dele, pelo menos — mal-humorado.

A Mansão Combingham tinha uma fachada sem graça, como se fosse um prédio do governo. Embora fosse evidentemente uma construção antiga, tinha um aspecto estranhamente temporário, como se tivesse sido colocada, em vez de enraizada, na paisagem ao redor. Achei estranho pensar que, no dia seguinte, todos os envolvidos no estranho quebra-cabeças em torno da morte de Barnabas Pandy se reuniriam aqui, sob as ordens de Poirot.

Rowland McCrodden e eu encontramos a porta da frente da Mansão entreaberta, apesar da chuva forte. Como era de se esperar, a parte da frente do chão de ladrilhos estava molhada, e havia um pouco de lama misturada com a água. Imediatamente pensei nos pobres sapatos de Poirot e no sofrimento que eles já deveriam ter passado. Havia algumas marcas enlameadas de patas — pegadas de Hopscotch, o cachorro, presumi. (Ou "patagadas", pensei sorrindo para mim mesmo.)

Não havia ninguém para nos receber. McCrodden se virou para mim com uma expressão insatisfeita e parecia prestes a reclamar quando nós dois ouvimos passos arrastados. Um idoso surgiu vindo do corredor abobadado à frente e estava avançando lentamente na nossa direção.

— Noto que encontraram a entrada, cavalheiros — disse ele. — Meu nome é Kingsbury. Por favor, permitam-me recolher seus chapéus e casacos, para que eu possa conduzi-los aos seus quartos. Os senhores ficaram com ótimas acomodações, de aspecto agradável. Ah, e Mr. Porrott pediu que depois os senhores se juntassem a ele no gabinete de Mr. Pandy.

Quando o velho se aproximou arrastando os pés, notei que ele estava tremendo. Ainda assim, Kingsbury não fez nenhum gesto para fechar a porta da frente antes de nos convidar a segui-lo para o andar de cima.

O quarto designado para mim era enorme, austero, desconfortável e frio. A cama tinha um colchão irregular e um travesseiro encaroçado: uma combinação desanimadora. A vista tinha o potencial de ser bonita assim que a chuva parasse de açoitar as janelas.

Kingsbury nos informou como encontrar o cômodo que ele ainda chamava de "gabinete de Mr. Pandy", e assim que eu estava pronto para descer, bati na porta de McCrodden, cujo quarto era vizinho ao meu. Quando lhe perguntei se o quarto era do seu agrado, ele respondeu friamente:

— O quarto contém uma cama e um lavatório, que é tudo de que preciso.

Uma clara insinuação de que apenas um libertino mimado esperaria mais do que isso.

Encontramos Poirot instalado em uma poltrona de couro de espaldar alto no gabinete, com um cobertor de listras laranjas, marrons e pretas em volta dos ombros. Estava bebendo uma tisana. Senti o cheiro assim que entramos na sala e pude ver o vapor subindo.

— Catchpool! — disse Poirot em um tom angustiado. — Eu não entendo qual é o problema com vocês ingleses. Está tão frio dentro desta sala quanto fora dela!

— Concordo. Esta casa é como uma geleira com paredes e um telhado — falei.

— Os senhores querem parar de se queixar? — vociferou Rowland McCrodden. — O que é isso, Poirot?

Ele apontou para uma folha de papel que estava virada de face para baixo em cima do que Kingsbury teria, sem dúvida, chamado de "mesa de Mr. Pandy".

— A-ha! — exclamou Poirot. — Tudo a seu tempo, *mon ami*. Tudo a seu tempo.

— E o que há na sacola de papel?

— Eu responderei às suas perguntas *bientôt*. Mas primeiro... Lamento, meu amigo, mas é meu dever informá-lo a respeito de notícias muitíssimo terríveis. Por favor, o senhor pode se sentar?

— Terríveis... — O rosto de McCrodden pareceu ceder. — É sobre John?

— *Non, non.* John está perfeitamente bem.

— Bem, o que é então? Desembuche!

— É *la pauvre mademoiselle* Mason. Esmeralda Manson.

— O que aconteceu com ela? O senhor não a convidou para cá, não é? Poirot, eu vou enforcá-lo se...

— Por favor, *mon ami*. — Poirot pôs o dedo nos lábios. — Eu lhe imploro, silêncio.

— Apenas me diga, pelo amor de Deus — disparou McCrodden. — O que Miss Mason fez agora?

— Ocorreu um acidente automobilístico muito infeliz. Miss Mason estava em um veículo quando um... um cavalo surgiu inesperadamente na frente dele.

— Um cavalo? — perguntei.

— Sim, Catchpool, um cavalo. Por favor, não interrompa. Ninguém mais foi ferido, mas a pobre *mademoiselle* Mason... Oh! *C'est dommage vraiment!*

— O senhor está dizendo que Esmeralda Mason está morta? — perguntou McCrodden.

— Não, meu amigo. Talvez fosse melhor para ela se estivesse. Uma moça tão jovem, com toda a vida pela frente...

— Poirot, exijo que me diga imediatamente... — começou McCrodden, cujo rosto estava vermelho como uma beterraba.

— É claro, é claro. Ela vai perder as duas pernas.

— *O quê?* — exclamou McCrodden.
— Bom Deus! — falei. — Isso é horrível.
— Um cirurgião está, neste momento, removendo os dois membros. Não havia como salvar nenhum deles. As pernas sofreram muitas lesões.
McCrodden pegou um lenço e começou a enxugar a testa. Não falou nada. Então balançou a cabeça várias vezes.
— Isso... isso é... Que terrível... Eu não consigo acreditar. *As duas pernas?*
— Sim, as duas.
— Nós temos... A empresa tem que garantir que ela tenha tudo que precisa. E flores. Uma cesta de frutas. E dinheiro, que diabos! O quanto a senhorita Mason precisar, e o melhor atendimento médico disponível. Deve haver especialistas que treinam pessoas depois de acidentes como esse, para que elas possam... — A boca de McCrodden se contorceu. A vermelhidão havia sumido do rosto dele; agora a pele parecia quase transparente. — Ela poderá voltar a trabalhar? Se não puder, isso vai matá-la. De verdade. Miss Mason ama o trabalho dela.
— *Monsieur* McCrodden, sinto muitíssimo — disse Poirot. — O senhor não gosta muito da moça, eu sei, mas isso deve ser um choque terrível para o senhor.
Rowland McCrodden foi lentamente até a cadeira mais próxima, se sentou e cobriu o rosto com as mãos. No mesmo momento, Poirot se virou para mim e piscou.
Eu fiz uma expressão de questionamento para ele. Poirot piscou novamente. Fui tomado por uma forte sensação de descrença. Será que aquilo realmente poderia estar acontecendo?
Fiz outra expressão mais severa de questionamento. Será que Poirot estava tentando sinalizar para mim que tinha contado uma mentira para McCrodden? Será que Esmeralda Mason estava perfeitamente bem, com as duas pernas funcionando e ainda presas ao resto do corpo, e ninguém querendo serrá-las? Nesse caso, o que diabos Poirot estava fazendo?
Eu me perguntei se deveria me manifestar. O que aconteceria se eu dissesse a Rowland McCrodden: "Poirot acabou de piscar para mim duas vezes; eu acho que ele está lhe fazendo de bobo"? Essa dificilmente seria a frase ideal para usar, diante das circunstâncias.

— *Mon ami*, o senhor prefere se recolher para o seu quarto? — perguntou Poirot. — Eu e Catchpool podemos segurar as pontas se o senhor não se sentir bem o suficiente para continuar.

— Continuar com o quê? Desculpe, eu... Esta notícia estarrecedora me distraiu.

— Pude notar — disse Poirot.

— Catchpool, me desculpe — falou McCrodden, em um tom quase inaudível.

— Pelo quê? — indaguei.

— Eu fui uma companhia intolerável hoje. O senhor foi um santo em me aturar. Eu o tratei de maneira vergonhosa e o senhor não fez nada para merecer isso. Por favor, aceite minhas mais sinceras desculpas.

— Claro — falei. — Está esquecido.

— Senhores, temos muito a discutir — disse Poirot. — *Monsieur* McCrodden, o senhor me perguntou sobre essa folha de papel. Pode examiná-la agora se quiser. E você também, Catchpool, se nosso amigo estiver muito angustiado.

— Ele me parece angustiado — falei incisivamente. — Não parece para você?

Poirot sorriu. Foi quando eu soube com certeza que as pernas de Esmeralda Mason não corriam perigo de serem arrancadas. Eu estava zangado comigo mesmo. Não havia nada que me impedisse de contar para McCrodden que ele tinha sido enganado, então por que eu não estava me manifestando? Em vez disso, eu não disse nada, confiando no grande plano de Poirot, como se ele fosse uma divindade.

Fui até a escrivaninha, peguei a folha de papel e virei para cima. Nela estavam datilografadas quatro palavras: "O ente está doente."

— O que diabos...? — murmurei.

Poirot começou a rir.

— *Você* me enviou a máquina de escrever? — falei.

— Ah! *Oui, c'etait* Poirot! Eu mandei George entregá-la e lhe instruí sobre o que dizer. Ele desempenhou o papel de forma extremamente satisfatória. George passou a mensagem sobre o ente para Mrs. Unsworth.

— Chega de jogos, Poirot. Por que você simplesmente não me contou que encontrou a máquina de escrever?

— Mil desculpas, *mon cher*. Poirot tem, de vez em quando, um impulso travesso.

— Onde você encontrou a máquina?

— Onde encontrei o ente doente? Aqui na Mansão Combingham. Não diga nada, por favor, Catchpool. Ninguém aqui sabe que sumiu uma máquina de escrever.

— Então... as cartas assinadas em seu nome foram datilografadas por alguém aqui?

— As cartas foram datilografadas aqui, sim.

— Por quem?

— Essa é realmente a questão! Eu tenho uma suspeita, mas isso é tudo, e não posso provar que estou certo. A certeza... — Ele suspirou. — Depois de muito trabalho duro, a certeza ainda me escapa.

— Você não prometeu revelar tudo às catorze horas de amanhã? — lembrei a ele.

— Sim. O tempo está começando a acabar para Poirot. — Ele sorriu, como se a ideia o satisfizesse. — Será que Poirot passará uma enorme vergonha? Não, ele não pode fazer isso! Poirot deve pensar em sua reputação! Ele deve preservar seu bom nome, o excelente nome de Hercule Poirot. *Alors*, há, então, apenas uma coisa a fazer! Este mistério deve ser resolvido antes das duas da tarde de amanhã. Eu estou muito perto, meus amigos... muito perto. Sinto aqui dentro. — Ele apontou para a cabeça. — As pequenas células cinzentas estão trabalhando duro. O tempo se esgotando... é revigorante, Catchpool. Isso me inspira! Não se preocupe. Vai dar tudo certo.

— Eu não estou preocupado — falei para ele. — Não prometi resposta a ninguém. Só estava lembrando que *você* deveria estar preocupado.

— Muito engraçado, Catchpool.

— O que há no saco de papel? — perguntei.

— Ah, sim, o saco — disse Poirot. — Vamos desembrulhá-lo agora. Mas primeiro devo confessar algo. *Monsieur* McCrodden, vejo que o senhor ainda não consegue falar, então, por favor, preste atenção ao que estou prestes a dizer. A história que lhe contei sobre Miss Mason, de que ela perderia ambas as pernas... não era verdade.

McCrodden ficou boquiaberto.

— Não... Não era *verdade*?

— Absolutamente não. Até onde eu sei, aquela jovem não sofreu nenhum acidente infeliz, e ambas as pernas ainda estão em perfeitas condições.

— Mas o senhor... o senhor disse... *Por que*, Poirot?

Achei estranho que McCrodden não estivesse zangado. Ele parecia, sim, estar em um tipo curioso de transe. Os olhos pareciam vidrados.

— Isso, *mon ami*, junto com muito mais, eu explicarei em nossa reunião amanhã. Desculpe ter lhe causado sofrimento com minha pequena história. Em minha defesa, só posso dizer que foi realmente necessário. O senhor ainda não sabe, mas me ajudou muito.

McCrodden assentiu, sem parecer prestar muita atenção.

Poirot foi até a mesa. Eu ouvi um ruído farfalhante quando ele tirou algo do saco de papel. Em seguida, Poirot se afastou para que pudéssemos ver o que era.

— Isso não é?... — comecei a dizer. McCrodden riu.

Era um pratinho de porcelana estampada de azul e branco, com uma fatia do Bolo de Janela de Igreja.

— Sim, é mesmo... é o bolo de *mademoiselle* Fee. Uma fatia. É tudo de que preciso! — falou Poirot.

— Para tirar a barriga da miséria até a hora do jantar? — disse McCrodden, antes de soltar outra risada delirante.

Evidentemente, o homem havia sofrido algum tipo de transformação, e Poirot era o responsável, mas era difícil saber se o efeito era acidental ou planejado.

— Não é para a barriga, mas para as pequenas células cinzentas — respondeu Poirot. — Aqui, meus amigos, nesta pequena fatia de bolo, *temos a solução para o mistério de quem matou Barnabas Pandy!*

* * *

— Meu Deus, que casa horrível — disse Eustace Campbell-Brown, enquanto ele, Sylvia Lay e Mildred desceram do carro que os levara à Mansão Combingham. Eustace ergueu os olhos para a fachada do prédio. — Uma pessoa com certeza não conseguiria *morar* aqui. Olhe isso! E pensar que eles poderiam vender a mansão por uma fortuna e comprar vários apartamentos luxuosos e bem mobiliados em Londres, Paris, Nova York...

— Eu não acho que seja tão ruim assim — falou Mildred.

— Nem eu — disse Sylvia Lay. — Você está certa, Mildred. É realmente uma construção muito bonita. Eustace não sabe do que está falando. É só mais uma demonstração de sua ignorância.

Mildred olhou para a mãe e depois para o noivo. Então, sem dizer uma palavra, foi em direção à casa. Sylvia e Eustace observaram enquanto ela entrava pela porta da frente aberta.

— Posso sugerir uma trégua? — falou Eustace. — Pelo menos até voltarmos a Londres.

Sylvia virou o resto.

— Eu tenho o direito de achar que a casa é atraente se por acaso é o que eu penso — disse ela.

— Você não fica incomodada de, mais uma vez, ter afastado Mildred? Não se importa de ser assim tão insuportável? — Eustace ergueu as mãos. — Essa foi culpa minha. Vou parar de fazer comentários hostis se você também fizer isso. Que tal assim? Precisamos pensar não em nós mesmos, mas em Mildred. Você e eu podemos estar curtindo nossa guerrinha, mas acho que ela não aguenta mais.

— Você me chamou de assassina — lembrou Sylvia.

— Eu não deveria ter dito aquilo. Peço desculpas.

— Você realmente acredita nisso? Responda com sinceridade.

— Eu pedi desculpas.

— Mas não foram sinceras! Você não compreende o sofrimento dos outros, de mulheres como eu. Você é um demônio.

— Agora que você desabafou, que tal a trégua? — sugeriu Eustace.

— Muito bem. Enquanto estivermos na Mansão Combingham, vou tentar fazer o melhor possível.

— Obrigado. Eu também.

Juntos, os dois entraram na casa. Eles encontraram Mildred sozinha no saguão, e ela se encolheu ao vê-los; em seguida, olhou para o teto e começou a cantar baixinho uma de suas canções favoritas, "The Boy I Love Is Up in the Gallery", com os braços estendidos em ambos os lados. Ela parecia querer voar para longe.

Eustace pensou: "Eu tenho que tirá-la da influência de Sylvia ou nós dois ficaremos muito loucos."

A voz de Mildred tremeu quando ela cantou:

Now, If I were a Duchess who had a lot of money,
I'd give it to the boy that's going to marry me.
But I haven't got a penny, so we'll live on love and kisses,
And be just as happy as the birds on the tree.
The boy I love is up in the gallery...*

— Alguém está ouvindo uma cantoria? — perguntou Rowland McCrodden. — Tenho certeza de que alguém está cantando.

— Poirot, como uma fatia de bolo pode ser a solução para um assassinato não resolvido? — indaguei.

— Porque é uma fatia inteira: completa, intacta. Não está separada em pedaços. É a solução para o que eu venho considerando, há algum tempo, como o mistério dos três pedaços! A não ser que...

Poirot correu até o bolo, tirou uma pequena faca do bolso e cortou o quadrado amarelo no canto superior esquerdo. Ele o empurrou para a borda do prato e separou o pedaço do resto da fatia.

— A menos que seja *esse* o caso — disse ele. — Mas não acredito que seja. Não, eu não acredito de jeito nenhum.

Ele empurrou o quadrado amarelo de volta para a posição original, de modo que tocasse nos outros quadrados.

---

* "Agora, se eu fosse uma duquesa com muito dinheiro,/ Eu daria para o rapaz que fosse se casar comigo./ Mas não tenho um centavo, então vamos viver de amor e beijos,/ E seremos felizes como os pássaros nas árvores./ O rapaz que eu amo está na galeria...

— Você está sugerindo que um quadrado não está separado, mas sim ligado aos outros três — falei. — O que significa que... todas as quatro pessoas que receberam cartas acusando-as de assassinato se conhecem?

— *Non, mon ami*. De jeito nenhum.

— John não conhece os outros — disse Rowland McCrodden. — Isso é o que ele me disse e eu acredito nele.

— Então, o que Poirot quer dizer com a fatia inteira de bolo, sem estar cortada, ser a solução?

Nós dois olhamos para ele. Poirot deu um sorriso enigmático. Então McCrodden falou:

— Espere! Acho que sei o que ele quer dizer...

— Mas eu não *sei* onde ele poderia estar — disse Hugo Dockerill em uma voz de pânico. — Quero dizer, pode estar em qualquer lugar! Tudo o que sei é que ele não está aqui e já estamos incrivelmente atrasados. Ó céus...

— Hugo — falou a esposa em tom gentil. — Acalme-se. Ninguém na Mansão Combingham se importa se chegarmos ao meio-dia ou à meia-noite. Desde que cheguemos a tempo para a reunião de amanhã, isso é tudo que importa.

— Obrigado por tentar me fazer sentir melhor, minha querida Jane. Eu sei que você está mais zangada sobre o atraso do que está deixando transparecer.

— Não estou zangada, Hugo. — Ela segurou a mão do marido. — Eu queria entender, só isso: como é ser você, o jeito que você pensa e... age. Eu não consigo imaginar. Não consigo imaginar precisar fazer três viagens para postar uma carta porque, nas duas primeiras, você se esqueceu de levar a carta. Eu nunca faria isso, então é difícil para mim compreender como é possível.

— Bem, ela acabou postada, no fim das contas. Não é a carta que é o problema, é o meu maldito chapéu! Onde *está* aquela desgraça?

— Por que você não leva um chapéu diferente?

— Eu queria levar este aqui. Quero dizer, *aquele*, o chapéu que não está mais aqui!

— Você disse que ele estava na sua mão agora mesmo.

— Eu tenho certeza que sim.

— Muito bem, então. Para onde você foi quando saiu da sala há um momento?

— Somente para a sala de estar.

— Então o chapéu talvez esteja na sala de estar?

Hugo franziu a testa novamente. Em seguida, uma expressão de grande prazer apareceu no rosto.

— Pode ser! Eu vou dar uma olhada. — Ele retornou alguns segundos depois, com o chapéu na mão. — Seu método funcionou. Querida Jane, você é maravilhosa. Certo! Podemos ir?

Jane Dockerill suspirou.

— Nós podemos, mas não há outra coisa que precisamos levar conosco, além do seu chapéu e de todas as coisas que já estão esperando na porta?

— Não, está tudo comigo. Está tudo na frasqueira. Do que mais nós precisamos?

— Timothy Lavington e Freddie Lay? — Ela balançou a cabeça e sorriu. — Devo ir buscá-los?

— Sim, por favor, querida. Você vai fazer isso melhor do que eu, tenho certeza.

— Também tenho certeza. Hugo?

— Sim, querida?

— Mantenha o chapéu na sua mão o tempo todo que eu estiver ausente, pode ser? Não quero que você o perca de novo.

— Certamente. Eu não vou perdê-lo de vista.

— Se eu estou certo, Poirot, então o que o senhor quer dizer é isso — disse Rowland McCrodden. — A questão não é que as quatro pessoas que receberam cartas acusando-as de assassinato se conhecem. Nem é que todas elas conheciam Barnabas Pandy. A questão é que todas conheciam o autor das cartas.

— Sim... o senhor está certo — falou Poirot.

McCrodden pareceu espantado.

— Estou? — perguntou ele. — Eu não esperava estar certo. Foi apenas um palpite.

— Foi um bom palpite — disse Poirot para Rowland McCrodden. — Pelo menos... Estou quase certo de que o senhor está correto. Ainda há uma questão importante que devo perguntar, e isso exigirá uma viagem a Londres.

— Londres? Mas todo mundo está vindo para cá — exclamei. — *Você* os trouxe aqui!

— E aqui eles devem permanecer, até eu voltar. Não se alarme, *mon cher* Catchpool. Eu voltarei a tempo para a nossa reunião de amanhã, às duas horas.

— Mas aonde você vai?

— Deve ser... é Peter Vout? — perguntou Rowland McCrodden.

— Outro palpite engenhoso! — Poirot bateu palmas.

— Longe disso — disse McCrodden. — É que Vout é a única pessoa que não está presente na Mansão Combingham Hall e pode saber de alguma coisa.

— Ele certamente saberá a resposta para a pergunta eu vou fazer amanhã de manhã — falou Poirot. — Ele não pode deixar de saber! Depois disso, espero que o quadro completo esteja nítido, e bem na hora certa.

John McCrodden chegou à Mansão Combingham e encontrou a porta da frente escancarada. Entrou. O piso do saguão estava molhado e lamacento. Havia algumas malas abandonadas ao pé de uma escada três vezes maior do que qualquer outra que ele já tivesse visto antes na vida.

— Olá? — gritou. — Olá! Tem alguém aqui?

Nenhuma pessoa apareceu e ninguém respondeu à pergunta de John. Não havia nada que ele quisesse mais do que descobrir que estava, de fato, sozinho naquele prédio enorme e tão frio quanto um túmulo — onde pudesse acender a lareira em um dos quartos e passar um noite tranquila sem ser incomodado, mas John sabia que isso era apenas uma fantasia. Sem dúvida, uma variedade de pessoas presunçosas da alta sociedade apareceria a qualquer momento, e ele sabia que iria detestar todas.

John McCrodden estava no meio do corredor, em busca de uma cozinha onde pudesse procurar por comida e preparar uma xícara de chá quente e forte, quando uma porta à direita se abriu e finalmente alguém apareceu.

— Eu sou John Mc... — ele começou a dizer ao se virar, mas ficou sem fôlego dizendo o próprio nome.

Não. Não poderia ser. Era impossível pensar claramente enquanto o coração batia de maneira tão violenta.

Não poderia ser. No entanto, era.

— Olá, John.

— É... é *você* — foi tudo o que ele conseguiu dizer.

O QUARTO PEDAÇO

Capítulo 31
••••••••••••
Um bilhete para Mr. Porrott

Freddie Lay aprendeu muito desde que chegou à Mansão Combingham no dia anterior. Muito mais do que já aprendera na escola, na verdade. Os professores faziam o melhor possível para enchê-lo de fatos úteis, e ele tinha uma memória decente para decorá-los, mas ouvir a respeito de uma coisa que tinha acontecido no passado, ou sobre as realizações de um sujeito morto há muito tempo, não era o mesmo que fazer a descoberta por si próprio. Quando isso acontece — e não em uma sala de aula abafada e quase silenciosa, mas sim no decorrer da vida cotidiana —, o que quer que tenha sido aprendido deixa marcas muito mais profundas. Freddie tinha certeza de que nunca esqueceria as duas lições que o tempo que passou na casa de Timothy Lavington (como ele a considerava) havia lhe ensinado até então: a primeira era que uma pessoa só precisava mesmo de um único amigo.

Milagrosamente, Timothy decidiu que gostava de Freddie. Eles se divertiram correndo juntos pelo jardim brincando de esconde-esconde, beliscando comida na cozinha quando o cozinheiro não estava olhando, e zombando do velho Mentecapto Dockerill e de algumas das outras pessoas da casa: o Velho Fóssil de um mordomo que parecia que desmontaria se andasse mais um centímetro, o belga que tanto Timothy quanto Freddie chamavam de "Ovo de Bigode", e o homem que parecia o busto de um museu, com cabelos grisalhos ondulados e a testa mais alta do mundo.

— As pessoas são realmente muito grotescas, não são, Freddie? — disse Timothy naquela manhã. — Especialmente quando muitas estão reunidas em um mesmo lugar, como agora. É em ocasiões como esta que eu realmente noto isso. Ou na escola. Eu não penso muito em nossa espécie, no geral. *Você* é gente boa, Freddie. E obviamente eu também sou. E amo minha tia Annabel e Ivy e meu pai... — Aqui Timothy parou e franziu a testa, como se pensar no pai o incomodasse.

— E a sua mãe e todos os seus amigos em Turville?

— Eu tento ter uma boa opinião sobre minha mãe — suspirou Timothy. — Quanto aos meus amigos em Turville, eu detesto todos. São os idiotas mais insuportáveis.

— Mas então...?

— Por que eu continuo sendo amigo deles? Por que gasto todo o meu tempo com eles? Sobrevivência: essa é a única razão. A escola é um lugar selvagem, Freddie, você não concorda?

— Eu... eu não sei dizer — gaguejou Freddie, olhando para o colo. — Minha última escola era mais selvagem. Quebraram minha clavícula lá, e meu pulso.

— Você não estuda em Turville há tempo suficiente para notar a selvageria sutil daquele lugar. Nenhum membro é quebrado em Turville, apenas o espírito. Quando comecei a estudar lá, eu imediatamente identifiquei aquele grupo de garotos, o grupo do qual eu sou o líder agora, como o que mais provavelmente garantiria a minha sobrevivência. Creio que escolhi certo. O fato é que eu sabia que não era forte o suficiente para resistir sozinho. É por isso que admiro você, Freddie.

Freddie ficou muito espantado para conseguir falar e por isso não reagiu.

— Você não faz as concessões revoltantes que eu faço para ser popular. Você passa a maior parte do tempo com a esposa de Mentecapto Dockerill, que é gente boa, apesar de tudo. Mrs. Dockerill colocou você sob a proteção dela, não é?

— Ela é boa comigo, sim.

Freddie achou difícil se concentrar, tão surpreso estava com o que Timothy dizia. Ele mal conseguiu responder à pergunta. Freddie teria feito concessões revoltantes intermináveis para ser tão popular quanto Timothy, mas a oportunidade nunca surgiu.

— Eu poderia ser seu amigo na escola — disse ele. — Se você não gosta dos outros amigos, quero dizer. Nós não temos que falar um com o outro, mas secretamente poderíamos saber que somos amigos. Somente se... — Freddie perdeu a coragem naquele momento e começou a murmurar: — Foi só uma ideia. Eu vou entender se você não quiser.

— Ou podemos ser amigos da maneira normal, descaradamente, e qualquer um que não goste pode ir para o inferno! — disse Timothy em tom de desafio.

— Não, é melhor você não fazer isso. Não podem ver que você gosta de mim. Você logo será tão impopular quanto eu.

— Eu não acho que seja verdade — falou Timothy, pensativo. — Eu fiz um trabalho tão bom para me tornar popular quando entrei para a escola que tenho certeza de que agora posso levar essa popularidade comigo aonde quer que eu vá, não importa de quais grupos eu faça parte ou não. Veremos. Naturalmente, precisamos fazer algumas alterações vitais em... bem, em *você*, Freddie. Seu comportamento, a maneira como se comporta na escola.

— É claro — concordou Freddie rapidamente. — Tudo o que você achar melhor.

— Suas roupas também são um pouco... Quer dizer, existem uniformes e *uniformes*, Freddie.

— Entendo. Sim, claro.

— Ainda assim, não precisamos nos preocupar com os detalhes agora. É engraçado, sabe: eu sempre invejei você. Os rumores sobre sua mãe... Espero que você não se importe que eu os mencione?

— Eu não me importo — respondeu Freddie, embora se importasse muito.

— É só que todo mundo acha que sua mãe é uma matadora de bebês e um monstro, e todos dizem isso, enquanto acham que a *minha* mãe é a imagem da respeitabilidade. E é o que ela é. Mas isso significa que ninguém a chama de uma mulher horrível, o que quer dizer que não posso participar e falar: "Sim, acho que você pode estar certo. Acho que minha mãe fez meu pai ir embora com a frieza dela." Eu gostaria de dizer isso, em voz alta e para uma grande multidão. Gostaria muito disso. Mas as fraquezas da *minha* mãe não são reconhecidas oficialmente. E se eu tentasse explicar, ninguém entenderia ou sentiria pena de mim.

— Os rumores sobre a minha mãe são completamente falsos — disse Freddie rapidamente, baixinho. Ele não se perdoaria se não tivesse dito nada.

— Assim como a ausência de rumores sobre a minha — falou Timothy.

— Como uma *ausência* de rumores pode ser falsa?

— Você é muito literal, Freddie. — Timothy sorriu. — Venha, vamos ver se conseguimos encontrar alguma coisa gostosa dando sopa na cozinha. Estou morrendo de fome!

E assim sendo — embora ele temesse que o recém-descoberto estado de felicidade delirante pudesse durar apenas enquanto ele e Timothy estivessem juntos na Mansão Combingham, sem outros garotos da idade deles em volta —, a vida de Freddie tinha mudado completamente no espaço de poucos minutos. Ele tinha um amigo! Mrs. Dockerill, por mais que fosse gentil, não podia ser amiga dele. Ela era apenas uma adulta que se apiedava e cuidava dele, mas isso não importava, porque agora Freddie tinha Timothy.

Foi isso que lhe ensinou que ninguém precisava ter mais de um único amigo. Ele tinha apenas um, e acabou por ser o número perfeito. Freddie não sentiu absolutamente nenhuma necessidade de ter mais amigos.

A segunda lição que ele aprendeu na Mansão Combingham foi que as definições de tamanho, como "grande" e "pequeno", eram relativas. Até ter ido ali, Freddie sempre achou a própria casa em Londres grande. Ele sabia que nunca mais seria capaz de pensar da mesma forma, não depois de ter visto a casa de Timothy, que era uma mansão do tipo que uma pessoa da realeza ou aristocracia possuiria, e tinha um terreno mais extenso do que o Colégio Turville. A mansão era tão grande que era quase como estar do lado de fora, ao ar livre, só que do lado de dentro. Era possível passar por tantas portas quanto uma pessoa normalmente só veria lado a lado em uma rua comprida, e ainda assim encontrar novas quinas para virar, novas escadarias para subir.

Freddie já estava correndo havia algum tempo, procurando por Timothy na partida mais recente de esconde-esconde. Ele havia verificado dezenas de quartos vazios e todos os esconderijos que encontrava, e agora se encontrava no ponto de simplesmente correr gritando:

— Timothy! Timothy!

Ele fez a curva em outra quina correndo e quase colidiu com o Velho Fóssil.

— Cuidado, rapazinho! — disse o velho. Qual era o nome dele? Kingswood? Kingsmead? — Você quase me derrubou no chão!

— Desculpe, senhor — falou Freddie. Kingsbury: era isso!

— Eu também. Agora, por acaso você viu Mr. Porrott?

— Quem?

— O cavalheiro francês.

Freddie se deu conta de que o Fóssil estava falando sobre o Ovo de Bigode.

— Ele é belga, não é? Não francês.

— Não, ele é francês. Eu o ouvi dizer coisas que soam francesas desde que chegou aqui.

— Sim, mas...

— Você o viu, rapazinho?

Naquele momento, Timothy Lavington surgiu correndo atrás do Fóssil, gritando:

— Freddie! Encontrei você!

O velho cambaleou para trás. Ele se firmou contra a parede e colocou a mão no peito.

— Vocês, rapazes, vão me mandar para a cova de maneira prematura — disse ele.

Freddie quase riu pela maneira como ele usou a palavra "prematura". O Fóssil devia ter pelo menos oitenta anos de idade.

— Por que vocês têm que correr desbragadamente como animais selvagens e pular um em cima do outro como macacos saltando de árvores?

— Desculpe, Kingsbury — disse Timothy alegremente. — Isso não vai acontecer de novo, eu prometo.

— Ah, mas vai, senhor Timothy. Eu sei que vai.

— Você provavelmente está certo, meu velho.

— Não era eu que deveria encontrar você? — falou Freddie.

— E eu preciso encontrar Mr. Porrott, o francês — disse Kingsbury. — Procurei em todos os lugares.

— Ele é belga! O nome dele se pronuncia *Poirot*, e ele está na sala de estar — falou Timothy. — É lá que todos devemos estar. São 14h10. Eu esqueci completamente que todos nós deveríamos estar lá às duas. Poirot me enviou para reunir todos, então aqui estou eu. Considerem-se reunidos!

Assim como Timothy, Freddie havia se esquecido da reunião na sala de estar. O Fóssil, que também parecia ter se esquecido, assentiu e disse:

— É bem verdade que eu *não* procurei Mr. Porrott na sala de visitas desde que os relógios anunciaram as duas horas. Eu o procurei ali há quase uma hora, mas não desde então. Na verdade, eu me desesperei se algum dia iria encontrá-lo, então acabei escrevendo tudo em um bilhete. Se ao menos eu me lembrasse... Sim, ele disse *mesmo* duas horas! Será que devo pegar o bilhete e levar para ele, imagino?

— Eu iria diretamente para a sala de visitas, se fosse você — aconselhou Timothy. — Poirot está esperando por todos nós. Além disso, você não está animado para ouvir o que ele tem a dizer? Eu estou! Estamos prestes a descobrir quem assassinou o Vô.

— Você acha que ele *foi* assassinado? — perguntou Freddie. — Minha mãe diz que a morte do seu avô foi um total acidente e que alguém está tentando causar problemas.

— Bem, vamos torcer que não — disse Timothy. — Eu sinto falta dele, é claro, mas... Bem, se as pessoas têm que morrer, e parece que isso é um fato, é muito melhor que elas sejam assassinadas. É muito mais interessante.

— Por favor, Mr. Timothy! — repreendeu Kingsbury. — Isso é uma coisa terrível de se dizer.

— Não, não é — falou Timothy. — Honestamente, Freddie, toda vez que eu digo qualquer coisa que seja verdade, alguém reclama. Às vezes, sinto como se o mundo inteiro estivesse conspirando para me transformar em um mentiroso.

Capítulo 32

∙∙∙∙∙∙∙∙∙∙∙∙∙∙

Onde está Kingsbury?

Finalmente, todas as cadeiras da sala de estar da Mansão Combingham estavam ocupadas, a não ser duas. Como o número de cadeiras dispostas (por mim, às custas das minhas costas) correspondia exatamente ao número de pessoas que deveriam estar presentes à reunião de Poirot, não havia dúvida de que o vazio de uma daquelas duas cadeiras constituía um problema. A outra pertencia ao próprio Poirot, que, incapaz de permanecer quieto devido à impaciência crescente, ficou andando de um lado para o outro, olhando a todo momento para a porta, a seguir para a cadeira vazia em frente à dele, em sequência para o carrilhão ao lado da janela com vista para os jardins.

— Logo serão quinze horas! — gritou ele, frustrado, assustando a todos. — Por que as pessoas nesta casa não compreendem a importância de ser pontual? Eu estive lá em Londres e voltei, mas ainda assim cheguei aqui a tempo.

— *Monsieur* Poirot, não precisamos esperar por Kingsbury — disse Lenore Lavington. — Ninguém desconfia que ele tenha assassinado alguém ou enviado aquelas cartas asquerosas. Não poderíamos prosseguir sem ele? Que tal o senhor dizer por que estamos reunidos aqui?

As pessoas reunidas ali, além de mim e Poirot, eram: Rowland McCrodden, John McCrodden, Sylvia Lay, Mildred Lay, Eustace Campbell-Brown, Lenore Lavington, Ivy Lavington, Annabel Treadway, Hugo Dockerill, Jane Dockerill, Timothy Lavington e Freddie Lay. Hopscotch, o cachorro, também se encontrava entre nós; ele estava deitado no tapete e havia se enroscado nos pés de Annabel.

— Non — falou Poirot em um tom de determinação inflexível. — Nós vamos esperar. Eu convoquei esta reunião e ela não começará até que eu mande! É essencial que todos estejam aqui.

— Desculpe, *monsieur* Poirot — disse Ivy Lavington. — Foi extremamente rude de nossa parte fazê-lo esperar. Eu normalmente não me atraso para nada. Nem Kingsbury. Isso não é do feitio dele.

— A senhorita, *mademoiselle*, foi a primeira a chegar... vinte minutos depois das catorze horas. Posso saber o que lhe atrasou?

— Eu... eu fiquei pensando — respondeu Ivy. — Devo ter me perdido em pensamentos a ponto de não me dar conta do horário.

— Entendo. E o resto das senhoras e senhores? — Os olhos de Poirot se moveram lentamente de uma pessoa para outra. — O que fez com que todos vocês estivessem em outro lugar às duas horas, quando deveriam estar aqui?

— Timothy e eu estávamos brincando de esconde-esconde. Nós perdemos a noção da hora — falou Freddie.

— Eu estava ajudando Hugo a encontrar um par de sapatos que ele acabou se lembrando que havia deixado em casa — disse Jane Dockerill.

— Eu poderia jurar que coloquei na frasqueira, querida. Não entendo como eu possa ter cometido um erro bobo como esse.

— Eu estava cuidando de Mildred — falou Sylvia Lay. — Ela teve uma alteração de humor bem curiosa. Ela ficou cantando por um longo tempo.

— Cantando, madame? — indagou Poirot.

— Mãe, por favor — murmurou Mildred.

— Sim, cantando — disse Sylvia Lay. — Quando Eustace e eu finalmente conseguimos fazê-la parar, Mildred estava em um estado muito irregular e precisou se deitar.

— Eu estava com Mildred — falou Eustace para Poirot. — Estou ansioso para ouvir o que senhor tem a nos dizer, *monsieur* Poirot, e teria estado aqui quando o relógio bateu catorze horas, mas Mildred parecia incapaz de falar ou se mexer, e infelizmente isso foi tudo em que consegui pensar. O estado dela tirou essa pequena reunião da minha cabeça.

Provavelmente eu teria esquecido por completo se Timothy não tivesse passado correndo e me lembrado.

— Parabéns por lembrar, Timmy. — Ivy sorriu para seu irmão.

— Eu não me lembrei — admitiu ele. — Eu estava caçando Freddie. Pensei em tentar achá-lo na sala de estar, embora eu já tivesse tentado. Eu não encontrei Freddie, mas...

— Ele me encontrou — disse Poirot. — Já passava das duas horas e *ninguém estava aqui*. Apenas Catchpool e eu. Mandei Timothy caçar não só Freddie, mas todos vocês.

— Eu estava procurando por John — falou Rowland McCrodden. — Saí do meu quarto com a intenção de vir direto para cá, na verdade, mas ao chegar ao patamar da escada, decidi que gostaria de falar com meu filho em particular primeiro, antes de nos juntarmos ao grupo maior.

— Por quê? — perguntou John.

— Eu não sei. — Rowland McCrodden baixou os olhos.

— Havia algo em especial que o senhor queria me dizer?

— Não.

— O senhor deve ter tido um motivo — insistiu John.

— Talvez estivesse esperando que o senhor e *monsieur* John pudessem comparecer à reunião juntos, *monsieur* McCrodden? — sugeriu Poirot.

— Sim.

— Por quê? — perguntou John de novo.

— Porque você é meu filho! — gritou Rowland McCrodden.

Assim que o choque da explosão diminuiu, John falou para Poirot:

— Se o senhor estiver prestes a me perguntar por que me atrasei, é porque decidi no último minuto que talvez não fosse lhe dar esse prazer. Talvez eu simplesmente voltasse para casa sem ouvir sua explicação.

— O senhor veio de Londres até aqui só para voltar para casa, *monsieur*? — Poirot levantou a sobrancelha.

— Eu não voltei para casa, como pode ver. Considerei fazer isso, mas então optei pelo contrário.

— E a senhorita, *mademoiselle* Treadway? E a senhora, madame Lavington? Por que se atrasaram?

— Eu estava lá fora com Hoppy — respondeu Annabel Treadway. — Estávamos brincando com a bola. Hoppy estava se divertindo tanto que eu não quis decepcioná-lo entrando. Eu... bem, creio que quando o senhor disse duas horas, eu presumi que quis dizer "por volta das duas". Eu só me atrasei um pouquinho, não foi?

— Foi um atraso de vinte e cinco minutos, *mademoiselle*.

— Eu estava do lado de fora procurando por Annabel — falou Lenore Lavington. — Eu sabia que havia o risco de que ela perdesse a hora, sempre muito tolerante com Hopscotch, e eu sabia que o cachorro ficaria interessado na brincadeira por *horas*. Ele sempre faz isso.

— E então, para evitar que sua irmã chegasse atrasada, a senhora se atrasou.

— Na verdade, eu olhei pela janela quando ouvi o carrilhão bater a hora... — Lenore apontou: — ...e vi todas as cadeiras vazias, e só o senhor e o Inspetor Catchpool aqui dentro, e pensei: "Ah, bem, claramente a reunião não vai começar na hora." E não começou. Eu não perdi nada. Agora, por favor, podemos ouvir o que o senhor tem a dizer na tarde de hoje, *monsieur* Poirot? Kingsbury provavelmente está dormindo na cama dele. Ele em geral dorme no meio da tarde. Kingsbury é velho e se cansa facilmente. Annabel e eu vamos garantir que ele seja informado de qualquer acontecimento.

— Kingsbury não está na cabana dele ou dormindo — informou Timothy. — Freddie e eu conversamos com ele no andar de cima, não é verdade, Freddie? Eu disse para ele que Poirot estava a sua procura, e Kingsbury falou que tinha se esquecido completamente dessa reunião, mas quando eu o lembrei, ele partiu para a sala de visitas.

— Foi isso mesmo — confirmou Freddie Lay. — Kingsbury parecia chateado por ter se esquecido e se atrasado, e correu para as escadas. Tenho certeza de que ele estava a caminho daqui. Kingsbury também disse...

— Pare, Freddie. Silêncio — disse Timothy de repente. Ele ficou de pé. — *Monsieur* Poirot, posso falar com o senhor em particular por um instante?

— *Oui, bien sûr* — falou Poirot.

Os dois saíram juntos e fecharam a porta da sala de estar.

Com a ausência de Poirot, todos olharam para mim como se esperassem que eu assumisse os trabalhos. Eu não tinha a menor noção do que dizer, então fiz uma observação alegre sobre o fogo na lareira e como era necessário em um dia frio como aquele.

— Espero que haja combustível suficiente na Mansão Combingham para mantê-lo aceso! — comentei.

Ninguém respondeu.

Felizmente, alguns minutos depois, Poirot e Timothy Lavington retornaram. Os olhos de Poirot tinham uma expressão severa.

— Catchpool — disse ele. — O mais rápido que você puder, por favor, *verifique todos os cômodos da casa*. O resto de nós vai esperar aqui.

— O que tenho que procurar? — perguntei, já de pé.

— No meu quarto... Você sabe onde fica?

Eu concordei com a cabeça.

— No meu quarto, procure por um bilhete que foi deixado para mim por Kingsbury.

Eu ouvi um suspiro de susto a seguir: um suspiro irregular e vacilante. Soou como se tivesse vindo de uma mulher. Sim, pensei, com certeza veio de uma mulher, mas não havia como saber qual delas. Talvez se eu estivesse observando a sala naquele momento... mas minha atenção estava concentrada apenas em Poirot.

— No meu quarto, também, e em todos os cômodos desta casa, procure pelo próprio Kingsbury — falou Poirot. — Rápido, meu amigo. Não há tempo a perder!

Annabel Treadway se levantou.

— O senhor está me assustando — disse ela para Poirot. — O senhor parece pensar que Kingsbury está em perigo.

— Porque é verdade, *mademoiselle*. Ele está em gravíssimo perigo. Por favor, depressa, Catchpool!

— Então *todos* nós devemos procurar por ele — falou Annabel.

— Não! — Poirot bateu com o pé no chão. — Eu proíbo. Apenas Catchpool. *Ninguém mais deve sair desta sala.*

* * *

Não sei quantos quartos havia na Mansão Combingham, e a lembrança da minha disparada em pânico pela casa naquela tarde provavelmente não é confiável, mas eu não ficaria surpreso se alguém me dissesse que havia uns trinta, ou mesmo quarenta. Corri de quarto em quarto, de andar em andar, sentindo como se estivesse cruzando uma cidade sinistra e deserta em vez de uma casa de família. Eu me lembro claramente de um andar inteiro de quartos sem uso e quase abandonados, com colchões sem roupa de cama em alguns e, em outros, estrados sem colchões.

Descobri que, na verdade, não sabia onde ficava o quarto de Poirot. Tive a sensação de que se passaram horas até encontrá-lo, mas soube que era o quarto dele assim que entrei e vi, arrumada com um capricho geométrico ao lado de um livro e uma cigarreira, a rede que Poirot usava para proteger os bigodes enquanto dormia.

Havia um envelope no chão, entre a cama e a porta. Estava lacrado. Com caligrafia comprida e fina, alguém — supostamente Kingsbury — escreveu "Sr. Herkl Porrott". Coloquei o envelope no bolso da calça e continuei a busca.

— Kingsbury! — gritei enquanto disparava por um corredor após o outro, abrindo portas sem fim ao passar. — Você está aqui? Kingsbury!

Nenhuma resposta. Tudo que eu ouvi foi o eco das minhas próprias palavras.

Mais à frente, após uma sensação de que se passaram horas, abri uma porta e descobri que reconhecia o cômodo. Era o banheiro em que Barnabas Pandy se afogou. Poirot havia insistido em mostrá-lo para mim no dia anterior.

Fiquei aliviado ao ver a banheira vazia: sem água e sem cadáver. Eu estava ocupado me convencendo de que era um absurdo imaginar que encontraria Kingsbury afogado na mesma banheira em que Pandy havia morrido, quando notei algo no chão. Estava perto dos meus pés, perto da porta. Era uma toalha: branca com manchas e listras vermelhas.

Eu soube imediatamente que o vermelho era sangue.

Quando me abaixei para examinar a toalha mais de perto vi, entre os pés da banheira, uma silhueta escura caída no chão atrás dela. A banheira em si havia inicialmente bloqueado minha visão da silhueta. Eu soube de imediato do que se tratava, embora tivesse chegado a rezar para estar errado quando me aproximei para dar uma olhada mais de perto.

Era Kingsbury. O criado estava caído de lado, com o corpo encolhido. Os olhos dele estavam abertos. Ao redor e sob a cabeça havia uma poça vermelha que formava um círculo quase perfeito. Parecia, naquele momento e aos meus olhos pelo menos, uma espécie de auréola ou coroa — nenhuma das quais combinava com o pobre Kingsbury. Bastou olhar para o seu rosto para saber que o criado estava morto.

Capítulo 33

As marcas na toalha

No dia seguinte, a reunião foi reconvocada na sala de visitas da Mansão Combingham. Catorze horas foi novamente a hora combinada e, ao contrário do dia anterior, todos chegaram prontamente. Mais tarde, Poirot me confidenciou que se sentiu insultado pela pontualidade do grupo. Na opinião dele, era uma prova de que todos eram mais do que capazes de chegar na hora certa quando importava para eles.

A reunião tinha sido convocada não apenas por Poirot, mas também por um policial local chamado Hubert Thrubwell.

— Estamos tratando a morte de Mr. Kingsbury como assassinato por uma razão muito simples — disse Thrubwell para todos nós. — Havia uma toalha no chão do banheiro onde ele estava morto. O Inspetor Catchpool encontrou este objeto, que estava longe do corpo de Mr. Kingsbury. Certo, Inspetor Catchpool?

— Certo — falei. — A toalha estava ao lado da porta, no lado oposto do banheiro. Eu quase pisei nela ao entrar.

Thrubwell me agradeceu e continuou:

— Quando a toalha foi examinada pelo médico da polícia, foram encontrados dois tipos distintos de sangue.

— É melhor não dizer *tipos* diferentes de sangue, *mon ami* — sugeriu Poirot. — Todo o sangue, se pertencesse a Kingsbury, deve ser do mesmo tipo. O senhor está se referindo às marcas feitas pelo sangue na toalha, *n'est-ce pas*?

— Sim, estou — disse Thrubwell. — Estou mesmo! — Ele parecia satisfeito por ter sido corrigido. — O médico da polícia descobriu que a morte de Mr. Kingsbury foi resultado de um ferimento grave na cabeça. Ele foi empurrado ou caiu para trás e bateu a cabeça com força na quina afiada do único armário do banheiro. Sem a prova da toalha encontrada pelo Inspetor Catchpool, seria impossível saber se Mr. Kingsbury foi empurrado ou se caiu. Graças a esta evidência, no entanto, acho que podemos dizer com segurança que ele provavelmente foi empurrado. E mesmo que não tivesse sido, Mr. Kingsbury certamente foi abandonado sangrando até a morte por alguém que queria vê-lo morto. E isso, na minha cartilha, é o que chamo de assassinato!

Thrubwell olhou para Poirot, que aprovou com a cabeça.

— Eu não estou entendendo — falou Lenore Lavington. — Como uma toalha pode ser prova de alguma coisa?

— Por causa dos dois tipos de marcas feitas pelo sangue de Mr. Kingsbury — explicou Thrubwell. — De um lado da toalha havia uma mancha grande, espessa e escura, onde Mr. Kingsbury deve ter segurado na ferida para tentar conter o fluxo de sangue e salvar a própria vida. Agora, se é isso que ele estava tentando fazer, então por que a toalha acabou indo parar do outro lado do banheiro, depois da banheira? Não consigo imaginar Mr. Kingsbury tendo a força para jogá-la até aquela distância. É um banheiro grande, ele estava muitíssimo debilitado e não era o mais forte dos homens mesmo antes de sofrer o ferimento na cabeça. E agora chegamos às outras marcas de sangue. Além da mancha densa e escura, havia também cinco riscos em uma parte bem diferente da toalha. Eram de cor mais clara que a mancha maior, e um dos cinco riscos era mais curto e estava mais embaixo que os outros.

— Riscos? — perguntou Ivy Lavington, que parecia pálida e séria.

Annabel Treadway, na cadeira ao lado de Ivy, chorava em silêncio. Hopscotch estava ao lado dela com uma pata em seu colo, ocasionalmente choramingando e lambendo o lado do rosto da dona. A maioria dos outros presentes parecia atordoada.

— Sim, riscos — confirmou o inspetor Thrubwell. — Não demorou muito para Mr. Poirot descobrir que eram marcas de dedos. O risco mais curto e mais embaixo foi feito pelo polegar.

— O polegar da pessoa que deixou Mr. Kingsbury sangrando até a morte? — indagou Jane Dockerill.

— Não, senhora — respondeu Thrubwell. — Essa pessoa teria tomado cuidado para não tocar no sangue. Os riscos sangrentos foram feitos pelos dedos da vítima: Mr. Kingsbury.

— Eis o que acreditamos que deve ter acontecido — disse Hercule Poirot. — O assassino ou empurrou Kingsbury para que ele caísse e batesse com a cabeça, ou então a queda foi um acidente. Vamos dizer que foi um acidente e dar ao nosso assassino o benefício da dúvida neste aspecto. Tendo caído, logo fica óbvio que Kingsbury está sangrando em profusão. Ele também é velho e fraco, e recentemente sofreu a perda trágica do querido amigo *monsieur* Pandy.

"O assassino vê que Kingsbury está fraco demais para pedir ajuda e provavelmente morrerá se nada for feito para salvá-lo. É isso que o assassino quer. Há apenas um problema: ao cair, Kingsbury estendeu a mão para pegar uma toalha que deveria ter estado pendurada na lateral da banheira — uma toalha que ele agora segura e pressiona na ferida. Isso, pensa o assassino, talvez estanque o fluxo de sangue e salve a vida do velho. Torna-se necessário, portanto, arrancá-la de Kingsbury, que, de repente, descobre que não está mais segurando a toalha. Ele tenta conter o sangramento com a mão. Agora o velho tem sangue nos dedos. O assassino está parado diante dele, talvez provocando Kingsbury com a toalha, e o criado ergue o braço para tentar pegá-la novamente. Ele não tem esperança de recuperá-la das garras do algoz forte e saudável, mas ganha a permissão de tocar brevemente a toalha antes de ela ser arrancada de vez e deixada no chão perto da porta quando o assassino sai do banheiro. E, ao fazê-lo, *abandona Kingsbury para morrer.*"

— O senhor está presumindo muitas coisas, não é? — falou John McCrodden. — E se Kingsbury tivesse sangue nos dedos *antes* de sequer esticar a mão para pegar a toalha? E se ele de alguma forma *realmente* conseguiu jogá-la do outro lado do banheiro? Estar perto da morte pode dar uma força extraordinária a uma pessoa.

— Ele não poderia ter jogado a toalha para cair onde o Inspetor Catchpool a encontrou — respondeu o inspetor Thrubwell. — Teria sido quase impossível até para um homem forte sem um ferimento na cabeça.

— Talvez sim, talvez não — disse Poirot. — Admito que, sem todas as outras provas, poderia ser difícil afirmar com certeza. O que o senhor não deve esquecer, *monsieur* McCrodden, é que *eu sei que existe um assassino entre nós hoje*. Eu tenho a prova, prova esta que me foi dada pelo próprio Kingsbury.

— Puxa vida! — exclamou Hugo Dockerill.

— Eu sei quem é o assassino e sei por que essa pessoa queria ver Kingsbury morto — prosseguiu Poirot. — É por isso que posso dizer ao Inspetor Thrubwell aqui conosco que, com satisfação, eu lhe poupei um pouco de trabalho. Eu já tinha resolvido o assassinato de Kingsbury antes de ele chegar aqui à Mansão Combingham.

— E estou muito grato também, senhor — falou o Inspetor Thrubwell.

— Que prova Kingsbury deu a você, Poirot? — perguntou Rowland McCrodden. — Como ele pode ter lhe dado provas em relação ao próprio assassinato enquanto ainda estava vivo? Ou o senhor está se referindo ao assassinato de Barnabas Pandy?

— Essa é uma boa pergunta — disse Poirot. — Como o senhor sabe, antes de ele morrer, Kingsbury estava me procurando. Havia algo importante que ele queria me dizer. Sem conseguir me encontrar, o criado deixou um bilhete no meu quarto. O bilhete, quando eu li, trouxe à mente certos fatos que eu já conhecia. Isso significava que, quando fui informado da morte de Kingsbury, e me contaram sobre a toalha, e quando juntei todas essas peças... eu descobri que sabia quem havia cruelmente abandonado Kingsbury para morrer. Eu sabia, eu *sei*, sem sombra de dúvida. Essa pessoa é um assassino de sangue frio por natureza, quer tenha empurrado Kingsbury ou não. O que mais essa pessoa seria se abandona para morrer um homem que poderia ter salvado?

— Provavelmente, a mesma pessoa também assassinou Barnabas Pandy — falou Jane Dockerill. — Eu espero que o senhor não venha me dizer que estou sentada em uma sala com dois assassinos, *monsieur* Poirot. Isso eu acharia difícil de acreditar.

— Não, madame. Só existe um. — Poirot tirou um pedaço de papel do bolso. — Este não é o bilhete que recebi de Kingsbury, mas sim uma cópia exata. Nela, embora o uso do idioma seja imperfeito, Kingsbury consegue, no entanto, deixar clara a intenção dele. Todos os senhores e senhoras poderão examinar a cópia do bilhete em breve. Vocês verão que Kingsbury me informa que ele tinha acabado de entreouvir uma conversa entre Ivy Lavington e outra pessoa cuja identidade Kingsbury desconhece. Ele ouviu essa pessoa chorando, mas não falando. Kingsbury acreditava que tanto poderia ter sido um homem quanto uma mulher. Foi difícil dizer, tão angustiado e descontrolado foi o choro.

"A conversa que Kingsbury ouviu escondido, de maneira unilateral por assim dizer, ocorreu no quarto da *mademoiselle* Ivy, com a porta fechada, embora não trancada. Ele ouviu a *mademoiselle* Ivy dizer..."

Poirot parou. Ele passou o pedaço de papel para mim.

— Catchpool, você poderia por favor ler a passagem que eu circulei? Acho muito difícil não fazer as correções necessárias. Eu sou muito perfeccionista.

Peguei o bilhete copiado da mão de Poirot e comecei a ler o trecho indicado.

"Ela tava dizendo palavras no sentido de que você se comportar como se não conhecesse a lei não era defesa. Tem coisas que você pode fazer e tem coisas que você não pode fazer, e fingir que você não sabe distinguir um do outro não vai colar com ninguém. Ninguém vai acreditar em você, e como só você entre nós conhece esse John Modden..."

Eu parei de ler naquele momento e perguntei a Poirot se Kingsbury queria dizer John McCrodden.

— *Oui, bien sûr.* Olhe em volta, Catchpool. *Existe* um John Modden na sala?

Eu continuei lendo:

"Como só você entre nós conhece esse John Modden, você deveria contar a Mr. Porrott a verdade completa como você me contou. Ele vai entender e afinal não há mal algum se você disser a verdade agora e se você não contar, ele vai."

— Obrigado, Catchpool. *Mesdames et messieurs*, vocês vão entender, espero, que a maior parte do que acabaram de ouvir foi Kingsbury citando o que ele escutou Ivy Lavington dizer. Kingsbury não era o mais talentoso dos escritores. Não, ele não era meticuloso em relação aos detalhes. Mas, em essência, quanto ao conteúdo importante do que escutou, Kingsbury foi preciso. Descobrimos, então, que Kingsbury ouviu Ivy Lavington conversando com alguém, cuja identidade desconhecemos, e alertando essa pessoa. *Palavras no sentido de que desconhecer a lei não é defesa.* E que ninguém acreditará nesse desconhecimento da lei, pois a pessoa com quem Ivy Lavington estava falando é *a única que conhece John McCrodden*. E se essa pessoa não me dissesse, se não disser para Hercule Poirot, toda a verdade, talvez, advertiu a *mademoiselle* Ivy, John McCrodden fizesse isso.

"Tudo isso parece sugerir, não é verdade, que Ivy Lavington estava conversando com o assassino de Barnabas Pandy? Ou pelo menos para o autor das quatro cartas assinadas em meu nome?"

— O que isso sugere para mim é que Ivy devia estar conversando com Rowland McCrodden — disse Jane Dockerill. — Se apenas uma pessoa aqui conhece o filho dele, então certamente deve ser Rowland McCrodden?

— Sim, isso é uma suposição razoável — falou Eustace Campbell-Brown.

— Não é verdade — disse Ivy Lavington. — Eu não vou dizer para vocês com quem eu estava conversando, mas posso garantir que não foi com Rowland McCrodden. Obviamente, ele conhece o próprio filho. Eu quis dizer que a pessoa a que eu estava me dirigindo era a única de nós que não deveria conhecer John McCrodden, e ainda assim o conhece. Eu não tinha ideia de que Kingsbury estava entreouvindo, então não me dei ao trabalho de ser clara. Aliás, o bilhete de Kingsbury não é preciso. Ele entendeu errado a maior parte do que ouviu. O que Kingsbury escreveu... essas não foram as minhas palavras. Não foi o que eu disse.

Poirot deu um sorriso radiante para ela.

— *Eh bien! Mademoiselle*, estou muito feliz em ouvir a senhorita dizer isso. Sim, Kingsbury entendeu errado algumas palavras. No entanto, ele permitiu que Hercule Poirot compreendesse tudo!

"No bilhete que deixou para mim, Kingsbury também escreveu que, enquanto escutava do lado de fora da porta de *mademoiselle* Lavington, uma tábua do assoalho rangeu alto. O movimento dele fez com que isso acontecesse. Kingsbury se afastou rapidamente e ouviu atrás de si uma porta ser escancarada e bater na parede, ou ao menos foi assim que soou para ele. Kingsbury acreditava que poderia ter sido visto, e eu também acredito nisso. Ele foi morto, ou abandonado para morrer, se preferirem, em virtude do que ouviu escondido. Minutos depois de falar com Timothy Lavington e Freddie Lay no andar de cima, alguém acossou ou seguiu Kingsbury até o banheiro em que ele morreria.

"Obviamente, o assassino dele não sabia que, antes de acabar com a vida do velho, Kingsbury havia deixado esse bilhete útil para Poirot! Senhoras e senhores, posso revelar que o assassino de Kingsbury é... a pessoa com quem a *mademoiselle* Ivy estava travando essa conversa secreta."

— E quem era? — indagou John McCrodden sem rodeios.

— Ivy, o que isso significa? — perguntou Timothy Lavington para a irmã. — Poirot parece estar dizendo que você estava envolvida em uma conspiração para matar o Vô, e que seu colega conspirador a seguir matou Kingsbury.

— *Pas du tout* — falou Poirot para Timothy. — Você logo entenderá por que isso não é verdade. *Mademoiselle* Ivy, por favor, conte para todos nós: com quem a senhorita estava conversando no seu quarto um pouco antes das duas horas da tarde de ontem?

— Eu não contarei para o senhor e não me importo se for punida por isso — disse Ivy Lavington. — *Monsieur* Poirot, se o senhor sabe quem matou Kingsbury, ou o abandonou para morrer, então sabe que não fui eu. E se o senhor sabe tudo, como alega, então não precisa que eu lhe diga nada.

— Fui *eu* quem assassinou o Vô — falou Annabel Treadway, entre lágrimas. — Eu já disse ao Inspetor Catchpool. Por que ninguém acredita em mim?

— Porque não é verdade — respondi.

Poirot continuou:

— Quarenta minutos depois das duas horas, estávamos todos aqui nesta sala. Todo mundo, exceto Kingsbury. Catchpool e eu estávamos aqui às catorze, ninguém mais. Depois que enviei Timothy Lavington e Freddie Lay para apressar as pessoas e trazê-las para cá, cerca de cinco minutos depois das duas horas, essa foi a ordem de chegada. Primeiro veio Ivy Lavington às 14h20. Ela foi seguida logo depois por Jane e Hugo Dockerill. A seguir, às 14h25, vieram Annabel Treadway, Freddie Lay e Timothy Lavington, depois John McCrodden e a seguir o pai dele, Rowland McCrodden. Os últimos a chegar foram Mildred Lay, Eustace Campbell-Brown, Sylvia Lay e Lenore Lavington. Infelizmente, devo dizer que qualquer uma das pessoas que acabei de citar poderia ter sido a que arrancou a toalha da mão de Kingsbury e o deixou para morrer. Podemos isentar de suspeita apenas quatro pessoas nesta sala: o Inspetor Thrubwell, Catchpool, eu... e a quarta pessoa, obviamente, é John McCrodden.

— Não concordo que tenhamos isentado Mr. McCrodden — falou Sylvia Lay. — Ao que me parece, ele teria tido tempo suficiente para ferir Kingsbury e abandoná-lo no banheiro para morrer antes de vir para a sala de estar.

— Ah, mas pense, madame — disse Poirot. — Se o assassino de Kingsbury é a pessoa para quem Ivy Lavington disse: "Só você entre nós conhece John McCrodden..."

— Ah, entendo — falou Jane Dockerill. — Sim, o senhor está certo. A pessoa que disse isso não pode, então, ser Mr. McCrodden.

— Que encorajador — disse John McCrodden. — Eu não sou mais suspeito de assassinato.

— Sim, você é — falou o pai dele. — Você não é suspeito de ter assassinado Kingsbury, mas ainda há Barnabas Pandy a considerar.

— Na verdade, *mon ami*, não há — disse Poirot.

Todos olharam para ele com espanto.

— Barnabas Pandy teve uma morte acidental — explicou Poirot. — Ele se afogou na água da banheira, como todos primeiro, e corretamente, acreditavam. Houve apenas um assassinato: o do pobre Kingsbury, criado fiel de *monsieur* Pandy. Além disso, houve a tentativa de um segundo assassinato que agora, tenho o prazer de dizer, não terá êxito. Ou talvez eu devesse chamar a morte de Kingsbury de *segundo* assassinato, e a tentativa de assassinato de primeiro, já que a tentativa começou muito antes de Kingsbury morrer.

— Uma tentativa de assassinato? — perguntou Lenore Lavington. — De quem?

— De sua irmã — respondeu Poirot. — Sabe, madame, o autor ou autora das quatro cartas falsamente assinadas em meu nome fez tudo o que pôde para garantir, embora, como eu já disse, não tenha ocorrido um crime, que *Annabel Treadway fosse enforcada pelo assassinato de Barnabas Pandy.*

Capítulo 34

Rebecca Grace

— Posso lhe fazer uma pergunta, *monsieur* Poirot? — perguntou Annabel Treadway.

— *Oui, mademoiselle*. Pois não?

— O assassino de Kingsbury, o autor das quatro cartas e a pessoa que queria que eu fosse enforcada pelo assassinato do Vô... São três pessoas diferentes?

— Não. Apenas uma pessoa é responsável.

— Então... Eu involuntariamente ajudei essa pessoa — disse Annabel, que havia parado de chorar. — Eu fui conivente na tentativa de assassinato de mim mesma, indo à Scotland Yard e confessando ter afogado o Vô na banheira.

— Deixe-me lhe perguntar agora: a senhorita assassinou seu avô, Barnabas Pandy?

— Não. Não, não assassinei.

— *Bien*. Agora a senhorita diz a verdade. *Excellent!* É hora de a verdade, finalmente, ser dita. *Mademoiselle* Ivy, a senhorita acredita muito no poder da verdade, não é?

— Acredito — falou Ivy. — Você realmente confessou um assassinato que não cometeu, tia Annabel? Um assassinato que nem sequer foi um assassinato? Isso foi tolice da sua parte.

Poirot disse para Ivy:

— O assassino de Kingsbury disse a verdade, ontem, sobre sua tentativa de incriminar Annabel Treadway, sua tia, pelo assassinato de seu bisavô. A senhorita se recusa a revelar o nome dessa pessoa. A senhorita protege um assassino impiedoso. Por quê? Por causa do poder da verdade que essa pessoa lhe contou!

— Por que o senhor presume que a pessoa em questão não tem remorso? — perguntou Ivy.

— Uma pessoa arrependida confessaria aqui e agora — disse Poirot, olhando ao redor da sala.

Ninguém falou, até que Eustace Campbell-Brown disse:

— Não é estranho como, em circunstâncias como essas, a pessoa se sente loucamente tentada a confessar? Eu sou inocente, mas não suporto o silêncio. Sinto vontade de gritar que fui *eu* quem matou Kingsbury. Embora não tenha sido eu, naturalmente.

— Então fique calado, por favor — falou Poirot.

— E se, em vez de ser impiedosa, a pessoa em questão estiver simplesmente mais assustada do que nunca? — perguntou Ivy Lavington para Poirot.

— É gratificante para mim que a senhorita procure defender o assassino de Kingsbury, *mademoiselle*. Isso me traz a confirmação de que estou certo em todos os aspectos. A verdade que lhe foi contada por essa pessoa, enquanto Kingsbury ouvia do lado de fora da porta... tocou seu coração, não foi? Apesar dos atos indesculpáveis que a senhorita sabe que foram cometidos por esse culpado, a senhorita não consegue deixar de gostar dessa pessoa.

Ivy Lavington virou o rosto.

— Como eu disse antes: o senhor sabe tudo, *monsieur* Poirot. O senhor não precisa de mim para confirmar o que sabe.

Poirot se virou para Sylvia Lay.

— Madame, com exceção de seus filhos e de seu futuro genro, a senhora já tinha visto antes o rosto de alguém nesta sala?

— Claro que sim — bufou ela com desdém. — Eu vi o *seu* rosto, *monsieur* Poirot.

— Eu deveria ter acrescentado "tirando Hercule Poirot"! Há mais alguém nesta sala que a senhora reconheça?

Sylvia Lay olhou para as próprias mãos, que estavam dobradas no colo. Depois de alguns segundos, ela respondeu:

— Sim. Eu conheci Mrs. Lavington em outra ocasião. Lenore Lavington, embora eu não soubesse seu verdadeiro nome quando nos encontramos. Foi há treze anos. Ela me disse que seu nome era Rebecca alguma coisa. Rebecca Gray ou... não, Grace. Rebecca Grace.

— Por que a senhora acha que madame Lavington considerou necessário mentir sobre o nome dela? Por favor, não tente esconder a verdade. Poirot sabe de tudo.

— Mrs. Lavington tinha uma gravidez indesejada — contou Sylvia Lay. — Quando era mais jovem, eu... ajudei mulheres que se encontravam em situações desse tipo. Eu era boa no que fazia. Oferecia um serviço seguro e discreto. A maioria das mulheres que vinham até mim usavam outros nomes, não os verdadeiros.

— Madame? — Poirot se voltou para Lenore Lavington.

— É verdade — disse ela. — Cecil e eu estávamos infelizes juntos, e achei que só pioraria as coisas se tivéssemos outro bebê. No final, no entanto, eu não consegui levar a cabo o procedimento. Em nosso primeiro encontro, Mrs. Lay me disse que também estava esperando um bebê. Mrs. Lay queria o dela, mas disse que podia imaginar a angústia de ter que suportar um filho indesejado. Quando ouvi essas palavras, "um filho indesejado", eu dei minhas justificativas e saí. Nunca mais voltei. Meu filho, eu percebi, não era indesejado, afinal de contas. Eu certamente não conseguiria me livrar dele.

Lenore Lavington lançou um olhar cruel na direção de Sylvia Lay e falou:

— Mrs. Lay tentou me obrigar a fazer o procedimento, assim que viu que eu havia mudado de ideia, tão desesperada estava em não perder um cliente.

Timothy Lavington ficou de pé com as pernas bambas. Havia lágrimas nos olhos dele.

— O bebê que a senhora não queria era eu, não era, mamãe? — perguntou Timothy.

— Ela não levou a cabo o procedimento, Timmy — falou Ivy.

— Eu sabia que te amaria e que desejaria ter você assim que te conhecesse, Timmy — disse Lenore para o filho. — E eu amei e desejei. Amei e desejei de verdade.

— A senhora contou para o papai que estava pensando em se desfazer de mim dessa forma bárbara? — indagou Timothy, com a voz cheia de indignação.

— Não. Eu não contei para ninguém.

— De fato — concordou Poirot. — A senhora não contou para ninguém. Isso é muito importante.

Ele gesticulou para mim. Era a minha deixa. Eu saí da sala e voltei alguns instantes depois, carregando uma mesinha que coloquei no meio da sala para que todos pudessem ver. Ela estava coberta por um lençol branco. Poirot tinha se recusado a me contar o que havia sob o lençol, mas eu tinha certeza de que sabia o que ele estava aprontando. Rowland McCrodden também, pela expressão no rosto dele. Previsivelmente, Poirot levantou o lençol e revelou outra fatia de Bolo de Janela de Igreja em um pratinho de porcelana. Ao lado do prato havia uma faca. Quantas fatias daquele bolo, imaginei, ele havia trazido para a Mansão Combingham? Fee Spring deve ter ficado encantada por ter vendido tantas.

— Esse é o seu jeito de nos dizer que alguém aqui vai levar um bolo? — falou Hugo Dockerill. — Um *bolo*, hein? Essa é boa, não é?

Ele gargalhou. A esposa mandou que Hugo Dockerill calasse a boca e ele ficou em silêncio, parecendo devidamente disciplinado.

— Agora vou demonstrar a vocês, senhoras e senhores, que quando resolvermos o Mistério dos Três Pedaços, estaremos no caminho certo para resolver o quebra-cabeça inteiro!

— O que é o Mistério dos Três Pedaços, Mr. Poirot? — indagou o inspetor Thrubwell.

— Eu vou explicar, inspetor. O senhor está vendo aqui, como todos nós, que há quatro pedaços nessa fatia de bolo. Na fileira de cima, se posso chamá-la assim, temos o pedacinho amarelo e depois o rosa, e na fileira de baixo há o pedacinho rosa e depois o amarelo. Mas também temos, porque ainda não usamos a faca, a fatia inteira, sem cortes.

Dramaticamente, Poirot cortou a fatia em duas metades, que ele empurrou para as bordas opostas do pratinho.

— No início, eu pensei que as quatro pessoas que receberam cartas de alguém que fingia ser eu, acusando-as do assassinato de Barnabas Pandy, formavam duas duplas: Annabel Treadway e Hugo Dockerill, que estavam ligados ao *monsieur* Pandy, e Sylvia Lay e John McCrodden, que a princípio não pareciam ter qualquer conexão, já que ambos me disseram que nunca tinham ouvido falar de Barnabas Pandy. Então descobri, por intermédio de Hugo Dockerill, que o filho de madame Lay, Freddie, é aluno do Colégio Turville, a mesma escola frequentada por Timothy Lavington. Assim sendo, assim parece ser para Poirot!

Ele pegou a faca e cortou a metade da fatia de bolo ao meio novamente. Poirot fez um novo arranjo dos pedaços amarelos e rosa no prato: três deles juntos e um sozinho e separado.

— Isto, *mes amis*, é o que eu chamei de o Mistério dos Três Pedaços! Por que o *monsieur* John McCrodden é a exceção? Por que John McCrodden, um estranho para Barnabas Pandy, um homem que nunca ouviu o nome do falecido e não tem nenhuma ligação óbvia com ele, foi escolhido, quando as outras três opções eram todas pessoas com conexões visíveis com o *monsieur* Pandy ou sua família? Por que nosso autor de cartas fraudulentas escolheu esses três e depois este aqui?

"Eu me perguntei se o autor das cartas queria que eu notasse John McCrodden *em especial*. Então aconteceu uma coisa que me intrigou. Por acaso, eu estava presente quando *mademoiselle* Ivy mencionou o nome de Freddie Lay para a mãe dela. Percebi que Lenore Lavington parecia espantada. Horrorizada. Quase congelada pelo choque. Por que, eu me perguntei, Lenore Lavington reagiria tão dramaticamente à menção de um menino na escola do filho dela?"

Poirot provavelmente queria responder à pergunta ele mesmo, mas não pude deixar de dizer em voz alta a resposta que me ocorreu naquele momento:

— Porque ela não sabia, até você mencionar Freddie Lay no Colégio Turville, que ele estudava lá. Lenore Lavington não fazia ideia de que o filho de Sylvia Lay estava na mesma escola que o filho dela.

— *Précisément!* Lenore Lavington sabia que havia um menino que ela descreveu como "o estranho e solitário Freddie", mas não sabia o sobrenome dele. Freddie era aluno de Turville há apenas alguns meses. Lenore Lavington não fazia ideia de que a madame Lay que ela havia conhecido há treze anos era a mãe do estranho e solitário colega de seu filho, até ser informada pela filha. Então, para me despistar, Lenore Lavington fingiu na mesma hora ser veementemente contra Freddie e ter advertido Timothy a não se associar com ele. Ela não queria que eu suspeitasse que era a mãe de Freddie, e não o próprio rapaz, que provocou nela tanto horror. Mais tarde, Lenore Lavington pareceu esquecer completamente que havia me dito que não gostava de Freddie. Quando eu o mencionei a seguir, ela não demonstrou qualquer animosidade e parecia não ter o menor interesse em criticá-lo. Lenore Lavington não se opôs ao filho dela passar tempo com Freddie Lay aqui na Mansão Combingham.

"Devo dizer, senhoras e senhores, que foi apenas quando tive certeza de que o autor das quatro cartas era Lenore Lavington que esta peça do quebra-cabeça se encaixou."

— Espere — disse John McCrodden. — Se o senhor acredita que a mesma pessoa matou Kingsbury e tentou fazer Miss Treadway ser enforcada por assassinato... O senhor está acusando Mrs. Lavington dessas coisas? É isso?

— Por enquanto, estou dizendo que madame Lavington escreveu as cartas acusando quatro pessoas, incluindo o senhor, de assassinato, e assinou as cartas em nome de Hercule Poirot. Madame Lavington, a senhora ficou abalada com a menção de Freddie Lay porque desejava que sua ligação com Sylvia Lay nunca fosse descoberta ou adivinhada por ninguém. A senhora a consultou há treze anos a fim de realizar um procedimento médico ilegal. Naturalmente, seria do interesse de ambas não mencionar isso a ninguém. Então, de uma maneira muitíssimo casual e por pura coincidência, sua filha lhe informa que o filho de Mrs. Lay, Freddie, está na mesma escola que filho. De repente, uma ligação entre Sylvia Lay e Barnabas Pandy fica clara para todos.

"Isso, para a senhora, foi um desastre. A senhora queria o arranjo de duas metades da fatia de bolo, não é? Queria que os destinatários de suas cartas fossem duas pessoas ligadas ao seu avô e duas que fossem completamente desvinculadas. Dessa forma, ninguém se destacaria. Teria sido quase impossível descobrir qual era o objetivo do autor das cartas naquelas circunstâncias. No entanto, graças ao acidente de Freddie Lay ser aluno do Colégio Turville, a senhora percebeu, para seu espanto, que, sem intenção, havia voltado minha atenção para John McCrodden como o destinatário especial, o destinatário *diferente*. Eu sabia então que havia apenas duas possibilidades: ou ele era o elemento discrepante ou não havia elemento discrepante, apenas a fatia inteira do bolo, sem ser cortada.

Poirot empurrou o bolo de volta para que todos os quatro pedaços se tocassem novamente.

— Quando falo sobre a fatia sem cortes do bolo, eu me refiro à possibilidade de que o autor das cartas talvez tivesse tido um vínculo pessoal com *as quatro pessoas que receberam as cartas*, incluindo John McCrodden.

"A senhora escolheu assinar suas cartas em meu nome, Madame Lavington. Por quê? A senhora sabe que eu sou o melhor solucionador de crimes, *n'est-ce pas*? Não há ninguém melhor! E a senhora queria a minha atenção. Queria que Hercule Poirot, após se envolver no caso, fosse à polícia com um vestido rígido, com cheiro irritante, embrulhado em celofane, acreditando que sua irmã Annabel tinha assassinado seu avô. Quem mais soaria tão autoritário ao falar todas as coisas que a senhora pensou que poderia me manipular a dizer? Madame, eu nunca fui tão elogiado e tão subestimado ao mesmo tempo e pela mesma pessoa! A senhora foi tola em acreditar que poderia distrair Hercule Poirot da verdade com um vestido encharcado de água e azeite de oliva."

— Mr. Poirot, estou um pouco confuso — falou o Inspetor Thrubwell. — Está sugerindo que Mrs. Lavington *não* queria que o senhor considerasse que o senhor John McCrodden fosse o elemento discrepante?

— *Oui, monsieur*. Ela não queria que eu me perguntasse como ele se encaixava no quebra-cabeças. Mrs. Lavington não queria que eu me perguntasse: se Sylvia Lay está vinculada à família de Barnabas Pandy, será que o mesmo poderia se aplicar a John McCrodden? Porque, meus amigos, *Lenore Lavington é a única nesta sala que pessoalmente tem um vínculo com todas as quatro pessoas que receberam as cartas*. Ela cometeu um grave erro quando fez seu plano. Se quisesse acusar dois completos estranhos, Lenore Lavington poderia facilmente tê-los selecionado aleatoriamente na lista telefônica. Em vez disso, escolheu duas pessoas com quem teve um antigo vínculo. Em ambos os casos, um vínculo que ela acreditava ser secreto o suficiente para estar seguro. Ela achou que Poirot logo descobriria que Sylvia Lay e John McCrodden não poderiam ter assassinado Barnabas Pandy porque não eram conhecidos por ele e sua família, e *nem estavam perto da Mansão Combingham no dia em que o* monsieur *Pandy morreu*. Eles não tinham motivo nem oportunidade. Madame Lavington imaginou, portanto, que os nomes Lay e McCrodden logo não seriam mais levados em consideração.

"Ah, mas isso também deu errado para ela! Logo ficou claro para mim que tanto madame Lay quanto *monsieur* McCrodden *poderiam* ter vindo aqui no dia em que Barnabas Pandy morreu. Assim como Hugo Dockerill. Todos poderiam ter entrado de mansinho enquanto o resto da casa estava ocupado discutindo ou, no caso de Kingsbury, desfazendo uma mala. Eles poderiam ter entrado pela porta da frente sempre aberta, matado *monsieur* Pandy, e saído às pressas, sem serem vistos por ninguém. Nenhum dos três tinha álibis fortes: uma Feira de Natal da qual teria sido fácil desaparecer por uma ou duas horas sem que ninguém percebesse; uma carta de uma espanhola que poderia estar disposta a dizer o que quer que lhe mandassem dizer.

Poirot olhou fixamente para John McCrodden. O detetive parecia estar esperando que ele abrisse a boca. McCrodden acabou dizendo em voz baixa:

— Eu não sabia o nome verdadeiro dela até chegar a esta casa. Ela se apresentou para mim como Rebecca Grace, assim como fez com Mrs. Lay. Lenore. — John McCrodden olhou do outro lado da sala para ela. — É um nome incomum. Fico feliz em saber seu nome, Lenore.

— *Monsieur* McCrodden, em nome de todos nós, por favor, esclareça a natureza do seu relacionamento com Lenore Lavington? — pediu Poirot. — Vocês foram amantes, não foram?

— Sim. Fomos amantes por um curto período de tempo. Curto demais. Eu sabia que ela era casada. Como eu amaldiçoei o destino, por me permitir conhecê-la quando era tarde demais e ela já pertencia a outra pessoa. — A voz dele tremeu. — Eu a amava do fundo do coração. Ainda amo.

Capítulo 35
•••••••••••••
Lealdade familiar

— Eu não tenho vergonha disso — falou John McCrodden. — Não consigo sentir vergonha, como sei que meu pai ficará feliz em lhes contar. Rebecca, ou melhor, Lenore, é a única mulher que amei, embora só tenhamos ficado três dias juntos. Eu passei todas as horas de todos os dias desde então, desejando que pudessem ter sido mais...

— John, por favor, não — disse Lenore. — Para que isso tudo agora?

— ... mas ela insistiu em voltar para o marido, que, ao que parece, era um indivíduo sem graça. Lenore cumpriu seu dever.

— Como ousa dizer isso sobre meu pai? — protestou Timothy Lavington. Para a mãe, ele disse friamente: — A *senhora* disse para ele que o papai era sem graça? Que outras mentiras a senhora contou sobre ele?

Ivy tocou o braço da mãe e falou:

— Conte para ele, mamãe. A senhora tem que contar.

— Seu pai está morto, Timmy — disse Lenore. — A carta que você recebeu... Eu escrevi aquilo. Eu enviei a carta.

— Que carta? — perguntou Jane Dockerill.

— Lenore Lavington enviou uma quinta carta — respondeu Poirot. — Uma que a maioria de vocês não conhece. Ela datilografou na mesma máquina que usou para as outras quatro cartas: com a letra "e" defeituosa. Esta carta não era uma acusação de assassinato, no entanto, e nela madame Lavington não fingiu ser Hercule Poirot. Em vez disso, fingiu ser o falecido marido, Cecil Lavington. O objetivo da carta era dizer ao filho, Timothy, que ele não estava morto, embora todos acreditassem que estivesse. Em vez disso, Cecil Lavington estava ocupado em uma missão secreta do governo.

— Como a senhora é capaz de mentir sobre algo assim, mãe? — falou Timothy. — Eu acreditei que ele estava vivo!

Lenore Lavington virou o rosto. Ivy tocou o braço da mãe, ao mesmo tempo em que deu a Timothy um olhar que ordenou que o irmão parasse.

Poirot continuou:

— Quando Timothy Lavington mostrou para o nosso Catchpool aqui a tal carta que supostamente era do pai dele, o inspetor notou imediatamente os "e"s com a pequena falha na tinta. Ele sabia que a mesma pessoa tinha enviado as quatro cartas em nome de Hercule Poirot, e que elas foram datilografadas na mesma máquina. Todos vocês entenderão, tenho certeza, por que estávamos determinados a encontrá-la...

"Quando vim à Mansão Combingham pela primeira vez, perguntei a madame Lavington se eu poderia testar a máquina de escrever daqui. Ela não permitiu. Como não havia provas que sugerissem que um crime havia sido cometido, madame Lavington não tinha a obrigação de deixar que eu examinasse qualquer coisa na casa. Então, quando vim à Mansão Combingham pela segunda vez, descobri que ela havia mudado de ideia e desejava cooperar.

— Todas nós queríamos ajudá-lo, *monsieur* Poirot, mas o senhor nos enganou — disse Annabel Treadway. — O senhor nos levou a acreditar que poderia provar que o Vô havia sido assassinado. Agora, no entanto, o senhor nos diz que a morte dele foi um acidente, exatamente como sempre acreditamos.

— *Mademoiselle*, eu tomei cuidado em todas as etapas para não falar uma palavra que não fosse verdadeira. Eu só lhe disse que tinha certeza de que havia um culpado, um assassino, a ser capturado, e que, até que isso acontecesse, ainda havia um grande perigo. Eu me referi, *mademoiselle*, ao perigo que a *senhorita* corria. Sua irmã queria vê-la enforcada pelo assassinato do seu avô. Quando admitiu isso para a *mademoiselle* Ivy na conversa entreouvida por Kingsbury, madame Lavington ainda não havia matado ninguém com êxito. Talvez não tivesse levado adiante o plano de incriminar a senhorita? Não sei. Mas uma coisa eu sei: pouco tempo depois, pensando que corria o risco de ser descoberta e exposta, *sua irmã abandonou Kingsbury para morrer*. Madame Lavington, eu não menti nem distorci a verdade quando descrevi a senhora como uma assassina. É uma questão de *caráter*. A senhora se tornou uma assassina no momento em que se propôs a providenciar a morte da sua irmã.

Lenore Lavington olhava para Poirot com uma expressão impassível. Ela não disse nada.

— Por que Lenore queria que a irmã fosse enforcada? — perguntou John McCrodden.

— E as outras três cartas? — indagou Annabel Treadway. — Quaisquer que fossem as intenções de Lenore em relação a mim, por que ela enviaria a mesma carta a Mr. Dockerill, a Mrs. Lay e a Mr. McCrodden?

— *Mademoiselle, monsieur*, por favor. Eu ainda não terminei de explicar. Como não se pode terminar a menos que comece de algum lugar, peço que permitam-me começar com a máquina de escrever. Lenore Lavington usou toda a astúcia para tentar enganar Poirot, mas não funcionou. Ah, sim, ela foi muito inteligente. A máquina de escrever que fui proibido de inspecionar quando vim aqui a primeira vez... era a que eu procurava, com a letra "e" imperfeita.

"Entre a minha primeira visita à Mansão Combingham e a segunda, Lenore Lavington decidiu que seria sensato parecer querer me ajudar de todas as maneiras possíveis. Fui informado, ao chegar, que agora eu poderia inspecionar a máquina de escrever, mas que uma nova máquina havia sido comprada recentemente. A antiga, disse Lenore Lavington, já não funcionava mais como antes. Para parecer prestativa, madame Lavington me diz que guardou a máquina antiga, *uma vez que deve ser aquela que vou querer examinar*. Naturalmente, a nova máquina de escrever, que ainda não tinha sido vendida na loja quando as quatro cartas foram datilografadas, não pode ser a que eu procuro. Madame Lavington me diz que pediu para Kingsbury me mostrar ambas as máquinas, a nova e a velha, para que eu pudesse testá-las. Ah, ela foi inteligente – mas não inteligente o suficiente.

"Uma das máquinas de escrever parece nova. A outra também, tirando alguns arranhões e rachaduras, detalhes que podem ser facilmente manipulados. *Alors*, Poirot faz o teste e percebe algo muito intrigante. A letra "e" está funcionando exatamente como deveria nas duas máquinas, então ambas podem ser descartadas de suspeita. Mas não é apenas o "e" que, em ambos os casos, está impecável. *É tudo*. Não notei nenhuma diferença de qualidade. Exceto pelos arranhões em uma máquina, *ambas* poderiam ter chegado novinhas em folha da loja naquela manhã. Pensei cá comigo: e se Lenore Lavington mentiu para mim e, em vez de uma máquina nova e uma velha, ela me deu duas novas para inspecionar? Por que madame Lavington faria isso?

— Ela faria isso se não quisesse que o senhor verificasse a *verdadeira* máquina de escrever antiga — respondeu Timothy Lavington. — E ela não queria, porque isso a teria incriminado.

— Timmy, não — disse Ivy. — Você não precisa ser a pessoa a responder.

— Lealdade familiar é a última coisa na minha mente no momento — falou o irmão para ela. — Estou certo, não estou, *monsieur* Poirot?

— Sim, Timothy, você está correto. Sua mãe foi descuidada. Ela pensou que me dizer que a antiga máquina de escrever não estava funcionando corretamente seria suficiente. Por causa dos muitos arranhões que havia infligido a uma delas, Madame Lavington não receou que eu usasse as duas máquinas e notasse que ambas pareciam igualmente novas.

"Quase fui enganado! Eu me perguntei: 'será possível que a máquina mais antiga esteja simplesmente em excelente estado e funcione bem de vez em quando?' Eu estava me fazendo esta pergunta quando Annabel Treadway apareceu e me disse: 'vejo que o senhor começou a investigação das máquinas de escrever. Lenore me deu ordens estritas para deixá-lo em paz e permitir que o senhor faça seu trabalho de detetive.'

"Por que *mademoiselle* Annabel viu *duas* máquinas de escrever e *duas* folhas de papel, ambas com palavras datilografadas, e concluiu que eu tinha *começado* o experimento em vez de já tê-lo concluído? Só consegui pensar em uma razão: ela sabia que havia na verdade *três* máquinas de escrever na casa: as duas novas e a velha que Lenore Lavington havia escondido."

— Motivo pelo qual Mrs. Lavington mandou Miss Treadway deixá-lo em paz — falou Eustace Campbell-Brown. — Sabendo que duas máquinas de escrever tinham sido compradas recentemente, Miss Treadway poderia ter revelado o engodo.

— *Exactement.* E lembre-se, Lenore Lavington não podia pedir à irmã que mentisse. Se fizesse isso, Miss Annabel suspeitaria imediatamente de quem havia escrito e enviado as quatro cartas.

— E... — Annabel Treadway começou a falar, hesitante — ... quando o senhor me pediu para olhar atentamente as duas folhas de papel, e não vi diferença entre elas...

— A senhorita estava certa! Eu lhe disse, não disse, que havia notado algo significativo? *Era a ausência de diferença.* Muitas vezes, o importante a ser notado é uma coisa que não está lá. Eu esperei até saber que madame Lavington se encontrava no primeiro andar e não no quarto dela, e vasculhei o local. Como eu esperava, encontrei a velha máquina de escrever. Estava em uma bolsa embaixo da cama dela. Um teste rápido revelou que era a máquina com o "e" defeituoso.

Timothy estava olhando furiosamente para a mãe.

— A senhora ia me matar antes mesmo de eu nascer — falou ele. — A senhora foi infiel ao papai. A senhora matou Kingsbury e teria permitido que a tia Annabel fosse enforcada se não tivesse sido impedida pelo *monsieur* Poirot. A senhora é um monstro.

— Já chega! — disse John McCrodden para Timothy Lavington, e depois, para Poirot: — Independentemente de suas suspeitas a respeito de Lenore, certamente o senhor não pode achar aceitável que um menino fale com a mãe dessa maneira, na frente de estranhos?

— Eu não *suspeito, monsieur.* Eu *sei.* Diga-me, pois o senhor não é um estranho para Lenore Lavington, o que fez para irritá-la?

McCrodden pareceu surpreso.

— Irritá-la? Como... como foi...

— Como foi que eu soube? É simples — respondeu Poirot, que costumava dizer isso sobre coisas que não eram simples para ninguém, a não ser para ele. — Lenore Lavington queria que Annabel Treadway fosse enforcada, mas precisava esconder seu verdadeiro objetivo. Ela fez isso enviando a mesma carta de acusação para outras três pessoas. O senhor, *monsieur* McCrodden, era uma delas. Sabendo que seria uma carta muito desagradável de receber, madame Lavington escolheu três pessoas que, na opinião dela, mereciam sofrer um pouco. Não seriam enforcadas por assassinato, já que esse destino Lenore Lavington reservou apenas para a irmã Annabel, mas temeriam a possibilidade de serem acusadas de um crime que não haviam cometido. Então, eu pergunto novamente: o que o senhor fez para irritar Rebecca Grace, cujo nome verdadeiro é Lenore Lavington?

John McCrodden olhou para Lenore enquanto falava.

— Nós nos conhecemos no balneário de Whitby. Rebec... Lenore estava de férias lá com o marido. Ela... Infelizmente não há uma maneira agradável de dizer isso. Depois que nos conhecemos, Lenore abandonou o marido para passar três dias comigo. Eu não sei o que ela disse para ele. Não me lembro, depois de todos esses anos. Parece que deu uma desculpa sobre ter que partir às pressas para algum lugar. Você se lembra do que foi, Lenore?

Ela não respondeu. Por algum tempo, não expressou nenhuma emoção e não fez nada além de ficar sentada olhando para a frente.

— No final dos três dias, eu não suportava a ideia de deixá-la ir embora — prosseguiu John McCrodden. — Eu implorei que abandonasse o marido e viesse morar comigo. Ela disse que não poderia fazer isso, mas que viria para Whitby e me veria sempre que pudesse. Lenore queria que nosso caso amoroso continuasse, mas para mim essa possibilidade era intolerável. A ideia de que ela planejava ficar com um homem que não amava e nem desejava... Teria sido errado. E eu não estava preparado para compartilhá-la.

— Mas se divertir com uma mulher casada não é errado para o senhor — murmurou Sylvia Lay.

— Cale a boca — falou John McCrodden. — A senhora não sabe nada do que é certo e errado, e se importa ainda menos.

— Então o senhor obrigou madame Lavington a fazer a escolha difícil? — perguntou Poirot para McCrodden.

— Sim. Ou ele, ou eu. Lenore escolheu o marido e me culpou. Na opinião dela, eu encerrei um caso amoroso que poderia ter continuado, e que ela queria muitíssimo que continuasse.

— E ela não conseguiu perdoar o senhor — disse Poirot. — Assim como não conseguiu perdoar Sylvia Lay por tentar obrigá-la a se livrar do bebê que decidira que queria manter. Tampouco conseguiu perdoar Hugo Dockerill por castigar Timothy por mau comportamento, como fazia frequentemente. É por isso que *monsieur* Dockerill foi escolhido para receber uma das quatro cartas.

— Como o senhor descobriu que Lenore e eu tivemos um caso amoroso? — indagou John McCrodden. — Eu nunca disse uma palavra para ninguém. Nem ela, tenho certeza. É impossível que o senhor soubesse.

— Ah, *monsieur*, essa informação não foi difícil de adquirir. O senhor e madame Lavington me contaram, com uma pequena ajuda da *mademoiselle* Ivy.

— Isso não pode ser verdade — falou Ivy. — Eu mesma só descobri ontem à tarde, quando Mr. McCrodden entrou na casa e mamãe ficou tão chateada que consegui forçá-la a me contar tudo. Antes disso, o nome John McCrodden não significava nada para mim, e o senhor e eu mal nos falamos desde então, *monsieur* Poirot.

— *C'est vrai*. Ainda assim, *mademoiselle*, a senhorita me ajudou a descobrir o segredo sem conhecê-lo. Eu juntei coisas que a senhorita tinha dito com coisas que ouvi tanto da parte da sua mãe quanto de *monsieur* McCrodden, e...

— Que coisas? — perguntou John McCrodden. — Eu ainda não sei se acredito em uma única palavra que sai da sua boca, Poirot.

— O senhor me disse, caso se lembre, que seu pai reprovava sua escolha de carreira. O senhor se referiu a ter trabalhado como mineiro em algum lugar no norte da Inglaterra, na costa ou perto da costa. Seu pai não aprovou esse tipo de trabalho, no qual o senhor sujava as mãos, mas o senhor disse que *ele também não aprovou quando trabalhava no lado limpo e vendia enfeites*. Foi uma expressão estranha, "no lado limpo". Eu não sabia o que significava na ocasião. Não me pareceu ser especialmente importante, por isso não fiquei pensando nela.

"Eu também não percebi inicialmente o que o senhor talvez quisesse dizer com a palavra 'enfeites'. Eu tinha ouvido essa palavra ser usada recentemente, pelo seu pai, na verdade. Ele usou para indicar decorações natalinas, creio. Mas a palavra 'enfeites' também podia ter outro significado. Pode significar joias. Quanto ao 'lado limpo', decidi que o senhor devia estar se referindo ao lado limpo *da mineração*, pois esse era o assunto que estávamos discutindo. O que o senhor estava tentando me dizer, *monsieur* McCrodden, foi que o senhor deixou de trabalhar em mina, o "lado sujo", para executar o trabalho mais limpo de fazer joias a partir do material que, anteriormente, o senhor havia extraído. Esse material era o azeviche encontrado em Whitby, não era?

"Lenore Lavington me contou que certa vez teve uma pulseira de luto feita de azeviche, que mais tarde deu para a filha, *mademoiselle* Ivy. Ela descreveu a pulseira para mim como um bem precioso, um presente que recebeu de seu falecido marido Cecil durante as férias à beira-mar. Segundo o que Ivy Lavington me informou, eu soube que o casamento de Cecil e Lenore Lavington não era feliz, pelo menos não da parte dela. Por que então, eu me perguntei, madame Lavington valorizaria um presente comprado para ela por um marido que ela não amava? Lenore Lavington não faria isso! A pulseira de azeviche extraído de Whitby tinha sido dada para ela por um homem que madame Lavington amava apaixonadamente: John McCrodden, o amante que ela arrumou durante as férias.

"Houve também, eu descobri, um segundo presente que Lenore Lavington deu para a filha: um leque, outro item descrito como um bem precioso. No leque havia o desenho de uma dançarina de cabelos da mesma cor de *mademoiselle* Ivy, uma dançarina de vestido *vermelho e preto*. Cabelos escuros e um vestido vermelho e preto? Para mim, isso soava como uma *dançarina espanhola*. Eu já vi ilustrações assim em leques femininos trazidos como lembranças do continente. Eu sabia, graças a Rowland McCrodden, que seu filho John possuía uma casa na Espanha, que ele amava o país e o visitava com frequência. John McCrodden teria presenteado Lenore Lavington com o leque, imaginei, durante os três dias que passaram juntos? Decidi que não era apenas possível, mas provável. Por que outro motivo um leque comum se tornaria um bem precioso? Lenore Lavington não perdoou John McCrodden, como sabemos, e ainda assim ela prezava pelos presentes que ele lhe dera. Essa é a natureza complicada do amor!"

— É um negócio complicado — concordou o Inspetor Hubert Thrubwell. — Nenhum de nós pode negar isso, Mr. Poirot.

— A pulseira de azeviche, a dançarina espanhola — continuou Poirot. — Essas coisas poderiam ter sido meras coincidências, é claro. Nenhuma provava que John McCrodden e Lenore Lavington se conheciam. Então pensei: Lenore Lavington pode ser vinculada a Sylvia Lay via Freddie; a Annabel, sua irmã; a Hugo Dockerill, reitor do filho dela. Por que não também a John McCrodden? Em vez de ser o elemento discrepante, decidi que provavelmente era o caso de uma fatia de bolo inteira, sem cortes...

— Poirot apontou dramaticamente para o prato na mesa — ...e sem elementos discrepantes. *Lenore Lavington conhecia todos eles.*

— A senhora tem alguma coisa a dizer sobre isso, Mrs. Lavington? — perguntou o Inspetor Thrubwell para ela.

Lenore Lavington não se moveu nem um centímetro. Continuou sem dizer nada.

— Eu não vou permitir que a mulher que amo seja enforcada por assassinato, seja lá o que tenha feito! — disse John McCrodden ferozmente. — Eu não me importo se você ainda está com raiva de mim depois de todos esses anos, Lenore. Eu te amo tanto quanto amava naquela época. Diga alguma coisa, pelo amor de Deus!

— Poirot, eu ainda não entendi muito bem a necessidade de quatro cartas — falou Rowland McCrodden. — Se Mrs. Lavington esperava ver Miss Treadway castigada pelo assassinato do avô, por que ela não mandou apenas uma carta para a irmã?

— Porque, meu amigo, madame Lavington queria esconder o fato de que era ela a acusadora, a pessoa com suspeitas! Lenore Lavington não tinha como garantir que o plano funcionaria e que *mademoiselle* Annabel seria mandada para a forca. Se o plano não funcionasse, ela queria estar livre para tentar algo diferente, talvez, outra forma de vingança, quem sabe. Madame Lavington estaria em melhor posição para fazer isso se *mademoiselle* Annabel não soubesse que a irmã era uma inimiga a ser temida. Quando alguém é temido, precauções são tomadas imediatamente. Lenore Lavington não queria algo assim. Ela queria a irmã *desprotegida*.

"Se tivesse sido a única acusada de assassinato, Annabel Treadway teria se perguntado: 'quem poderia ter feito tal coisa comigo e por quê?' Se, por outro lado, ela ouvisse da parte de Hercule Poirot que *quatro* pessoas passaram pela mesma situação, então lhe pareceria que o acusador talvez fosse uma pessoa de quem ela nunca ouviu falar. Aos olhos da *mademoiselle* Annabel, o acusador certamente não seria a irmã, que sabia que ela não poderia ter matado o avô porque as duas estavam juntas em um cômodo diferente quando ele morreu. *Eh bien,* Lenore Lavington está protegida da suspeita de ser aquela que suspeita, aquela que acusa; sua presa continua confiando nela e, portanto, continua vulnerável, que é como Lenore Lavington queria que a irmã permanecesse.

— Espere aí — disse John McCrodden. — Lenore e Annabel estavam juntas em um cômodo quando o avô morreu? Lenore lhe contou isso?

Ele parecia empolgado. Eu não consegui compreender o motivo.

— *Oui, monsieur* — respondeu Poirot. — Todas as três mulheres me disseram isso, e é verdade.

— Então Lenore deu a Annabel um álibi — falou McCrodden. — Por que ela faria isso, se o senhor diz que Lenore queria que a irmã fosse enforcada?

Poirot olhou para Rowland McCrodden.

— Tenho certeza de que o senhor pode explicar este ponto a seu filho, *mon ami.*

— Os culpados tendem a tentar parecer que não estão fazendo exatamente aquilo que *estão* fazendo, aquilo de que são culpados — explicou Rowland McCrodden. — Se Mrs. Lavington esperava que a irmã fosse condenada por assassinato, que maneira melhor de parecer que ela está fazendo o oposto, defendendo vigorosamente Miss Treadway e fornecendo um álibi para a irmã?

— Ninguém vai fazer a pergunta mais importante? — disse Jane Dockerill com impaciência.

— Eu vou — falou Timothy Lavington. — Por que diabos a mamãe desejaria se vingar da tia Annabel, *monsieur* Poirot? Que mal a tia Annabel fez para a mamãe?

Capítulo 36

O verdadeiro culpado

Poirot se virou para Annabel Treadway.

— *Mademoiselle* — disse ele. — A senhorita sabe muitíssimo bem a resposta para a pergunta do seu sobrinho.

— Sei, sim — falou Annabel Treadway. — É algo que eu jamais consigo esquecer.

— Realmente. É um segredo que a senhorita manteve por muitos anos e que lançou uma sombra sobre sua vida inteira, uma sombra de culpa e arrependimento terríveis.

— Não. Arrependimento, não — disse ela. — Não foi uma coisa que decidi fazer. Foi algo que simplesmente *aconteceu*. Ah, sei que fui eu quem fez aquilo acontecer, mas como posso me arrepender quando não me lembro de ter tomado a decisão?

— Talvez então sinta mais culpa sem saber se, caso se encontrasse em uma situação semelhante hoje, a senhorita se comportaria de maneira diferente — falou Poirot.

— Será que alguém pode explicar? — pediu Jane Dockerill.

— Sim, acabe com isso, *monsieur* Poirot — disse Ivy Lavington. — Para muitos de nós, esta não é uma experiência agradável. Aceito que seja necessária, mas, por favor, divague o mínimo possível.

— Muito bem, *mademoiselle*. Vou contar para todos o segredo que sua mãe lhe contou ontem, antes que Kingsbury viesse e ouvisse do lado de fora da porta.

"Pouco antes de Barnabas Pandy morrer, senhoras e senhores, houve um jantar nesta casa. À mesa estavam sentados *monsieur* Pandy, Lenore e Ivy Lavington e Annabel Treadway. Madame Lavington repreendeu *mademoiselle* Ivy por comer demais. Durante uma excursão à praia, a vários meses atrás, Lenore Lavington disse para a filha que as pernas dela pareciam troncos de árvore, e essa história foi contada na mesa de jantar por uma furiosa Ivy Lavington, que agora tinha sido insultada duas vezes pela mãe. A refeição terminou em tristeza: todas as três mulheres deixaram a mesa magoadas, e Barnabas Pandy também estava infeliz. O falecido Kingsbury me contou que encontrara *monsieur* Pandy sentado sozinho à mesa, chorando.

"Agora preciso voltar à época em que Ivy Lavington era uma menininha, e Annabel Treadway levou a sobrinha para passear margeando um rio Skittle, o cachorro, foi com elas. *Mademoiselle* Ivy decidiu que seria divertido rolar pela margem do rio. Skittle, imediatamente alerta para o perigo, desceu correndo pela ribanceira para resgatá-la, mas não conseguiu impedi-la de rolar para dentro da água. Em vez disso, ele arranhou o rosto dela e causou as cicatrizes que permanecem até hoje. *Mademoiselle* Ivy logo ficou presa embaixo d'água, onde quase se afogou. Annabel Treadway teve que entrar nessas águas letais e resgatá-la. A correnteza era muito forte. *Mademoiselle* Annabel arriscou a própria vida para salvar sua sobrinha.

"*Alors*, agora nós devemos dar um salto adiante no tempo, *mes amis*, até a viagem para a praia que já mencionei. Lenore e Ivy Lavington levaram o cachorro, Hopscotch, para a praia, porque Annabel Treadway estava confinada à cama com gripe. *Mademoiselle* Ivy ama nadar no mar. Ela não permitiu que o acidente quase fatal a deixasse com medo de água."

— Hopscotch? — indagou Eustace Campbell-Brown. — Eu pensei que o cachorro se chamava Skittle.

— São dois cães diferentes, *monsieur*. O Skittle não está mais entre nós. Ele foi substituído por Hopscotch, um cachorro da mesma raça.

— *Substituído?* — Lágrimas vieram aos olhos de Annabel Treadway. — Nenhum cachorro poderia substituir Skittle, assim como nenhum cachorro poderá substituir Hopscotch quando ele... quando ele... Ah! — Ela enfiou o rosto nas mãos.

— Peço desculpas, *mademoiselle*. Eu falei sem pensar.

— Muito bem, então eles são dois cachorros diferentes — disse Rowland McCrodden. — Mas, na verdade, agora não é hora de pensarmos em *nenhum* cachorro.

— O senhor está errado — falou Poirot. — Cachorros, ou, para ser exato, o falecido Skittle é a exatamente a criatura sobre a qual devemos pensar.

— Por que, pelo amor de Deus?

— Vou explicar. No dia da viagem à praia, Lenore e Ivy Lavington estavam sentadas perto de algumas árvores. Hopscotch veio correndo em direção a elas, depois de primeiro brincar nas ondas. A visão das patas molhadas do cachorro, que pareciam muito mais finas do que quando estão secas, lembrou *mademoiselle* Ivy do dia em que ela quase se afogou. As lembranças voltaram como uma enxurrada, lembranças a que *mademoiselle* Ivy estava alheia até aquele momento. Ela contou para a mãe que, ao se debater embaixo d'água em estado de pânico, ela havia confundido as patas molhadas do cachorro com troncos de árvores na margem do rio. Era impossível, no entanto, pois as patas eram muito magras e estavam em movimento, em vez de imóveis. Então Annabel Treadway veio ao socorro dela e *mademoiselle* Ivy viu os *verdadeiros* troncos das árvores: grossos e estacionários. Ela percebeu que as outras coisas que tinha visto eram as patas de Skittle e não troncos de árvores.

"Essa lembrança voltou para *mademoiselle* Ivy com muita intensidade naquele dia na praia, muitos anos depois, graças às patas molhadas de Hopscotch. Ela contou a história para a mãe e, enquanto ouvia, Lenore Lavington percebeu algo. Era uma coisa a que a própria *mademoiselle* Ivy não se dava conta... e permaneceu alheia a esse detalhe até que a mãe confessou tudo para ela ontem na conversa ouvida por Kingsbury."

— O que a Mrs. Lavington percebeu? — perguntou Rowland McCrodden, agora incapaz de ocultar o desespero para entender. Eu mesmo estava tomado por um sentimento semelhante.

— Não é óbvio? — disse Poirot. — As patas de Skittle só poderiam estar naquela margem do rio, para serem observadas por *mademoiselle* Ivy, se, antes de salvar a sobrinha, Annabel Treadway tivesse tirado primeiro Skittle da água. Não há outra conclusão lógica. *Ela deve ter salvado o cachorro primeiro, e só depois salvou a sobrinha.*

Assim que Poirot disse isso, entendi exatamente o que significava.

— Se Skittle tivesse tentado impedir que Ivy Lavington caísse na água e falhado, ele simplesmente não desistiria e ficaria esperando na margem — falei. — Nenhum cão leal faria isso. Ele pularia na água. Skittle jamais deixaria de tentar salvar qualquer integrante da família que estivesse em perigo.

— Exatamente, *mon ami* — disse Poirot. Ele parecia bastante orgulhoso de mim, pelo que fiquei grato, embora nós dois soubéssemos que eu nunca teria descoberto por conta própria. — E uma vez que sua dona, *mademoiselle* Annabel, também pulou na água, Skittle só teria ficado mais dedicado à missão de resgate. O cachorro não teria saído da água por vontade própria, não com duas pessoas que ele amava ainda em perigo. Sua própria vida estaria em perigo, portanto, por causa da correnteza forte e veloz. Todos os três poderiam ter morrido.

— E se as patas de Skittle estavam finas e molhadas quando foram avistadas por Ivy Lavington na margem do rio, é porque entraram na água em algum momento — falou Rowland McCrodden. — O senhor está certo, Poirot. Nenhum cão salvaria apenas a própria pele e voltaria correndo para a margem numa situação assim. Alguém deve tê-lo puxado para fora da água e... amarrado Skittle a alguma coisa.

— *Oui*. Annabel Treadway amarrou o cachorro com firmeza, para evitar que ele saltasse de volta no rio e se colocasse em perigo mais uma vez. Só então voltou à água para salvar *mademoiselle* Ivy. A senhorita não percebeu o significado de sua lembrança, *mademoiselle*, quando a descreveu para sua mãe, mas sua mãe sim. Entendeu instantaneamente. Lenore Lavington imaginou as patas molhadas de Skittle na margem do rio enquanto ele lutava contra qualquer refreio que sua dona tivesse lhe imposto. Ela compreendeu exatamente o que isso significava. Mas eis aqui o dilema...

"Lenore Lavington por algum instante imaginou que a irmã poderia ter cuidado primeiro do cachorro apenas porque ele estava se agitando tão violentamente que a tentativa de resgatar a sobrinha estava sendo dificultada? Se fosse esse o caso, será que *mademoiselle* Annabel não teria dito a verdade? Sim, e então a situação deve ter sido diferente. Annabel Treadway deve ter valorizado a vida do cachorro mais do que a vida da sobrinha e escolhido salvar primeiro Skittle, assumindo um risco enorme com a vida de *mademoiselle* Ivy. Ela poderia facilmente ter se afogado no tempo que *mademoiselle* Annabel levou para prender Skittle em um ponto seguro."

A essa altura, Annabel Treadway estava chorando. Ela não tentou negar nada do que Poirot tinha dito.

Poirot falou baixinho para ela.

— *Mademoiselle*, na primeira vez que nos encontramos, a senhorita me disse que ninguém se importa quando pessoas muito idosas morrem, enquanto que, se uma criança morre, a morte é vista como uma tragédia. Isso foi sua culpa falando. A senhorita se sentia atormentada por ter arriscado a vida de uma criancinha com tanto potencial e tantos anos pela frente. A senhorita sabia que o julgamento da sociedade seria ainda mais severo por causa disso. É uma estranha coincidência... Quando falei com a nora de Vincent Lobb, o eterno inimigo de seu avô, com quem ele tentou, finalmente, se reconciliar, ela me disse que é uma coisa terrível *fazer a coisa certa tarde demais*. Foi isso que *mademoiselle* fez: a senhorita salvou a vida de sua sobrinha, mas fez isso tarde demais.

— E sofro desde então — soluçou Annabel.

— A senhorita me disse na primeira conversa que tivemos que "salvou vidas". A seguir, rapidamente se corrigiu, ou assim pareceu, e de repente foi apenas uma vida que a senhorita salvou: a vida de *mademoiselle* Ivy. Achei que estivesse com vergonha de ter exagerado, que queria ser estrita e rigorosamente precisa, e não reivindicar mais crédito do que era merecido. Só muito depois me ocorreu que havia outra possibilidade, igualmente plausível: *que a senhorita tivesse salvado mais de uma vida, mas queria esconder o fato*. Seu pronunciamento inicial, *vidas*, no plural, era a verdade.

"Foi durante uma conversa com *mademoiselle* Ivy que me veio essa compreensão. Sabendo que alguém havia planejado a morte de Annabel Treadway, falei da necessidade de salvar vidas. Ivy Lavington me perguntou se era uma vida ou mais que precisavam ser salvas, e admiti que era apenas uma que corria perigo. É claro que eu não sabia naquele momento que Kingsbury seria morto. Percebi que minha conversa com *mademoiselle* Ivy me lembrava de alguma coisa e me perguntei o que poderia ser. Levei apenas alguns segundos, depois disso, para resolver o mistério: eu me lembrei do primeiro encontro com Annabel Treadway e de nossa conversa sobre salvar vidas, ou talvez fosse apenas uma única vida. De repente, à luz do que eu deduzi sobre o dia em que *mademoiselle* Ivy quase se afogou, os comentários de *mademoiselle* Annabel sobre salvar vidas fizeram todo o sentido para mim."

Não pude deixar de balançar a cabeça, surpreso com o funcionamento do cérebro de Poirot. As outras pessoas pareciam igualmente impressionadas. Todos nós ficamos atônitos enquanto ele continuava com o relato.

"A primeira vez que nos encontramos, depois que ela recebeu uma carta que acreditava ser minha acusando-a do assassinato de *monsieur* Pandy, Annabel Treadway disse outra coisa que me pareceu estranha. Ela falou "o senhor não tem como saber..." e então se deteve antes de falar mais alguma coisa. *Mademoiselle* Annabel achava, entendam, que era como se moralmente merecesse receber uma acusação de assassinato, mesmo que não tivesse assassinado ninguém e que *mademoiselle* Ivy, de fato, não tivesse morrido naquele dia no rio. O que Annabel Treadway queria dizer era que eu, Hercule Poirot, *não tinha como saber* que ela era culpada; era impossível.

"*Mademoiselle* Annabel nunca vai parar de se considerar culpada, senhoras e senhores. Ela tem se esforçado muito para expiar este pecado, no entanto. *Monsieur* Dockerill, o senhor me disse que Annabel Treadway recusou sua oferta de casamento. Ela argumentou que não seria adequada para cuidar dos meninos do Colégio Turville. Isso agora também faz sentido: *mademoiselle* Annabel não acreditava que deveria se tornar encarregada do bem-estar de crianças e, portanto, não se permitiu casar e ter filhos. Ao mesmo tempo, encheu de atenção os dois filhos da irmã e lhes deu todo o amor que pôde para compensar o fracasso secreto de todos aqueles anos atrás."

— Deve ter havido uma quantidade considerável de medo, bem como culpa — comentou Rowland McCrodden. — A qualquer momento, Miss Lavington poderia se lembrar do que aconteceu naquele dia no rio.

— De fato, poderia — concordou Poirot. — E Annabel Treadway morria de medo disso. Então, depois de muitos anos, seus piores temores se concretizaram. Durante o jantar desastroso, *mademoiselle* Ivy contou a história sobre o comentário a respeito dos troncos das árvores, e Annabel Treadway viu no rosto da irmã que ela sabia a verdade. Viu que ela sabia desde o dia na praia. *Monsieur* Pandy também rapidamente entendeu o significado da lembrança recém-desenterrada de *mademoiselle* Ivy. Annabel Treadway também viu isso no rosto do avô.

Poirot se voltou para Ivy Lavington.

— A senhorita, *mademoiselle*, foi a única sentada à mesa naquela noite que pensou que eram apenas pernas, batatas e as opiniões de sua mãe sobre seu peso e silhueta que, juntos, estavam causando tanta confusão. As outras três pessoas à mesa estavam pensando em algo bem diferente.

— Sim, e eu não fazia ideia — disse Ivy. — Absolutamente a menor ideia. Tia Annabel, a senhora deveria ter me contado a verdade assim que eu tivesse idade suficiente para entender. Eu teria perdoado a senhora. Eu *perdoo*. Por favor, não se sinta mais culpada, eu não conseguiria suportar isso. É um tremendo desperdício de tempo, e a senhora já se puniu bastante. Eu sei que a senhora está arrependida e sei que me ama. Isso é tudo que importa.

— A culpa de sua tia não será, infelizmente, banida de forma tão fácil — falou Poirot. — Sem isso, creio que ela ficaria completamente perdida, o que é uma pena. *Mademoiselle* Annabel não se reconheceria de maneira alguma. Para a maioria das pessoas, essa é uma perspectiva assustadora demais de contemplar.

— Você pode me perdoar, Ivy, mas Lenore nunca vai — disse Annabel. — E o Vô... ele não seria capaz de me perdoar também. Ele estava prestes a me deixar de fora do testamento. Ele ia me deixar sem nada.

— Essa foi a gota d'água para a senhorita, não foi, *mademoiselle*? Foi o que provocou sua decisão de ir à Scotland Yard para confessar o assassinato de *monsieur* Pandy, embora soubesse que era inocente.

Annabel assentiu.

— Eu pensei: "Se o Vô decidiu me tratar desta maneira, se toda a minha bondade e devoção nos anos seguintes não valeram nada... ora, então era melhor ser enforcada por assassinato. Talvez não seja mais do que eu mereça." Mas Ivy, querida, gostaria que você soubesse disso: naquele dia no rio, eu estava enlouquecida. Só percebi que tinha feito uma *escolha* depois de ter prendido Skittle a um poste. Foi como acordar de um sonho. Um pesadelo! E você ainda estava se debatendo na água, e eu te salvei *depois*, claro, mas... Não me lembrava, e não me lembro, de ter *decidido* não te salvar primeiro. Eu realmente não consigo.

— Quantos anos tinha Skittle na ocasião? — perguntou Lenore Lavington.

Eu ouvi algumas pessoas soltarem um arquejo de susto. Fazia tanto tempo desde que ela dissera qualquer coisa.

— Ele tinha cinco anos, não é? No máximo, Skittle só poderia ter vivido por mais sete ou oito anos, e creio que ele morreu quando tinha dez, na verdade. Você arriscou a vida da minha filha, da sua própria sobrinha, para salvar um cachorro que só teve mais cinco anos de vida.

— Eu sinto muito — disse Annabel calmamente. — Mas... você não deve fingir que não entende de *amor*, Lenore, muito menos sobre o que o amor pode levar uma pessoa a fazer. Afinal de contas, todos nós ouvimos falar do seu senhor McCrodden, com quem você passou apenas três dias. No entanto, você o amava com paixão, não era? E posso ver, embora ninguém mais veja, porque ninguém te conhece como eu, que você *ainda* o ama. Eu amava Skittle, por mais curta que a vida dele estivesse condenada a ser.

"Amor! O amor é o verdadeiro culpado, *monsieur* Poirot. Por que minha irmã tentou me incriminar de assassinato? Por causa da determinação dela em vingar um mal cometido contra sua filha há muitos anos, por causa do quanto ela *ama* Ivy. Tantos pecados e crimes são cometidos em nome do amor, não é mesmo?"

— Pode ser — falou Rowland McCrodden —, mas podemos adiar nossa discussão sobre questões emocionais e nos ater aos fatos por mais algum tempo? No bilhete deixado para o senhor, Poirot, Kingsbury escreveu que tinha entreouvido Miss Lavington dizer para o interlocutor, que agora sabemos ser Mrs. Lavington, que desconhecer a lei não é defesa. Qual é, posso saber, a relevância disso? Em que ponto, e em relação a que, poderia Mrs. Lavington alegar desconhecimento da lei? Desculpem se a pergunta é pedante.

— Ah, meu amigo. — Poirot sorriu para ele. — É Hercule Poirot quem deve ser o maior pedante. O que Kingsbury escreveu no bilhete foi que ele tinha ouvido *mademoiselle* Ivy dizer *palavras no sentido de que* desconhecer a lei não é uma defesa aceitável. Isso significa, não é, que a ideia poderia ter sido proposta com palavras diferentes? *Palavras que transmitissem o mesmo significado.* Lembre-se, Kingsbury também escreveu "John Modden" em vez de "John McCrodden". Ele não era uma pessoa que se preocupava com precisão de linguagem ou nomenclatura.

— Certo, certo — disse Rowland McCrodden —, mas seja lá como Miss Lavington possa ter se expressado, ela devia saber que a mãe teria tanta consciência quanto qualquer pessoa no mundo que é ilegal acusar falsamente alguém de assassinato e tentar forjar provas incriminatórias. Dificilmente é o tipo de coisa que alguém possa dizer de forma plausível: "Desculpe, senhor, eu não fazia ideia de que esse tipo de comportamento não é permitido e é encarado por todos como totalmente desonesto."

— Não foi exatamente esse o argumento que Miss Lavington foi entreouvida falando para a mãe? — perguntou Jane Dockerill. — Que o desconhecimento da lei não seria aceito por nenhum tribunal como uma defesa válida?

— Entendo por que a senhora pode pensar dessa maneira, madame Dockerill, assim como consigo notar a sabedoria do argumento de *monsieur* McCrodden. Ambos os lados desta discussão em especial são, no entanto, irrelevantes, uma vez que Lenore e Ivy Lavington não discutiram *de maneira alguma* sobre a defesa de desconhecer a lei e se ela poderia ou não funcionar neste caso. Nem por um momento as duas discutiram isso!

— O que o senhor quer dizer ao falar que elas não discutiram isso, Mr. Poirot? — perguntou o inspetor Thrubwell. — Mr. Kingsbury escreveu no bilhete para o senhor que ele ouviu...

— Sim, sim. Deixe-me explicar o que Kingsbury ouviu. É surpreendentemente simples: ele ouviu *mademoiselle* Ivy avisando a mãe que ela logo seria descoberta, pois era a única pessoa ligada aos quatro destinatários das cartas. Imagino que *mademoiselle* Ivy tenha dito algo assim: "Em breve descobrirão que a senhora e John McCrodden se conhecem e que o filho de Sylvia Lay, Freddie, é colega de escola de Timothy, *então será inútil dizer que a senhora não conhece os Lay*. Isso não vai levar a senhora a nada. Ninguém acreditaria na senhora." — Poirot parou e deu de ombros. — Ou, como Kingsbury escreveu em seu utilíssimo bilhete, "palavras no sentido".

— Os Lay — repeti em um sussurro. — Ivy não estava falando sobre as leis, ela estava falando sobre a família Lay.

— Entendo — disse Rowland McCrodden. — Obrigado por esclarecer isso, Poirot.

— De nada, meu amigo. E agora resta apenas mais uma coisa que deve ser esclarecida. Madame Lavington, há algo que devo lhe dizer. Será, creio eu, de seu grande interesse. A senhora tem pacientemente escutado calada enquanto eu explicava a todos o que a senhora já sabia muito bem. Mas agora tenho uma surpresa para a senhora...

Capítulo 37
....
O testamento

— Vamos ouvi-la então, Poirot — disse John McCrodden. — Qual é essa revelação final?

Ele falou em tom de deboche, como se tudo o que Poirot nos disse até agora pudesse ter sido uma mentira.

— Barnabas Pandy não tinha intenção de cortar *mademoiselle* Annabel do testamento. Nenhuma mesmo! A neta que ele planejava deserdar era Lenore Lavington.

— Isso não pode ser verdade — falou Annabel. — Ele adorava Lenore.

— Eu fiz uma pequena experiência — explicou Poirot. — Não com as máquinas de escrever desta vez. Eu usei, em vez disso, seres humanos. Existe uma mulher que trabalha na firma de Rowland McCrodden, uma mulher que ele detesta há algum tempo, com, digamos, pouco motivo.

— Ela não é a pessoa mais fácil de lidar — eu me senti obrigado a dizer.

— O nome dela é Esmeralda Mason — disse Poirot. — Para testar minha teoria sobre a atitude de Barnabas Pandy para com Annabel Treadway e como isso poderia ter afetado o comportamento dele em relação ao velho inimigo, Vincent Lobb, eu preguei uma pequena peça no *monsieur* McCrodden. Eu disse para ele que Esmeralda Mason havia sofrido um terrível acidente automobilístico e que perderia ambas as pernas. Isso não era verdade, e logo revelei que havia contado essa pequena mentira. Antes, porém, *monsieur* McCrodden pediu desculpas a Catchpool por ter sido hostil quando os dois viajaram juntos para cá, vindo de Londres. Não tendo sido nada amável durante todo o trajeto, imediatamente após ouvir sobre a perda das pernas da pobre *mademoiselle* Esmeralda, Rowland McCrodden se transformou em um homem humilde e arrependido que conseguiu enxergar exatamente como vinha agindo até aquele momento.

"Por que essa mudança aconteceu? Porque Rowland McCrodden sentiu uma culpa imensa. Percebeu que tinha sido ríspido injustamente para com essa mulher bastante inofensiva, e agora ela havia sofrido um destino terrível. *Monsieur* McCrodden se sentiu quase responsável, como se o trágico destino de *mademoiselle* Esmeralda tivesse sido culpa dele. Isso o levou logo a pensar em outras pessoas que ele poderia ter tratado com rispidez. Catchpool veio imediatamente à mente, e então Rowland McCrodden se desculpou com ele, algo que não teria acontecido se eu não tivesse inventado a história sobre as pernas de *mademoiselle* Esmeralda Mason."

— Pernas de novo! — exclamou Hugo Dockerill. — Puxa vida!

— O senhor provavelmente está certo, *monsieur*. — Poirot sorriu para ele. — A influência do subconsciente deve ter entrado em ação. De qualquer forma, quando ouvi Rowland McCrodden se desculpar com Catchpool, eu soube com certeza o motivo da repentina leveza de espírito de Barnabas Pandy, que foi notada por Peter Vout, o advogado dele. Eu soube que essa mudança deve ter sido causada por sua compreensão, enfim, do sofrimento da neta tímida e triste que por tanto tempo ele havia julgado e considerado insatisfatória. De repente, Barnabas Pandy entende como ela sofreu por todos aqueles anos. Ele lamenta profundamente o julgamento severo que fez da neta. E descobre que não sente mais antipatia por Vincent Lobb. *Monsieur* Pandy é capaz de perdoar não apenas a fraqueza de Annabel Treadway, mas também a do velho amigo. O que ele descobre que não é capaz de tolerar é o julgamento severo que vê nos olhos e ouve na voz da outra neta, Lenore Lavington. Isso o lembra da própria maneira punitiva de encarar o mundo por tanto tempo em sua vida. *Eh bien*, Barnabas Pandy resolveu garantir que Lenore Lavington não se beneficie após sua morte, compensando assim Annabel Treadway pelos anos de tratamento preferencial dado à irmã dela e que devem ter aumentado muito o sofrimento de *mademoiselle* Annabel.

— Do que o senhor está falando? — disse Lenore Lavington. — Não faz sentido algum.

— Eu estou explicando, madame, que era a senhora quem seu avô teria cortado do testamento, se ele tivesse sobrevivido.

— Mas... isso não pode ser verdade — disse Annabel Treadway, parecendo totalmente perdida.

— Eu estive em Londres na manhã de hoje — falou Poirot. — Perguntei a *monsieur* Peter Vout: *monsieur* Pandy declarou explicitamente que era *mademoiselle* Annabel quem ele planejava privar da herança? Recebi a resposta que esperava: não, Barnabas Pandy não havia especificado para qual neta ele tinha em mente esse destino infeliz. Na verdade, fui informado pelo *monsieur* Vout que *monsieur* Pandy tinha sido evasivo de forma atípica ao falar das alterações no testamento. O advogado tinha simplesmente presumido, assim como Lenore Lavington, que *mademoiselle* Annabel seria a deserdada sem um centavo, porque ela sempre foi a neta preterida.

— Por que o Mr. Pandy se comportaria dessa forma propositalmente enganosa? — indagou Jane Dockerill. — Sem dúvida uma pessoa só faria isso se quisesse dar uma punição surpresa do além-túmulo, um castigo projetado para surgir como um grande choque.

— *Précisément*, madame. Obviamente, Lenore Lavington não tinha dúvidas de que seria ela quem acabaria duas vezes mais rica com esse testamento novo. Como não? Por acaso *monsieur* Pandy não tinha descoberto, um ou dois dias antes, que Annabel Treadway havia deixado sua bisneta se afogar em um rio enquanto salvava um cachorro? Ele descobriu! E foi ela, Lenore Lavington, que tinha sido convocada, em segredo, para ser informada do plano do avô de fazer essa mudança no testamento. Espero que ele tenha dito, para usar a frase de Kingsbury mais uma vez, *palavras no sentido de que* "todo mundo vai ter o que merece depois que eu morrer. Aqueles que não merecem nada não receberão nada".

— O senhor está enganado — disse Lenore Lavington. — Mesmo que ele fosse capaz de perdoar Annabel e Vincent Lobb, o vovô não tinha motivo para me deserdar subitamente.

— Eu acredito que sim — falou Poirot. — Na mesa de jantar na noite do desentendimento, acredito que *monsieur* Pandy notou um brilho cruel e implacável em seus olhos, quando a senhora viu que ele havia percebido a verdade sobre o acidente de *mademoiselle* Ivy e as ações de sua irmã naquele dia. Seu avô notou que a senhora o observou de perto, esperando que a informação descoberta matasse qualquer sentimento de afeto ou lealdade que ele tivesse para com a sua irmã de uma vez por todas. *Monsieur* Pandy viu em seus olhos ódio puro e implacável. E isso o chocou. Ele considerou insuportável. Devo lhe dizer por quê? Porque isso o fez se lembrar de si mesmo! De repente, *monsieur* Pandy viu como tinha sido cruel e implacável com Vincent Lobb, seu velho amigo. Ele percebeu, talvez, que o pior pecado de todos é a incapacidade de perdoar os pecados dos outros. É por isso, Madame Lavington, que seu avô decidiu que a senhora não merecia nada.

— Esta é uma invenção totalmente descarada da sua parte, Poirot — disse John McCrodden. — Na verdade, não vejo como o senhor pode afirmar que sabe disso.

— Eu faço deduções com base nos fatos que conheço, *monsieur*.

Poirot se voltou para Lenore Lavington e disse:

— Depois do desastre do jantar, seu avô decidiu testá-la. Ele queria ver se a senhora, sabendo que a culpa havia consumido a vida e a alma de *mademoiselle* Annabel, e sabendo o quanto ela amava *mademoiselle* Ivy e como deveria estar arrependida, imploraria para que ele reconsiderasse e perdoasse. Foi por isso que seu avô lhe contou sobre o plano de fazer um novo testamento. Foi a única razão pela qual *monsieur* Pandy fez isso. Se a senhora tivesse dito: "Por favor, não castigue Annabel. Ela já sofreu o suficiente", ele teria se contentado em deixar em vigor o testamento existente. Mas a senhora não fez isso e assim mostrou ao seu avô que se encantava com a perspectiva de sua irmã estar condenada a viver na pobreza. A senhora demonstrou que não tinha compaixão.

— *Monsieur* Poirot, se eu entendi corretamente, o senhor está dizendo que a mamãe realmente tinha um motivo considerável para assassinar o Vô — falou Timothy Lavington. — Exceto que, um, ele não foi assassinado, e dois, a mamãe *não sabia* que ela tinha um motivo para matá-lo. Mamãe acreditava que a tia Annabel seria a única a sair perdendo sob os termos do novo testamento, e não ela.

— Isso está corretíssimo — disse Poirot. — Barnabas Pandy não foi assassinado, mas foi o afogamento acidental que causou o assassinato do pobre Kingsbury e a tentativa de assassinato de *mademoiselle* Annabel. Não acredito que Lenore Lavington teria tentado provocar a morte da irmã se *monsieur* Pandy não tivesse morrido. Ele teria mudado o testamento, e Lenore Lavington teria presumido que a mudança ocorreria em favor dela e em detrimento da irmã. Isso poderia ter sido o suficiente para madame Lavington. Ser totalmente cortada da fortuna da família seria castigo o bastante para *mademoiselle* Annabel, ao menos até que *monsieur* Pandy acabasse morrendo e ela soubesse a verdade sobre o testamento alterado.

"Em vez disso, o avô dela morreu *antes* de fazer as prometidas alterações em suas disposições testamentárias. Essa foi a gota d'água para madame Lavington. *Mademoiselle* Annabel, afinal de contas, não seria punida com uma vida de pobreza! *Foi aí*, senhoras e senhores, que Lenore Lavington decidiu ver se conseguiria que a irmã fosse enforcada por um assassinato que não cometeu. Esta última parte, claro, é mera suposição. Eu não posso prová-la."

— Isso e o resto do que o senhor nos contou hoje — falou John McCrodden friamente. — Onde está sua prova de que Mr. Pandy teria deserdado Lenore, a quem o senhor mesmo diz que ele sempre favoreceu? Seu experimento bobo não prova nada.

— O senhor acha, *monsieur*? Eu discordo. Acho que todos nesta sala que não estejam apaixonados por Lenore Lavington podem enxergar lógica no que eu disse. Permita que eu lhe conte mais uma coisa que pode convencê-lo: Kingsbury me disse que, na noite do jantar desastroso, ele viu *monsieur* Pandy sentado à mesa e chorando, assim que foi deixado a sós pelas netas e pela bisneta. Uma única lágrima solitária, falou Kingsbury. Isso sugere que Barnabas Pandy estava zangado com *mademoiselle* Annabel? *Non, mes amis.* É possível alguém chorar de raiva, mas haveria uma enxurrada de lágrimas exaltadas, não haveria? Ele não estava zangado com a *mademoiselle* Annabel. *Monsieur* Pandy sentiu compaixão por ela. Ele estava triste. Muito triste e muito arrependido. Sem nenhum conhecimento da culpa terrível com a qual *mademoiselle* Annabel lutava todos os dias, Barnabas Pandy a tratou com impaciência. De repente, essa neta incompreensível *fez sentido para ele*: a camada invisível de tragédia que sempre parecia envolvê-la; a recusa de Annabel Treadway em casar e ter filhos.

"Não é difícil enxergar como tais pensamentos, uma mudança de perspectiva tão surpreendente assim, possam ter feito Barnabas Pandy refletir sobre a outra pessoa que ele tratou com severidade indevida: seu inimigo, Vincent Lobb. A analogia, quando a considerei, era extremamente forte e me convenceu de que eu estava certo. Vincent Lobb, assim como Annabel Treadway, era culpado de covardia. Com muito medo das possíveis consequências de escolher a atitude correta, ele escolheu a errada. Vincent Lobb então se sentiu culpado pelo resto de sua vida, mais uma vez, assim como Annabel Treadway. Lobb fez algo terrivelmente errado, como *mademoiselle* Annabel, e ambos sofreram muito. Os dois foram incapazes, dali para frente, de aproveitar suas vidas e vivê-las ao máximo. Naquele momento, sentado à mesa de jantar, Barnabas Pandy decidiu que deveria perdoar os dois. Foi uma decisão sábia que ele tomou."

— É muito bom falar sobre perdão, Poirot, quando não se é pessoalmente aquele que tem algo a perdoar — disse John McCrodden. — O senhor não tem filhos, não é? Nem eu, mas tenho imaginação. O senhor acredita que algum dia conseguiria perdoar uma pessoa que deixou sua filha de quatro anos se afogando em um rio para salvar primeiro um *cachorro*? Eu com certeza não conseguiria!

— Eu sei, *monsieur*, que jamais esconderia um vestido molhado embaixo de um estrado, na esperança de que ele fosse encontrado por Hercule Poirot, fazendo com que a pessoa que não consigo perdoar fosse enviada para a forca por um assassinato que ela não cometeu. Isso eu sei.

"A senhora cometeu um erro de cálculo fatal, madame. A descoberta do vestido me forneceu uma pista vital. Aquilo me disse que, ou a sua irmã tinha assassinado *monsieur* Pandy, ou então alguém precisava que eu acreditasse nisso. Foi esse o momento em que eu soube que havia um assassino a ser capturado: ou alguém que havia matado *monsieur* Pandy, ou que pretendia causar a morte de Annabel Treadway, ou talvez as duas coisas. Sem o vestido molhado, eu poderia não ter levado a investigação a cabo com tanto empenho, e o mundo talvez nunca tivesse descoberto sua culpa, madame."

Annabel Treadway ficou de pé. Hopscotch ganiu ao se levantar da posição sentada para ficar ao lado dela. Era como se ele soubesse que a dona tinha algo importante para dizer.

— Minha irmã não pode ser culpada de assassinato, *monsieur* Poirot. Ela estava comigo quando Kingsbury foi morto. Não estava, Lenore? Você esteve comigo o tempo todo, entre as catorze horas e quando nós duas chegamos juntas à sala de estar. Então, veja bem, ela não pode ter matado Kingsbury.

— Noto que a senhorita deseja seguir o exemplo de seu avô e ter compaixão, *mademoiselle*. Pretende perdoar sua irmã, *n'est-ce pas*, pela tentativa de acabar com sua vida? A senhorita não consegue enganar Hercule Poirot. Se a senhorita e madame Lavington estivessem juntas entre as duas horas e quando vocês chegaram à sala de visitas, a senhorita teria me informado muito mais cedo.

— Não, isso não é verdade — falou Annabel. — Lenore, diga para ele. Nós estávamos juntas. Lembra?

Lenore Lavington ignorou a irmã. Ela olhou para Poirot e disse:

— Eu sou uma mãe que ama seus filhos. Isso é tudo.

— Lenore. — John McCrodden se ajoelhou ao lado dela e pegou sua mão. — Você deve ser forte. Eu te amo, querida. Poirot não pode provar absolutamente nada, e creio que ele sabe disso.

Uma lágrima escapou do canto do olho de Lenore e começou, lentamente, a descer pela bochecha. Uma única lágrima solitária, igual a que Barnabas Pandy havia derramado, descrita por Kingsbury para Poirot.

— Eu te amo, John — disse ela. — Eu nunca deixei de te amar.
— Vemos que a senhora é capaz de perdoar, afinal de contas, madame — falou Poirot. — Isso é bom. Independente do que tenha acontecido ou venha a acontecer, isso é sempre bom.

Capítulo 38

Rowland Sem Forca

— A visita que o senhor esperava chegou — disse George para Poirot numa tarde de terça-feira. Quase duas semanas haviam se passado desde que Poirot e eu saímos da Mansão Hall e retornamos a Londres.

— *Monsieur* Rowland McCrodden?

— Sim, senhor. Devo trazê-lo?

— Sim, por favor, George.

Rowland McCrodden entrou na sala momentos depois com uma postura desafiadora, e a seguir pareceu perder um pouco da pose quando avistou Poirot e ouviu a acolhida sincera do detetive.

— O senhor não precisa ficar envergonhado — falou Poirot. — Eu sei o que o senhor veio me dizer. Eu estava esperando. É muito natural que isso aconteça.

— Então o senhor ficou sabendo? — perguntou McCrodden.

— Eu não fiquei sabendo de nada. Não me disseram nada. Ainda assim, eu sei.

— Isso é impossível.

— O senhor veio me dizer que vai ajudar na defesa de Lenore Lavington, não é isso? Ela deve se declarar inocente das acusações de homicídio e tentativa de homicídio.

— Alguém lhe *contou*. O senhor deve ter falado com John.

— Meu amigo, não falei com ninguém. O *senhor* vem falando bastante com John, no entanto, não é, desde o tempo que passamos na Mansão

Combingham? Vocês dois deixaram de lado todo o desentendimento que houve entre vocês, como águas passadas, *non*?

— Bem, sim. Mas não consigo ver como o senhor poderia ter...

— Diga-me, é possível que John agora siga a sua carreira de advogado, como o senhor sempre torceu que ele fizesse?

— Ora, sim, ele... ele expressou a intenção de fazer isso ontem mesmo — respondeu Rowland McCrodden, desconfiado. — Por que não é sincero comigo, Poirot? Simplesmente não dá para acreditar que alguém possa adivinhar corretamente as coisas com tantos detalhes. Nem mesmo o senhor.

— Não é um palpite. É conhecimento da natureza humana — explicou Poirot. — *Monsieur* John deseja ele mesmo ser capaz de defender a mulher que ama, embora seja grato por seus esforços em nome dele e dela. *Monsieur* John demonstra essa gratidão decidindo que, afinal de contas, não seria tão ruim se ele se tornasse advogado. Especialmente agora que o pai mudou de ideia sobre o que deveria acontecer àqueles que cometeram assassinato.

— O senhor fala sobre minhas próprias opiniões e como elas mudaram como se soubesse mais sobre o assunto do que eu — disse McCrodden.

— Mais, não, apenas a mesma quantidade — falou Poirot. — Eu sei o que deve ser verdade, sempre. E nesse caso, tudo era muito fácil de prever. Seu filho ama Lenore Lavington e o senhor, *mon ami*, ama seu filho como qualquer bom pai. E assim, embora acredite que Poirot está certo e que madame Lavington é culpada, o senhor ajudará a defendê-la. O senhor sabe que se ela fosse enforcada por assassinato, o coração do seu filho se despedaçaria. As esperanças de John de qualquer felicidade futura seriam esmagadas. O senhor faria qualquer coisa para impedir isso, não é verdade? Já tendo perdido o filho uma vez, de forma aparentemente irrecuperável e duradoura, o senhor não correrá o risco de perdê-lo de novo, nem por causa de um desacordo sobre a lei e sua moralidade, nem por causa do próprio sofrimento de John. E assim sendo, o senhor ajuda Lenore Lavington e muda de ideia quanto a certas questões sobre direito e justiça. Eu imagino que o senhor agora acredite que nenhum assassino deve ser enforcado pelo crime que cometeu? Devemos chamar o senhor agora de "Rowland Sem Forca"?

— Não é esse o assunto que eu vim discutir, Poirot.

— Então o senhor ainda é um defensor da pena de morte em todos os casos, a não ser este?

— Isso faria de mim um hipócrita — disse McCrodden com um suspiro. — Não há outra possibilidade? Será que não posso acreditar que Lenore Lavington seja inocente?

— Não. O senhor não acredita nisso.

Os dois homens ficaram sentados por alguns instantes em silêncio. Então McCrodden falou:

— Eu vim aqui porque queria dizer pessoalmente que vou defender Lenore. Também quero lhe agradecer. Quando descobri que John tinha recebido aquela carta horrível...

— O senhor se refere à carta enviada para ele *por Lenore Lavington*? A mulher que o senhor pretende ajudar?

— Estou tentando lhe agradecer, Poirot. Sou grato ao senhor por exonerar meu filho.

— Ele não é um assassino.

— Como o senhor deve saber, Miss Treadway vai se ater à versão dela dos acontecimentos — disse McCrodden.

— O senhor quer dizer que ela continua insistindo que estava com a irmã quando Kingsbury morreu? Isso eu também esperava. É a culpa dela em ação, mas em ação a serviço da injustiça. Madame Lavington tem mesmo sorte de ter a *mademoiselle* Annabel para ajudá-la, e ter o senhor e seu filho. Menos sortudos são aqueles que ela pode matar no futuro, se todos vocês forem bem-sucedidos. Tenho certeza de que o senhor sabe, meu amigo, que uma vez que uma pessoa tenha se permitido tirar uma vida, é fácil para ela tirar outras sem parar. É por isso que eu rezo para que vocês não obtenham êxito. O júri, espero, acreditará em mim, não por causa da minha reputação, mas *porque vou dizer a verdade*.

— Todas as provas contra Lenore são circunstanciais — falou McCrodden. — O senhor não tem nada de concreto, Poirot. Não há fatos indiscutíveis.

— *Mon ami*, não discutamos os méritos de nossas respectivas causas aqui e agora. Isto não é um julgamento de assassinato. Em breve estaremos em um tribunal, e veremos em quem o júri acredita.

McCrodden assentiu bruscamente.

— Eu não lhe desejo mal, Poirot — disse ele a caminho da porta.

— Muito pelo contrário.

— *Merci*. E eu... — Poirot achou difícil decidir o que dizer. Finalmente, falou: — Fico contente em saber que o relacionamento entre o senhor e seu filho melhorou. Família é muito importante. Pelo seu bem, torço para que o senhor não considere o preço da reconciliação alto demais. Por favor, conceda um pequeno obséquio para Poirot: pergunte a si mesmo todos os dias se esta é a atitude que deseja tomar e se é a atitude *certa*.

— Kingsbury não tinha parentes vivos — disse McCrodden. — E Annabel Treadway não está a caminho da forca por um crime que não cometeu.

— E então não haverá mal algum se Lenore Lavington escapar? Discordo. Quando a justiça é intencionalmente distorcida e negada, o mal está feito. O senhor, seu filho, Lenore Lavington... e, sim, Annabel Treadway pelas mentiras dela... se todos vocês tiverem sorte, talvez não paguem o preço por suas atitudes nesta vida. O que vier depois disso, não cabe a Hercule Poirot especular.

— Adeus, Poirot. Obrigado por tudo que fez por John.

Com essas palavras, Rowland McCrodden se virou e saiu.

Capítulo 39
....
Uma nova máquina de escrever

Estou datilografando esta seção final do meu relato de "O Mistério dos Três Pedaços" seis meses após os eventos do capítulo anterior, e em uma nova máquina de escrever. Todas as letras "e" neste último capítulo estão, portanto, perfeitas. Nosso amigo ente não está mais doente.

É estranho — desenvolvi uma forte aversão àqueles "e"s defeituosos conforme escrevia esta história, mas agora que se foram, eu sinto falta deles.

A nova máquina de escrever foi um presente de Poirot. Algumas semanas após o término do julgamento de Lenore Lavington, ao notar que eu não tinha enviado novas páginas para sua leitura, ele chegou à Scotland Yard com o embrulho mais elegante que eu já vi na vida.

— Você abandonou os escritos? — perguntou Poirot.

Eu fiz um barulho evasivo.

— Toda história precisa de um final, *mon ami*. Mesmo que não gostemos da resolução, ainda é necessário terminar o que começamos. Os fios soltos devem ser amarrados.

Ele colocou o pacote na minha mesa.

— Este presente, espero, o incentivará a concluir seu relato.

— Por que importa? — perguntei. — Há uma grande chance de que ninguém nunca leia meus rascunhos.

— Eu, Hercule Poirot, lerei.

Depois que ele saiu do meu gabinete, eu desembrulhei o pacote e olhei para a máquina nova e reluzente. Fiquei comovido por ele ter se importado o suficiente para comprá-la para mim e, como sempre, fiquei admirado pela esperteza de Poirot. É claro que eu teria que terminar de escrever a história depois de um gesto como esse. Então, aqui estou eu, fazendo exatamente isso. O que significa que é meu dever relatar que o julgamento de Lenore Lavington não transcorreu como torci. Ela foi condenada pelo assassinato de Kingsbury e pela tentativa de assassinato de Annabel Treadway, mas, graças à defesa de Rowland McCrodden, Lenore Lavington foi poupada da forca. Por acaso eu sei, embora preferisse não saber, que Mrs. Lavington recebe visitas regulares na prisão de um devotado John McCrodden — enquanto o pobre e leal Kingsbury está morto.

— Você acredita que a justiça foi feita? — perguntei para Poirot, quando soubemos que Mrs. Lavington não pagaria com a vida pelos crimes que havia cometido.

— Um júri a considerou culpada, *mon ami* — respondeu ele. — Ela passará o resto dos dias na prisão.

— Você sabe tão bem quanto eu que ela teria sido enforcada se não fosse pelos esforços de Rowland McCrodden, feitos pelas razões erradas. Todo juiz no mundo sabe que ele é o defensor mais extremado da pena de morte e, de repente, decide ter compaixão por uma mulher atormentada que simplesmente cometeu um erro terrível em um momento de fraqueza? Aquele discurso poderoso proferido pelo advogado de Lenore Lavington foi uma mentira de McCrodden, e o juiz sabia disso. O mesmo Rowland Forca que mandou dezenas de sujeitos menos afortunados para a morte, sem pensar em quem eles poderiam amar ou quem poderia amá-los, simplesmente porque nenhum deles por acaso era seu filho! Não é certo, Poirot. Isso não é justiça.

Poirot sorriu para mim.

— Não se atormente, meu amigo. Eu me preocupo apenas em trazer à luz os fatos do caso e garantir o veredito de culpado para o criminoso, não com a punição que se segue. Deixo essas considerações para uma autoridade superior. A verdade foi reconhecida em um tribunal, e isso é o que importa.

Ficamos em silêncio por um momento. Então ele falou:

— Você talvez não saiba que há alguém que anunciou a intenção de se comportar como se Lenore Lavington *estivesse* morta que jurou nunca escrever para ela e queimar qualquer carta que ela viesse a lhe enviar.

— Quem?

— Timothy. E isso, creio eu, será uma punição pior. Ser deixada de lado pelo próprio filho, independente do que se tenha feito, é uma coisa terrível.

Eu não sabia se Poirot queria dizer, com esta observação, que eu não deveria julgar Rowland McCrodden com tanta severidade. Decidi que, se essa fosse a intenção dele, seria imprudente prolongar nossa discussão sobre o assunto, então não falei nada.

E agora, tendo chegado ao fim desse relato, vejo que Poirot estava absolutamente correto: registrar que uma história terminou de maneira insatisfatória ainda é, de alguma forma, consideravelmente mais satisfatório do que não oferecer resolução.

Este, então, é o fim de "O Mistério dos Três Pedaços".

Edward (com um impecável "E"!) Catchpool

Este livro foi impresso pela Vozes, em 2023, para a HarperCollins Brasil. A fonte do miolo é ITC Berkeley Oldstyle Std. O papel do miolo é pólen natural 80g/m², e o da capa é cartão 250g/m².